媒介变化与叙事转换

——以陈凯歌电影改编为例

马军英　著

世界图书出版公司

上海·西安·北京·广州

图书在版编目(CIP)数据

媒介变化与叙事转换:以陈凯歌电影改编为例/马
军英著.—上海:上海世界图书出版公司,2011.11
ISBN 978 - 7 - 5100 - 4009 - 2

Ⅰ.①媒… Ⅱ.①马… Ⅲ.①电影改编—叙述学—研
究 Ⅳ.①I053.5

中国版本图书馆 CIP 数据核字(2011)第 208597 号

媒介变化与叙事转换

——以陈凯歌电影改编为例

马军英 著

上海世界图书出版公司出版发行

上海市广中路 88 号

邮政编码 200083

南京展望文化发展有限公司排版

上海市印刷七厂有限公司印刷

如发现印刷质量问题,请与印刷厂联系

(质检科电话:021 - 59110729)

各地新华书店经销

开本:850×1168 1/16 印张:11.5 字数:270 000
2011 年 11 月第 1 版 2011 年 11 月第 1 次印刷
ISBN 978 - 7 - 5100 - 4009 - 2/G · 296

定价:32.00 元

http://www.wpcsh.com.cn
http://www.wpcsh.com

序

　　军英生长于豫西南的农村。按照那个时候的当地观念,家长大多都想让成绩优秀的学生报考师范,毕业回到农村的中小学里当教师,一辈子守着自己的家乡。对他的许多同龄人来说,这似乎是一个宿命。不过,军英并没有屈服于此,他通过自己的努力,改变这一命运,从硕士博士一步步走上大学讲台。

　　我见证了军英奋斗的某些阶段。

　　1998 年他考入郑州大学文艺学的硕士研究生,我是他的导师。在其硕士论文的选题上,当时颇费周折。我从他提出的几个选题中选择了一个题目:他提到王国维的《人间词话》和巴赫金的美学思想似乎有一致的地方,想进行比较研究。当时学界,还很少有人从这一角度切入对王国维和巴赫金的研究,有一定的创新性,我认为值得探讨,就让他考虑考虑,看看能不能做。但同时又觉得这个题目难度较大,对知识结构的要求也比较高,担心他很难完成。在犹豫了一段时间后,还是同意他做了。因为只要进入对这个问题的思考就起码能扩展他的理论视野。军英是个能刻苦钻研的学生,面对这一课题,他阅读了大量相关资料,在很长一段时间里,几乎沉浸在对这一问题的思考之中。有时,我会通过其他同学了解他的情况,他们跟我说的大多一样:很少在校园见到马军英,偶然见到他也总是两眼直视前方和谁都不说话。军英对问题的深入能力很强,也很执着。最后,他在对康德美学的研究中找到了课题的答案。巴赫金的许多观点导源于康德,而王国维的一些观点则直接来源于康德;特别是对王国维思想的探讨,他把《古雅之在美术上之位置》、《文学小言》等和《人间词话》联系起来,分析论述了王国维《人间词话》和康德美学思想之间的关系。这一观点,在当时学界是具有前沿性的,并且也得到理论界越来越多的认可。

　　后来,军英到上海大学文学院读博士,我虽然在其影视学院工作,但最初也在文学院带博士,是他的导师之一。在对影视叙事学的教学和研究中,我认识到影视理论界把文学叙事学直接移植到电影叙事的做法不妥。因为两种叙事所使用的媒介符号不同,导致电影叙事与文学叙事的区别很大。文字是抽象的只能在时间维度和前后序列上变化的叙事符号;而影像符号是空间性的,是能够在时间和空间双重维度上变化的叙事符号。即便是同一故事,用两种不同媒介符号进行叙事,其变化和影响也会是巨大的,最典型的情况就是电影改编。而我国电影理论界对这一问题没有足够的认识。我当时申请了一个国家课题"叙事与媒介",试图解决这一问题。从我对军英的知识结构和研究水平上看,他有能力接受并参与这个项目。军英是一个低调的人,他发表的论文虽然不多,但其学问及深入研究问题的能力并不低。他选择了以陈凯歌前期的电影改编文本为考察对象。这显然是一种个案研究。尽管这一研究会影响理论的推演与展开,但在对这一课题的研究中,军英有不少自己的发现。比如电影叙事中的空间和时间转换,线性的、历时的、画面的、共时的等诸多因素的相互关系问题等,军英均能给出独特的见解。这些问题往往纠缠在一起,使得人们分析和探讨电影叙事与其价值意义时会显得相当困难。要想解决这些问题,可资借鉴的资源并不多;并且,要想表述这些复杂的东西也不容易,军英没有回避这些困难。论文对此做了比较深入的探讨。这一探讨似乎是在朝向"比较叙事学"方向发展。但比较不是目的,如何在比较的基础上,超越文学叙事和电影叙事,建构出更具有一般意义的叙事学,这是一个值得关注的问题。我相信,他论文中的一些观点会有很大的生长空间,也会引起学术界的关注。只是不知道军英有没有时间、机会和精力继续在这个方向上作出自己的努力。

如果从一般观点看来,这篇论文是谈影视改编问题。传统做法是从故事的主题内涵和情节结构上着眼:谈情节结构的变化,谈主题思想,谈审美精神的变化及时代精神的变化等。当然,不同的艺术体裁之间的差异也是理论家们念兹在兹的。不过,这种进入问题的方式往往是从直观印象出发,不免有些简单化。军英对这个问题的处理则借助于英伽登、韦勒克、巴赫金以及叙事学家热奈特、麦茨、彼得斯等人的思想,并且从叙事内涵、叙述形式及叙事媒介等多方面入手研究。此外,这些理论家们往往只面对单一的研究对象,或者是文学体裁,或者是电影艺术,他们不考虑不同媒介之间的转换问题。不同的艺术由于其媒介构成不同,艺术品的层次构成便会有不同的逻辑起点、结构方式。也就是说,小说的构成层次和电影的构成层次之间不存在一一对应关系,在这种情况下,要想分析比较文学原著和电影作品之间的关系,就存在诸多困难,不是单一理论能够解决的。另外,对文学文本和电影文本的理解是仁者见仁智者见智的,既没有唯一的尺度和标准,也不存在准确与否的问题;其次,故事通过不同媒介的转换叙述之后,已变成另外一种存在形式,失去了与原著的一一对应关系。怎样在其故事媒介、叙事形式、故事情节、主题内涵等方面进行比较,需要吸收各家理论之长处,融汇各家理论之精化,又不被这些理论所局限。这要有自己的理论勇气。可以说,军英这篇论文突破了传统改编的研究方法,从叙事形式、媒介转换及主题内涵等多种维度上展开研究,在同类著作中显得特别突出。不过,需要指出的是,军英选择陈凯歌早期的电影文本作为主要研究对象有一定的局限性。陈凯歌早期创作中精英意识和先锋意识较强,这使他的电影往往命运多舛,有的至今也未能公演,作为研究的例证并不完美。

军英虽然不善言辞,但却是个思维活跃的人。平时交谈时他总是时不时地冒出一些思想的火花;思想的火花需要种种因缘才能变成思想之火,进而在适当的火候下变成思想之果,不知道现在军英有没有这种思想的因缘,能不能把握住恰当的火候?军英是一个执着的人,对问题不但能够深入进去,而且可以长时间沉浸于此不达目的誓不罢休。在这样一个如此急功近利的时代,提出问题并努力探索其答案,需要极大的付出,不知道军英还能不能把冷板凳坐下去?

有感于军英博士硕士论文的出版,聊说几句为序。

曲春景

摘　要

　　本书力图摆脱以往对改编问题的印象式评论或抽象式的理论演绎，尊重研究对象的有机性与完整性，通过研究改编以比较电影与文学在叙事方面所表现出来的具体差异，审视建立在文学叙事基础上的叙事学理论，以超越其局限，摆脱电影叙事研究对文学叙事理论的机械套用。

　　本书首先梳理了改编研究中的不同路径与方法，认为符号学是一门具有普遍意义的学科，为我们比较不同的媒介叙事提供了相应的学理基础。皮尔士的符号学和索绪尔的语言学，对电影理论的建设都产生过很大的作用，但法国电影理论家麦茨将索绪尔的语言学思想机械地套用于电影研究时，出现了一系列明显的失误。我们应该超越麦茨的理论局限，真正重视图像符号的本质特性。在借鉴彼得斯电影图像符号理论和英伽登作品构成理论的基础上，本书向自己提出的任务是：按照叙事文本的构成层次——故事、叙述、意义、载体——对陈凯歌电影改编中所涉及的文学文本和电影文本进行细致深入的比较分析，并在此基础上，探讨文学叙事与电影叙事中的相关叙事理论问题。

　　本书第二章从故事层面探讨异同，认为媒介是按照自己的特点建构叙事客体的。笔者认为，文学叙事往往以话语或观念为中心；电影叙事则以运动为中心，即以人与物的各种言语、表情、表现的变化为中心。文字媒介难以呈现日常交流中的多层次性和多指向性；而电影媒介则能够真正地再现人类语言交流的复杂性。文学叙事几乎只使用日常语言，这造成了文学叙事无法摆脱人类的日常生活和自然感知；电影媒介则可以很好地再现文学叙事无法再现的各种非语言艺术以及人类的各种非语言经验。

　　本书第三章探讨叙述层面上的异同。人称、视角既与叙述有关也与观察、感知有关。电影的画面和声音构成了叙事视角的不同层次和维度，文字媒介的单一性却掩饰了文学叙事在生成上的多层次性。例如，在叙事时间的处理上，电影可运用镜头、剪辑、蒙太奇、声画结合与分离以及摄影速度与放映速度的差异等多种表现手段，形成特殊的电影叙事频率的建构方式；而文字书写的线性特质往往使文学叙事对频率的建构变得简单。本文强调，图像符号在画面上的集合可能，帮助电影获得了一种共时叙事的能力，这使电影叙事内在地表现出某种集成叙事的特点，从而易于建构一个完整的世界。

本书第四章探讨媒介符号与意义表达问题。文字直接和意义相关,而图像符号则直接和世界相关(即其表意方式更多地依赖于视觉思维),电影叙事往往通过综合调动各种构图来表达意义。由于文学叙事无法直接呈现世界,这使其意义表达存在一定模糊性;而电影中的图像符号表达意义则相对显得明确而丰富。作为一种集成艺术,电影在同时讲述多个故事时实际上也传达着多种意义。

本书第五章探讨文学文本与电影文本的物质载体对于改编叙事的影响。作为一种现代工业的成果和大众传媒,电影叙事表现出更为复杂的叙述者与受述者关系。相遇在这里的力量,既有艺术家们的自由表达冲动,又有来自权力、资本、制度与习俗的控制。这些影响既有形式方面的,也有内容方面的。因而,改编过程也是一个各种力量相互博弈的过程。这使文学叙事和电影叙事之间会在认同方面表现出曲折而微妙的差异。

虽然本书在细读的基础上,较为系统、深入地建立了一个研究改编问题的比较叙事框架,但所做的工作仍然是初步的。首先,我们知道任何符号学的分析都依赖于最小符号单位的确定,而对电影符号研究来说,如何确定其最小单位目前还存在相当大的分歧和困难。其次,由于本人的知识局限,本书对光的叙事性、音乐的叙事性、表演的叙事性还难以入其堂奥。而相对确定的研究例证,也在一定程度上局限了自己的论述和发现。

关键词: 文学作品　电影改编　符号学　比较叙事学

Abstract

The dissertation in the beginning is carded the ways and means in the study of the film adaptation, the writer thinks that the Semiotics is a general discipline, which provides valuable theory's resource to my study. Peirce's Semiotics and Saussure linguistic have a large influence on film theory, but when Metz mechanically applied Saussure linguistic to film study, he made some mistakes. We should surpass Metz's limit of theory, and truly pay attention to the picture's specialty. By the virtue of Peters' theory of picture and Ingarden's text construction, the dissertation is carefully compared the film narrative and literal's from four aspects: story, narrative, meaning and carrier.

The first, there are comparisons on the different narrative objects. The literature narrative is centred on the hero's utterance, and the film narrative is done on the hero's posture. The hero's utterance in the literature directs both the other hero and the narratee, but the hero's ones do only another in the film. As a linear medium, the literature medium does hardly appear the utterance is multi-levels and multi-directing; but the film medium does the utterance's ones. The literary narrative does hardly represent sounds and voices. The film narrative may represent the real space, time and various things, but the literal narrative does only the idea about them, so the literal narrative often evades object, what it could not represent. Such object may be represented by film narrative. The literal narrative has many limits which is reduced in language self, and the film medium can surpass the limits of the language. We may say that the medium constructs the object and transform the ones based on his characteristics in the process.

The second part is to compare their narrative methodes. As a formative art, the film may use compositions of a picture to realise time in the literary narrative, so the frame may show varieties time's form: it may represent the diachronic narrative and synchronic ones. The visual angle in the film's picture often is third person, but the voice's persones is not limited by frame. Therefore, the persons in film are variety and shows mult-layers, which change continuously. The literal narrative shows singular and stable which is either the first person or the third ones. Film, as a mult-media, it obtains much freedom in operation of time. Just as literary narrative, the film narrative operate the time's length and order. In the meantime, the film narrative has his very complicated characteristics specially in the frequency built, but because the language's abstractness, the literal narrative becomes very simple; and the film narrative has many other methods such as frame, shut, montage and sound with(out) picture display. Because the represent as a whole, the film narrative have not to pause, and the literature narrative often has to pause. Because of the character in the film narrative, the film shows it is endlessly charm. Literary narrative, because of linear characteristic, does hardly to realize synchronic narrative, it can only do it by one. Visual sign and sign auditory produce synchronic; it gives synchronic characteristic to the film narrative. The film becomes a compounded narrative; it often includes mult-story.

The third charpter compares the express of the sense in the different texts. The word (character) keeps immediately in contact with the sense. In addition, the literal narrative can express the sense. However, the film narrative express in the liner of the frame relying on the visual thinking which appears on the composition of frame. At the same time, the film narrator often uses varied sound and voices to give the sense to the frame to produce a metaphysical sense. Sometimes, literary narrative has difficult immediate to present things, so sometimes the literal narrative becomes obscure in sense. The plot is a very important method in the express of sense. As a synchronic narrative, what the film can tell mult-story means that the film can express more than one sense at the same time. The film represents the word and the society as to show the sense of nature and culture.

As a modern industry fruit and mass media, the material carrier hints the relations between the narrator and the narratee. The relation has large influence on the adaptation, which results in the compressing or cutting down the time or space or both ones. With the exception of this, the adaptation sometimes caters to mass's desire and evades authority or hints his individual thought. The adaptation in fit in with the needs of the market leads to the changes on the hero's identity.

Because the picture sign is very complicated, it results very difficulty to study on the adatation. Secondly, a researchers need to define the nature of the object, but the theorists have hardly to define the film's nature. Thirdly, the film study relatives a lot of knowledge, but what the researchers has really knowledge is too lower to the knowledge, which he should have. The result that the researchers have to avoid many problem: such as the light, the music and the perform and so on. Except that, the film narratives have much other form, because of the choice of the objects, the dissertation did not to research.

Keywords: Literatual work Film's-adaptations Semiotics Comparative-narratology

目 录

1 导　论

1.1　改编的研究及其路径

1900 年,梅里爱将民间传说《灰姑娘》搬上银幕。它获得了巨大的成功。这给梅里爱极大的鼓舞,1902 年,他又将著名的科幻小说家凡尔纳的《月球旅行记》改编成同名电影。可以说,这是将文学编成电影这一艺术现象的开始。① 从此,电影和文学就结下了不解之缘,二者相互借鉴,彼此都深刻地影响了对方。美国电影艺术家格里菲斯早年矢志从事文学创作,他需要一笔钱来维持生计。有了生活保障之后他才能从事文学创作。迫于生计,他带着"作家梦"进入电影界。出于对文学的爱好,他将汤姆斯·狄克逊的小说《同族人》改编成了电影《一个国家的诞生》。这部电影成为电影艺术史上的不朽丰碑,它标志着电影叙事艺术的真正成熟。这一事实无声地提醒着电影研究者:文学叙事和电影叙事之间存在着亲密关系。我国的电影改编始于 1914 年。电影导演张石川将当时演出数月的话剧《黑籍冤魂》改编成了同名电影。这是我国电影史上的第一部改编作品。从此,我国的电影艺术家们也像世界其他各地的艺术家一样,不断地将本国本民族的文学艺术作品搬上了银幕。不管这一作品是古代的还是现代的,也不管是经典著作还是通俗读物,只要艺术家们或者投资者认为它可以被改编成为电影,或者有可能被改编成为电影。

我国学者汪流曾统计过:从 1981 年到 2000 年间,19 届"金鸡奖"的最佳故事片大部分是由小说改编而成的。"从 1981 年起共 19 届金鸡奖的评选中,除了一届(八九届)没有举行,实际的 18 届中有 12 届获奖作品都是改编的。"②金鸡奖的评选不是以文学为标准的,它自然要以电影艺术为标准。这就说明文学作品对电影艺术具有十分重要的意义。我国电影艺术家不但将许多古典文学作品搬上了银幕,也将现代文学中的许多作品搬上了银幕。就以现代文学史上的名家而论,鲁迅小说中被改编成电影的有《祝福》、《药》、《伤逝》、《阿 Q 正传》;茅盾小说被改编成电影的有《子夜》、《腐蚀》、《林家铺子》和"农村三部曲"——《春蚕》、《秋收》、《残冬》;巴金的《激流三部曲》先被香港的电影艺术家搬上了银幕,后来又被内地的电影工作者搬上了银幕;老舍的小说《我这一辈子》被拍摄成了同名电影,他的长篇小说《骆驼祥子》也被搬上电影银幕;其他作品,如短篇

---

① 　[美]刘易斯·雅各布斯《美国电影的兴起》,刘宗锟译,中国电影出版社 1991 年版,第 27—28 页。
② 　见汪流《电影编剧学》,北京广播学院出版社 2000 年版,第 341 页。

小说《月牙儿》和话剧《龙须沟》也被改编成为同名电影。沈从文的小说《边城》也被北影导演凌子风改编成了同名电影。可以说被改编成为电影的现代文学作品不胜枚举。这还不包括，许多小说、戏剧，甚至诗歌，被改编成电视剧。但由于本书专注于电影叙事，因此，对电影叙事和电视叙事之间的关系本书将不予涉及。

美国学者布鲁斯东曾经统计过雷电华、派拉蒙、环球三家公司1934—1935年度出品的影片，他发现将近二分之一的长故事片是根据小说改编的。他还没有统计取材于短篇小说的改编作品。另一个学者莱斯特·阿斯梅姆做了一个更大范围的调查，他发现各大电影公司从1935年到1945年这11年中，共出品了5 807部影片，其中有976部是由小说改编而成的。布鲁斯东经过统计，1946年的463部未发行或正在拍摄的影片中，由小说改编的约占40％。这位学者还认为，由小说改编成的电影总是最有希望获得金像奖。① 毋庸置疑，小说的思想、艺术手法、叙事技巧等许多方面会给电影艺术家以启发，这就使得改编对电影艺术的质量提高有很大助益。

文学名著具有永恒的魅力，它们总是吸引着众多的读者和艺术家。法国作家普鲁斯特的《追忆逝水年华》先后被三个国家的电影艺术家们搬上银幕：法国导演鲁兹、智利导演阿劳以及德国导演史隆多夫都先后将它改编成了同名电影。英国作家劳伦斯的那部引起很大争议的作品《查泰莱夫人的情人》也先后被英国导演拉塞尔和法国导演杰克金改编成了同名电影。陀思妥耶夫斯基的《白痴》、《罪与罚》、《群魔》等，也先后被不同国家的电影艺术家们改编成电影。托尔斯泰的《安娜·卡列尼娜》与《战争与和平》魅力四射，它们也被其本国的与外国的导演先后搬上了银幕。帕斯捷尔纳克的小说《日瓦戈医生》被英、意两国的导演改编成了同名电影。在卡夫卡的3部著名长篇小说中，《美国》被改编成了《阶级关系》，《城堡》被奥地利导演改编成了同名电影，而另一部名著《诉讼》也被改编成了同名电影。连乔伊斯那天书一般的《尤里西斯》也曾经被改编成电影。② 被改编的作品的名单实在太长了，数不胜数。总而言之，不管是各国的古典作品还是现代的经典作品，电影艺术家们都有一种改编它们的冲动与渴望。并且，不同的艺术家，面对同一部文学作品也不会因为已被别人改编就止步不前。

理论家们很早就关注到这种改编现象，他们纷纷从不同的角度发表了自己的意见。当然，除了对改编这种实用主义的研究外，还有其他类型的研究，不同的研究自然目的不同，这就会有不同的研究路径，也会采用不同的理论依托。更为重要的是，研究者有各自潜在的价值观与立场，也还有不同的理论预设。自然，他们会从自己的研究目的与理论预设出发，灵活地采用相应的理论与方法，也由此得出了不同的结论与主张。一般来说，对电影改编的研究约可分为四类。③

第一类是对电影的本体与小说本体的探讨，试图找出它们各自的特点，并在此基础上试图为电影艺术家们的改编指出一条可行的道路。

著名电影理论家贝拉·巴拉兹说："事实上确有可能把一部小说的题材、故事和情节改编成

---

① ［美］乔治·布鲁斯东《从电影到小说》，高千俊译，中国电影出版社1981年版，第3—4页。

② ［美］爱德华·茂莱《电影化的想象》，邵牧君译，中国电影出版社1989年版，第129页。据茂莱讲，电影《尤里西斯》中，有些部分很好，但在总体上却不太成功。一部文学作品被改编成为电影成功与否取决于多种因素。有媒介自身的原因，但我们必须看到，导演自身的艺术才华才是一个最为重要的因素。

③ 当然，这种分类在很大程度上是为了理论叙述的方便。实事上，一个研究者往往兼用多种类型或者其他类型。

一部完美的舞台剧本或电影剧本。"①改编就是"把原著仅仅当成未经加工的素材,从自己的艺术形式的角度来对这段未经加工的现实生活进行观察,而根本不注意素材所已具有的形式。"②法国电影理论家巴赞将改编分为三类:第一类是仅从原著猎取人物和情节;第二类是不但表现了原著的人物和情节,甚至进一步体现了原著的气氛或诗意;第三类是把原著几乎原封不动地转换在银幕上。巴赞认为随着电影技术的进步,电影有可能完整地再现文学原著。看来,作为一个电影理论家,巴赞仍然有一种将艺术划分等级的潜在意识:似乎认为文学原著本身比电影要完美。

克拉考尔将电影和小说的属性分成两个类型:物质的连续和精神的连续。他认为,尽管电影和小说都描绘"生活流",但两者各有侧重。电影的叙事倾向于一种"仍然跟物质现象紧密地、仿佛由一根脐带联结在一起的生活"③,而"小说的世界主要是一种精神的连续"。④ 这位学者认为,尽管小说也常常描绘实体——脸、物体、风景等,但它更便于直接提出和深入人物内心,易于表现人的情绪、观念、心理冲突和思想争论。他继而将改编分成两种类型:电影化的改编和非电影化的改编。所谓"电影化的改编"就是在内容上不越出电影的表现范围,致力于表达小说所无法表达的东西。或者说,电影化的改编就是要叙述出小说叙事中所暗示的却为文字媒介所无法表达的东西。"非电影化的改编"就是电影要叙述小说所描绘的主人公们的心理意识,这些东西在物质世界中找不到可见的对应物。在克拉考尔看来,改编成败的关键就在原作本身的"电影化程度"。克拉考尔的观念经不起电影艺术实践的检验。小说对人物心理意识的呈现具有多种方法;但电影既可以通过对人物的行为、表情、动作等的呈现来表现人物的内在意识,又可以通过直接的梦境、幻觉来表现人物的内心意识。克拉考尔理论上的洞见也给他带来了理论上的盲点。

类似的观念与理论的失误也表现在美国学者茂莱的著作里。他认为,由于媒介的不同,电影和小说在表现外部现实和内心现实上互有优劣:电影应该抛弃"分析"人物心理这一"文学"观念。美国电影理论家乔治·布鲁斯东认为:小说采取假定空间,通过错综的时间价值来形成它的叙述;电影采取假定时间,通过对空间的安排来形成它的叙述。它们之间的这些界限和差别,使得根据小说改编的影片必然会"毁坏"原作。基于这种认识,布鲁斯东的主张和巴拉兹有相当一致的地方:当一个电影艺术家着手改编一部小说时,他所改编的只是小说的一个故事梗概——小说只是被看做一堆素材,他并不把小说看成一个其中语言和主题不能分割的有机体;他所着眼的只是人物和情节,而这些东西却仿佛能脱离语言而存在。小说拍成电影以后,将必然会变成一个完全不同的完整的艺术品。

另外,在《从小说到电影》中,布鲁斯东还研究了小说与电影的不同的表现方法。我们看到,局限于当时的理论现状,他的小说理论还停留在用诗歌的语言修辞理论来评价小说与电影。这使他得出的结论不无可议之处:如电影无法使用隐喻、电影不能表现心灵。但有意思的是,电影实践在他著作诞生之前就否定了他的这些观念。当然,理论家从事纯理论研究而造成理论结论

① ［匈］巴拉兹《电影美学》,何力译,中国电影出版社1979年版,第176页。
② 同上,第279页。
③ ［德］克拉考尔《电影的本性物——物质现实的复原》,邵牧君译,中国电影出版社1981年版,第301页。
④ 同上。

落后于艺术实践也是常见的事。美国电影理论家劳逊在《电影的创作过程》一书中考察了文学原著与电影之间的关系,发现电影不可能像把一本书译成外文那样,逐字逐场地表现小说对过去、对感情和对回忆的感受,表现小说的个人激情,以及表现小说的描写和分析能力。所以,电影改编在很大程度上是要突破刻板地模仿其他艺术形式的框框,创造一个根本不同于原作结构的电影形式。不过,这也有例外。据说美国20世纪20年代的电影导演斯特劳亨拍电影《贪婪》严格按照其原著小说来拍。结果,该片耗资巨大,片长达9小时。制片商无法容忍,后来解雇了斯特劳亨,让其他导演将其剪辑成一个140分钟的影片。斯氏的原剪辑版本我们也就无从得以看到了。

当然,所有的这些改编理论都在无形中设定了一个参照标准,那就是将电影和文学原著或者原作者的意图或情节相比较,以电影所表现的思想意识与文学原著所表现的思想意识相比较,看电影是否呈现了原作的意图与思想意识。另外,这些研究有一个共同的特点:这些理论家们希望有效地指导电影艺术家的改编实践。这种研究基本上可以说是一种实用主义的研究方法。这种情况下,不少研究者所提出的主张往往被改编实践与电影事实否定。这里面原因有许多,但其中有两个原因不容否认:许多理论家将所看到的电影艺术的现实当成了电影艺术的可能,把导演的局限当成电影艺术自身的局限。

第二类是主题研究,即以电影的主题与原著的主题之间的关系进行探讨,这种研究的一个基本着眼点就是衡量改编中出现的"忠实"与否等现象。这种研究一般从情节、人物、结构等方面进行探讨。这种研究最为常见,例证举不胜举。当然,这种研究也会由于研究者视角的变化而变化。此外,相当多的学者借鉴了文化研究的方法和目光,试图通过对不同时期的改编考察,对同一个文学原著的不同时期的改编以及它在不同民族国家的改编来探讨,诸如现代性、后现代性、殖民与后殖民问题,女权主义者也会比较不同的文学文本与电影文本,从中探讨性别问题。总之,借助于改编所提供的不同文本,许多文化现象与问题的探讨与研究就获得了坚实可靠的基础。

第三类研究侧重于探讨作家与电影艺术或者电影与其他艺术的关系。如美国学者茂莱,著有《作家与电影——电影化的想象》,探讨了他心目中的电影艺术之特有手段对现代作家创作的巨大影响。我们看到,斯塔姆所编的《电影中的文学——现实主义、魔幻与改编艺术》一书就立足于文学对电影的影响。

第四类研究,借助于现代理论,如对话理论与叙事学的理论,来探讨电影改编的理论问题。在某种意义上可以说,这是一种很值得关注的理论研究的趋向。文学理论乃至文化理论与研究在20世纪五六十年代有一个结构主义转向,符号学与语言学成了新的研究方式。在结构主义的启发下,形成了一个新的学科:叙述学。尽管结构主义受到了许多批评,但这些批评者也不得不承认叙述学的魅力与成就。同时,不管小说与电影有多么不同,但有一个最基本的不可否认的事实:小说和电影都是在讲故事,或者说,都是叙事。正是基于对不同媒介的叙事性的朴素认识,电影叙述学在符号学和叙述学的影响下应运而生。电影改编的理论研究也积极地向它们靠拢:研究者希望能够借助于坚实的文本比较分析,得出可靠的结论,寻找新的理论生长点。这种心态典型地表现在美国学者斯塔姆身上。他在《文学和电影指南》一书中建议研究者比较电影和小说中的诸多不同方面,如时序、时长与频率。这位作者特别强调要关注叙述中的视点问题。① 此书特别收录了一篇法国学者若斯特的文章。若斯特观察了小说与电影的叙述中所表现出来的不同视觉感知——"观看",发现建立在文学作品基础上的叙事学的结论,并不能简单地移植过来描述电影。这位学者认为,应该认真审视不同媒介符号之间的差异所造成的不可忽视的影响;他呼吁应该建立一门比较叙事学②,要认真地考察不同的感知方式与媒介对叙事的建构与接受等方面的影响。

若斯特的呼吁是一种值得重视的学术反思:叙事是建立在结构主义(特别是索绪尔)的语言学基础之上的。在索绪尔之后产生了一批索绪尔主义者。这些人表现得比索绪尔还要索绪尔。这些人将索绪尔的学术愿望当成了现实的学术成果:比如,索绪尔认为应该建立起一门符号学科,而语言学只是符号学中的一个重要的分支。20世纪五六十年代,法国结构主义者将索绪尔的语言学当成索绪尔已经建成的符号学。他们将索绪尔的一些主张、一些假设当成了他们进行抽象的学术演绎的出发点。在此基础上形成的叙事学又被赋予了一种超验的普遍意义,被一些人当成了"放之四海皆准"的普遍真理。于是,这种建立在索绪尔语言学基础上的叙事学又被推而广之,继而在此基础上建立了各种各样的某某叙事学。

把符号学与叙事学引入电影理论后,理论家们对电影改编研究采用符号学与叙事学的理论经常持有一种乐观主义心态。这种乐观主义的心态引发了理论家们对改编这一问题怀有一种理论上的浪漫主义态度:"文字和电影符号尽管物质特性截然不同,甚至尽管我们在初始层次上处理它们的方式也不同,它们却有着共同的命运,即注定是有内涵的。每一能指都认定一个所指,但也引发了其他关系的连锁反应,使精心制造虚构世界成为可能。"显然,简单的认定所指上的一致性,并不能保证使科恩正确地得出这样的结论:"小说和电影之间最稳固的中间环节是叙事性,它是词语语言和视觉语言中最普遍的倾向。在小说和电影中,符号群,无论是文学符号还是视觉符号,都是通过时间被顺序地理解的,这种顺序性引起一个展开的结构,即外叙事整体。它永远不会在任一符号群中充分呈现,但总是在每个这种符号群中得到暗示。"③ 由符号到叙事,在内涵与意义的一致性的前提下肯定了故事(外叙事整体)上的一致性。这里面似乎有循环论证的倾向。这种议论表明,它只是一种纯粹的理论上的假设。"叙事编码总是在暗指或内涵的层次上起作用。它们因而在小说和电影中有潜在的可比性。在两部作品中,如果叙事单元(人物、事件、动机、结果、背景、视点、意象等)是对等展现的,故事就可能是相同的。按照定义说,这种展现就是对内涵和暗指的加工处理。这样一来,对改编进行分析,就必须针对在电影和语言这两种截然不同的符号系统中的等值叙事单元的成就。叙事体本身是可以应用于两者,同时又衍生于两者的一个符号系统。如果断定一部小说的故事在某些方面是可以与它的电影改编相比较的,那就必须研究通过文字符号和视听符号分别展现该故事的叙事单元的严格区分但又等值的暗指过程。"④ 我们看到,这种观念是建立在一种对改编忠实于文学叙事的想象性基础之上。在这种论断中,这位理论家总是将理论建立在"如果"与"定义"之上。至于事实究竟如何,这似乎并不在理

① 〔美〕罗伯特·斯塔姆、亚历山桑德拉·雷恩格《文学和电影指南》,北京大学出版社2006年版,第79页。
② 同上。
③ 〔美〕安德鲁《电影理论概念》,郝大铮译,上海文艺出版社1990年版,第133—134页。
④ 同上,第134页。

论家的视野之内。这也表明了若斯特文章中所表露出的学术反思意见值得重视。这种反思应该具有一定的深度与广度：既要面对理论，也要面对事实。只有这样做，才能通过对改编的真正研究，推动进一步比较电影与文学两者之间的关系，并进而对叙事学的发展有所助益。

在理论上，我们可以假设把文学改编成电影有其内在构成上的一致性，但实际上，符号本身形态的不同给叙事带来巨大的差异。有鉴于此，我们会理解若斯特提出建立一种比较叙事学，探讨不同的媒介对叙事表达上究竟有着怎样的影响与制约的重要意义。但比较不是目的，比较只是手段。这是通向一种更加具有普遍意义的叙事学的必要路径，只有这样才能更加准确地帮助我们了解电影艺术与文学艺术的各自特性以及两者的异同。

1.2　符号学及其意义

从媒介的角度上来说，认识改编，进而研究电影叙事与文学叙事之间的差异，首先就是要清楚地认识到两种媒介在本质上的一致性与独特性。从媒介的本质特点出发，我们才能寻找到一个对故事和不同媒介的表现状态、表达形式上可以进行比较并且具有同一性的逻辑基础。也只有找到这种具有同一性的逻辑基础，我们的比较才可以有条理地进行下去。换而言之，只有当差异表现为同一种逻辑下所显示出的差异时，比较才是可行的，其差异也才是明确的。找不到这种逻辑上的一致性就进行比较，其结果与结论往往不太可靠。我们认为，符号学给我们提供了一个坚实的逻辑基础。

符号学是关于人类如何生产符号交流信息的学科。人类对符号的研究和探索由来已久。亚里士多德曾说："口语是心灵的经验的符号，而文字则是口语的符号。"① 从此，人类就开始对符号进行不断地探讨，逐渐认识到符号对人类与人类知识的重大意义。到了18世纪，英国哲学家洛克将人类的学问分为3个门类。他认为，第一个门类就是哲学，第二个门类是伦理学，而第三个门类，洛克将他叫做符号学(Semiotics)。洛克认为，这门知识在于"考察人心为了理解事物、传达知识于他人时所用的符号的本性"。在洛克看来，符号就是被记录下来的观念。人类为了相互传达思想，并且将这些思想记载下来为自己利用，于是，表达思想观念的符号就源源不断地产生了。② 其后，符号学受到了学者们越来越多的重视。

德国哲学家卡西尔建立起了自己独特的符号哲学：他认为，文化就是"源源不断地创造出新的语言符号、艺术符号和宗教符号"。卡西尔还认为，在语言、宗教、艺术、科学中，人所能做的不过是建造他自己的宇宙——一个使人类经验能够被他所理解和解释、联结和组织、综合化和普遍化的符号的宇宙。基于这样的认识，在卡西尔看来，人不是生活在一个单纯的物理宇宙之中，而是生活在一个符号宇宙之中。语言、神话、艺术和宗教则是这个符号宇宙的各部分，它们是织成符号之网的不同丝线，是人类经验的交织之网。进而他主张，"应当把人定义为符号的动物来取

---

① ［古希腊］亚里士多德《范畴篇·解释篇》，方书春译，生活·读书·新知三联书店1957年版，第55页。
② ［英］洛克《人类理解论》，关文运译，商务印书馆1981年版，第721页。

代把人定义为理性的动物。只有这样,我们才能指明人的独特之处,也才能理解对人开放的新路——通向文化之路"。① 与此相应,卡西尔认为,文化科学就是让人"去诠释符号,以便将其中隐藏的意义揭示出来,使这些符号原先从中产生的那种生活得以再现"。② 像卡西尔一样,将人类文化看成一个符号文化体系的还有莫里斯。莫里斯说:"人是突出的应用符号的动物,……人类文明是依赖于符号和符号系统的,并且人类的心灵是和符号的作用不能分离的。"③ 从符号学的角度来进行学术探讨,在前苏联学者巴赫金那里也受到了充分的重视。巴赫金也特别强调了符号学与人文社会科学的方法和意义:"在研究人的时候,我们是到处寻找和发现符号,力求理解它们的意义。"④ 这种对符号的强调也使巴赫金对艺术有着和其他学者、哲学家相似的看法。他将符号看成是文本的前提:"每一文本都以人所共识的(即在该集体内约定俗成的)符号体系、'语言'(至少是艺术的语言)为前提。"⑤ 巴赫金甚至得出这样一个结论,他说"文艺作品毫无例外地都具有意义。物体——符号的创造本身,在这里具有头等重要的意义"。⑥ 这些哲学家们大多从形而上学层面对符号以及人与符号的关系进行了富有意义的探讨。

　　对符号学研究具有基础性意义的却是美国学者皮尔士,他将其一生都献给了符号学研究。他从多个角度对符号进行了分类,奠定了符号学研究的基础。皮尔士对符号学所作出的第一个贡献就是对符号进行界定,并研究符号的构成。皮尔士把符号理解为代表或表现其他事物的东西,符号可以被某人所理解或解释,或者对某人具有一定意义。根据这一定义,我们可以把它解释为:每一个任意的符号必须本身是一种存在,与它所表征的对象有一定关系,这种"表征"必定由某一解释者或解释意识所理解,或具有一定"解释"或意义。也就是说,符号应具有三种关联要素:一、媒介;二、对象关联物;三、解释项。皮尔士认为,这三个要素不具有分离性,是"三位一体"的。换言之,任何一个符号都会具有这三个要素,否则,它就不是一个真正的符号。皮尔士的解释项含义在他自己的著作中也芜杂纷呈。他既说:"它(记号)所代表者叫客体,它所传达者叫意义,而它所引起的观念为其解释项(或译为阐释物,下同)。"一般来说,皮尔士的解释项的含义远比所谓的"意义"要丰富得多,相当于直接对象和意义,或相当于直接客体和意义为社会所了解的方式。这比语言学的"词"的意义的含义丰富。当然,具体到语言文字而言,解释项就是意义。这正如皮尔士说:"解释项不只是一词项的意义,同时也是从前提中引出的论证之结论。"解释项大致为一种观念性意义,尤其是一种引申性意义,是可能的解释者心中的心理事件。⑦ 此外,皮尔士还将解释项分成情绪的、动力的和逻辑的解释项。逻辑的解释项是符号引发出的观念或思想。对一个图像性表现的阐释所引起的反应可以是对一个物体的辨认,或一个"感觉",这是情绪的解释项。它也可能对一种行为方式或动作起决定作用,因而便成为动力的解释项。⑧ 皮尔士

① ［德］恩斯特·卡西尔《人论》,甘阳译,上海译文出版社 1992 年版,第 280 页。
② 同上,第 34 页。
③ ［美］莫里斯《资产阶级哲学资料选辑》第 18 辑,上海人民出版社 1966 年版,第 129 页。
④ ［俄］巴赫金《巴赫金全集》,河北教育出版社 1998 年版,第 317 页。
⑤ 同上,第 302 页。
⑥ 同上,第 121 页。
⑦ 见李幼蒸《理论符号学导论》,中国社会科学出版社 1993 年版。
⑧ ［荷］彼得斯《图象符号与电影语言》,一匡译,中国电影出版社 1990 年版,第 28 页。

的这些观念对符号学提供了很好的逻辑起点。

皮尔士的第二个贡献是对符号进行分类。但在这个问题上,由于符号学的难度与广度都很大,皮尔士的观点一生数变。但就对后世影响而言,他将符号分为三类,这种分类方法相对简洁明了,被人们广泛接受。他将符号分为象似符号、标引符号和象征符号。所谓象似符号就是通过对对象的写实或模仿来表征其对象,也就是说,它是某种借助自身和对象酷似的一些特征作为符号发生作用的东西,即在相似性的基础上来表示对象。属于象似符号的有图像、图案、结构图、模型、简图、草图等。所谓标引符号则被认为是一个符号对一个被表征对象的关系,但这种关系不是模仿,而是一种直接的联系,与对象构成一种因果的或接近的联系。如烟是火的索引,风标则是风向的索引。正因为标引符号与它的对象间的这种具体的和现实的关系,所以其对象是一种确定的、个别的、与时间和地点相关联的对象或事件。在皮尔士看来,一个示意的手势或一个指示代词,也是标引符号。以上两种符号和客体之间的关系很直接,而第三种符号则是一种与其对象没有相似联系或因果联系的符号,所以它可以完全自由地表征对象,皮尔士将这种符号称为象征符号,这种符号与客体之间是一种象征关系。象征方式的表征只与解释者相关,可以从任意的符号储备系统中选择任意的媒介加以表征,这种符号可以在传播过程中约定俗成地、稳定不变地被应用。在皮尔士看来,象征符号完全是随意的、约定俗成的,这类象征符号的最明显的例子是文字和数字。在这一点上,皮尔士和索绪尔的观点一致。皮尔士和索绪尔是同一个时代的人,有研究者表明,他们对语言符号任意性的看法具有同样的思想来源。

皮尔士之后,美国符号学家莫里斯则把符号研究置于行为主义的基础上。他把符号看成引起行为的替代物。莫里斯对符号学有两个巨大的贡献,其一是把符号学分成符形学(或者译为"句法学"),符义学(或者译为"语义学")和符用学(或者译为"语用学")。他认为符形学研究符号与所指事物之间的相互关系,以及他们结合成复合符号的方式。符义学则研究符号和意义关系,而符用学则研究人与符号之间的关系,它包括人对符号的创造和应用以及对符号的心理学特征和社会学特征的探索。莫里斯的这个分类对符号学科的建立起了很大的作用。莫里斯的另一个贡献是将符号学划分成 16 种论域(或者"话语"),它们是"语言符号的复合体",即现代语言学所称的"话语"。①

---

① 莫里斯将符号学划分为 16 种论域(discourse,或译为话语),就文学而论,他区分为两种:小说话语和诗歌话语。莫里斯的这种分法影响到了新批评。后者把这种区分继续下来,以至于只研究文学理论的人将这一发明权看成了新批评对文学研究的贡献。这一区分,也使人们产生了一个印象:话语在这里有了一种"体裁"的意味。恐怕,热奈特的"话语"在很大的程度上是在这个意义上使用的。另,话语的概念极为复杂,其来源也不一致。在巴赫金那里,话语的含义就是在实际的交流活动中也会说出的"话"。这是一个完整的交流单位。话语和句子并不是一个范畴。句子是语言学抽象出来的没有交流主体的研究的单位,而话语是交流的单位。由于句子的概念在人们的心目中很牢固,人们也就往往用"句子"的概念来理解"话语"。如巴特:"话语有自己的单位,自己的'语法';它超越句子,然而又特别由句子所构成。"(转引自《西方文论关键词》第 224 页,赵一凡等主编,外语教学与研究出版社 2005 年版)巴特这话并不完全正确,它只是提供给我们理解话语的一个参考。进而言之,句子是语言学研究中被抽象出来的语言单位,而话语则是学者们探讨语言的交流活动时所用来表示语言交流活动的单位,而话语是一个完整的交流单位。一个表示赞成与否的语气词就构成了一个交流单位,即它完整的表达了一个思想或者意义。这就是话语。话语可以很简单,可以由一个词构成的,但也可以很复杂,如一篇长达上百万言的长篇小说。话语有它的听众和说者,话语是语言行为——说的结果。而句子则是被抽象出来后与现实世界无关,与意义无关,也与说者和听者无关,是语义单位(词)的组合,它是语法的单位。

在福柯那里,"话语就是言语或书写,它们构成了看待世界的一种方式,构成了对经验的组织或再现,构成了用以再现经验及其交际语境的语码。毋宁说,话语构成了一种意识形态,把这些信仰、价值和范畴或看待世界的特定方式强加给话语的参与者,而不给他们留有其他选择。这也是文化唯物主义者所持的观点,即话语是意义、符号和修辞的一个网络,与意识形态一样,话语致力于使现状合法化。"(转引自《西方文论关键词》第 226 页)。在本书的写作中,所使用的"话语"的含义就是指实际的交流中被说出来的"话"。

索绪尔被认为是符号学——特别是欧洲符号学——的创始人。他认为语言是一种表达观念的特殊的符号系统，可以比之于文字、聋哑人的字母、象征仪式、礼节形式、军用信号等。语言在符号系统中占据最重要的地位。在此基础上他提出"我们可以设想一种研究社会生活中符号生命的科学。它将构成社会心理学的一部分，因而也是普通心理学的一部分；我们管它叫符号学。"① 不过，索绪尔提出了这一宏伟设想，却没有将它完成。但后来者如罗兰·巴特与麦茨等法国学者也就将索绪尔的语言学看成了索绪尔的符号学。

索绪尔在《普通语言教程》中提出了一个影响深远的观念：语言的任意性。索绪尔将符号看成由两个部分构成的，它们分别是能指与所指。索绪尔认为，这两者之间的关系是"任意的"，是约定俗成的结果。索绪尔认为这是符号学的第一原则。索绪尔的任意性观念后来成为结构主义的基本出发点。索绪尔的"任意"原则，也只是索绪尔的一家之言，后来有很多语言学家提出异议，指出能指与所指之间存在"理据性"。也就是说，语言符号的"任意性"在理论上并不是无懈可击的。语言的"任意性"多半是一个主张而未必是对事实的准确描述②。但这一主张却成了结构主义理论的逻辑起点。索绪尔提出了语言学的第二个原则，语言的线性原则。由于"能指属听觉性质，只在时间上展开"，这样时间上的特性也就被赋予到了语言上。这表现为：一、（听觉的）能指总是体现为一个长度；二、"这长度只能在一个向度上测定：它是一条线。"③ 这么一个线性特征在索绪尔看来，它太普通了，太简单了，以至于人们将它忽略掉了。但索绪尔却认为它太重要了："这是一个基本原则，它的后果是数之不尽的；它的重要性与第一条规律不相上下。语言的整个机构都取决于它。"④ 这一个听觉能指的特性将它跟视觉的能指区别开来："视觉的能指可以在几个向度上同时迸发，而听觉的能指却只有时间上的一条线；它的要素相继出现，构成一个链条。我们只要用文字把它们表示出来，用书写符号的空间线条代替时间上的前后相继，这个特征就马

---

① ［瑞士］索绪尔《普通语言学教程》，高名凯译，商务印书馆1980年版，第38页。

② 下则资料可供参考："According to Saussure's definition, the linguistic sign — or word — is an arbitrary and unmotivated unit. A double-headed unit in which the signifier is the oral statement and the signified a concept relating back to the concrete reference (the object being described). there is however an inevitable association between the sign and the signified (the *word* chair and the *idea* chair). it is the case that the modern linguistics has tended to reject Saussure's bipolarity in favor of seeing the word as a global signifier relating both to a concrete (the object) and/or abstract (the concept) signified, the context making the distinction obvious during reading" P16 — semiotics and the analysis of film Jean Mitry translated by Christopher king Indiana university press, 2000. 米特里的话里面透露出来西方学者对能指与所指关系的认识，所指的构成是一个"物体"和"概念"，索绪尔的划分过于简单。中国学术界对米特里这里所说的 the modern linguistics 并不清楚。但中国学术界对雅各布逊反对"任意性"而提出的"临摹性"并不陌生。这个问题的两种对立观点在西方源远流长。中国语言学界近来就汉语而论往往否定"任意性"而主张"理据性"。徐通锵在《语言论——语义型语言的结构原理和研究方法》一书中将理据性作为建构汉语研究的逻辑基础，将汉字作为理论研究的逻辑起点。详见《语言论——语义型语言的结构原理和研究方法》，东北师范大学出版社1997年版。国外的这方面研究可见王铭玉著《话语符号学通论》，第十四章《语言符号的相似性》，第402—429页。在这里，这位学者叙述了国内外许多学者对这一问题的研究成果。《语言符号学》，高等教育出版社2004年版。

③ ［瑞士］索绪尔《普通语言学教程》，高名凯译，岑麒祥、叶蜚声校注，商务印书馆1980年版，第106页。

④ ［瑞士］索绪尔《普通语言学教程》，高名凯译，岑麒祥、叶蜚声校注，商务印书馆1980年版，第106页。但索绪尔对这一原则有失察的地方。这显然来源于将书写的形式看成了实际语言的等值形式。他没有注意到书写形式对实际语言的扭曲。书写形式是线性的，但实际的语音形式并非如此。但线性特征对于我们比较书写的文学叙事和图像建构的电影叙事来说具有很重要的指导意义。索绪尔的这种失误已经被学者所指出，雅各布逊甚至说"索绪尔的两条'基本原理'——符号的任意性和能指的线性——都已经被证明是幻想。"见姚小平《雅各布森文集》，钱军、王力译注，湖南教育出版社2000年版，第88页。

上可以看到。"① 在这一个原则思想的支配下,索绪尔提出了几个对立性概念,如横组合与纵聚合、共时与历时。我们会看到,电影叙事学在移植文学叙事学的时候,总是有意无意地忽视了这一重要原则,大多数的电影符号理论家们对索绪尔的这一重要原则似乎并不加注意。索绪尔在这两条原则与三组对立的概念之外,还提出了另一组对立的概念,这就是言语与语言。在索绪尔看来,言语是具体的用任何一种物质方式表现的语言行为,这是一种个人的表达活动,是个人的选择和实践;语言则是社会性的存在,它是一个系统,它包括词汇、语法、惯用法等规则,这是任何个人所不能任意改变的。一般认为,索绪尔的这种语言—言语之区分对语言学作出了划时代的贡献。他的这个主张也成了法国结构主义者的理论支柱。在索绪尔看来,语言活动是一种施动性的行为,是"我说你听"。同样,雅各布逊那个著名的语言的几个功能图式也同样表明了陈述的单向性特点。这种观点在今天看来很有争议,我们可以将其称为一种"说的优先性"观点。在海德格尔的哲学里面他提出了一种"听的优先性"思想。在某种意义上,海德格尔哲学对"听"的强调,可以看成是对索绪尔语言学中这一观点的哲学反驳。在对话哲学的立场上,巴赫金非常明确地反驳索绪尔的这一观点。巴赫金认为,语言活动是一种自我与他者之间的相互的交流活动,这里面存在着一种非常强烈的"他者的优先性"。索绪尔的观点也许并不符合我们的生活经验:一个家长会从孩子小的时候就教导他"紧睁眼慢开口"。先看后说,这不能仅仅理解为是一种对待他人的礼貌,更重要的是,这是我们存在的本然状态。""成也萧何,败也萧何",结构主义的许多逻辑起点大多建立在此基础上,他们的许多看法所带来的问题也往往可以归因于此。

　　一般来说,皮尔士和索绪尔、莫里斯的这些思想就是后来的符号学家们的主要学术资源,当然,当后来的符号学家们面对具体问题时还会吸收不同的资源,如法国的结构主义者们还要借助于法国语言学家本维尼斯特的陈述理论。本维尼斯特认为,陈述是一个说话人和受话人之间的交流活动。具体到符号表达问题上,符号学家们还会吸收丹麦语言学家叶姆斯列夫关于内容与表达的思想。这位语言学家认为,文字的能指和所指之间是一种内容和表达的关系。同时,不同学科的理论家们在使用符号学理论时会将本学科进行一种符号学化。也就是说,他们用语言学符号学的理论来解释本领域中原来的知识与问题。

1.3　电影符号学的发展与理论价值

　　索绪尔在法语学术界有很长一段时间没有被重视,当他被法语学术界重视的时候已经是几十年之后了。这颇有些"出口转内销"的味道。但在俄罗斯,他的学术价值却从一开始就受到了高度重视。巴赫金曾经说到索绪尔语言学在俄罗斯 20 世纪初期的学术地位:"在俄罗斯,福斯勒的学派有多么不普及,那么索绪尔的学派在我们这就有多么普及和影响。可以说,我们语言学思想的大多数代表人物受到了索绪尔及其弟子——巴利和薛施蔼的影响。"② 巴赫金看到了索绪尔

---

① ［瑞士］索绪尔《普通语言学教程》,高名凯译,岑麒祥、叶蜚声校注,商务印书馆 1980 年版,第 106 页。
② ［俄］巴赫金《巴赫金全集》,河北教育出版社 1998 年版,第二卷,第 404 页。

思想的巨大影响,认为它对"俄罗斯语言学思想"起到了"奠基作用"。① 这也就不难理解为什么俄国的理论家们在电影理论探索的开端就和符号学有了很密切的联系。

在俄国,库里肖夫做了一个著名的试验,这为电影的蒙太奇理论奠定了重要的基础。库里肖夫一开始就认为镜头就是电影的符号,就是构成蒙太奇的元素。这种看法得到了俄国文学理论家、俄国形式主义者埃亨鲍姆地热烈赞同,他说:"任何艺术都与符号相关,而对电影创作者来说,电影元素(单位)的符号性则已不是什么隐秘——库里肖夫同样强调,每一个画面都应视为符号或字母。"② 埃亨鲍姆进而认为:"归根结底,电影同一切艺术一样,是一个图像语言的特殊体系。"③这种将电影看成是一个语言体系的看法和几十年后的麦茨一样。显然,埃亨鲍姆用了索绪尔的观念对电影中的一些艺术现象进行了语言学式的解释。这种一致性更多的是基于同一种学术资源的缘故。埃亨鲍姆同样强调了电影符号中的"约定性"。他说:"电影语言类同于其他任何语言,具有约定性。面部表情和形体姿态的积累正是构成电影语义学的基础。……和其他艺术一样倾向于发挥那些日常生活不用的语义元素。电影不仅具有自己的'语言',而且还有自己的'行话',这些'行话'对外人是很难理解的。"④ 他还对库里肖夫的蒙太奇试验给出了符号学上的解释:"电影里既有镜头语义学,又有蒙太奇语义学。单个镜头很少显露自身的语义,但镜头复合结构中某些恰恰与上镜性相关的细节可能具有独立的语义作用。然而,蒙太奇依然是语义学的基本核心——因为正是它给镜头增添了一般含义之外的情感色调。人们都熟知这样的例子:在重新剪辑一部影片,同样的镜头被置于不同的蒙太奇'泛本文'关系中便能获得全新的含义。一个镜头既可以用于纪录片(纪录片中只表现镜头语义,因为蒙太奇在此不承担独立的表意作用),又可以用于故事片,但它的含义将会完全不同,因为这时它已进入蒙太奇语义学。从胶片画格到蒙太奇镜头,电影始终是一种序列艺术:各个镜头的含义只能通过彼此的先后关系逐步揭示出来。负载这些含义的基本符号极不稳定,它们是作为电影里的含义编码而被创造出来。"⑤ 这些话很容易让人想到索绪尔。也许,这里利用了索绪尔的任意性原则来解释蒙太奇现象。

在同样的学术环境中,爱森斯坦也以语言学作为自己理论思考的背景与依据。他以镜头作为理论思考的逻辑起点。爱森斯坦将电影语言分为三个层面:镜头—段落—影片本文。他试图比较全面地考察这三个层次上的冲突,以建构电影的"句法"。他不同意把镜头看成是符号,他把镜头看成"蒙太奇单位,——细胞就这样分散为——连串的分裂体,然后重新组合为新的统一体——组合为体现出我们对现象的具体概念的蒙太奇句子"。⑥ "蒙太奇不仅是造成效果的手段,而且首先是一种'说话'的手段,表达思想的手段,即通过独特的电影语言、独特的电影语法而表达思想的手段。"⑦ 爱森斯坦找到了汉字,在他看来,汉字在结构上就能"简洁表达抽象概念,而用于文辞的叙述就能同样简洁地产生鲜明的形象性。这一方法,小至用于组合符号,就能从符号

① ［俄］巴赫金《巴赫金全集》,河北教育出版社 1998 年版,第二卷,第 404 页。
② 见李恒基、杨远婴《外国电影理论文选》,上海文艺出版社 1995 年版,第 115 页。
③ 同上,第 5 页。
④ 同上,第 111 页。
⑤ 同上,第 112 页。
⑥ ［俄］爱森斯坦《爱森斯坦论文集》,魏边实译,中国电影出版社 1963 年版,第 271 页。
⑦ ［俄］爱森斯坦《蒙太奇论》,富澜译,中国电影出版社 1999 年版,第 428 页。

的撞击中产生出单纯明确的概念。同样的方法,大至用于组合文辞,则能呈现出绚丽多姿的形象效果。一个'公式—概念'经过素材的丰富和扩展,就变成一个'形象—形式'。汉字结构的原则——'通过造型表示含义'——分解成两个方面。在其功能方面('表意'的原则)演变为创造文学形象性的原则"。可以看出,爱森斯坦的逻辑起点在于电影的镜头,镜头构成了电影符号的细胞或单位。另一些前苏联理论家则将电影的逻辑起点放在了电影的图像上。梯尼亚诺夫说:"电影中的可见世界,并不是本来的世界,而是意义相互关系的世界,否则,电影就只不过是一张活动的(和不活动的)照片而已。可见之人、可见之物,只有作为意义的符号出现,才能成为电影艺术的因素。"① 显然,梯尼亚诺夫在巴拉兹电影思想的基础上强调了它们的符号性的存在。这种理解更加符合电影中的图像符号的实际状况。可以看出,不同的俄国学者对电影符号有不同的认识,对电影符号的最小单位是什么这一关键问题则认识差异很大。事实上,这一问题很难回答,时至今日依然没有得到很好的解决。当一些学者指责将符号引入电影理论是错误的时候,他们似乎忘了他们眼中的那些很传统很正宗的电影理论与符号学和索绪尔也有过或明或暗的联系。

不只是俄国的电影理论家把电影中的这些现象和语言学进行类比,许多国家的电影理论家们也同样用语言学为参照进行着电影理论的建构。不过,这些理论家们没有运用索绪尔的语言学,或者有些人在隐喻性意义上使用。据说,英国学者雷蒙·斯波蒂伍德 1935 年出版了第一本《电影语法》,随后,意大利和法国也有一些相关著作相继问世。法国学者巴塔叶 1947 年出版了《电影语法》,书中说到:"电影语法旨在研究这样一门艺术必须奉行的各项规则,也就是如何通过构成一部影片的连续活动的画画,正确地表达一些观念。"② 一般来说,这些理论家大多将镜头看成是电影表意与叙事的最小单位。马赛尔·马尔丹 1950 年写出《电影语言》,是一部具有总结性质的著作。该书认为,电影作为一种语言,画面是电影叙事表意的最小单位,电影画面是"叙述故事和传达思想的手段"。③

上面提到的这些著作大多借用语言学的方法与观念,企图为电影语言确立规范。一般来说,理论家们也认为这些理论大多是在一种隐喻意义上使用了语言学的术语,只是一种将电影中的有关现象和语言现象进行了比附。在这种思想的指导下,他们把"镜头"比作"词";把"景别"比作"词类";把"段落"比作"句",而把段落转换的方法就等于自然语言语法中的"标点符号"。显然,这是一种机械比附。但这种比附为以后的电影符号学研究提供了参考。④ 尽管著名的电影理论家巴赞反对这种机械类比的做法,他对电影语言也给予了足够的重视。他依然在他那宣言性的论文《摄影影像的本体论》结尾仍然意味深长地宣称"电影是一种语言"。⑤ 不过,巴赞此时的电影语言究竟是什么并不明确。后来,他写出了《电影语言的演进》,才明确了电影语言的概念。在

① [俄]尤里·梯尼亚诺夫《论电影的原理》,节选自《俄国形式主义文论选》,方珊译,生活·读书·新知三联书店 1989 年版,第 104 页。

② 见李恒基、杨远婴《外国电影理论文选》,上海文艺出版社 1995 年版,第 384 页。

③ [法]马赛尔·马尔丹《电影语言》,何振淦译,中国电影出版社 1982 年版,第 4 页。

④ 见李恒基、杨远婴《外国电影理论文选》,上海文艺出版社 1995 年版。

⑤ [法]巴赞《电影是什么》,崔君衍译,中国电影出版社 1987 年版,第 15 页。

巴赞那里,电影语言是指电影媒介(画面、声音、色彩等)与摄影机的运动方式等。

把电影语言和自然语言①相类比,将语言学上的概念与方法应用到电影理论中去的思想到了米特里有了转变。他将电影理论的逻辑起点放在了图像上。这使他成为电影理论从古典转向现代的桥梁。他从电影语言最基本、也是最核心的构成元素——影像入手。他想寻求并确立关于一切影像所具有的最普遍的共同属性。他认为影像最初只是物象,只是现实的一个片断;而物象一旦变为符号,便使电影变为语言;再经过导演的创造性努力,语言便被改造成艺术。物象、符号、艺术是构成米特里电影观念的基础。米特里也因此为现代电影语言学建立了科学的逻辑起点。

米特里之后,麦茨把电影中的图像符号看成电影叙事表意的理论思考之出发点。这位学者在更严格的意义上用语言学的理论为参照来思考电影理论。麦茨提出了电影语言的几种特性:

电影语言不是一种交流方式,电影并不是发出者(电影叙事者)和接受者(观众)之间交流系统,尽管这是索绪尔对言语看法的翻版,但实际上这一观点并不正确。这些都根源于索绪尔的那一个特别的语言观,那就是本文前面所说的那一个"说优先于听"的语言观。这种语言观正如巴赫金所说:"那些语言学思维方法对待语言的建立,就如同对待建立规则一致的形式体系一样,是以研究书面记载的僵化的他人语言作为实践和理论目的。必须着重强调指出,这一语文学的方针,在很大程度上决定了欧洲世界的整个语言学思维。这一思维在书面语的尸体上形成并且成熟;在复活这些尸体的过程中,产生出这一思维几乎全部的基本概念、基本立场和习惯。"② 概括地说,索绪尔的语言观中的语言不是实际的活生生的"语言",而是一种"僵死的书面体的他人语言"。③ 尼克·布朗说:"在电影符号学理论中,克里斯蒂安·麦茨的论著是最完整和最有影响的。"这话当然是对麦茨的高度肯定,但我们也必须看到,索绪尔的没有说话人的"僵死的书面体的他人语言"的"尸体"最终会经过罗兰·巴特的"作者之死"演变为麦茨的"无人称叙事"。④ 也就是说,我们应该提出一种和麦茨相反的主张,电影是一种话语,并且也同样是建立在交流的基

① 自然语言指人类语言集团的本族语,如英语或日语。自然语言与人造语言(artificial language)相对,后者如世界语(Esperanto)或计算机使用的 ALGOL 语言。见《语言和语言学词典》。

② [俄]巴赫金《巴赫金全集》,河北教育出版社 1998 年版,第二卷,第 418 页。

③ [俄]巴赫金《巴赫金全集》,河北教育出版社 1998 年版,第二卷,第 421 页。

④ 1991 年麦茨发表了《无人称的陈述过程或影片位置》。他认为:"一般陈述的过程理论为表示陈述两端显现的人或主体,常以人称代词或指示代词来指明陈述过程中的作者/读者、说话者/听说者或陈述者/受陈述者、我/你等。而一部影片的放映过程,通常只有观众,导演或工作组常是不在场的。这种不对称关系是电影陈述过程的根本所在。由于在影片陈述过程中并不存有真正的人对人,所以同样也不存在真正的陈述者与受陈述者,电影的全部焦点都落在受陈述者与陈述之间,即在观众和影片之间,即存在于代名词的'你'(观众)和'他'(影片)之间。在电影陈述活动中真正能说'我'(主体)的却是'你'(观众),于是主体便是观众。作为罗兰·巴特的高足,麦茨在此把他老师'作者已死'的本文理论,推及电影领域,从而使电影的叙事研究又纳入了一个更为具体更为客观的范畴内。他明确地主张陈述过程为无人称性指涉。如果说电影存有陈述者,那么'他'只能是影片自身,而受陈述者只有观众。对于麦茨来说,电影的陈述是一种过程,一种功能,更是一种生产。它是无人称的语言形态。"以上转引自贾磊磊《电影语言学导论》,中国电影出版社 1996 年版,第 51 页。由于未见麦茨原文,聊转引以资参考。从《电影与方法》所附麦茨的谈话中来看,麦茨的这一思想直接来源于语言学家本维尼斯特。本维尼斯特说"故事似乎完全在自言自语",而麦茨说:"我相信,他真的认为故事完全是自言自语的(从现象上看的确如此)。只是出于谨慎和为了避免容易误解,他才加上'似乎'一词。"从此也可以看出,麦茨对于语言学家的话达到了一种迷信状态,语言学家们对于自己领域以外的事物偶发议论,即为麦茨等人肯定加强并推而广之。[法]麦茨《电影与方法》,李幼蒸译,生活·读书·新知三联书店 2002 年版,第 319 页。

础上的话语。①

　　麦茨的第二个观点就是电影没有符号，或者说电影语言没有自然语言那种确定而又完备的词汇表。它的基本单元成分是画面、对白、音响、音乐、字幕等，它们在电影中的表现是连续的。它们不能像语素、义素、音位那样成为可分析的独立成分。在日常语言中，不同的语言表意单位比电影要确定得多、简单得多。这显然还是深受索绪尔影响的结果。这是因为他仅仅将文字当成了符号，而图像则不是！当然，尽管以后艾柯依据皮尔士的符号理论，认为图像本身就是符号。但麦茨似乎并不接受这种观点。麦茨强调电影的图像语言与文字语言的不同本无可厚非！② 但不能因为图像符号有异于文字符号就否定图像的符号性。电影语言是一种基于类似性的编码原则，这也是对电影图像符号的正确提示。但麦茨因此就否认电影有符号，没有双重分节就有些"走火入魔"了。电影语言中"词"的能指与所指的关系是直接性的，于是电影也就不存在所谓的符号"分节"问题了。③ 这是索绪尔的任意性原理下麦茨对电影语言考察的结果，在索绪尔看来，任意性是语言学的第一原则，由于索绪尔对符号学的强调，特别是对语言学在符号学中的位置的强调，于是，任意性的原则仿佛就成了符号学的第一原则。如果麦茨早一些时候接触到皮尔士的话，他就不会为索绪尔的这一原则所苦恼了。④ 同时，索绪尔这一原则在语言学中也不是完全正确的，或者说很有争议：现在，有相当多的语言学家们认为能指与所指之间不是任意性的，能指与所指之间是"有理据的"。也就是说，我们还可以提出一个与麦茨相反的主张，电影是由图像符号构成的，并且这些图像符号可以使用分节的方法来分析，并且，它们往往还有多重分节。⑤ 我们可以说，尽管麦茨的理论出发点是图像，但他对图像性质的看法却需要反思。

　　麦茨积极探索电影叙事的规范，或者说电影叙事的独特的代码。索绪尔的语言学面对的只

---

　　① 麦茨的本国学者对此也提出了和麦茨相反的主张。同时还需要指出，在麦茨那里，他思考了两种语言，一种是日常语言，麦茨认为这是一种由说话人和受话人构成的双向交流语言，另一种是文学语言，这是一种单向交流语言，这是由作家写读者看的语言。顺便指出，这种观点并不正确。麦茨对文学语言的构成并没有做深入的理论思考，他只是满足于一种直观感受。在他那里，文学语言是一种平面，只是一个类型，大概只是诗歌语言！其实，小说语言则完全不同于诗歌语言，小说语言的构成是由两个层次的语言构成的。其一是人物话语，其二是叙述者或者作者话语。麦茨这种对文学语言的平面化的感受使他在思考电影语言时未能正确提示出电影语言的构成层次，他同样将电影语言平面化了。这种将电影语言平面化了的思维使他看不到电影的叙述人语言。这也是他一系列理论失误的一个很重要的根源。

　　② 同时也顺便指出一点，所谓的文字语言，在麦茨心目中恐怕只是以法语为代表的西方语言。

　　③ 法国语言学家马丁内提出了话语连续体具有双重分节原理的观点，即话语第一次切分为一系列的语法或意义单位，即词素。这些语法或意义单位又可被再次切分为一系列有区别性但本身没有涵义却借助它们而产生涵义的语音单位，即音位。麦茨认为影像的能指与所指几乎合一，允许义素分解为音素的那种能指与所指的距离在影片中并不存在，因此，影像没有双重分节。许多学者并不同意麦茨的这一观点。意大利学者艾柯则主张对电影影像进行三层分节（图像、符号和义素）。彼得斯认为，摄影机选择要拍入镜头的物体，这个选择本身就是一个初步分节。它把一个完整的视听世界分割为值得看和听的与不值得看和听的。这就把见到的和听到的提高到了有意义的层次。这是电影制造意义的第一步。其次，即由影片制作者来看和听被描绘的物体与声音。第三个分节就是镜头的剪辑与组合成更大的单位表达出意义来。他们的这种观点还是有问题的。由于这些理论家们实在找不到电影图像中的最小的表达单位，所以对电影的图像符号的切分都是一种建立有自己的理论预设基础上的。这也就是说，对于电影符号的分节问题不同的理论家会有不同的切分方法。但是有一点可以肯定，研究者可以从自己的理论与实践的需要出发进行切分。也就是说，电影符号没有最小的符号单位并不等于说它不可以被切分。这一点说明当语言学被用到电影理论中时确实存在着许多难以克服的困难。不过，某一种学科的理论被移入另一学科时，需要的是"真精神"而非僵死的结论或教条。

　　④ 不过，我们看到，麦茨对索绪尔采取了一种原教旨主义式的态度，当艾柯利用皮尔士的符号理论来论述电影符号和双重分节时，麦茨拒不接受。当然，他也否定"图像符号"，而坚持他的"图像语言"。

　　⑤ 麦茨的这一主张同样受到了若斯特的反驳：电影是由符号构成的语言，也是分节的。

是一种抽象的语言,这种语言排除了说话人与听话人。就像巴赫金所说的那样,是研究语言的"尸体",不对活生生的语言进行研究。这种抽象的语言学研究,只能在句子以下的层次上进行,句子以上就只好"到此为止"了。所以我们看到,麦茨试图超越句子时,他借用了一个词——"超语言"。在麦茨对电影语段层次的研究上,麦茨提出了一个著名的八大段组合的理论:这八个大组合段分别是:非时序性组合段(独立镜头)、顺时序性组合段、平行组合段、括入组合段、描述组合段、叙事组合段、交替叙事组合段、线性叙事组合段。显然,这个八大段的理论只考虑了镜头组接上的时间关系,不考虑空间关系;并且,麦茨也只考虑了镜头的画面关系而不考虑声音之间的关系。麦茨从来也不考虑摄像机运动所造成的镜头变化以及带来的相应的组合变化。除此之外,这八个大段之间在逻辑上也存在着很大的毛病,它们之间有的是一种生成关系,有的则是一种并列关系。这个八大段理论正如布朗所说:"如果把这一表格称作电影的一套符码或曰电影的整体符码,就会出现两类问题。首先,这一表格所表达的八种组合关系是表现对象之间的关系,而与电影能指本身无关。它们与叙事体的联系多于与电影语言的联系。其次,显然这是一个自有声电影问世到 1950 年前后这一段时间内好莱坞经典影片的主要剪辑关系的蒙太奇表格。它表达了一个时期内一种电影形式的剪辑关系。在 20 世纪 60 年代中期,人们尚不清楚麦茨是否把它看作是一种核心的或首要的电影符码,抑或唯一的符码。然而,它还是被说成是一种主要的电影符码。但是请注意,这套符码往往侧重影像内容。而且,从历史的角度看,它仅限于对特定风格的描述。"① 在布朗看来,一心想探讨电影语言规范的麦茨不自觉地走到了并非电影语言的方向上。不过,我们应该看到,就麦茨的八大段而言,这种从好莱坞经典电影总结出来的叙事规范,能否应用于后来的作者电影分析上是非常值得追问的。

麦茨并不讳言自己对好莱坞电影的偏好。他说:"我坐在电影院里。好莱坞影片的形象在我眼前展现。不一定非得是好莱坞的:可以是以叙事和描写为基础的任何影片——实际上是按这个词现今最通行意义的影片——电影企业生产的那种影片,而且,不只是电影企业,从更广泛的意义说,是当今形式下的整个电影机构。"② 显然,这是一种并非经过谨慎思考后的理论概括。这只是他自己的一种偏好,在他的话语里我们可以体会到,麦茨排除了那时正在兴起的"作者电影",他看重的是商业电影。在一次交谈中他明言自己"偏爱""美国经典电影"。③ 这都说明,他将好莱坞电影本质化成了电影的本质!事实上,许多理论家总是出现这种情况,往往不加反思地将自己偏好的东西看成一种普遍化的东西,还将自己的这种主观好恶理论化成一种普遍规范,总是忘记反省那只是自己的"偏爱"和"偏见"。我们需要考虑麦茨的这种"泛化"——对好莱坞电影的泛化——之下所形成的理论的适用性。

由于受索绪尔的语言学思想影响很深,麦茨对电影语言的探讨自然有许多和电影事实不相符合的结论。这使麦茨受到了很多批评。但无疑,麦茨在自觉追求建构一个系统性的电影理论,这还是有相当意义的。其后,理论家们借助于皮尔士符号理论论证了图像的符号性质与特点。

---

① [美] 布朗《电影理论史评》,徐建生译,中国电影出版社 1994 年版,第 105 页。
② [法] 麦茨《想象的能指》,王志敏译,中国广播电视出版社 2006 年版,第 75 页。
③ [法] 麦茨《电影与方法》,李幼蒸译,生活·读书·新知三联书店 2002 年版,第 319 页。

也有一些理论家借助于阿恩海姆关于"视觉思维"的思想解决了图像的表意问题,在麦茨的基础上逐渐推进电影符号理论研究。而对我们来说,对麦茨的电影符号学,进而对索绪尔的学说都要采取一种科学的态度,需要用一种更加宽阔的语言学的视野和一种更为广阔的符号学视野来进行研究判断。在某种意义上,麦茨的某些理论思考正如我国古人所云:"路头一差,越骛越远"。难怪德勒兹会说:"把语言学应用于电影是一种灾难。当然,像麦茨和帕索里尼这些人都有一些很重要的批评作品,但他们依赖语言学模式总让人觉得电影变成了另外一种东西。"① 德勒兹的话不无道理。无独有偶,其实,不加反思地将任何一种理论运用于其他领域可能都要面临着这样的问题。对于将语言学的方法与理论套用到文学研究中的现象,巴赫金表示出了一种拒绝的态度:"语言学为语言及其要素所做的(纯语言学的)定义,在多大程度上可以用来进行艺术的修辞的分析呢? 它们只能作为描写的基础性术语,而最主要的东西用它们是无法描写的,是它们容纳不下的。因为这里有的,不是语言体系的成分(单位)变成了文本的成分,这里有的是表述的成分。"② 当然,任何一门学科的研究也会遇到新情况与新问题,也会不断地从其他学科中吸取有益的东西。电影研究与文学研究借用语言学模式不错,出错的关键在于对语言学模式本身不加反思。对一些理论主张不加反思是理论家在某些时候所必须付出的代价。不管怎么说,麦茨通过自己的思考和努力开创了用语言学方法研究电影的可能性与可行性,确立了法国电影符号的滥觞。

符号学家们的观点对电影理论家产生了重大影响,从 20 世纪 50 年代开始就有学者从事这方面的研究。可以说,符号学进入电影理论家们的视野并不晚于文学理论家,但符号学在电影领域里似乎并没有取得像它在文学理论那里所获得的成功。就西方学术潮流而言,20 世纪 80 年代之后,就有许多人对符号学与电影之间的关系进行否定。一些人一开始对它抱有很大的希望,但是很快他们就失望了。这与麦茨思想本身的一次失误有很大关系。其中带有情绪的典型表述,如我国老一辈学者周传基说:"在欧洲,Metz 的东西在 60 年代末就已经过时了。我 1981 年参加了全世界 50 个电影学校的校长出席的 CILECT 年会,他们把符号学家称作 semi-idiots(semiotics)③……符号学实际上是研究人造的、抽象概括的、带随意性的符号系统,所以有能指与所指之别。电影是直观的。你看见一朵玫瑰花,就是一朵玫瑰花,没有能指与所指,没有假定性。符号学不能解释电影的幻觉,他们甚至不知道有幻觉这一说。用符号学研究电影,连脱了裤子放屁都谈不上。……符号学在中国能吃香的原因在于,认为电影有文学性的人觉得符号学特别亲切,似曾相识嘛。"④ 周传基先生的电影理论造诣有目共睹,也令人尊敬。但周氏对 Metz 的东西评价过低,也没有能够正确评价麦茨在电影理论上的开创性意义。在符号学中,对符号引起幻觉等心理与行为早在皮尔士那里就是已经被关注研究,并将其归入相应的类别之中了。看来,周传基对符号学的观感多少来源于麦茨。周氏批评麦茨确实很中要害,但泛化成为对整个符号学的否定就多少有些过头了。显然,麦茨机械套用索绪尔的语言学思想来代替符号学,并且不加反思地将索绪尔的语言思想当成教条而给人造成了很不好的印象。电影中的玫瑰花也不仅仅是

---

① 见李幼蒸《当代西方电影美学思想》,中国社会科学出版社 1986 年版,第 78 页。
② [俄] 巴赫金《巴赫金全集》,河北教育出版社 1998 年版,第 4 卷,第 331 页。
③ 显然这是一个生造的谐音词:前者 semi 为符号一词的词源,idiots 后者意为白痴。
④ http://www.zhouchuanji.com/show.PhP? blockid=11&articleid=73。

玫瑰花,还有表示爱情等含义。看来,周氏对电影似有弃意义而不顾之嫌(他把似动现象看成了电影的最基本的原理)。周氏可能只是接受了语言学对意义的关注,没有考虑到皮尔士与莫里斯的符号理论。他匆忙宣布说符号学不懂幻觉,诚囿于麦茨之一隅。这显然是对符号学的偏见。周传基看到了将索绪尔的语言学思想引入电影研究中所带来的种种理论上的困难与失误,但将这些失误泛化成了所有符号学都不适用于电影研究就多少也有一些意气用事了。

除周传基激烈否定符号学之于电影理论有价值之外,前苏联的电影理论家日丹也有同样的态度。他否定了符号学的封闭的方法论,他说:"结构主义符号学对表现手段、手法和方式,对它们的相互关系和搭配关系的描述或评价('找出并描述相同和不同的结构'),本身显然不可能使我们真正理解电影作品这一复杂的美学构成物的独特结构的本性。那种往往脱离历史的联系和审美制约性,把这一整体看作是封闭的'自我世界'的企图,其结果只能做出主观印象主义的判断和结论。"①看来,他对符号学的批评倒也很中肯。麦茨的理论观点往往与电影的事实并不相符合。它给人一种感觉,麦茨的理论往往是麦茨自己的观影方式与感受的描述。可以说,麦茨运用索绪尔的语言学理论原本是出于建立一种客观科学的电影理论的渴望,但结果却入于他自己的主观臆断。其之所以如此,值得后人探讨。日丹还认为,电影符号学不能为电影研究带来些新的知识:"电影符号学所强调的电影的'语法'和'句法'的权威地位并没有为理解蒙太奇的表现本性或实质提供任何根本性的新东西。运用结构主义原则并没有给电影理论带来任何实质性的科学成果。"②在日丹看来,电影符号学不但没有给电影带来新的东西,并且电影符号导致了取消电影艺术的特征。他说:"从符号学借用过来的手段得到理解和揭示。在用语言学方法去分解电影语言时,电影的形象概括形式的独特假定性,电影语言的综合本性就会消失不见了。"③在当时的语境里,日丹所谓的"语言学方法"无疑就是索绪尔的语言学,他批评的对象无疑是麦茨的电影符号学。也许日丹注意到了符号学并非索绪尔"只此一家",正是基于这种学术感觉,他对电影符号学予以否定的同时还是看到了电影符号学的可能性。这种可能性当然是建立在对电影符号自身的真正特性的充分重视之上的,他说:"艺术的本性原则上并不排斥审美符号(艺术象征),它在艺术中自有一席之地。但是,把形象归结为'形象—符号',把艺术的语言归结为符号系统,那就是无视艺术反映和概括现实的多样性,限制艺术创造的可能性。"④电影的形象构成与建构的过程极为复杂,电影符号的抽象性也恰恰是对复杂性的忽视。这是电影符号学草创时期的一个特征,当然对电影符号的复杂性的考虑并不是没有出现过。对草创时期的符号学进行这样的批评并不能说明后来的电影符号学就不成立。相反,电影符号学自身也会有一个反思、批判、发展和重建的过程。

尽管不少学者反对电影符号学,但实际上,有许多人还是投入电影符号学的研究中去。著名符号学家尤·罗特曼(或译为洛特曼)更为坚决地说:"当我们把呈现在银幕上的被摄物视

①　[俄]日丹《影片的美学》,于培才译,中国电影出版社 1992 年版,第 5 页。
②　同上,第 51 页。
③　同上,第 115 页。
④　同上,第 155 页。

为把艺术家带来的世界信息传达给我们的符号和符码时,电影问题便成为符号学对象。"① 可见,符号学能够成为我们研究故事在不同媒介的转换中有力的理论基础。总之,符号学的运用是可能的,但这需要我们超越索绪尔超越麦茨,真正理解把握符号学的各种观点,不为他们的偏见所囿。

1.4　改编分析的框架

前面我们梳理了符号学与语言学的一些重要理论家以及他们的观点,也对符号学与语言学对电影理论的影响做了一些简单的梳理。我们看到,就在电影理论诞生初期,语言学也直接或间接地影响了电影理论的形成和发展。也就是说,当一些学者将电影理论以麦茨为标志分成经典理论和现代理论时,把麦茨所开创的电影符号学看成是现代理论而将前麦茨的理论看成是经典理论时,这种对语言学与符号学之间复杂关系的看法就多少存在一些问题。可以说,语言学理论与观念很早就在影响着电影理论。麦茨的电影符号理论固然有诸多不成熟的地方,但这些地方往往成为人们建设电影理论的生长点,或者成为人们反思电影理论的出发点。

在电影符号学中,既能吸收麦茨的电影理论,又能超越索绪尔式的符号观,并且较多地借鉴其他理论家们的研究成果的人就是荷兰学者彼得斯了。他曾经是荷兰阿姆斯特丹大学的视听传播理论教授,他早在 1950 年就出版了《电影符号学》,这是他根据莫里斯的理论撰写的电影符号理论方面的著作,这可能是电影理论史上的第一部用符号学来研究电影的著作。1981年,他又出版了《图像符号和电影语言》一书。可以看出,这位学者对图像符号与电影理论有着广泛丰富而持久的研究。可惜,他的荷兰语著作影响了这位学者的理论影响。《图像符号和电影语言》是这位学者著作生涯中的唯一的一部英语著作。此书在 1990 年被我国学者翻译出版。

在《图像符号和电影语言》中,彼得斯先从图像符号的性质入手,多方面论证了电影图像符号的分节问题。他认为,"每一图像都有它的内容、实体和形式。内容是图像再现的东西,即图像中的物体;实体是它的物理外观,它的视觉形状;形式是观看图像中的物体时采取的同观看该物体的另一种方式不同的方式。"② 基于这种认识,他认为电影电视中的图像符号是一种双层分节的符号(这也就构成了图像符号双层分节乃至多层分节的基础)。在他看来,电影和电视属于"动态"图像,不同于图样、绘画和照片这类静态图像。两者的差别在于"在动态图像中,不仅被描绘的物体在动,摄影机眼睛也在动。"③ 这就造成了动态图像中两个相对独立的构成层次:一个是被描绘的物体"层次",另一个是观看物体的摄影机眼睛"层次"。摄影机眼睛时而独立行动,时而

---

① ［俄］魏茨曼《电影哲学概说》,崔君衍译,中国电影出版社 1992 年版,第 211 页。
② ［荷兰］扬·M·彼得斯《图像符号和电影语言》,一匡译,中国电影出版社 1990 年版,第 4—5 页。
③ 同上,第 7 页。

又附身于一个物体,跟着该物一起活动,可能在某个地方又与其脱离,开始独立活动。但是,不管摄影机眼睛看上去多么脱离开始描绘的物体,它终究是属于图像,"沉淀"在画面中。从这个基本的事实我们可以看到摄像机的这种运动已经具有的叙述评价功能。他说:"由摄影机眼睛完成的表现是指把'某种东西'附着于被描绘的内容。这'某种东西'可能是一个重音、一个评价、一个序列、一个前因或一个后果、一个主体或一个客体,简言之:一个'谓语修饰'。另一方面,在摄影机眼睛的特点变成了被描绘的物体的特点时,这个'某种东西'就成了一种心境、一种感情、一种气氛、一种精神属性,简言之:一个'定语修饰'。"① 我们看到,彼得斯在这里主要使用了语言学上的术语来阐述他的思想。这个思想的实质就是一个图像中沉淀着摄像者的个人特性,表现着摄像者个人的主观的心情、判断、思想等。彼得斯多次强调了他的这一思想,他说,每当"用图像再现一个物体并表达与该物关联的'视觉思想'时就会'产生一个命题、一个评论、一个主张',即是说,使主语有了谓语。每当一个图像用它的形式来表达一个关于某个用它的实体类比地再现出来的物体的'视觉思想'(感知判断或感觉)时,这个图像就陈述了一个命题。"② 基于这种对电影图像符号的认识,彼得斯顺理成章地得出一个结论:每一幅图像都表示一个"叙述"。他说,当我们看到一幅图的时候,我们不但看到了图中的物像(这是图像的内容),我们还看到了作图者对该物的态度与判断。在彼得斯看来,图像能够表达出思想,并且,在某种意义上,它被认为比文字更能表达出意义。

彼得斯的这一区分具有重要的理论意义,任何一部影片中,一个图像符号都必须在理论上区别为这两个层次,一方面是来自客观方面的即作为叙述对象的因素;另一方面来自摄像者的主体方面的因素,这里有叙述者的情感、评价以及他对情节的因果关系的建构。看不到后者,如麦茨,就难以真正弄明白叙述的机制,就会得出类似于"作者之死"的观念。当然,图像符号的两个层次之间也存在着极其复杂的关系,其复杂程度也远远超过了文学话语中叙述对象的语言和叙述手段的语言之间的复杂程度。

不过,彼得斯也同样受麦茨影响,它将影片看成是一个语言系统。从影片的整体来说,彼得斯提出了他对影片构成的层次划分。他认为一部故事片是由一系列对视觉化的描绘构成的。在影片中,故事是通过演员、布景和道具来视觉化的,而这些视觉化是由摄影机来描绘的。这个被视觉化的故事③可以被视为对一件真事的描摹(即它的图像),他将故事看成是图像中的图像。此外,电影图像可伴有解说词和音乐,它们构成第四层面。这三个图像层面与伴随的解说词和音乐,是通过银幕上发生的光波与声波而物质化的层次,他视银幕等物质载体为另外一个层面,这是第五层面;即图像载体层。④ 这五个层面的结构关系,彼得斯用下图来表示:

① ［荷兰］扬·M·彼得斯《图像符号和电影语言》,一匡译,中国电影出版社 1990 年版,第 30 页。
② 同上,第 18—19 页。
③ 这一区分有一个很重要的意义,它将故事与记录片区别开来。我们在银幕上看到的图像更是一种表意的符号。演员专门表演而建构出来了的叙事性的图像符号。
④ 同①,第 17 页。

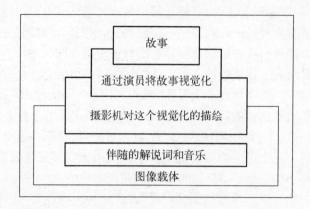

本书认为,这五个层面可以进一步归纳成为三个层面:故事层面、叙述层面①和载体层面。

就故事层面来说,故事是叙述的对象,或者说内容层面(对我们而言,艺术家创作时所面对的艺术对象是我们难以知道的,我们所知道的就是艺术家的创作成果,或者说是艺术家创作之后所形成的艺术客体)。彼得斯念念不忘的意义却没有出现在相应的结构之中!在彼得斯那里,区分出故事层面和演员表达的层面。当然,观众可以一眼看出演员表演的好坏优劣,但是我们应该看到,演员表演要体现电影叙述者的意图,要表现出故事中的主人公们的特点。在这个意义上,并且为了方便分析,本书将演员表达之层面可以归入故事层面(当然,这种归类是不得不然,笔者不懂表演,这样做同时也只是为了在探讨问题时能简单一些)。当然,故事层面和演员表达的层面并不完全一致,故事层面至少还要比演员层面多出来一个东西,即在故事世界的构成上不但有人,至少还有主人公们活动的环境,环境也往往表现出它的主体性一面,会产生许多值得探讨的问题。

就叙述层面来说,这个层面中,就是叙述者如何有效地调动各种媒介来表达自己的思想,如何去呈现一个故事。就文学而论,一般而言,它所使用的只有文字,而电影可以调动的媒介就是影像与声音,这是由电影叙述者操纵摄像机与录音机所形成的。就第三个层面——载体层面而言,它所涉及的是电影媒介的社会属性,这是现代社会中的大众媒介,它受到了来自这个社会的权力制约也受到消费需求的制约。当然,彼得斯对这个层面只是从纯技术角度提到而已,而麦克卢汉对物质媒介的重视给我们许多启发。我们需要充分重视这个层面所表现出来的各种复杂关系。

在探讨了这些层面的构成之后,彼得斯转入影片意义的分析。彼得斯像麦茨一样,也将影片看成一个符号系统,探讨各种符号如何被组织在一起来表达意义。事实上,一部影片不仅是一个系统,它还是一个叙述,一个话语。就此而言,影片是一个具有作者意图并表达叙述者思想、情感的话语,即一部影片或者文学作品本身也要表示意义。借鉴彼得斯的观点,我们获得了一个分析电影结构的符号性构成层次的图式。从小说到电影的变化,正是一个媒介符号下的转换与变化。

---

① 从前面我们可以看到,彼得斯的理论重点是对这一个层次进行非常具体细致的分类描述,他对电影媒介给予了充分的重视。

比较两者之间的差别,既需要从它们构成的每一个层次上进行比较,也需要从整体上进行比较。显然,彼得斯从符号学角度将电影的构成划分出几个构成层次,对我们分析电影艺术提供了一个很好的理论参照。

从叙述学的角度来看小说,我们可以说,小说的构成是可以分为几个层面,其一是故事层面,其二是叙述层面,其三是由叙述故事而形成的话语层面。一般来说,这种抽象的层次划分中得到许多叙事学家们的支持,但叙述学家们的研究则各有侧重。俄国的文学理论家普洛普以及深受其影响的格雷马斯研究故事层面,探索故事的形态构成要素。热奈特则研究叙述这一个层面,侧重于叙述行为。俄国理论家则非常流行研究话语构成这一个层面。这些理论家们也都面临着叙述者如何表达思想情感或者故事、叙述的意义问题,特别是格雷马斯就从二元对立这一结构图式出发来探讨故事的意义是如何被建构出来的。一个完备的叙述学是不应该忽略意义这一个重要的层面,可以说,意义才是叙述的目的所在。

由鉴于此,我们对改编的比较将参照叙述学而从下面几个方面展开:

首先,我们需要从叙述客体的层面来比较文学作品和电影之间的转换。故事尽管是发生在具体的时空中的事件,但这些事件不是所谓客观存在的事件,而是人们建构的结果。一般来说,电影就是讲故事,正如电影理论家伊芙特·皮洛所说"无论如何,电影语言永远无法回避一个恒定因素,一个事实:影片永远是一个故事,影片是一个有意义的动作的再现,无论这个动作多么离奇,多么怪异。这个叙事原则是普遍有效的,即便貌似矛盾,因为最抽象的概念、论题或判断也只能体现在一段'故事'的表现中,即直接的动作系列中"。[①] 但事实上,不管是文学或者电影,叙述的或者展示的往往不仅仅是事,其时空、背景等也同样需要关注,而这些事、时空、背景等会在一起构成了叙述的对象。媒介会改造现实,也会选择对象,我们需要看看叙述的客体在媒介的转换发生了哪些变化。但由于故事是人们建构的结果,它和意义往往联系在一起,因此这一部分在讨论的时候就要有取舍:故事和情节则将在讨论意义时进行。

其次,媒介联系着意义与故事,这中间是一种叙述表达的关系,我们要来看看媒介是如何实现二者之间的叙述转换的。文学艺术的叙事媒介是文字语言,其构成是通过文字的构造整合来叙事;电影的叙事媒介构成有两个方面:画面与声音。媒介自身有其自身的叙述方式,这种叙事媒介的不同直接导致了两者在艺术表现形态、叙事形态上具有不同的特色和效果。这就需要我们比较观察单一媒介所表达的东西如何被电影这一多媒介在不同层次上进行转换的。(或者说,线性媒介的叙述如何转换成空间媒介如何处理时间问题。)

再次,正如前说,对讲故事来说,故事是有意义的,故事总是要揭示出自然、社会、人生、自我存在的某种本质状态或者一种思考。有人说,小说是一种哲学。这种判断显然感觉到了文字媒介直接和意义相关,或者说它就是意义的表达。而电影媒介却首先是图像与声音,这就造成了意义表达上的转换问题。媒介同样也要表达意义,故事是意义的载体。故事的意义如何保持恒定与变化。我们要观察媒介的转换对故事意义表达的影响。

---

①　[匈]伊芙特·皮洛《世俗神话——电影的野性思维》,崔君衍译,中国电影出版社 2003 年版,第 11 页。本句法译本译为:"影片永远是叙事(narration)",与英译本的"故事(story)"不同,可参考——原译者注。

最后,我们比较作为物质载体的不同对故事的影响。物质载体是一种社会力量可以施加影响的场所。对物质媒介的控制是对社会控制的有效手段,而社会期待、社会心理乃至欲望的表达也同样要通过媒介载体来表达。我们要研究探讨不同物质载体的媒介对故事与表达的影响。

尽管我们从理论上分出这几个层面,而实际上,文学和电影的构成也确实存在着这几个层面,但并不意味着文学作品和被改编而成的电影之间也同样存在着这几个层面之间的严格对应关系。单一符号(文字)和电影符号(以影像为主同时使用声音文字等)性质不同,其间的转换就并非必然形成层次对层次的直接对应。诚如电影理论家日丹所言:"文学的诗学本性不等于电影的诗学表现力的本性。这里不可能采用直译法。"① 我们的比较仍会陷入重重困难之中。这就是说,就文学原著中的某一点而论,如果我们不对影片的各个层次进行完整系统的考察,我们将很难真正的予以肯定或者否定。曾经有一个语言学家告诫其弟子说语言研究中"说有易,说无难",得出结论时要谨慎,没有对所有的材料进行考察时就不能得出一个结论。就研究对象的复杂性而言,文学艺术作品比语言材料的构成更复杂,这使我们在进行比较得出结论时将更加困难,也需要更加谨慎。

不管怎样,我们要研究改编就需要比较电影和文学的文本之间的相同的与不同的东西,对相同的东西也要分析研究其在文学中的表现,再看一看其在电影中的表现。只有通过这种相关部分的比较,我们才能具体地看到它们之间是怎样转换的,在转换过程中发生了什么样不可逆转性的变化。

1.5　陈凯歌的几部改编电影

为了媒介确定在哪些方面以及在多大程度上影响文学叙事和电影叙事,我们需要选择恰当的文本进行比较。无疑,改编为我们提供了最能够进行比较的文本。但是改编本身也是一个极其复杂的艺术实践。由于艺术家们对电影艺术本身的理解不同,艺术理念不同、电影艺术水平自身的发展阶段不同,甚至电影艺术家自身的艺术水准高低各异,这些都会影响到这些电影艺术家的创作。因此,我们需要谨慎地选择恰当的改编实践,这是进行研究的重要环节。如前所述,由小说改编而成的电影作品数量巨大,任何一个人也无法看到全部的作品。

我们需要进行选择,但选择有两个方向:要么选择一个具有典型意义的作品或者作家的作品与被改编而成的电影相比较,要么选择一个电影艺术家的电影与其被改编的原著相比较。这是一个很重要的研究前提。选择本身极其重要,因为选择本身也往往会影响研究的结论。这就要求我们选择对象时进行多维的考虑。无疑,以一个作家的作品为参照,往往意味着从文学方面来探讨改编问题与比较叙事理论;而选择一个电影导演的作品来探讨问题,往往意味着从电影方面来探讨相关问题。事实上,由于文学叙事学发达,不少理论家对改编的探讨也往往从文学叙事的角度来探讨。不管是从文学的叙事角度来探讨问题还是从电影的角度探讨问题,都会将自身作为一个参照物。这样,参照物自身,在理论家的眼中无疑会完整一些,另一方则相对来说会受

---

① ［俄］日丹《影片的美学》,于培才译,中国电影出版社 1992 年版,第 267 页。

到一些理论上的伤害,甚至会出现削足适履的情况。这是一种来自他者的眼光所带来的不可避免的伤害。

除此之外,电影自身还有一个所谓的"电影的本性"问题。有的人要把电影当成文学,用电影做文学。自然,在这种观念下所创作的电影当然是一种文学性非常强的电影。还有一种艺术家受戏剧影响较大,这就会形成一种戏剧化的电影。在我国就有一个"影戏传统"。可以想象,选择这两种传统影响下的电影进行比较,会得出一个什么样的结果。当然,这两种传统既然在电影艺术中长期存在,也就不能不说明它们具有一定的合理性。我们认为,电影的媒介是一种图像符号,从媒介的角度上来说,我们就应该选择一种更为符合电影这一本性的文本。在这些因素的制约下,我们可以选择的范围实际上也并不很大:既要选择更符合电影本性的文本,选择一些具有很高艺术性、具有经典性与代表性的电影文本;同时,我们也要兼顾其他类型的电影。从这些角度来看,陈凯歌的电影较为符合这种要求。本文的写作将以陈凯歌的改编实践为例证是处于以下几个方面的考虑。

一、陈凯歌的电影具有图像叙事的本质特征

以陈凯歌为代表的第五代导演在中国电影史上完成了一个所谓的"影像革命"。我们知道,在第五代之前,中国电影往往是将小说戏剧转换成为银幕再现。中国电影往往成了一种文学图解,电影成了文学的附庸,或者说用电影做文学。到了第五代,虽然许多导演也从文学中汲取灵感,但他们对电影艺术的本体追求十分明确。正如有学者所说:"它(《黄土地》)是中国电影首次影像的自觉、语言的自觉,它是电影化叙事的开始,它用形式扩张完成重大的突破。靠着影像不惊人死不休的精气神,他们成功地营造了形式冲击力,成功地让世界听到了自己的声音。"① 这种电影语言与影像的自觉是理论家们的理论概括,更是陈凯歌等电影艺术家们的创作自觉。正如陈凯歌自己所说:"我们在过去几年的创作中所运用的电影技巧和手段是简单到不能再简单了,这似乎可以表明我们对技巧和外部形式的认识和趣味是什么。换句话说,电影对我们并不是游戏。我们所做的事情,不过是使艺术本身更像艺术,更具备自身的特征。"② 在这段话里,陈凯歌声称第五代的"电影技巧和手段是简单到了不能再简单"。③ 这对我们对本文分析与把握来说是十分必要,也更容易把握到其特点。诚如古人所云,"易简则天下之理得焉"。无疑,这会使我们对研究对象的驾驭变得相对容易一些。在陈凯歌的这些电影中,《黄土地》被学术界看作第五代电影的代表作。《孩子王》被作者自己看成是一部最真诚的作品,甚至被誉为是一部"浑身往外冒艺术"的作品。《边走边唱》则是一个过渡性的作品,它有着陈凯歌电影的精英底蕴,却糅合了许

---

① 见李多钰《中国电影百年》下册,中国广播电视出版社 2006 年版,第 133 页。这种说法并不全面,陈凯歌的电影还是在思想内容上更引人注目。如罗艺军先生说:"陈凯歌电影一贯曲高和寡。《黄土地》肇其端,《大阅兵》《孩子王》《边走边唱》继其后,都提出并探讨某些重大的人文主题。他总是以一种批判的眼光审视中国人的精神状态,追溯这种生存状态积淀的文化传统,在理性的审判台上加以拷问。这种批判的锋芒常常在刻意营造的视觉造型和声音造型中寓以复杂多变的涵义,直接用镜头或镜头段落作哲理性思辨。有些镜头或镜头段落,如《孩子王》的第一个镜头,简直要像读哲学论文那样仔细读解方能领会。即便如此,有时仍未必得其要领……"而陈凯歌自己更是强调后者,见下文。见罗艺军《中国电影与中国文化》,北京广播学院出版社 1995 年版,第 248 页。

② 见李尔葳《直面陈凯歌——陈凯歌的电影世界》,经济日报出版社 2002 年版,第 56 页。

③ 这话似乎是他对自己创作生涯中前期的描述。以后的创作似乎并非如此。

多好莱坞元素。《霸王别姬》是第五代电影中市场上最成功的作品,被认为是一部商业片,也是一部回归到"影戏"传统的影片。《温柔杀手》则纯粹是一部好莱坞影片。从这些情况来看,陈凯歌的电影在一定程度上具有类型上的广泛性,这样可以避免在比较时将某一个类型的电影本质化,出现一些以偏概全的结论。

二、陈凯歌的电影得到国内外的广泛承认,具有一定的代表性

1984 年,陈凯歌和张艺谋一起拍摄了《黄土地》。这是陈凯歌最早的一部独立导演的电影。编剧张子良根据柯蓝散文《深谷回声》改编成为电影剧本《古原无声》。陈凯歌拿到剧本后,觉得并无把握,于是和剧组人员张艺谋(摄影)、何群(美术)、赵季平(作曲)等"千里走陕北",对陕北的生活现实进行考察。然后,他们依据自己在陕北的见闻与感受,对原剧本又做了修改,继而进行拍摄。当然,正像其他电影一样,《黄土地》在拍摄过程中又进行了多次调整与修改,拍摄之后又进行了修改,最终这部作品才得以与观众见面。《黄土地》是陈凯歌在国内外获得了巨大声誉的处女作。它一经问世,就震撼国内外影坛。《黄土地》标志着中国电影走向了世界。它获奖无数:1985 年获第五届中国电影金鸡奖最佳摄影奖,同年获法国第七届南特三大洲电影节摄影奖,瑞士第三十八届洛迦诺国际电影节银豹奖,英国第二十九届伦敦及爱丁堡国际电影节萨特兰杯导演奖,美国第五届夏威夷国际电影节东西方文化技术交流中心电影奖。

陈凯歌的第三部电影是《孩子王》,这是根据阿城的同名小说改编而成的。陈凯歌自己根据小说创作出了剧本,这是他最有个人色彩的一部影片。该片是第一部应邀参加法国戛纳电影节的中国内地影片。本片于 1988 年获第八届中国电影金鸡奖导演特别奖、最佳摄影奖、最佳美术奖,联合国教科文组织国际影视委员会特别奖,比利时 1988 年电影探索评奖活动的探索影片奖,1988 年参加第四十一届戛纳国际电影节正式比赛,获第四十一届戛纳国际电影节教育贡献奖,同时又在巴黎获国际电影电视和视听交流委员会奖励。陈凯歌本人对这部电影极其重视,电影评论界及理论家们都认为这是一部极为重要的作品。如著名导演李翰祥说:"论戏剧效果和说故事的本事,《孩子王》不能算是尽善尽美,但在气质和品味上,它还是中国电影中数一数二的。"[1]郑洞天说:"《孩子王》还是浑身往外冒艺术。"[2]

陈凯歌的第四部电影是《边走边唱》,它改编自史铁生的小说《命若琴弦》。陈凯歌赴美国讲学与学习期间用了大量的时间改编剧本,游说投资人,最后,《边走边唱》在多国资本的支持下得以完成。不过,由于种种原因,《边走边唱》这部电影至今未获准在国内公映,但在国外参加电影节却屡有斩获:1992 年 3 月获得土耳其伊斯坦布尔亚洲电影节最佳电影奖"金蔷薇"奖,同年 4 月在新加坡国际电影节获最佳影片大奖。

1994 年陈凯歌接受汤臣电影公司的资金,导演了《霸王别姬》。这部影片改编自香港作家李碧华的小说《霸王别姬》,该片于 1994 年获第四十九届戛纳国际电影节金棕榈奖,这是中国大陆的电影首次在世界上获得重要奖项。同年,该片获美国金球奖最佳外语片奖及奥斯卡最佳外语片提名。在所有第五代电影中,这部电影大概是将市场与艺术结合得最好的电影之一,它在国内

---

[1]　见李翰祥《我看〈孩子王〉》,《天涯》1997 年第 2 期,第 131 页。
[2]　见郑洞天《从前有块红土地》,《当代电影》1988 年第 1 期,第 71 页。

外受到广泛的欢迎,成为所有第五代电影中最为上座的电影。后来,陈凯歌接受好莱坞之约去了美国,为米高梅电影公司执导了《温柔地杀我》。该片2001年出品。《温柔地杀我》系改编自英国小说家Nicci的同名小说。除此之外,陈凯歌还将我国历史上著名的历史事件"荆轲刺秦王"改编成了同名电影。除了电影之外,他还将《三国演义》中的"吕布与貂蝉"的故事改编成电视剧。据说,由于改编的内容过于荒诞和戏说,被勒令修改。修改之后,它以《天涯蝶舞》为名发行。由于本文专注于电影改编这一问题,故对这一电视剧存而不论。另外,陈凯歌为了配合电影《无极》的上映,曾授权郭敬明将其改编为同名小说发行。这一商业现象与本书的论题关涉不大,故存而不论。

　　陈凯歌的电影在国内外获得了广泛赞赏:"陈凯歌的名字,是和中国新一代电影的崛起连在一起的。他不属于多产的导演,但每一部作品,都因对电影文化的开拓性贡献而引起国内外影坛的关注。仅他的前四部影片,就七次获得各种国际奖,一次获得中国电影金鸡奖导演特别奖。1988年鹿特丹电影节上的一百多位影评人,曾以通讯方式推选出20位'属于未来的导演',陈凯歌荣居第六,在国际公认的电影大师戈达尔之上。"① 这一段话很能说明陈凯歌电影创作的意义与价值。

三、陈凯歌的电影和文学关系密切,他的改编方式灵活多样

　　陈凯歌自小就有很好的家庭教育,从很小的时候就背诵古典诗词,受到了中国古典文学比较深厚的影响。他的电影中不时出现一些很有中国古典诗词意境的画面镜头。他自己曾希望进入北京大学研究中国古典文学,未能如愿而进入了北京电影学院,最终成长为具有重要国际影响的电影艺术家。在学习电影艺术期间,他并没有与文学割断联系。据北岛回忆说,陈凯歌和《今天》杂志的诗歌圈关系密切:"……1978年4月8日……我们请了一些年轻人帮我们朗诵,其中有陈凯歌,他当时还是电影学院的学生。他朗诵了郭路生的《相信未来》和我的《回答》。那是1949年以来第一次举办这样的朗诵会。"② "陈凯歌不仅参加我们的朗诵会,还化名在《今天》上发表小说。有这么一种说法'诗歌扎的根,小说结的果,电影开的花',我看是有道理的。"③ 看来,在这些诗人眼里,陈凯歌的电影既有诗性的一面,也有小说性的一面,或者说,陈凯歌的电影中有着内在的文学性的一面。陈凯歌的文学功底不容置疑,他的许多文章具有相当的思想性和哲理性,文采飞扬,颇受关注。他的文学自传作品《我们都经历过的日子》在国内外都获得好评。

　　陈凯歌对文学原著的态度值得我们注意,他的改编方式灵活多变。陈凯歌电影的改编具有一般理论家们所说的那种广泛性:有忠实的也有非忠实的,有他自己根据小说亲自改编的,也有依赖他人改编成剧本的,甚至也有依赖原著者参与电影剧本改编的情况。就《黄土地》而言,电影字幕显示"取材自柯蓝散文《深谷回声》"。无疑这属于一般所谓的"最不忠实的改编"的那种类型。他说:"说起来很可笑,因为最初这是一篇不足三千字的散文,而且我到现在也没有看过这篇散文(笑)。后来有一个作者把它改编成剧本,我对改编的东西不太满意。改编者是个四十多岁

---

①　见罗雪莹《敞开你的心扉——影坛名人访谈录》,知识出版社1993年版,第288页。
②　见查建英《八十年代访谈录》,生活·读书·新知三联书店2006年版,第73页。
③　同上,第75页。

的人,很感伤,文字描写中有很多关于绿色的意象。他们感伤的人非常喜欢绿色。《黄土地》的剧本写好以后,我只取了它的造型因素,而没有尊重原来作品中的故事。因为我突然发现土地、河水、道路、人的皮肤和牛都是黄色的,所以我觉得找到了一种基本的调子。在原作剧本中,腰鼓、求雨、黄河、道路这些都没有。一个剧本对导演来说,所应该提供的主要是一个基础、一个思想,细节的东西应该依靠导演来完成。"①

就小说《孩子王》来说,他明言他是抱着虔诚的态度来进行改编的,陈凯歌说:"它(小说《孩子王》)很简单。到现在,我还是认为它很简单,不过,在我说这个话前,曾经拿了小说横看竖看,终于看出一些意思。我把这些意思放进电影中去。唯一不同的,是我并不去猜谜语。我只是希望我在电影中做的,必是文字不能做的。"② 陈凯歌对原著的忠实也受到了许多评论家的肯定。电影《边走边唱》则是陈凯歌自己将《命若琴弦》改编成剧本,并和原著者史铁生多次商量探讨后定下来的。

《霸王别姬》的剧本是陈凯歌请西安电影制片厂著名编剧芦苇撰写的(据近来透露原著者李碧华并未参与剧本创作,但她要求署名。同时也顺便指出这样一个事实,小说《霸王别姬》第二版篇幅增加了一倍,这是大量地吸纳了电影内容的结果。这是电影反哺影响文学的一个鲜明的事例。将电影《霸王别姬》和这两个版本的小说《霸王别姬》进行对比可以使我们更加清晰地看到媒介的作用。严格说来,如果将电影《霸王别姬》和小说的两个版本进行比较,看看这三个文本之间的变化,更能够看到媒介所起到的作用,在本书中某些地方会这样做。而《温柔地杀我》的编剧并非陈凯歌本人,在剧本形成过程中,陈凯歌有没有起作用、起了多大的作用更是不得而知。但我们知道的是原著是陈凯歌选定的,改编剧本的班子也是由好莱坞根据陈凯歌的意愿配备的。在陈凯歌的艺术创作过程中,尽管他对原著的态度是各不相同的,但他比较尊重原作者,让他们以不同方式参与到了编剧之中,或自己编剧却虔诚对待原著。这些使我们感到将陈凯歌的电影作为个案分析研究的对象可以在探讨媒介转换中对叙事的转换与变化得出一个"虽不中亦不远"的结论。

考察陈凯歌的电影还涉及一个版本问题:由于各种因素制约,笔者只好利用坊间的 DVD版。一些电影研究者有办法能够看到陈凯歌电影的"导演剪辑本",这令人深为羡慕。版本的差异自然会造成研究者对同一部电影的观察理解上的差异。举一个例子,在笔者所用的《边走边唱》DVD 版本就未见到陈默先生《陈凯歌电影研究》中所描述出来的一些场景。这些地方就只好存而不论了,只好"眼见为实"了。

---

① ［日］刘间文俊《陈凯歌与大岛渚对话》,《当代电影》1987 年第 6 期,第 116 页。
② 见李尔葳《直面陈凯歌——陈凯歌的电影世界》,经济日报出版社 2002 年版,第 58 页。

2　叙述客体的变异

　　一般说来,叙述客体(故事)①的构成,从大的方面来说不外三个因素:人、时间和空间。每一个因素又由许多子因素构成,对这些子因素的进一步描述和分类具有非常重要的意义,人们会根据不同的研究需要和理论框架进行不同的描述和分类。就三个大因素来说,其中最重要的因素是人。② 人与人(他人、自我)打交道、人与世界(时间、空间以及外物)打交道就产生了各种关系,构成了各种事件。这些事件往往被人们创造加工成为故事、成为艺术。自然,人是文学艺术中最为重要的因素,也是叙述客体(故事)中最为重要的因素。故事通过媒介才能成为可被人感知的存在。不过,存在意味着故事有其原初性和整体性,但在实际上,由于媒介自身的原因,媒介对故事的呈现或者建构却无法在真正意义上使故事的原初性和整体性得以呈现,媒介会扭曲或者按照自己的特性重构故事。也就是说,人与事的呈现与讲述,却总是受到符号本身的局限。绘画中,人物没有语言,它呈现不出人的语言,这不待繁言。艺术家总是通过相应的媒介符号呈现出人或事的某些方面。这样,我们所看到的艺术作品中的人与作为一个自为存在的人相比总是不一样。艺术作品中的人不但受到了艺术审美精神的改造,也受到艺术符号的改造。叙述客体总是呈现出由符号本身的性质所决定的那一面。

　　作为再现语言的文字,自然是先再现语言,之后才能再现人以及与人相应的世界。在从文学到电影的转换中,文学符号与电影符号的各自特点对人的呈现就有不同的影响。电影媒介作为视听媒介,它必然从视觉图像符号和听觉图像符号这两个方面建构起客体。文字媒介,正如巴赫金所说:"文学的一个基本特点是:语言在这里不仅仅是交际手段和描写表达手段,它还是描写

---

　　① 康德及其后的德国哲学家们区分出对象和客体,两者含义并不一致。对象是未被认识的存在,而客体则是已经被认识建构而成的存在。这一区分很重要,我们看到英伽登就坚持这种区分;巴赫金亦然。对于文学家来说,他面临的是叙述对象,而读者所面临的是叙述客体,是作家创作的结果。对于读者来说,他看不到作家的叙述对象,只看到作家的叙述客体。这也就是为什么英伽登称作品的一个层次为客体层次的原因。我们的比较由于我们看不到叙述对象而发生重重困难。我们只能比较作家的叙述客体和电影艺术家们的叙述客体了。从理论上讲我们应该比较一个叙述对象和两个叙述客体的不同。但实际上这却是不可能的。同时我们看到符号学家们采用了一种先验的方法,将"故事"假设成为一种叙述的对象。这是一种思维上抽象的结果,事实上,我们不能得到一个本源性的"故事",我们见到的都是已经被讲出来的"故事",这是叙述的结果。同时一般来说,人们说о故事也大多是说的是被创造、叙述、虚构出来的东西。从这个意义上来说,似乎用叙述客体更为恰切。或者就使用"故事"一词,但它不是从叙事学意义上的"故事"。同时我们看到毕竟"客体"一词含义要更为广泛些。

　　② 这是近代小说观念的产物。在古代并不如此,至少在亚里士多德的《诗学》中并非如此。在《诗学》中,亚里士多德将情节放在了第一位。

的对象。"① 作为"描绘的对象"的语言,一般而言,常常是叙述客体中的主人公语言。作为"描绘手段的语言",叙述者用这种语言再现被描绘的对象语言,来描绘人物的举止行为,叙述事件,建构或再现人物的心理、外貌、动作、行为等。从符号学的角度看,巴赫金强调了文学的媒介就是语言文字。在作家所面临的现实及其所创造的故事世界中,他们首先要面对话语②,不管是现实生活中的人物的话语也好,还是被作家转化到了故事世界中的人物的话语也好,主人公们所说出的话在文学作品中居于首要地位。这样,从文字媒介的角度上来说,人物所讲的话语可以直接以文字的形式进入叙述客体。这就是文学作品中主人公们所讲的话语。而人的行为活动等则依赖于叙述人的语言,这种语言是一种"指称叙事"的语言,它再现或者建构了人物、事件与世界。从符号学的角度上来看,人物的行为其实何尝不是一种语言,有学者们将其命名为"体态语"。体态语总是处于不停地变化之中,体现着人的内在的情绪、心理、意识、欲望的流动变化。从皮尔士的符号理论来说,这些体态语无疑是标引符号,它们让人看到人物内在的心理活动。作家所面临的困难就在于此,他要将众多的图像符号标、引符号转换成为文字语言的符号。这两种语言之间存在着极其复杂的关系,一个作家所面临的一个很重要的任务就是处理这两种语言的关系。

热奈特对小说中的话语认识就很不充分,他说:"陈述中的话语始终是话语,它形成某种类似易于发现和界定的囊肿样的东西。"③ 当主人公的对话不被理论家考虑时,理论家心目中的小说也就不知道会成什么样子。热奈特不研究故事,但他承认,他的故事的概念里包含了"话语"(即主人公们的话语)。热奈特无意之间也将叙事话语分为两个层次,但他回避了详细具体地探讨两个层次之间的复杂关系。他对话语的看法我们不必盲从、无法想象,当这种囊肿被清除了之后,故事里还剩下了什么? 当然,这种话语的出现会破坏热奈特的逻辑基础:任何一个文学文本,都是一个叙事,这样一个叙事可以被看成是一个句子,文本与句子就在于长短之间罢了。这种对待文学作品的态度真可谓"损之又损以至于无"了。只是我们几乎无法想象,去掉了人物话语(对话、内心独白与意识流)之后,他研究的《追忆逝水年华》将会变成什么样子。同样,几乎是由对话构成的海明威的小说又会变成了什么样子? 这种观点恐怕是一个原则性的失误。热奈特将一个从语言角度上来讲也是构成复杂而且分成不同层次的文本变成了一个单一的平面化了的文本。

不仅小说中的话语具有重大的意义,而且在人们的生活、生存中,话语甚至具有重要的本体论的意义。巴赫金说:"存在就意味着进行对话的交际。对话结束之时,也是一切终结之日。因此,实际上对话不可能、也不应该结束。……一切都是手段,对话才是目的。单一的声音,什么也结束不了,什么也解决不了。两个声音才是生命的最低条件,生存的最低条件。"④ 恐怕,除去了

---

① ［俄］巴赫金《巴赫金全集》,河北教育出版社 1998 年版,第 4 卷,第 276 页。

② 我们这里所使用的"话语"一词用来指人物实际言语行为中所说的语言。

③ 参阅《叙述学对陈述过程的看法》,节选自李恒基、杨远婴《外国电影理论文选》,上海文艺出版社 1995 年版,第 501 页。当然,之后热奈特也意识到这一问题。热奈特在《叙事话语　新叙事话语》中区分出两种语式:模仿(展示)和叙述。其实,这两种语式之间构成了一个层次关系。但他从"语式"的角度区分出"模仿"和"叙述",但他这样做似乎还是从叙述者的角度来划分的,把两个层面的东西又变成了一个平面上的东西。他似乎没有摆脱早期的一些思维定式:他在《论叙述的界限》中说:"文学的再现即古人的模仿,其实并不是叙述加'言说'(speeches),而是叙述,只是叙述。"(转引自塞尔登《当代文学理论导读》)另外,也探讨了所谓的间接引语与直接引语问题。但他似乎局限于语法学的意义上来探讨,对话语之于文学叙事中主人公的重要性估计不足。

④ ［俄］巴赫金《巴赫金全集》,河北教育出版社 1998 年版,第 5 卷,第 340 页。

话语,摘除了"囊肿"后,我们实在看不出人和动物或者植物有多大的区别。具有讽刺意义的是,结构主义者们总是在标榜系统性,不是知道摘除了囊肿之后的系统还是不是一个系统? 看来,被阉割了的系统可以更好地为热奈特服务,但这样的"囊肿"还值得我们予以充分地重视。从话语这一个角度来看小说,前文中所提到的巴赫金的区分是值得我们重要的。小说创作的逻辑在于我们需要对小说的语言区分为两个层面:一个是主人公话语,另一个是作者话语。前者是后者的表述对象,但后者的表述对象决不限于前者,后者还要我们呈现故事存在的非语言方面:人物有行为、举止、肖像、面貌,外部世界的形、色、声、貌等。

同样叙述故事,电影则不然。摄像机的特点在于"镜前实有"、"有形必录"。它对主人公们所讲的话(用录音设备录制)和主人公们的行为活动与其周围的世界"一视同仁"。当电影再现这些对象时,就不存在文学文本所特有的那种对象话语与叙述话语的分层关系。当然,电影里面同样有这种叙述语言,一方面是摄影机运动的语言,它附着于图像之上。另一方面,也还有一部分图像语言和其他类型的语言来表达叙述者的评价与建构。这个问题在第一章介绍彼得斯时候已经有说明,而本书的第三章和第四章会讨论。这样,我们看到文学话语的结构层次和电影话语的层次虽然在构成上具有一致性,但他们之间却缺乏相当的对应关系:即,文学叙述中的对象话语和叙述话语都要被转换成为电影叙事中的对象话语——图像语言。这就是说,从不同艺术的创作逻辑上来看,不同的艺术有自己的不同的创作逻辑,它们的创作逻辑的起点要本不同。而改编的研究就意味着我们需要把握这些不同的创作逻辑,竭力把握住这些不同的创作逻辑,看看它们之间的是怎样转换、变化的。这就使我们的比较变得很复杂而且困难重重。

2.1 话语的变化[①]

对电影艺术家来说,在改编时,将文学转换成为电影,在很大意义上是对语言建构的一切进行还原,让不同层次的语言各归其位。在这个基础上重构故事、人物以及世界,重新将文字符号化了的故事与人物转换成为一种以图像符号为中心的故事。这是两种不同媒介的艺术,"小说家运用文字,电影导演运用画面;这两种艺术形式之间的主要差别即在于此……电影和小说之间的根本差别也使双方在传达某些素材的能力上受到严格限制"。[②] 从更为广泛的意义上说,这位研究者对两者之间的根本差别也语焉不详。同时,我们顺便指出,他总结出来的那些差别却经不起电影艺术实践的检验。就被表现出来的客体而言,电影和文学之间有一系列的差别,但这种差别首先就是由文学中以话语为中心转换为电影中以运动(体态语)为中心。如上所述,对人来说,运动意味着身体的表情、动作、体态的变化。相应地,电影也就演变成了以体态语为中心的艺术。文字符号永远也不能反映语言现象的全部事实,自然它也不能呈现出我们这个世界的全部事实。

---

① 这里的"话语"是狭义上的话语。是小说中的主人公话语。另,我们在讨论叙事客体变化的时候,首先应该讨论"故事"、情节的变化,但由于故事和情节关系到意义层面,所以本文将故事、情节的变化放在第四章在讨论意义变化时予以讨论。

② [美]爱德华·茂莱《电影化的想象》,邵牧君译,中国电影出版社 1989 年版,第 13 页。

但在人们使用符号时却总是有一种欲望,文字符号不但要尽可能的呈现所有语言事实,还要呈现语言事实之外的世界。文字符号的使用者总是渴望超越语言自身的局限。但不管这种渴望多么强烈,其结果却是世界的语言符号化。文字符号也会去再现语言之外的对象,也会关注声音和色彩等,但毕竟能力有限。而电影媒介会对所有来自视觉和听觉的材料可以做到照单全收。从符号的角度来看,不妨将电影改编看成是将原来被文学语言化了的世界重新进行图像化。即,这是将文字改造了的世界还原出来,返回到人感受世界的原初情景上,返回到当时的所听(声音)与所视(图像)的过程中去(小说不可避免地会表现人感觉世界时的触觉、味觉等,这些感觉表述在改编中无疑会被过滤掉)。①

2.1.1　由话语中心到体语中心

文学中,对话具有很重要的地位,主人公的话语作为对话的一部分而存在。在电影中,对话的重要地位被人物的运动所取代。这样做,在很大意义上造成了电影中的人物对话成了人物之间的"边做边说"。人物运动比对话更加引人注目,甚至在没有人物运动的对话里,电影叙述者也设法将其转换成为有运动的对话。即电影叙述者要把它转换成为由摄影机不断运动造成一种具有运动感的对话,如在对话时采用正反打以造成一种运动感。日常生活中,对话大多伴随着身体运动,电影中亦然。而在文学中,由于文字媒介对运动叙述的无奈,也常常被作家们所淡化乃至回避,用一种"边说边如何"或者"边如何边说"的方式叙述。

　　一会儿,男男女女来了一大帮,都笑嘻嘻地看着我,说你个龟儿时来运转,苦出头了,美美地教娃娃认字,风吹日晒总在屋顶下。又说我是蔫土匪,逼我说使了什么好处打通关节,调到学校去吃粮。我很坦然,说大家尽可以去学校打听,我若使了半点好处,我是——我刚想用上队里的公骂,想想毕竟是要教书了,嘴不好再野,就含糊一下。②

这一节中,从话语表现的方式来看,叙述主要采用了间接引语的方式。不过各句之间还是有叙述上的具体差异。"说你个龟儿时来运转,苦出头了,美美地教娃娃认字,风吹日晒总在屋顶下。"这一句可以说最简单。但从语调上说,它实质上是直接引语,但在形式上却用了间接引语。如果我们在"你"的前面加上一个引号就可以发现,这和他人对老杆儿的讲话很一致。第二句则相应的复杂一些,这句话既保留了知青们的话,又加上了老杆儿自己的叙述。不过,我们仍然可以对知青的话进行复原,将"你"字变成"我"字就成是知青们的话了:"你是个蔫土匪,你使了什么好处打通关节,能调到学校吃粮?"第三句话则将自己的话语和陈述糅合在一起,将老杆儿的话分离出来就成了:"大家可以去学校打听,我若使了半点好处,我是……"当它被转换到了电影后,电

---

　　① 巴赫金所区分出的两种语言——作为对象的语言和作为描写客体的语言对于本文的写作与研究很有启发性。我们可以同样的对电影媒介进行区分——作为对象的图像(听觉和视觉上的)和作为表现对象的图像(视觉和听觉上的)。显然,这两种分类在理论上是不言而喻的。这两种分类在各自内部都会形成极其复杂的关系。但从文学到电影的转换中这两者显然不是一一对应的关系:至少文学叙述中的一些作为表现对象的语言是要转换成为作为对象的图像,如此等等。

　　② 见阿城《棋王》,作家出版社 2000 年版,第 79 页。

影叙述者使用了一点话语策略。大概对知青生活的某些东西不能表现,就出现了一个委婉语。也许"苦"的意思不宜直接表达,就被转化为老杆儿的一句话:"思悠悠,恨悠悠……"我们知道,这是词中的一句话。电影中的这一句,将知青们的艰苦生活以及思家恋"城"的心情含蓄地表现出来。也就是说,当老杆儿说出"思悠悠,恨悠悠"时,他是在化用了词中的句子,间接地表现知青们对家乡的思念,表现出对现状的不满与苦闷。电影用自己的方式将文学作品中的那些话语的意思传达了出来。其他两句话就大致与小说中一致,小说中的动作也都在电影中得到表现。但除此之外,我们看到,电影中增加了一些动作:这伙知青们七手八脚地将老杆儿按到了床上要让他说出使的什么路子。这是将小说中提到的"逼"的行动转化为一个情景。电影将小说中的"嘴不好再野"进行转化,依然用动作表达了出来:老杆儿在小说中嘴里确实没有撒野,这种念头一动就被自己抑制住了:老杆儿伸手做了一个动作,比出一个王八的样子,又迅速收回。同时嘴里欲说还休,随后一笑了之。大家心知其意,不再强逼他说出,就放了他。显然,老杆儿嘴与手的动作都向我们展示出了老杆儿此时的心理活动。电影中也将知青们对老杆儿的那种羡慕情绪进行了动作化:除了上述动作之外,电影中还有知青们对待那一纸通知的态度,老黑趁乱拿过通知就将其揉为一团,待众人放手,老杆儿站起后,老黑再将通知还给老杆儿。

通过比较,我们似乎可以说,小说中人物的行为是处于语言之中,而电影中人物的语言却是处于行为之中。媒介符号不同使得不同艺术作品中的人物的行动与话语所占的分量各不相同。

当然,上面的比较分析很粗糙。我们没有涉及每一个人物的表情。这种表情也同样是一种运动。不过,这是脸部肌肉的微观运动,是五官的微观运动。此外,还有人的微妙的肢体运动。这些都是人物内心语言的运动。而这些微观的运动就符号学来说,它们指示着人的心理情绪和思想。这些属于符号类别中的标引符号。这些符号是作家很难表达出来的。但这却是电影再现的重要内容。正如法国电影艺术家布列松所云:"摄影机不仅捕捉住那些用铅笔、画笔或钢笔无法捕捉下来的身体动作,也捕捉住不靠摄影机便无从揭示其使人据以认出某些心灵状态的迹象。"[①] 就人的表情达意而言,有诸内必形诸外,只要电影叙述者将人物的动作呈现出来,人物的内心也就呈现了出来。从文学到电影的转化,对人物动作的表达的方式不同,它将被文学符号过滤掉的东西恢复过来。这会使电影比文学更加能够深入人心,也更能够提示出人心灵上的复杂性:"最独特的电影化分解手段,这是通过微小细节展现一个事件的本质和核心过程的技巧。这种方法可以使我们听到一切'泛音'和'回音',感受到一切未言传和未显现的元素。我们无法详述,但是,我们可以感到这个故事中的一个动作所展现的事件比任何文学体裁的描述都要丰富。"[②] 这里所谓的"泛音"与"回音"就是那种微妙复杂与丰富的表述罢了。"电影作为一种手段,从某种意义上说,具有甚至比小说更大的表现能力。我指的是电影所具有的观察生活,观察日常的平凡生活的特殊能力。电影的这种深入冷静地洞察生活的能力,在我看来,正是电影的诗学本质所在。"[③] 显然,在从文学到电影的转换中,会出现相应的变化,这就是由语言为中心转变为以

---

① [法] 布列松《电影书写札记》,谭家雄、徐昌明译,生活·读书·新知三联书店 2001 年版,第 64 页。
② [匈] 伊芙特·皮洛《世俗神话——电影的野性思维》,崔君衍译,中国电影出版社 1991 年版,第 49 页。
③ 见李宝强《七部半——塔尔科夫斯基的电影世界》,中国电影出版社 2002 年版,第 354 页。

运动与行动为中心。这是一个重要的现象,改编中随处可见。

从符号学的角度来看,所谓的行动与运动,就是交际中人的种种各样的身姿手势。这就是所谓的体态语。皮洛说:"身姿手势是最广义的象征(符号)。感情、意图和思想的'非实体'现实变为动态形象。它赋予感情、意图和思想以可感的形式,同时永远是神秘的中介,它仅仅为我们提供参照点,以帮助我们补足欠缺的信息,唤起移情作用和激发我们的想象力。"① 巴赫金也认为:"人的身体行动应该当作行为来理解;而要理解行为,离开行为可能有的(我们再现的)符号表现(如动因、目的、促发因素、自觉程度等)是不可能的。"② 人的行为必然表达出意义来,表现出他的动机、愿望、欲求、情感以及他的社会地位、职业等。我们看到人的某一个姿势,就会大致了解其所要开展的行为与表达的意义。人的各种行为都可以被人们称为体态语,这种体态语从皮尔士的理论来看当然是一种图像符号,并且皮尔士将这种符号称为标引符号。美国心理学家艾伯特·梅拉比安对促膝谈心、眼对眼交流等进行比较、对照,得出了比率公式:词语或言语占 7%;说话方式占 38%;体态语占 55%。可见,体态语言在人际交流中何等重要,能起到言语所起不到的作用。梅拉比安的试验是一个促膝谈心的试验。这时的被试验者心情放松,心有所思,则口有所言,表里如一。但在实际生活中,人们的心与口之间往往并非一致。正如塔尔科夫斯基所观察到的那样,在现实生活中,说话,往往只是很偶然地看到语言与手势、语言与行动、语言与含义的吻合。他说:"人的语言、内心状态和形体动作是在不同的层面上展开的,它们互相作用,有时稍有配合,更多地却是互相抵触,甚至激烈冲突、相互揭穿。"③ 心理学家们也注意到:人是最复杂、最丰富、最细腻和最理想的视听结合的有机体。人和外界的交流不仅限于文字语言,或眼神。他的面部表情、语调、手势、坐姿、形体动作,甚至连一个人的生活阅历和文化背景所带来的外部特征,如用词、服装、仪态等也都传达出信息。比如说,人并不总是想要和他人交流自己的思想感情,尤其是隐私。但是我们经常可以从人的眼神或形体动作中看穿他无意中流露出来的思想感情。美国符号学家艾克曼和弗里森于《非语言行为的宝库:范畴、起源、使用及编码》一文中介绍了他们所做的一次人的反应实验,他们发现,评鉴员中负责观察受验者的足与腿部姿势反应的人,比只负责观察头与面部反应的人,更能发现受验者打算掩盖的思想感情。④ 这些都使我们看到了人类表达与交流的多层次性以及复杂性。这也使我们联想到,文学家们往往有意无意地对文学媒介——语言——表达能力夸大:和电影相比,文学语言很难再现人类交流的多层次性。

电影能够完整地记录下来人们的体态语,而获得了将人们之间的那种微妙的对话进行真切再现的能力。"我们看到两个人通过面部表情来谈话,他们互相理解彼此的面部表情胜于彼此的话语,他们能够感觉到许多非言语所能表达的各种微妙含义。"⑤ 巴拉兹在这里是就无声片来说明表情的表现作用,但它同样适用于有声片,适用于所有的电影。它表明电影媒介中人物交流信息时的多样性和丰富性。作为实际存在的人,当然说话、对话、和他者交流,话语成了他存在的标

---

① [匈]伊芙特·皮洛《世俗神话——电影的野性思维》,崔君衍译,中国电影出版社 2003 年版,第 47 页。

② [俄]巴赫金《巴赫金全集》,河北教育出版社 1998 年版,第 4 卷,第 317 页。

③ 见李宝强《七部半——塔尔科夫斯基的电影世界》,中国电影出版社 2002 年版,第 278 页。

④ 见周传基《电影、电视、广播中的声音》,中国电影出版社 1991 年版,第 223 页。

⑤ [匈]巴拉兹·贝拉《电影美学》,何力译,中国电影出版社 2003 年版,第 65 页。

志。然而,其话语的表现方式却形态各异。这里既有"有言之言",又有"无言之言(体态语)"。前者是一种有声的方式,后者是一种无声的方式。但后者在某种程度上却是更为重要的表现方式,所谓"大言无声"者是也。它提供了最为重要和最大量的信息。这是文学语言所难以表现的。线性的语言并不能表达出来,结果往往是由叙述者出面,或者就是由作家进行简单化的处理:假设它们之间一致。于是,生活中的骗子出口成谎,在小说中却成了"老实人"——文学中的"谎言"非得到了故事的最后才能被揭穿。

在《命若琴弦》中,老瞎子和小瞎子冲突的原因当然是小瞎子作为一个生命体趋向成熟,但其中老瞎子在教育小瞎子的时候往往言不由衷。尽管老瞎子劝说小瞎子对异性要疏远,但小说叙述者却提示我们,老瞎子也同样受到诱惑。这就是说,在这种微妙的人物语言中小说无法让人物自己来揭露出自己的不一致。为此,作者不得不在叙述中现身干预。而电影则很容易地就让人物进行自我揭露。《边走边唱》中,当老瞎子在河边和少女们嬉戏时,一开口就是不甚雅驯,显得十分的露骨与色情,这给我们显示出来他的本然之我。但他面对小瞎子,竟然板起脸一本正经地训斥起来。可是,他的行动泄露了他的心事!当小瞎子和兰秀有了初步的接触与好感,晚上在庙里,老瞎子向小瞎子进行了一次"教育"。小瞎子始有悔意,拿起棍子让老瞎子打,老瞎子不打。师徒之间有如下对话:

> 老瞎子说:"……我是操心你的琴哩,没个手艺,我死了,莫非你去讨吃不成。我经过那号事,那号事,靠不住。"小瞎子:"啥事?"
> 老瞎子:"贫嘴!"
> 老瞎子:"你还小,过去不情愿说那些寒心的话,女人家,靠不住,后来老了,就不想了。"
> 小瞎子:"不想了? 真的?"
> 老瞎子:"贫嘴,石头,咱有琴哩,琴比女人好,琴弦断了就是断了,它不哄你,你师父说了,咱们的命就在这琴弦子上。"
> 小瞎子:"师父,你哄自己哩,琴不是女人!"①

电影中,老瞎子说到此处恼羞成怒,抓起小瞎子和兰秀约会时所穿长衫就投进火中。长衫立即烧起了火苗。老瞎子直奔火堆,抓起燃烧的长衫,急抖灭火,未果,又赶快将其投进水缸。大概这才保存了老瞎子所能感受到的兰秀的余香。② 尽管这一改编和原著相比显得有些过火,但和原著相比,我们还是可以看到有原著的"内核"在作支撑。这里,老瞎子的话里面包含着极为复杂的感情纠结:其一,对自己弹断琴弦获得光明的渴望;其二,对小瞎子负责;其三对自己曾经遭受的情感伤害难以释怀;其四,更为重要的是,老瞎子自己对兰秀也动了心,他自己爱上了兰秀。他有难以启齿的内在欲望,在面对小瞎子时,老瞎子更是如此。这使他们之间有着不可避免地感情

---

① 这是从电影《边走边唱》的 DVD 版本中取得的字幕。
② 小说中说到除了眼瞎,老瞎子的感觉极好。从这段对话中也可以看到热奈特的观念不甚正确:这段文字摘除了"话语"就变成了什么也不是的东西。我们无法将叙述看成是一个单纯的平面性的叙述。

竞争。或者说,老瞎子的言语与行为更多的是基于醋意的结果。陈凯歌在此后给出了一个镜头来说明老瞎子的动机:一条长蛇,绕着一面镜子和行将燃尽的蜡烛移动,这显然是一个集合了中国的传说和西方《圣经》神话的镜头。老瞎子对兰秀一门心思!老瞎子的行为和动机以及他那种复杂的心情被电影表现出来。语言和他的潜意识之间的差距只有电影才能再现出来。电影中,老瞎子教训小瞎子的声音充满了庄重严肃,也充满了关爱,在对女性贬低的话语中使我们感觉到老瞎子对异性好像不再关注,但随后的行为与声音却揭穿了老瞎子的真实面目。

2.1.2 话语从双重指向到单一指向

日常生活中,交谈者共处于一个语境之中,而语境中许多的东西对交谈者来说是共知的,不言而喻的。这就是说,共同的语境自身会提供更多的信息。在文学中,尽管主人公们存在于一个共同的虚构世界里,但这个虚构的世界不会一开始就为读者所熟悉。人物语言世界背景以及人物语言的话语背景也不为读者所知。这是作者要和读者交流保持通畅时所必须解决的问题。他需要让读者知道主人公们的话语,理解主人公们的话语。在这种情况下,一方面,文学作品中的叙述人的语言变得贴着读者叙述出来,而主人公们的话语也变得贴着读者讲出来。这就形成了文学作品中所特有的语言现象。作家总是不停地向读者描绘当时的情景,解释说明主人公们“何出此言”的原因。这就是说,主人公们的语言在许多作家那里既面向作品世界中的交流者,又要面向作家所预设的读者。这就形成了文学叙事中主人公话语往往表现为一种双重指向,即既指向作品中的主人公,又指向作者自己所预设的读者。为了指向主人公,谈话就必须和主人公共处的现实语境相一致;为了指向读者,作者对主人公话语的叙述必须让读者明白。但作家与读者的语境和主人公之间的语境并不一致。于是,许多主人公的双重指向的语言就变得很冗长而膨胀,也使得文学在许多情况下显得富于说教意味。这会使得文学语言表现出一种特有的幼稚。[①] 具有文学性倾向的电影人物对话同样显得很冗长,让人不耐烦,变得喜欢说教,简直成了一种宣传教育片。在中国电影中,此种病相特重,人物总是喋喋不休,文学性特重。

和日常生活相反,我们在文学中总是很清楚地“听”到了主人公们说了什么,并且,文学作品中的主人公们总是那样的诚实,不说话则已,一说话就让听话人非常清楚明白。主人公们一开口就“敞开心扉给人看”。除此之外,文学家们也往往会感觉到语言不能表达出说话人的意思。于是,他们就不断地介入主人公们的语言当中,介入主人公们的灵魂深处。这就造成了叙述者不断对主人公的语言进行解释,进行补充说明,不断对主人公们进行剖析。于是,我们在文学中所见到的人,几乎总是一个透明的人。文学的语言也往往有一种趋于透明的倾向。这当然是文学自身的约定性和一种表现。这是文学叙述者面对读者不得不然的选择。文字叙述将许多语气语调很不相同的话语转换成了几乎没有语气的符号链。这使语言行为(言语)可能丧失了它本来的多

---

① 如塔尔可夫斯基就曾经比较过日常对话和文学对话之间的差别:“我曾经录下一段家常对话,谈话的人并不知道被窃录。事后我重听那段对话,觉得‘编剧’和‘演技’都精彩无比,那些人物的韵律、情感及生命力——全都如此真实。他们的声音是那么悦耳动听,停顿亦显得如此美妙!……连斯坦尼斯拉夫斯基都无法合理化这些停顿;和这些随意录下的对话结构相比,海明威的精雕细琢就要显得做作而且幼稚了。”[前苏联] 塔尔可夫斯基《雕刻时光》,陈丽贵、李泳泉译,人民文学出版社 2004 年版,第 65 页。

义性与行动性以及多层次性。

电影使运动成为主体,将文学叙述中居于首要地位的主人公话语转变成为附庸。但这决不能说语言的表现力从此就变得不重要了。相反,电影将语言和产生语言的语境联系了起来。这使文学作品中的人物语言脱离了文字媒介的束缚,获得了自己的新生。这表现在如下几个方面:第一,文学假定性的消失,使那种面向读者的解释补充说明的语言成为多余而被电影艺术家们抛弃。在小说中,由于语境的不透明,人物话语变得冗长。与此相反,电影语言则变得很短。第二,语境的呈现,使语言的潜台词变得更加丰富。文学作品中的人物话语总是清晰无比。电影则与此相反,共同的语境,当面的谈话,所有表意的语气、表情、姿势等都像生活中那样,为交谈者所即时接受或者感知。每当文学中的主人公被转换成为电影中的主人公时,他的语言就必须电影化——简洁而富有潜台词。所谓"潜台词"应该就是他将语境中的许多事物都内化在话语之中了。

电影中的说话人处于同一个语境中,说话时不需要考虑语境外的读者。而文学媒介则不然,读者不在语境之中,作家则必须让读者了解这一个独特的语境。不管有意无意,这就造成了作家对人物语言的安排上具有双向性。文学作品的语言既要面向主人公的听话人,又要面向作家的预设读者。

(老杆儿接着课本)说:"这是谁的课本?没有病吧?"办公室里几个女教师笑起来,说:"当然有病。"我看看她们,见她们面前的书本都干干净净,就自己捏住书脊抖。老陈也笑起来,说:"哪里有病?走了的李老师有些马虎,不太注意就是了。可他课本没有搞丢,就不容易了。你看,这是课表。"说着递给我一张纸。我看看,心里一颤,说:"怎么?教初三?我高中才念了一年,如何能教初三?"老陈笑眯眯地说:"怎么不能教?教就是了,不难的。"我坚决推辞,说了无数理由,其中主要是学历太浅。老陈摸摸桌子,说:"那谁教呢?我教?我才完小毕业,更不行了。试一试吧?干起来再说。"我又说初三是毕业班,升高中是很吃功夫的。老陈说:"不怕。这里又没有什么高中,学完就是了,试一试吧。"我心里打着鼓,便不说话。老陈松了一口气,站起来,说:"等一下上课,我带你去班里。"我还要辩,见几位老师都异样地看着我,其中一个女老师说:"怕哪样?我们也都是不行的,不也教下来了么?"我还要说,上课钟响了,老陈一边往外走,一边招我随去。①

尽管阿城的语言很简洁,但是我们还是会感觉到其中的文学化。这就是阿城对主人公们交谈的共同知识背景的叙述。这种叙述对主人公们来说完全不必要,而对读者来说却不得不然。当然阿城让主人公们叙述自己的知识背景和学习经历。阿城似乎将老杆儿设计成了一个脱离时代的人,对那个时代的一切都似乎不了解(当然,这种设计也是文学叙述的方法,用他者的眼光去观照我们所熟悉的东西。这就构成了"奇特化"),那个时代没有所谓的升学压力。这种提问的方式与所提的问题当然是对着 20 世纪 80 年代读者来的。被电影转换之后我们看到的就是对话语言的极度精简。电影中这场戏一开始就是老杆儿惶惑迟疑地拿起了教鞭将其夹在腋下。老陈给

---

① 见阿城《棋王》,作家出版社 2000 年版,第 84 页。

老杆儿课本,老杆儿极其吃惊地拿起了课本,课本显然很脏,老杆儿拿住课本产生了厌恶感,抖落课本上的尘灰,课本竟也随之落地。这一细节显示出那个时代的教育状况。老陈俯身捡起来,用力拍掉上面的尘灰,还给老杆儿。老杆儿再翻开书本,见里面有一片羽毛,就拿起来看看,然后接过老陈递过来的课表,不由惊叫了起来"教初三"!小说中有直接的心理活动叙述,有对自己教初三的吃惊感受。电影中,只用了三个字"教初三"。但这三个字和语境密切相联,说话时的惶惑与震惊的语调就说明了许多。关于老杆儿的情况,这位老陈校长也知道,阿城对老杆儿的叙述以及对老杆儿心理的叙述是对不知情读者的交代和解释。人物的语言变得简短了,但是,语调的呈现也就呈现了"教初三"的字面所无法表达的东西。这样,我们看到,小说中的对话到了电影中,人物的对话只有一个明确的交流对象,那就是电影中的主人公。它将不再指向读者(文字的读者),对话自然变得简短了。① 从这个意义上来说,原小说的读者们会获得一种亲切感和明白感,而电影就会让人难于索解——电影《孩子王》之让人难以理解的是非常著名的。

2.1.3 电影中多向对话的呈现

文学所使用的媒介就是语言文字,这是一种线性符号,它无法有效地呈现出世界的真实面貌。这种线性媒介往往形成二元对立的思维。这种思维模式下,它总是将世界建构成为二元对立的世界。事实上,我们面临的世界,有时给我们呈现出二元对立的一面,有时则呈现出多元共在的一面。作为一种线性的二元对立的文字媒介符号,它对多元共存的世界自然很难真切地呈现。它所呈现出来的东西也往往是那种二元对立化了的世界。文学语言的这种线性特点会影响它对人物对话的表现。文学所表现的对话,也往往是主客之间的双向对话,它无法处理比这更为复杂的对话。这种情况下,文学叙述者往往用"七嘴八舌"之类的词语来概括。电影媒介,作为一种四维媒介,它可以很容易地将复杂的对话呈现出来。

在队里做饭的来娣,也进屋来摸着坐下,眼睛有情有义地望着我,说:"还真舍不得呢!"大家就笑她,说她见别人吃学校的粮了,就来叙感情,怕是想调学校去做饭了。来娣就又开两条肥腿,双手支在腰上,头一摆,喝道:"别以为老娘只会烧饭,我会唱歌呢。我识得简谱,怎么就不可以去学校教音乐?老杆儿,"我因为瘦,所以落得这么个绰号,"你到了学校,替我问问。我的本事你晓得的,只要是有谱的歌,半个钟头就叫它一个学校唱起来!"说着自己倒了一杯酒,朝我举了一下,说:"你若替老娘办了,我再敬你十杯!"说完一仰脖,自己先喝了。老黑说:"咦?别人的酒,好这么喝的?"来娣脸也不红,把酒杯一顿,斜了老黑一眼:"什么狗屎,这么稀罕!几个小伙子,半天才抿下一个脖子的酒,怕是没有女的跟你们做老婆。"大家笑起来,纷纷再倒酒。②

① 在陈凯歌的电影中也有个别的对话表现出一种文学味。在影片《孩子王》中,老杆儿和校长告别时。老杆儿竟说起自己已经来了7年了。这话却大可不必说出:看了档案的校长对此不会不清楚。这话显然是对着观众来说的。在电影《荆轲刺秦王》中,大部分的对话都富于文学性,这就给人一种很不好的电影观感。当然,这也很可能是陈凯歌考虑到观众对历史知识的欠缺而有意为之。

② 见阿城《棋王》,作家出版社2000年版,第80页。

我们看到,在文学叙述中,这些人在一起,被转换成了不同的两分法;首先是来娣/我;然后是大家/来娣;接着是来娣/我;再后来是老黑/来娣;最后是大家/来娣。文学叙述就在这种不停的主体/对象之间来回移动。在移动中事件的叙述得以进行。实际上,在这个事件中,大家是同时共处在一起,是彼此互动。电影中,不见来娣其人先闻来娣之声:"怎么喝酒也不喊老娘一声?"随后,电影中出现了几种不同的声音,阴阳怪气,这些声音里充满了对来娣的狎戏:"哟","来来来",如此等等。文学叙述使用了一个语气词,却不能传达出语气来。文字书写的表达永远会面临着这种窘境。电影中,来娣走到老杆儿跟前,伸手就摩挲着老杆儿头发,说:"要当先生了,还真舍不得!"来娣对老杆儿表示羡意、爱意,大胆直露,无顾忌。这自然使在场知青们发出轻佻之言:如"摸摸"、"往下摸"、"轻轻地摸"等等充满了流里流气的话。电影将众人的不同表现同时呈现了出来,也将那一段落后面的"大家笑起来"呈现了出来,笑声不同,各人有各人的特点:"哈哈"、"喝喝"、"宝贝喝",对来娣充满了戏弄。显然,本文上面的分析仍然受制于文字线性的局限。

在实际的交往中,往往出现多人同时进行的情况,每一个说话人的意向也就会出现不一致。上面所引的小说与电影《孩子王》中,那些男主人公们的说话意向大致说来都指向来娣,这些男主人公们的态度实际上差别不大。这也给了文学叙述者进行概括的方便。可是一旦遇到了多人对话中说话人的说话意向不一致的时候,文学表达能力就大受限制了。也就是说,当生活中某人说话言在 A 而实际指向 B 时,或者出现其他各种复杂情况时,文学表达就没有办法呈现了。这种实际存在的复杂对话,理论界对此的描述似乎并不很多,巴赫金在小说修辞中用了很大的篇幅来探讨双声语、复调语,但他还是在描述双方的对话交流。巴赫金也没有探讨当出现多方交流的情况下的话语问题。① 这个很值得我们讨论。

在电影《黄土地》中就出现了这么一个多方参加的言谈。当翠巧回到家后,顾青终于找到了话题和切入点。这场对话中的四个人的关系就在顾青和翠巧爹的对话中再现和建构。在电影的前面部分我们已经看到,在婚礼上,顾青被翠巧的美貌所吸引,也惊觉那种隐含在翠巧脸色上的不幸。翠巧进门再次吸引了顾青的目光。这在顾青,自然是对婚礼上所见时的回忆和对翠巧所产生的不由自主地冲动所致。顾青的谈话也就顺理成章地从谈民歌转到那场婚礼。他说:"今天晌午我在邻庄,看见有人家娶亲,……我……"这个话题对翠巧来说,体现顾青对包括自己在内的女性的关心;对翠巧的父亲来说,这同样是一个值得关心的话题,作为父亲,有义务操办儿女们的婚姻大事。这是父爱与责任,义不容辞,他对那个女孩父亲认同、赞许。他们终于有了一个共同的语言——"谈婚论嫁"。翠巧的父亲马上接上了顾青的话:"噢噢,那是拐峁后头泥河沟栓牛家的九女子。"语气里显然是对那个做父亲的赞同,也意味着封建传统礼教已经成了人们的普遍的无意识。这种对女性的态度恰恰是顾青所反对的。但做客于此,顾青不便言明,就语带保留试探性地说出自己的观点:"那女子还小嘛……"这种语带保留的反对却触及了翠巧父亲的底线,立刻引起了他的反驳:"啥小……他爹赶牲灵常打我们崖前过,说了,出六月就十四,啥小!"后来的话就围绕着这个婚姻问题而展开,顾青和翠巧的父亲不意间因此而出现了冲突。

---

① 这种话语常见了,只要我们想一想每一次美国国务院对中国台湾问题的谈话就明白了:总是既说给中国大陆听,也说给中国台湾听。

在这场对话冲突中,翠巧和她的弟弟憨憨也参与了进来。我们看到,顾青的目光不断游移,也不断地出现顾青的主观镜头,顾青看了几次翠巧,看了几次憨憨,当然,也同样看了几次翠巧的父亲。憨憨总是表情木然的直看着翠巧。到了后来,憨憨走向顾青,伸出手摩挲着顾青军帽上的红五星,这是一个具有象征意义的动作,憨憨已经为顾青所宣扬的那种理想的生活与制度所打动。电影给翠巧的父亲一个特写,正如许多评论家们所说,这个特写深受罗中立的油画《父亲》影响。这是陈凯歌眼中的陕北老一代农民,饱尝了生活的艰辛与苦难,被风霜过早地刻满了深深的皱纹。对话时,翠巧父亲总是眼睛半闭,不怎么看着对方,也不太在意对方。这种言说方式显示出他的固执与保守,也显示出他说话的真诚:这是一个言语与心灵高度一致的人。他终于睁开眼看顾青,却看到了顾青与他谈话的体态语,这是对着翠巧说的。这立刻引起了他的反感,并使这次谈话以不愉快结束。本来电影中,顾青和翠巧在那场婚礼上四目相遇的时候,已经相互被吸引了。所以这次谈话当中,顾青和翠巧总是有着一种潜在的思想交流。顾青的话,特别是那种对"南边"的描述,对翠巧有着巨大的诱惑。在顾青的潜意识中,他已经不自觉地向着翠巧所希望听到的那个方向言说。顾青不断地看着翠巧,而后者也听得仔细。这两个人不仅仅有着目光上的交流,看来还有着更多心灵沟通。我们看到,顾青在说话的时候,他的身体不断地向着左前方倾斜,朝向翠巧。翠巧也不会感受不到。在说话的过程中,翠巧将风箱拉得越来越响。这是一种心灵上的激动,不管她自觉不自觉,她的行为在客观上传达出了她内心深处的东西:对顾青有好感,对她父亲则有一种正在滋生的反抗与抵触。他们的表现使翠巧父亲产生了很大的反感,最后借着骂翠巧而结束了这场谈话。他嘴里骂的是翠巧,而实际的话头却未必不是指向顾青。

我们看到,实际的日常交流中会出现各种复杂的情况,线性的文字媒介无法适应这种复杂的身体与语言的交流、无法适应具有多重指向的交流。完整的呈现这种复杂多向的对话交流似乎只有在影视这种复杂的视听媒介下才能得以完成。只有借助于电影,我们才会突然感到文学语言在这方面的欠缺。

2.1.4　内部语言的视听转化

电影理论家巴拉兹曾经比较了电影和小说对心理活动的再现,他说:"小说家在写一段对话时,当然可以插入一些关于人物内心活动的描写。但他在这样做的时候却破坏了外部语言和内心活动之间的那种有时很滑稽、有时很悲惨,但总是很使人吃惊的矛盾和统一;而只有电影才破天荒第一次表现了这种矛盾和统一的无比丰富的内容,因为这一切都是出现在人的脸部的。"①显然,在电影中,通过体态语的再现也直接再现了人物丰富的内心世界。可以说,将心灵作为电影的独特的表现领域在电影艺术的开端就受到了电影艺术家们的注意。早期的电影理论家卡努杜就指出:"电影所独有的表现领域之一将是非物质的领域,说得更确切些,也就是下意识状态。……我们已经可以通过巧妙的倾斜摄影、多次曝光、局部虚化等手法来改变画面形象的造型风格(舞台剧只能借助具体的话语)。如果我们在表现瞬间的现实之外,还想表现一种下意识的景象时,那么,我们完全可以通过光来进行……因此,电影可以而且也应该发挥它的表现非物质

---

① ［匈］巴拉兹·贝拉《电影美学》,中国电影出版社 2003 年版,第 54 页。

世界的那种不同寻常的感染力。"① 克拉考尔也认为"电影可以把一个人在他生活中某一重要时刻内涌上心头的千头万绪再现出来。"② 尽管克拉考尔认为电影的本性在于对运动和动作的表现，但他还是看到了电影的特长：电影对人的内心世界能够有力再现。看来，在电影对人物的心灵呈现的问题上不同的理论家和不同的电影导演会有很大的不同。他们的意见多少都有些对自身经验的依赖与强调。不过，显然就反对者而言，他们的言论究其实乃基于是他们自身的经验。这两种观点提醒我们，对电影来说，能不能呈现心灵的问题我们还是要谨慎些：不能把我们基于自身对电影的经验与感觉看成是一种对电影的特点的本质性把握。

文学叙事中，主人公的内部语言有自己的特点：不是主人公自己的话语清晰，而是叙述者让它们很清晰！读者会对他们的心理一览无余！一些叙述者生怕读者对主人公们的对话感觉到不清晰，还要再插入他们的内心对话。在此情况下，总有些巴拉兹所说的那种味道：小说对人物内心的再现"有时很滑稽、有时很悲惨"。③ 究其实，它是一种和人们的感觉经验并不相符合的表现手段，我们无法直接走进人物的内心，这就像俗语所云："人心隔肚皮。"我们在实际生活中对人物内心的把握，是通过对人物的体态语的变化感知出来。据研究，小说的内心独白以及意识流手法来源于舞台表演。由于戏剧表演中观众和舞台之间距离很大，观众就没有办法看到演员表现的表情变化，无法感知演员的内心世界。于是就发明了表现人物内心活动的独白、旁白等，用这些方式让观众了解角色的内心世界。后来，这些方式被小说家借用以展现人物的更为细腻的心灵世界。这就是说，用内心独白或者意识流来对人物内心世界进行开掘的叙述手段是现代文学对戏剧的借鉴。这是现代文学叙述的假定性的体现：叙述者直接进入主人公的心灵之中。在小说《命若琴弦》中，老瞎子的琴弦弹到了最后的几根时，他的心理波动很大：

>……他只好再全力去想那张药方和琴弦，还剩下几根，还只剩最后几根了。那时就可以去抓药了，然后就能看见这个世界——他无数次爬过的山，无数次走过的路，无数次感到过她的温暖和炽热的太阳(直到有一回匣子里唱道："姑娘的眼睛就像太阳"，这下他[按：指小瞎子]才找到了一个贴切的形象，想起母亲在红透的夕阳中向他走来的样子。其实人人都是根据自己的所知猜测着无穷的未知，以自己的感情勾画出世界。每个人的世界就都不同)，无数次梦想着的蓝天、月亮和星星……还有呢？突然间心里一阵空，空得深重。就只为了这些？还有什么？他朦胧中所盼望的东西似乎比这要多得多……夜风在山里游荡。猫头鹰又在凄哀地叫。不过现在他老了，无论如何没几年活头了，失去的已经永远失去了，他像是刚刚意识到这一点。七十年中所受的全部辛苦就为了最后能看一眼世界，这值得吗？他问自己。

这段心理描写，采用了第三人称全知视角。在小说中，叙述人语言与主人公的语言交织在一

---

① ［意］卡努杜《电影不是戏剧》，节选自李恒基、杨远婴《外国电影理论文选》，上海文艺出版社 1995 年版，第 51 页。
② ［德］克拉考尔《电影的本性——物质现实的复原》，邵牧君译，中国电影出版社 1981 年版，第 83 页。
③ ［匈］巴拉兹·贝拉《电影美学》，何力译，中国电影出版社 2003 年版，第 54 页。

起,主人公的语言也是直接引语与间接引语混在一起。这种很复杂的语言表述方式表现出两个方面的趋向:一方面是主人公对一生的信仰与对这种信仰的反思与审视,主人公的话语内部中也充满了不断反复的对话声音;另一方面,则是叙述人用自己的那种全知全能的视角向接受者表达出他对主人公的态度。这种意识不但体现在对主人公的经历强调上,也体现在对主人公的处身环境的隐喻性呈现上。在由小说到电影的转化中,就需要将这种复杂的文学化的语言进行电影化。去掉叙述人的语言,真正让主人公自言自语。电影将这一段话转换成了老瞎子月下独白的场景:月到中霄,老瞎子难以安眠,来到月下,浮想联翩:

> 六十年的功夫就为了看一眼,值吗?哈都没了,没了的就再也找不回来了,剩下的也就是那张药方了,值吗?值得。值吗?就是要看那个世界,就是想看的那个,是又怎样,不是又怎样,怕不是,那也看看。能看见山啦,河啦,能让太阳照花眼打个响喷嚏,能看见魂灵似的跟你说了一辈子的人们。吃个大枣,脆脆的,能带着颜色吃,像从头活一遍一样。值!可还有什么呢,就这些啦,没有别的啦?·盼的可比这多的多了。①

这些内心独白的精神实质和史铁生小说中主人公的心理语言是一致的。当然电影强调了一种更为世俗化的倾向。但在表述形式上,电影所用的是一个中特写镜头,这使我们能够看到这位老瞎子的上半身,看到老瞎子那痛苦的面部表情。而老瞎子声音低沉,时而痛苦无奈,时而坚定执著。老瞎子所处的世界凉风阵阵,孤月高悬,充满了孤苦凄凉。这样从环境,从表情,从声音与语调②等多个维度向观众进行呈现。不过,我们应该注意到,就一般情况而言,内心语言绝不是一种让他人能够听得清楚的外部语言!这种让人听得到的话语方式,究其实是一种戏剧化的表现方式。从声音的角度来说,上面这一段话是以一种有源声、画内音的形式来表现老瞎子的心理活动。其实,用声音来呈现人物内心的方法多种多样。电影既可以借助画外音的形式来表现人物的心理活动,也可以通过其他画面音响的形式来表达。在小说《霸王别姬》中对程蝶衣赴会袁世卿时有几句心理上的叙述,是直接的内心语言来表现。但在电影中,在程蝶衣赴会袁世卿时那种心理波动则通过他的表情直接表现。但叙述者犹显不足,还将镜头染上了相应的颜色。除此之外,电影中还不时闪出一些童年时的画面,如与段小楼同床共枕的画面;如还出现一些他童年经历的一些声音,如那种锢刀的吆喝,如对母亲的倾诉,如冰糖葫芦与卖风筝的吆喝,如此等等。电影叙述者用这种种声音来再现主人公的复杂的内心体验。

在电影中,主人公们的内部语言也可以用象征手法来表现。《温柔地杀我》中,女主人公和男主角激情相遇之后的第二天,她再次去公司上班,重走昨日路。她突然间有了很激烈的内心冲突:是和自己在一起生活了很长时间的男友继续生活还是和新欢一起生活?我们看到,在电影中,这位女主人公走路时心绪不定,那不断闪烁的交通红灯就暗示了这位女主人公的内心冲突。

---

① 显然,这里面有电影语言的文学化,或者说文学性的电影语言。这种方式我国电影史上有着很大的影响。这种语言与说教相联系,是注重教化的结果。

② 其实这两者是无法分开的。

不停闪烁的红灯是她内心自我警示的隐喻性表达。画面上，这时警车呼啸而过。后来，女主人公最终下定了决心，她选择了激情。心中的警戒也不再存在。绿灯亮起，声音平静。这是一种借助环境中的景物与声音对主人公内心进行隐喻性的再现。

除了声音之外，电影叙述者还用了许多其他的方法对主人公的心灵进行暗示。如电影叙述者会让主人公们穿上特别颜色的衣服来暗示某种特定的心理感受。当然，一个人穿什么颜色的衣服是他的精神状态、个性、心理、人格特征的表现。在小说叙述中，一些作家也每每以此来刻画人物的心灵特征。在很大程度上，当一个叙述者要塑造人物时，他会考虑主人公的衣服会是什么样的颜色，以此来暗示人物的心理。不过，就我们所考察的这几篇文学叙述而言，散文《深谷回声》中的人物没有叙述衣着颜色，史铁生的小说亦未加叙述，其他小说《孩子王》、《霸王别姬》和《温柔地杀我》同样如此。但在电影中，电影叙述者却不得不考虑人物的衣服颜色问题。在《边走边唱》中，兰秀的服装是绿色，预示着一种不祥的结局。小说中对此可以忽略不计，不进行叙述；到了电影中，就必须被设计成某种服装。在《温柔地杀我》中，女主角服装的变化是女主人公心情变化的标志：感情的变化表现为冷淡（和前男友）到激情（和影片中的丈夫），再到冷静恐惧（对待她的丈夫），表现在她的衣服颜色上就出现了由蓝到大红再到蓝的变化。

总而言之，在电影中，叙述者对人物内心的再现，既可以采用文学的方式，让他们"内心独白"，也可以直接呈现出人物的表情行为等体态语。他既可以用多种多样的声音形式进行直接或者间接的暗示；还可以用颜色、服饰等物质形式进行表现。我们还可以看到一些影片的叙述者直接用"闪回"和"前闪"来表现人物的心灵。总之，电影可以借助于其丰富的视听语言对人物的心灵叙述，并且它手段多种多样。

2.2　声音：从间接出场到直接出场

维特根斯坦曾经说过，"自行反映在语言中的东西，语言不能表达。语言中表达了自己的东西，我们不能用语言来表达。"[①] 维特根斯坦这句话的原意是什么，恐怕只有维特根斯坦自己最清楚了。但我们可以借用这一句话来说明文学语言叙述中的一个现象：语言自身无法真正再现出来它的声音。人类的世界是一个充满了声音的世界，声音的再现成为人类的一个梦想。尽管声音对人来说极其重要，但是我们看到理论上对声音的论述很少。这其中的困难在于声音没有办法描述。[②] 我们生活在一个视觉的和声音的环境之中，到处都存在着声音，人的任何动作，甚至呼吸，都会发出声响。各种声音都会表达出相应的意义。描述声音的问题困扰了人类很长时间。直到后来人们才慢慢发明了各种描述声音的办法，形成了描述声音的符号。但对于日常语言的声音来说，我们仍很难以描述！在这种情况下一些作家对声音的描写

---

① ［奥］维特要斯坦《逻辑哲学论》，贺绍甲译，商务印书馆 2002 年版，第 49 页。
② 当然，现代物理学有各种办法进行描述，但这种办法很难进入文学之中，并且一旦进入也还是起不到什么作用。

就很费力,以至于这会使我们感到文学所建构的世界往往是一个声音薄弱的世界。① 电影对声音的再现是一种真正本真性的再现。前面说过,录音机收集声音不分高低强弱,它都能够将其录制进去。这就造成电影中的声音和现实中的声音可以不存在差异。② 电影研究者们对电影中的声音分类多种多样:有根据声音画面与声音的关系分为画面声音与画外音的;有根据声源的性质分为有源音和无源音;有根据对象的特点分为人声、乐声、环境音、噪音等。这些分类标准中没有一个是根据电影叙事的叙事特性来分类的。我们根据声音与叙事的关系与地位进行分类,即分为叙事对象的声音和叙事手段的声音,或者说,只是我们从叙述主体和叙述对象这个角度对声音进行了重新分类和思考。在此基础上我们可以判断各种声音在叙事中的性质。

2.2.1　人的声音出场

为了讨论的方便,我们把人的声音从两个角度来讨论:第一个角度是作为一个个体存在的声音,他一说话就会带出声音语调来,小说中很难写出他的语调语气来。尽管巴赫金的变调小说理论特别重视"声音"问题,但巴赫金的"声音"是在思想含义之方面。第二个角度是我们讨论作为一个群体存在的人的声音。这种声音文字叙述也同样难以表现。

当日常的生活话语被转换成文字符号链的时候,具有表意性质的语音随之而去。这种文字符号链的表意性和话语相比就变得很差强人意了。尽管人们为解决这个表意的困难,创造出一些表示语气的标点,但对表意来说,终究很难起到多大作用。语气与语调在人们的日常生活中对表意来说起到了很大的作用。一个人可以一句话不说,但是,只要他发出了有语气的声响,对方就可以判断出他的意向。我们也可能听不清楚对方说了些什么,但只要我们听到他的声音,我们对说话人的目的、意愿、情感、态度等也就能够有一个大致的了解。甚至我们还可能从中了解到有关他的出身、地位、气质、修养、年龄等各方面的情况。"长期以来,人们往往忽视声音形象的塑造任务。其实,声音会塑造至少50%的表演者形象。它会显示出年龄、性别、情绪、社会等级、籍贯,还能揭示诸如忠实可靠、耽于声色和喜爱寻衅等素质。如同发展形体形象一样,发展声音的第一步也是要对你的声音有一个清晰的认识。"③ 声音语气等声音特征的出现,使语言真正达到了人们可以闻声而知人知义。席勒曾经写道:"真可惜,思想必须首先被分解成许多死的字眼,灵魂必须体现在声音中才能和灵魂交流。"④ 声音中有人的灵魂,其实质是声音本身就是人的生命、精神风貌等主体特征的体现。声音再现于观众耳边的时候,主人公的灵魂也就同时钻进观众心里。

据说,陀思妥耶夫斯基曾在一天晚上遇到6个醉汉。这6个醉汉用了同一个猥亵词,但他们

---

① 一部作品中对声音的描写呈现还是有一些,比如象声词的存在。读者的朗读是一种对声音的再创作,结果人各有异。电影中的声音则只需要感受。

② 当然,影片的叙述者可以根据自己的需要来控制声音的大小、强弱、高低、远近等。这种情况下的声音属于叙述层面的意义。

③ [美]辛德曼《电视表演》,纪令仪译,山东文艺出版社1991年版,第110页。

④ [法]冈斯《画面的时代来到了》,节选自李恒基、杨远婴《外国电影理论文选》,上海文艺出版社1995年版,第71页。

发出不同的语调,也就表达了6种不同的意义。陀思妥耶夫斯基的这一个发现被许多理论家们所注意。巴赫金曾经指出说,如果这个猥亵词印刷成文,脱离了具体语境,它便似乎成了同一个词,不过重复了6次而已。① 著名的语言学家雅各布逊曾经用演员作了试验。结果,一个演员竟然用了四十多种语调读出了这一个词,竟然表达出了四十多种意义。小说无法传达出人们对话时的微妙语调,也就将语言的表现力丢了许多。周传基注意到:"电影台词中最重要的是声音,在小说中写不出人的声音。在电影中,人声几乎比这声音所表达的文字含义还更为重要。"② 声音在日常生活中是如此重要,以至于人们可能听不清说话人说了什么却能够知道说话人表达了什么。在《深谷回声》中,作者来到翠巧家的情况与电影完全不同。电影重构了这一场景。首先是一个主观镜头,这是从黄河边上担水回来的翠巧的主观视角。从屋里发出昏黄暗淡的灯光,传出来隐隐约约的说话声音,我们大致能够听到他们对话的意思,我们从音色上可以判断出说话人就是主持婚礼的那个站礼先生。他在说明公家人的来意。若不是我们手头上有《黄土地》完成台本,我们很难知道说的究竟是什么。③ 不过,尽管我们不知道他们说了些什么(话),但我们知道他说话的意思! 在电影中,甚至主人公们一言不发,我们也知道他们的意思,同时,人物的行为、表情、眼神、姿势等都是表达,表达出说话者的意思。当顾青要走时,老汉成人之美,为了让顾青能够交差,开口唱起酸曲儿来。我们实在听不清老汉唱的是什么,但听到老汉的声音,那悲苦无奈的调子,我们明白老汉的意思,并且深受震撼。总之,语调的存在能使我们理解说者的心情和他要表达的意思。

小说《霸王别姬》叙述了文革中的批斗场面,对非常喧嚣的声音有很薄弱的提示:

> "仗着自己红,抖起来了,一味欺压新人,摆角儿的派头,一辈子想骑住我脖子上拉屎撒尿的使唤,不让我出头。我在戏园子里,平时遭他差遣,没事总躲着他。我就是瞧不起这种人,简直是文艺界的败类,我们要好好地斗他!"
>
> 程蝶衣尖叫:"小四!"这是他当年身边的小四呀! 大伙鼓掌、取笑、辱骂、拳打脚踢。蝶衣从未有过这样的绝望。
>
> 他是一只被火舌撩拨的蛐蛐儿,不管是斗人抑被斗,团团乱转,到了最后,他就葬身火海了。蓦然回首,所有的,变成一撮灰。
>
> 他十分的疲累,拼尽仅余力气,毫无目标地狂号:
>
> "你们骗我! 你们全都骗我! 骗我!"
>
> 他一生都没如意过。
>
> 他被骗了!

---

① [美]卡特琳娜·克拉克、迈克尔·霍奎斯特《米哈伊尔·巴赫金》,语冰译,中国人民大学出版社2000年版,第304页。
② 见周传基《电影、电视与广播中的声音》,中国电影出版社1992年版,第140页。
③ 站礼先生(画外):"公家的顾同志说下了,要住穷家,我就把他引到你这儿来啦……"翠巧爹(画外):"噢……"然后又咳嗽了两下。顾青(画外):"大爷……"站礼先生(画外):"哎,你们拉话,我回去了。"翠巧爹(画外):"噢噢……"详见上海文艺出版社《探索电影集》,上海文艺出版社1987年版,第114页。

"文化大革命万岁"口号掩盖了他的呼啸。①

电影中,小四尽管夺了师傅程蝶衣的角儿却没有在"文革"的批斗大会上和师傅过不去(电影中文革最后的一场戏就是身为红卫兵的小四面对收缴上来的程蝶衣的行头,穿起来唱了一曲京剧《霸王别姬》中的"君王气已尽,贱妾复何生",就是说,他虽然夺戏,置师徒之情于不顾,但对京剧却有着一股挚爱。文革对京剧而言是一件关乎生死存亡的大事,将这些话集中到了段小楼嘴上),也没有出现在批斗会场上。电影中,段小楼和程蝶衣在红卫兵暴力胁迫之下相互揭发,后来波及并伤害到菊仙。批斗会场上人声嘈杂,口号声如雷贯耳,此起彼伏,形成了一个非常具有真实感的场景。电影改编中有一个现象:一个艺术性很差的文学文本被改编成了电影后往往能够获得很大的成功。从小说《霸王别姬》到电影的改编同样体现了这一点。从声音的角度而论,我们就可以发现其中的奥秘。同样的东西,转换成了电影之后,有了声音,就建构起了一个逼真的场景,给了人们真实的现场感。这就超越了那些精致文学所能达到的那种"身临其境"的感觉。声音直接使人产生幻觉,让人直接进入了事件现场。

2.2.2　自然音响的再现

文学叙述也会对声音进行描写,但是这种描写很受局限。到了电影中,声音作为视听媒介中一个不可缺少的部分往往贯穿于电影的始终。② 就改编中所出现的声音上的转换而言不难发现如下几种情况。

在文学叙事中,声音几乎没有地位,在许多情况下甚至可有可无。但是,我们要看到这样一种情况,一旦叙述者将他的注意力朝向声音,这声音就具有特殊意义。这就是叙述者所要强调的。电影如果不对这些声音再现,这就变得不可思议了。毕竟,对电影来说,声音是很容易再现的。电影《孩子王》中就有两处来自小说《树王》中的情节。其中一处是《树王》中那场著名的放火烧山的叙述:

> 火越来越大,开始有巨大的爆裂声,热气腾升上去,山颤动起来。烟开始逃离火,火星追着烟,上去十多丈,散散乱乱。队长几个人围山跑了一圈回来,喘着气站下看火。火更大了,轰轰的,地皮抖起来,草房上的草刷刷地响。突然一声巨响,随着嘶嘶的哨音,火扭做一团,又猛地散开。大家看时,火中一棵大树腾空而起,飞到半空,带起万千火星,折一个斤斗,又落下来,溅起无数火把,大一些的落下来,小一些的仍旧上升,百十丈处,翻腾良久,缓缓飘下……山上是彻底地沸腾了。数万棵大树在火焰中离开大地,升向天空。正以为它们要飞去,却又缓缓飘下来,在空中互相撞击着,断裂开,于是再升起来,升得更高,再飘下来,再升

---

① 见李碧华《霸王别姬》,香港天地图书出版公司 1985 年版,第 116—117 页。
② 当然,电影中有时无声,但此时的效果是叙述者刻意追求的"此时无声胜有声"。这种声音的沉默给人以强烈的震撼。《黄土地》中,当翠巧回到家中遇到媒婆"放话",她极为震惊。这时就没有配音。媒人走后,她一个人在炕上,打开媒婆送来的嫁妆,百感交集。此时也没有配音。当她一个人坐在洞房里时,也没有声音,也不再有配乐。这些地方都收到了"此时无声胜有声"的效果。上面所说的这些尽管是文学原著中所没有的情节,但这并不影响我们对电影声音的看法。

上去,升上去,升上去。①

　　这一段描写被改编到了电影《孩子王》中。在电影中,在老杆儿离开学校时,他眼前出现了一个幻觉:"画面上出现的是:漫山遍野的火焰,校舍在烟气缭绕下若隐若现。画外则是学生的玩闹声、大树倒地声、牛铃声、口哨声以及知青'从前有座山'的齐诵声交错加入,愈来愈强。随着火势的渐弱,轻烟的飘散,画外混声也渐渐弱下去。"放火烧山的画面蔚为壮观,那声音动人神魄。陈凯歌将其用在这里,并杂糅了老杆儿从来到学校到离开学校所有经历的声音,暗示了老杆儿此时的那种复杂的内心感受。老杆儿这一段不愉快经历应该有一个干净彻底的了结。陈凯歌在此表达出他对中国教育制度和传统文化的彻底的批判。燃烧的声音再一次超越了小说中的原始意义,被陈凯歌转换到了对教育制度的批判上,转换到了对传统文化的批判上来。陈凯歌要放一把火,让一切不合理的教育制度与社会制度以及文化观念都消失于无形。

　　由于文字媒介自身所限,叙述者对声音的呈现往往只用一些简单的象声词来模拟,或者用一些简单的叙述概括了之,更多的时候则干脆忽略过去。这种现象不单是一些通俗文学会出现,即便是那些精致的文学也往往如此。《深谷回声》中,叙述者在叙述翠巧送顾青的时候才叙述到自然环境中的声音。实际上,世界上的声音无时不在!《黄土地》一开始就出现了寒风在谷中的咆哮的声音,偶尔还会出现一声凄厉又让人惊悚的鸟叫(这声音同时用作叙述的声音,来预示影片要讲述一个不幸的故事)。阿城小说《树王》中就有对声音的忽略。这是一篇叙述知青们砍树的小说。但砍树的声音从没有出现在小说的叙述之中。

　　　　上到山上,远远见那棵大树已被砍出一大块浅处,我吆喝说:"快刀来了!"大家跑过来拿了刀走近大树。我捏一把刀说:"看我砍。"便上一刀、下一刀地砍。我尽量摆出老练的样子,不作拼力状,木片一块块飞起来,大家都喝彩。我得意了,停住刀,将刀伸给大家看,大家不明白有什么奥秘,我说:"你们看刃。刃不缺损。你们再看,注意刃的角度。上一刀砍好,这下一刀在砍进的同时,产生两个力,这条斜边的力将木片挤离树干。这是科学。"李立将刀拿过去仔细看了,说:"有道理。我来试试。"李立一气砍下去,大家呆呆地看。四把刀轮流换人砍,进度飞快。②

　　可以看出,小说中砍树时竟没有声音,这其实是被阿城有意无意地过滤掉了。陈凯歌将砍树的声音拉进了电影。不过,电影中却没有出现与砍树相应的画面。在电影中,画面是老杆儿走路,砍树的声音是作为画外声音而出现的。这声音起到了独立进行叙事的作用,砍树的声音的起讫就是一个砍树故事的整个过程。电影中,老杆儿趟过河之后砍树的声音就响起来了,一直延续

---

　　① 《树王》,节选自阿城《棋王》,作家出版社 2000 年版,第 43—44 页。
　　② 见阿城《棋王》,作家出版社 2000 年版,第 56—57 页。许多论者往往重画面而轻声音。当《黄土地》改编,中吸收有史铁生的小说时,在电影中出现了相应的画面,论者就指出来其来源。同样,《边走边唱》吸收史铁生的其他小说时,一些评论家也能够指出其来源。但当陈凯歌改编,《孩子王》吸收阿城的小说《树王》等时,由于只出现了《树王》中应有的声音而没有出现相应的画面时就被评论家忽略。倒是海外导演李翰祥仔细阅读过阿城的"三王"时指认出来了这一点。

我们听到了那大树被砍倒地的呼啸声。声音自身就呈现出来了一棵大树被砍倒的过程。由于中国文化传统中常常将植树比喻为育人,这种砍树的声音又表现了陈凯歌对教育的思考。即,砍树不但是对自然的戕害,还有着象征意义,教育对人性的戕害。也就是说,这个声音既是叙述对象层面上的,又是叙述媒介层面上的。尽管阿城小说《树王》其意不在于批评教育,但陈凯歌将其吸收到了电影《孩子王》中,就获得了丰富的比喻意义。

在小说《孩子王》中,老杆儿和王福打赌无疑是小说的高潮,在第二天到了论输赢的时候,自然就会给人造成一种紧张感。

> 山中湿气漫延开,渐渐升高成为云雾。太阳白白地现出一个圆圈,在雾中走着。林中的露水在叶上聚合,滴落下来,星星点点,多了,如在下雨。
>
> 忽然,只见一面山坡上散乱地倒着百多棵长竹,一个人在用刀清理枝杈,手起刀落。声音在山谷中钝钝地响来响去。①

到了电影中,自然界的音响被丰富和强化,与画面一起建构成了极富象征意义的场景。

> (全)晨,大雾弥漫,纯净而朦胧。
>
> 远远地,王福肩扛着大竹走来。
>
> 前景沙滩上散落着一些长竹。王福将肩上的大竹甩在上面,激起传得很远的回声。
>
> 王福转身向雾中山林中走去。
>
> 有刀砍在竹身上的声音,在山林中铮铮地响着。
>
> 七十四、沙滩(晨雾、外)
>
> (大全360°全摇)雾中,隐隐看到远远走来一群人。
>
> (摇)雾中的山林。
>
> (摇出)河滩上雾气空蒙,隐约可见一簇火光,一条独木舟,一个身着蓑衣的人手中的斧子响起来,敲击声回荡着,传得很远。
>
> (摇出)河里,王福拖着竹子从水中走来。
>
> (摇至)那群人走近了,是孩子王和他的学生们。他们似看见王福,慢慢站住了。②

小说对声音"点到为止"。非不为也,实不能也。在电影中,声音起到了很大的作用。它不但渲染了事件的气氛,还传达出了陈凯歌所要表达的意义。这是陈凯歌的"得意之笔",他曾经说道:"它(声音)在这部影片中所起的作用,往往是一种挺难说清的情绪和神韵。比如那个360°的摇镜头,在这个空蒙的世界中,万物似乎都形将消失掉了。万籁俱寂中,敲击船帮的'咚咚'声。它当即又从对面山上反射回来,一声成两声。声音和画面的配合,造成一种无穷大的感觉,使人

---

① 见阿城《棋王》,作家出版社2000年版,第106—107页。
② 见陈凯歌《电影〈孩子王〉完成台本》,《电影选刊》1987年第6期,第42页。

感悟到影片所谈的绝不仅仅是字典、教学方法等具体问题,而是人类对世界的思索。这个音响为孩子王下面一场戏中那番话'记录一件事情,永远在事后,这个道理是扳不倒的'做了充分的准备。"① 和阿城这段文字相比,这场戏似乎更有神韵。陈凯歌的许多电影都非常的注重声音,声音开拓了电影的意义维度。正如我们在讨论情节时所看到的那样,如果没有声音,那么电影《孩子王》那场著名的"夜读字典"这一对中国文化进行批判的戏就不会出来。这给人造成了沉闷压抑让人掩耳欲逃的感觉。电影媒介对声音的再现是对文字的超越。这使电影轻易地再现文字媒介所无法表达的东西,扩大了人类再现世界的领域和能力。

2.3　时空:从间接到直接

2.3.1　空间的呈现

按照最普通的说法,叙事有所谓的六个要素,即时间、地点、人物以及情节的开端、发展和高潮(其实,情节的开端、发展和高潮仍然是时间的文学化的再现形式)。这种说法还是建立在对文字叙述的基础之上。所谓的"地点"只是空间的一部分。我们不否认文字的叙述最终能够给读者一个空间的概念,但是我们知道,文字本身的特点,对它的再现空间的能力造成了极大的限制。文字话语的构成毕竟只是一个线性序列,它对三维空间的呈现很无奈。它对空间信息的提供很有限,或者说很少。我们可以说,在文学中,叙述者只能给我们提供一个关于空间存在的"参照系",或者一个空间"地图",对读者来说,要获得一个比较真实的空间感知需要读者自己"按图索骥"。

当文学叙述被转换成电影后,文学"空间"的"参照系",会转变真实空间而自动进入电影之中。在《深谷回声》中,作者对空间有交代,告诉读者是在延安西几十里地,但几乎没有出现什么描述。但被改编成电影后,空间就直接呈现在电影中了。空间的出现具有重大的意义。散文中,作者对造成女性不幸的封建制度提出了自己的控诉。作者不明白为什么这种封建制度竟能如此长期的存在。这是文字媒介中所提的问题。一旦到了电影中,问题就消失于无形。电影媒介自己就能够提供答案。散文中有地点而没有空间,被抽空了在空间中存在的人当然是一个令人莫名其妙的符号性存在。文学中总是充斥着"无立锥之地"的人物。电影使人物活动、生存的空间呈现了出来。这就使我们看到主人公们所受到生存空间的巨大制约,从而也直观看清我们民族的生存空间与文化制度间的关系:

> 落日时分的千沟万壑,庄严地沉默着。
>
> (叠化)依旧是庄严而沉默的千沟万壑。
>
> (画左向画右摇)(叠化)空空的山梁,顾青渐渐走上来。

---

① 见罗雪莹《思考人生　审视自我——访〈孩子王〉导演陈凯歌》,《大西北电影》1988 年第 2 期,第 64 页。

（叠化）由陡然跌落的土崖上摇至月亮。①

《黄土地》再现了这个特殊的空间：除了光光的黄土地，几乎没有什么生命。山峁和山谷，荒凉、贫瘠却又"庄严地沉默"着。电影也同样再现了散文没有描述给读者与他本人留下了深刻印象的"深谷"的样子。影片还为我们呈现出了一个全景的黄河。《黄土地》对空间的再现引起了文化界的极大震撼。散文中的地点，具有它的特定地理位置，处于黄土高原上。散文没有多少交代，当然，这是叙述者无意描绘。影片叙述者对此或者有意——影片中给出了一些空镜头（这是有意）；或者无意而自然展现——主人公们无法脱离其所处的空间。不管怎么说，空间的再现对电影来说是极为重要的。

由于电影直接呈现了空间和物体，和小说相比，它也就获得了呈现空间的无比优越性。若斯特说："影片能指的图像特点甚至可以赋予空间某种优先于时间的形式。实际上，尽管时间是影片画面的一个基本的、本质的参数，空间还是以某种方式先于时间。"② 这话与法国叙事学对小说的判断有关，在法国的叙事学中，他们将时间看成了小说艺术的特征。而实际上，这并不完全正确。在小说中，空间不可以被直接感知，但它们间接地存在。正像我们前面所说的那样，地点再怎么说也是叙述的第一要素。俄国文学符号学家洛特曼说，"空间观念在文学作品中属于第一性的根基性的东西"③，这话和若斯特的话构成了鲜明的对比。看来，无论是在小说（文学）和电影中，空间都占据着非常重要的位置。不过，文学能够再现出空间的"观念"却无法像电影那样再现出真正的空间。可能由于电影的空间的可感知性太强烈，以至于使若斯特在阅读小说的过程中感受不到空间的存在，失去了对小说空间的冷静判断。

2.3.2　物的呈现

空间往往和事物联系在一起，两者存在着一种相互依存的关系。事物作为存在，其广延性意味着总要占据着一定的空间。没有事物的空间是一个思维上的抽象，它是思维抽象后所形成的点：它由具体存在的三维变成了一维。相应的，文学叙述无法呈现出真实的空间也就意味着无法呈现出完整清晰的事物。于是，当文学叙述事物的时候总是抓住事物形象的某一个方面，总是要寻找出所谓的某一个特征。这个特征究其实是思维的抽象建构。相对应于从文学到电影转换中的空间表现形式的变化，在电影改编中对于事物也往往将事物恢复其本来的面貌。即，电影再现世界的同时也再现了世界之中的事物。说电影是"可见的世界"意味着这是一个被物充实的世界，是一个整体的世界。将小说改编成电影，这意味着将文学叙述中被媒介剥离出来的人再回到其原初的世界中。小说《孩子王》的开头叙述老杆儿到支书的屋里拿通知：

一月里一天，队里支书唤我到他屋里。我不知是什么事，进了门，就蹲在门槛上，等支书

---

① 见陈凯歌《〈黄土地〉完成台本》，节选自上海文艺出版社《探索电影集》，上海文艺出版社 1987 年版，第 93 页。
② ［加］安德烈·戈德罗、［法］弗朗索瓦·若斯特《什么是电影叙事学》，刘云舟译，商务印书馆 2005 年版，第 104 页。
③ ［俄］哈利泽夫《文学学导论》，周启超译，北京大学出版社 2006 年版，第 273 页。

开口。支书远远扔过一支烟来,我没有看见,就掉在地上,发觉了,急忙捡起来,抬头笑笑。支书又扔过火来,我自己点上,吸了一口,说:"'金沙江'?"支书点点头,呼噜呼噜地吸他自己的水烟筒。①

这是小说的开头,同样也是电影的开头。就人物(当然由于需要政治正确,小说里的"支书"在电影中变成了"队长")的语言与运动来说,电影和小说十分吻合。这依然是对地点的提示,当然,地点由大而微,人物的运动成了在不同地点之间的移动,而不是在一个完整的空间中移动。任何一个物体,不管其多么的微小,它都具有广延性,即占据着一个确定的空间,有它自己的形状,有它的三维表现:长、宽、高;有一定的颜色。同时,一旦被人感知,还会形成相应的质感。在这里,我们看到,叙述者所提到的都是一些名物,所谓屋、门、门槛、烟、火(火柴?但在电影中成了火柴)、水烟筒等。它们在小说中只是地点的标志,我们只是徒知其名!这些东西都脱离了三维现实的存在形式,形成了一个一维的"点"。它们存在的广延性没有了。小说的读者在阅读中要依据自己的生活经验对这些名物概念进行重构,在自己的头脑中建立一个模糊的空间观念。

电影中,这些在文学叙述中像"点"一样的存在物获得了自己的清晰的图像形式,并且以自己的形、色、质感等形式昭示自己存在的真实感。除此之外,它们在自己的空间里也由从文学叙述到电影叙述中的转换而被充实:屋里不再是一个没有确切物品存在的空间(尽管文学叙述中没有叙述不等于没有实际的存在),而且至少还有一个大大的树根,上面还有一个古朴原始的油灯和影响老杆儿人生轨迹的那个"通知"。此外还有一些处于暗处的可能用来盛粮的土缸等。从这个意义上来说,电影画面是充实的,而小说的却是存在着文学自身难以充实的"空白"。电影对每一个物体的再现可以精细入微,这却是任何一门其他艺术都无法拥有的魅力。这正如一个学者所说的那样:"说到'一个脸部特写'绝非意味银幕上只有唯一一个物体(人脸),因为这样的名称以多个物体的预先合成为前提:眼睛、眉毛、鼻子、嘴唇、皮肤的颗粒,等等,其整体可以表现一张人脸,表示'一个脸部',但各个成分自己也表现为个体,它们可以再做一些内部'划分'(鼻子还是

① 见阿城《棋王》,作家出版社 2000 年版,第 78 页。

一个弯曲、一个凸起，包含扁平的鼻孔、可动的鼻翼，皮肤的颗粒，皮肤又分为油性或干性，等等）。"①电影图像的这一特点给电影符号学造成了很大的困扰：电影里面永远没有最小的符号单位。从小说到电影，就空间而言，它所增加的信息量几乎是从无到有乃至扑面而来，让人目不暇接。语言无法对物进行的真实的再现。中国传统文论中认为文学叙述可以"随物赋形"，在有了电影可资相比的今天，我们看到了这种观念与实际相距甚远。让文字担负起"随物赋形"的重任，那多少是前电影时代人们对文学权限的冲刺和梦想。

其实，文学家们对此有明确的意识和实践：文学叙事有所谓的间接描绘，如荷马史诗对海伦美貌的描绘，那恐怕也只能是语言无力的表征。语言的表征危机由来久矣，言不尽意只是这个表征危机的自然表达。语言无法对形体具体再现，图画自然就弥补了这一个缺憾。由此不难理解在中国古代为何产生了许多所谓的绘图本。任何一个物体都在特定的时空中显示出来其特殊的形、色、质的结构。文字对他们的叙述只能见"质"不见"量"。语言具有很大的概括性与模糊性，如常为论者所称道的元人小令"枯藤老树昏鸦……"中，每一个名词都是一种事物，至于这一事物具体是什么样的形色质却是文字无法表现的。这首常常被人称道的小令，与其说有"意境"不如说是"臆境"：它激发了读者的想象。这样看来，尽管一些理论家认为，语言能够呈现外物，但是，究竟在多大程度上再现，却是任何一个艺术家与进行理论思考的人不得不考虑的问题。电影理论家日丹就曾经指出："文学形象外部造型的'局限性'则导致了书籍插图的出现。"② 我们看到，许多古代的小说都配有插图，这种现象今日犹存。当然，配图的出现很多是出版商为了吸引读者的销售策略，这不在我们谈论之列。不过，我们毕竟也要看到，当作家不得不将图像作为描写对象时，再伟大的作家也会无能为力。《红楼梦》中的那块通灵宝玉，还是由曹雪芹自己画了出来。看来，尽管文学能够呈现出物的形象，但它永远也不能准确地再现出物的本来样子。尽管理论家们说文学描写能够"体物精工"，但与电影相比，其差别还是不可以道里计。"物向来是构成影片艺术现实的重要成分。它们赋予影片的艺术现实以各种各样的含义，帮助造成影片所反映的生活瞬间的真实感、具体感和独特感。不论影片作者要叙说什么——向观众介绍日常生活的细枝末节、对存在进行高深的哲学概括、表达某种情感或纪录某一观察所见，追求极度的生活逼真或求得直接的象征性——银幕时间的每一瞬都必须是以某种方式'物化'的。"电影艺术的基础和可能性在于它使每一个人和每一件事物都保持其本来面目。

电影这一特点可以说开始于它还在孕育的时候。这种特点被后现代理论家们称为"超真实"。鲍德利亚感慨地说："不再是物的单纯显现，而是物的'出庭受审'，是对这些散现的片断的逼问……既无隐喻，也无转喻，而是在目光的无情逼视下陆续到场……这种'客观的'显微镜反而造成现实的迷离，造成为再现而再现的极度迷离！"③ 这只是鲍德利亚自己个人的观影方式与观影感受。隐喻转喻是修辞表达，这是影片叙述者的创作问题。这种用自己观影方式

---

① ［加］安德烈·戈德罗《什么是电影叙事学》，商务印书馆2005年版，第104页。
② ［俄］日丹《影片的美学》，于培才译，中国电影出版社1992年版，第78页。
③ ［匈］伊芙特·皮洛《世俗神话——电影的野性思维》，崔君衍译，中国电影出版社1991年版，第9页。

与观影感受的接受层面的东西来否定影片创作者层面的东西。这恐怕是"言不及义"——显然他不顾及物像符号的意义。隐喻和他所说的"物的出庭受审"之间没有语言上的交集。按照这种有意为之的反论,没有了符号,没有了文化,也没有了意义。问题是为什么我们观看这种没有意义的"词与物"? 不管怎么说电影叙事在对事物的真实再现上是任何一种其他艺术都无法企及的。

2.3.3 时间的呈现

正像我们前面所说"地点"一词是对"空间"的抽象一样,干巴巴的"地点"是被文字剥去了可感性的存在,"时间"一词是对"时光"一词的强行榨干。就人们的感觉而言,时间的感觉来自对阳光的感知。众所周知,太阳不仅给了人们光明,让人们"日出而作,日入而息",使人们"春播夏耘秋收冬藏",得以形成生命的节奏,产生时间的观念。可以说,对阳光的感觉永远会是成为对时间的感觉。古人造词之妙,令今人感慨不已。这是来源于他们实实在在的生活经验。就中国而论,最早的测量时间的器具就是日圭,它借助于太阳在其上所留下的影子来获得时间。由于阳光的照射,光线以不同的角度投射到物体上。同时,不同时刻的阳光也有不同的亮度,不同的温差。这样,感光成像后的胶片也会呈现出这些不同的时间的不同特点的光以及相应的时间特征。这样,通过观察呈现于影像上的光感差异,我们就可以判断出影像符号所蕴含的时间。对于"用光写作"的电影来说,时间自然就通过这些光影而被凝固于其中了。这正如塔尔可夫斯基所说:"没有任何一个孤立于画面中的无生命物体——桌、椅、茶杯,能够被呈现得有如其置身于时间之外,仿佛从一个没有时间的观点。"[1]

比较《孩子王》的小说与电影,仅就其各自开头而论,就可以使我们看到小说空间与电影空间的差异。同样,我们可以看到时间在两种文本中表现出的不同。小说中的时间是"一月里的一天",这是一个很简略的时间交代。在电影中,阳光照射进了房间,白亮亮的。根据光线的特征,我们可以判断这房间坐北朝南。[2] 很亮的光线,和房间里的其他部分构成了很鲜明的对比。这种很强的光与这么一种照射的角度自然表现出来它的时间:这是中午。小说往往专门叙述时间,这也是小说叙述的必需的要素之一。但小说似乎不屑于将时间叙述得这么具体。我们看到,电影并不需要去交代时间,但是光线的特征却往往准确地呈现事件发生的时刻。"电影诞生成为一种记录现实运动的工具:切实、具体、在时间之内,而且独一无二;它同时也是一种可将刹那一再复制的工具,一个瞬间接着一个瞬间流畅地变幻。经由将它们印制于软片之上,我们发现自己能够掌握刹那的时间,那便是电影媒介的决定性因素。"[3]我们面对电影影像,我们就永远是在面对那一个个独特的此时此刻。凝固于影像的时间当它呈现于银幕时,观众总是走进"现在"之中。

人们对时间有多种多样的分类。这取决于研究对象时的现实需要。就电影中的时间表现而

---

① [前苏联]塔可夫斯基《雕刻时光——塔可夫斯基的电影反思》,陈丽贵、李泳泉译,人民文学出版社2003年版,第69页。

② 无疑,时间与阳光给了我们确切而实在的空间感。

③ 同①,第102页。

言,不仅有事件发生的自然时间,如上文所说,事件发生的时间被准确的记录和呈现于物像之中;也有历史文化时间:一个时代有一个时代的标志性颜色,这种色彩的再现也往往成为时代的标志。同时,人们对一个时代也有自己的主观感受,这种主观感受也会构成相应的色彩。就前者而言,如文革时期,"祖国山河一片红"。小说《孩子王》对此无需叙述,而且,在实际的叙事当中,小说《孩子王》也确实对此没有叙述。电影则不同,本性上的"对物质现实的复原"要求电影叙述者最大限度地再现那个时代的特色。电影片头的那一天变化的色彩就是以红为主,而那个校园,也是一片红土,这在整体上用色彩暗示了时代的特征。同样,在小说《霸王别姬》中,对色彩不必叙述,事实上,面对那种种缤纷的色彩,语言也难以叙述。而在电影《霸王别姬》中,当电影叙事在表现北洋时代时,画面呈现出一种暗棕色的调子。这就暗示出时代的久远,这似乎是程蝶衣那种深沉怀旧的时间感。在"文革"当中,电影的主调再次转为红色。这些都呈现出来那个激情狂热的时代流行色的特征。电影中的时间总是多种时间的共同出现。这当中最为人所感知的也许就是生命时间的表现了:这是最直观的表现,演员的生命特征完全表现于银幕之上。这已经无需赘言。而文学叙述则不然,为了表现一个主人公的生命特征,它总是需要将叙述停下来,对主人公进行静态的描写,这种描写往往会从人物的肖像,衣饰等方面进行。而电影的叙述就不需要这种时间的停顿,人物一出现,他的肖像衣饰都同时出场了,他的生命特征就呈现了出来。当然,生命中的某些时间可能是电影中最具有假定性的时间:真正地再现死亡需要真正的死亡。电影显然不能这么做,于是我们看到,电影中有许多气色如常的"僵尸"。如此等等,不一而足。小说则全然没有这种"虚假"现象产生的必要。

　　电影能够呈现富于历史文化意义的色彩。应该说这是一种对叙述对象色彩的自然呈现。但是我们看到,当电影叙述要对个人心理时间予以呈现时,却在根本上是一种叙述者的强力介入。因为这在很大程度上是叙述者对主人公心理的一种主观上的感知。在电影《霸王别姬》中,京剧在清代兴盛一时,小豆子对被大清遗民捧红的记忆非常鲜明,这时的画面色彩无比鲜明。在小说《霸王别姬》中,程蝶衣失身于袁世卿后,李碧华化用白居易的诗"迟迟钟鼓初长夜,耿耿星河欲曙天",一来暗示程蝶衣那无奈无助的悲凉心情,二来也点出了事件发生的时间。在电影中,这次失身被改写成小豆子在大太监张某的私宅,当他失身于大太监张某后,电影的镜头马上转入幽暗而沉重的蓝色:小豆子清晨从张府出来,镜头在拍摄时加上一个蓝色透镜。画面上,我们可以看到张府门前仍然点着的灯笼,来暗示一个特别的时刻——"欲曙天"。《霸王别姬》中有许多场景透过一些透光介质进行拍摄,造成事物的形体和色彩都发生了变化,从而构成一种叙述主体介入的叙述。电影用蓝色表现出了程蝶衣一生的恐惧,当日本侵略者占领北平后,他迫于无奈,去为日本人演出《西厢记》,电影特别选取了其中演唱《游园惊梦》时的场景,这隐喻了程蝶衣用戏剧演出的形式表达出了他对日本侵略者的控诉。他生活在日本人的魔掌之中,心里自然会产生出恐惧感。这种心理感受就被表现在画面之中,蓝色再次出现于银幕之上。如此等等,不一而足。

　　电影能够真正再现时间,并且各种时间都能够被其再现出来(真正的死亡除外)。这个意义非常重大。正如塔尔可夫斯基所说:"因为在艺术史和文化史中,人类首度发现留取时间印象的方法。同时,也可以随心所欲地在银幕上复制那段时间,并且一次又一次地重复着。人类得到了真实时间的铸型,时间一旦被发现、记录下来,便可被长期(理论上来说,永远)保存在金属盒中。"① 我们所看到的永远是一个具有可以确定自然的时刻的现在时,电影将"现在"永远存储起来,在你需要的时候让你回到"现在"。电影的色彩则向我们呈现出复杂的历史文化与个体的心理与生命的在场时间。电影画面的时间显然是多维的复杂的和具体的,这是任何一种艺术都无法比拟的。

2.4 非语言艺术成为电影直接对象

电影媒介对时间与空间能够准确再现,这就保证了它能够再现运动——不管是物的运动还是人的运动,也不管这些运动是自然的运动还是人为的运动。"微言莫难于语变",人类的自然语言无法再现运动变化。现代物理学中对运动的描述是将它放在时空参照系中才得以实现。② 电影再现时空这一特点也使电影与电视有一个其他艺术所不可能企及的特点:在理论上,它可以完整地再现其他艺术。也就是说,它可以将其他艺术转变成为自己的叙述对象。当文学叙述遇到了它必须面对却无能力面对的对象时,它就只能将其淡化或者通过间接的方式叙述,甚至干脆回避。对于电影的改编来说,它完全可以将被文学叙事回避与淡化的东西进行很好的呈现。

2.4.1 歌唱的再现

在现代小说中,我们看到了一种情况,一些小说家将无法用语言再现的音乐用音乐语言再现到文学作品中。汪曾祺写过一篇短篇小说《职业》,写的是一个十一二岁的孩子,没有上学,卖两种食品。一边走一边吆喝,这吆喝有腔有调:

"椒盐饼——子西洋糕……"
若是谱出来,其音调是:
Sosola-lasomiruai③

别的比他小却能够上学的孩子跟着他吆喝。自然,那是对他本人的嘲弄。有一次他自己走在巷子里,看见没有人,自己也情不自禁的模仿自己一把,唱着"捏着鼻子吹洋号"。在我们看到的文本中,并没有将音乐按照汪曾祺本来的方式印刷。许多年后,汪曾祺在自己的散文《思想·语言·结构》用音乐简谱的方式印刷出来(见下图)④:

① [前苏联] 塔尔可夫斯基《雕刻时光——塔可夫斯基的电影反思》,陈丽贵、李泳泉译,人民文学出版社 2003 年版,第63 页。
② 现代科学语言——如物理学语言与数学语言——能够极其准确地描述运动变化,但这种语言很难进入到文学作品中。
③ 见汪曾祺《汪曾祺文集》,北京师范大学出版社 2002 年版,第 1 卷,第 109 页。
④ 同上,第 6 卷,第 71 页。

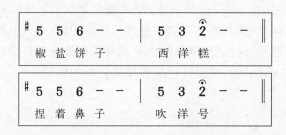

我们一比较就知道,原来的小说里面显然不是汪曾祺写作时的样子:它们没有调式,没有节奏。后来,汪曾祺在自己的散文里说,这是自己唯一的带曲谱的文章,并给出了简谱。但问题还是存在着的,不识乐谱的读者仍然无法想象那个小孩子的吆喝!正如前说,文学对声音的再现手段很有限,相应的,对音乐的再现就更加有限了。它没有相应的词汇来实现。尽管汪曾祺可以将曲谱写入小说,但这么一个简单的曲谱,仍然需要懂曲谱的人才能明白,才能再现这一声吆喝的调子。但那位小孩子的具有个性化的音高、音质、音强以及富有个性意蕴的情感、情绪、意志等却仍然无法再现出来。同汪曾祺一样,贾平凹在他那颇受好评的长篇小说《秦腔》中对秦腔的再现也同样遇到了麻烦:他只得将一行行乐谱抄写在上面。不过,秦腔对广大的读者来说如同读天书一般不知道怎么个唱法。① 文学语言无法描述声音,这使得人们退而求其次,改用了别的方法!这就是我们常见的间接方法。他通过描写人们对声音的感受来间接的呈现声音。但是,电影中,对声音的再现将不成为问题。将小说改编成电影,这些回避了的东西完全可以恢复原貌。在陈凯歌所改编的电影中我们可以看到他对文学作品叙事中的淡化与回避的歌唱、演奏与歌舞都进行了有效的再现。

在《深谷回声》中,叙述者(作者本人)就是去寻找民歌。但民歌在散文叙事中的分量却很不充足,寻访民歌只是构成了一个线索。在散文中,柯蓝对音乐的描绘集中于翠巧送别那一段:

> "金线线——银线线——"
> 这时从山顶上传来一阵歌声,一听就知道是姑娘在山上高唱着民歌"兰花花"为我送行。就这样,我在山沟底走了10多里路。姑娘便在山顶上,一边走一边唱,送了我十多里路。到后来,一条大路横在我的面前,我必须穿过这条大路,走进对面的山沟里去。这一来,山路断了,姑娘只能站在这边山顶上,不能过来了。她站在对面的山顶上向我挥手,还不停地向我呼喊着:"呵——嗬——"表示告别。她那种"呵——嗬——"的声音,带着一种嘶哑的哭声(我虽然看不见她的面孔,但可以猜想到她的眼泪已经流到她的面庞上了),叫人听了感到一种窒息似的难受。特别是这种嘶哑的"呵——嗬——"声,在群山的深谷中引起一阵巨大的回响。回音从四面八方远远的回荡过来,又回荡开去,好像是有几十几百个痛苦的心灵在喊在叫,我再也忍受不住了,我狂命地朝前奔跑。可是那叫人引起刺激性痛苦的回声,却经久不息地忽然从四面八方向我追击包围过来,我记不清跑了多久,也记不清又跑了多少路,我

---

① 有人曾经说这一小说最好能配上秦腔的光盘,让人们在必要的时候聆听一下主人公是怎么样吼秦腔的。

还是听见那凄惨的"呵——嗬——"的叫喊声还是回声在深谷中经久不散呢?①

　　散文中,翠巧唱了十里山路。可以想象,她唱了许多。这些歌曲表现了她的丰富而细腻的心理活动,但散文显然没有能够对这些歌曲进行有效再现。散文只能进行一些富于特征性的描绘,并且采用的是一种间接叙述,是叙述了听到翠巧唱歌时的心理反应和感受!声音是电影叙事的构成要素,改编就会向声音倾斜。电影《黄土地》就能够利用媒介的特点再现翠巧的歌喉。它使翠巧一连唱了几首歌。此外,电影中也再现山谷中的风声。这就构造了一个令人难忘的情景。当电影通过它的镜头、画面与音响将它再现出来的时候,就会让我们激动,也就会更让我们对这位女主人公更加同情。就《黄土地》将音乐作为叙事对象而言,除翠巧外,电影给每个主人公安排了一首歌曲,并且也给另外一个(婚礼上的)民歌手安排了四首歌。这样大大加强了音乐的分量。音乐具有强烈的感染力,电影中对音乐的使用也自然会使音乐的魅力进入电影中,使电影取得更好的艺术效果。这当然会引起电影艺术家们的重视。电影对音乐的再现使电影产生了一个特殊类型——音乐片,音乐是这类电影的主要表现对象,我们很难想象在小说中会产生一种类型小说——音乐小说。

　　在《命若琴弦》中,主人公老瞎子是一个琴师,是一个极其精于音乐的人。史铁生对老瞎子琴声的描写不脱中国古代文人的窠臼,用了一系列比喻来间接叙述老瞎子的音乐演奏:

　　　　"人人都称赞他那三弦子弹得讲究,轻轻曼曼的,飘飘洒洒的,疯疯癫狂放的,那里头有天上的日月,有地上的生灵。老瞎子的嗓子能学出世上所有的声音,男人,女人,刮风下雨,兽啼禽鸣。不知道他脑子里能呈现出什么景象,他一落生就瞎了眼睛,从没见过这个世界。"②

　　可以说,电影中对老瞎子的琴声的再现比较忠实于小说。本来,《边走边唱》的音乐是由蜚声中外的著名音乐大师谭盾来作曲,这当然可以比老瞎子的音乐更加精彩。为了这部小说的改编,陈凯歌在美国时和谭盾进行了许多交流与探讨,由谭盾作曲,这既保证了《边走边唱》中音乐的质量也保证了电影中的音乐符合老瞎子的思想、情感与情绪。电影中老瞎子弹琴时用了一系列中特写。这使我们既看到了老瞎子拉琴的动作,也看到了他拉琴力度的变化,这些统统都是他内心的外化。我们看到了他不断变化的表情,听到他那不断变化的旋律与不断起伏的声音。这些使我们直接感受到了老瞎子心灵中的动荡。正如古人所云"凡音者,由心生,其入人也深,其化人也速"。观影时,我们立刻为音乐所打动,随着音乐,我们径直走进了老瞎子的心灵深处。电影使我们全方位地感受着音乐,感受着它那独特的旋律、音质和音高,感受着演奏者的动作、姿势和力度,感受着演奏者的表情变化,和他一起呼吸,分享他心中的喜怒哀乐。

　　在小说中,老瞎子弹断最后那两根琴弦时,史铁生一笔带过。我们知道,史铁生在小说的前面有两处用音乐对老瞎子的技艺进行了形象化的描绘。但在老瞎子终于弹断了最后两根时却没

---

① 见柯蓝《深谷回声》,《芙蓉》1981 年第 1 期,第 187 页。
② 见史铁生《钟声》,北岳文艺出版社 2001 年版,第 119 页。

有描绘音乐。这里面固然有其他叙述方面的原因,但文学叙述无法对老瞎子此时的心情进行描绘恐怕才是最重要的原因。

> 就是这天晚上,老瞎子弹断了最后两根琴弦。两根弦一齐断了。他没料到,他几乎是连跑带爬地上了野羊岭,回到小庙里。
>
> 小瞎子吓了一跳:"怎么了,师父?"
>
> 老瞎子气喘吁吁地坐在那儿,说不出话。
>
> 小瞎子有些犯嘀咕:莫非是他和兰秀儿干的事让师父知道了?
>
> 老瞎子这才相信,一切都是值得的。一辈子的辛苦都是值得的。能看一回,好好看一回,怎么都是值得的。①

电影中,陈凯歌从多方面对此进行呈现。老瞎子爬到影片中的最高峰,或坐或立,弹琴不停,老瞎子自己的琴声充满了生命的快意、酣畅和激动,惊得山下路人侧目而视,驻足而听。此外,还有天音渺渺,好似老瞎子儿时所唱的那首"千弦断"的童谣。文学叙述对音乐难以表现,即便是文学大师也会望而却步。白居易、李贺等中国古代第一流的文学家们对音乐的描写也只是借助于种种比喻来实现,说到底,这还是文学无法直接描绘音乐而不得不"曲线救国"。文学叙述对音乐的无奈使它面对音乐时不是淡化就是视而不见。同样,在小说《霸王别姬》中,李碧华对京剧表演的叙述就根本没有提及京剧艺术中的各种配乐。而到了电影中,我们却发现它必然被再现了出来。电影中的声音和现实中的真实高度一致。这正如布烈松所说:"人们轻易忘记一个人与他影像之间的差异,又忘记他说话的声音在银幕上与真实生活中并无差异。"②电影媒介再现声音上的逼真性与直接性是文学媒介所无法比拟的。

2.4.2　戏剧歌舞的再现

"舞蹈只有当它是外部现实的一个重要组成部分时,它才是上乘的电影化题材。"③克拉考尔的这番话无非是说,舞蹈的叙述方法不能被电影借用,但舞蹈作为电影叙述的对象是可以并且应该被电影加以表现。电影手段对舞蹈的呈现远较其他媒介更为有效。舞蹈不仅仅是种种优美的舞姿,还有那种种伴随舞蹈的舞曲。对舞蹈的再现几乎从来就是文字所无法完成的。诗人杜甫对被誉为大唐三绝的公孙大娘的剑舞也是通过一系列的比喻和对观众反应的叙述来暗示。当电影传入中国,国人首先想到就是拍京剧《定军山》。这恐怕是人们自然而然地想到谭鑫培精彩绝伦的表演只有电影才能将其再现出来的结果吧。

小说《霸王别姬》中想写出来两位主人公表演,并且多次叙述了两个主人公的表演,但又在多大程度上实现了其目的呢?

---

① 见史铁生《钟声》,北岳文艺出版社 2001 年版,第 129 页。
② [法] 罗贝尔·布烈松《电影书写札记》,谭家雄、徐昌明译,生活·读书·新知三联书店 2001 年版,第 40 页。
③ [德] 克拉考尔《电影的本性——物质现实的复原》,邵牧君译,中国电影出版社 1981 年版,第 53 页。

　　（小楼）说完踏着大步回后台去了。这人霸王演多了，不知不觉地以为自己是"力拔山兮气盖世"的项羽。

　　不过晚上在戏台上，他接下去的是："力拔山兮气盖世，时不利兮骓不逝；骓不逝兮可奈何，虞兮虞兮奈若何……"

　　程蝶衣的虞姬念白："大王慷慨悲歌，令人泪下。"伸出兰花手，作拭泪、弹泪之姿，末了便是："待妾身歌舞一回，聊以解忧如何？"

　　项羽答道："如此说来，有劳你了——"①

　　正在虞姬舞动着双剑，演出一个濒死的女人，如何取悦一个濒死的男人时，观众在座中鼓掌，吆喝着"好！好！"②

　　看来，小说所能够叙述的就是对台词的叙述，而无法对台词唱腔的再现。唱腔在京剧表演艺术中占据着首要的地位。京剧表演重在所谓的"唱念做打"。"唱念"是发声吐字的艺术，是声音的艺术，是京剧的音乐的表演技法；"做打"则是人体行为运动的表演。它们无法被小说或文字叙述再现。李碧华所能叙述的就是"伸出兰花手，作拭泪、弹泪之姿"。总之，她所能做的就是一句话带过。有人说文学的长处就是充分调动人的想象力，用想象去完成小说用文字建构的艺术形象。但是我们且不说没有看过京剧的人无法想象"拭泪、弹泪"是什么样子，也无法想象什么是兰花手，就是看过京剧的人如何去想象小说《霸王别姬》中所叙述的京剧动作的精妙呢？任何一个读者通过李碧华叙述所用的这六个字能够想象到什么呢？在小说《霸王别姬》中，京剧的唱腔动作无法再现。我们看到，根据电影又修改后的第二版也仍然无法表现。艺人的形象很大程度上是由其"艺术水平"来决定的。没有主人公们的艺术水平的再现，也就塑造不出那些艺人形象。在电影中，所有这些都呈现出来了，一字一腔、一招一式，京剧的文化内涵就表现了出来。于是，《霸王别姬》就成了一部关于中国京剧与中国文化的电影。简言之，小说《霸王别姬》叙述了两个京剧表演艺术家的坎坷人生，却无法呈现两个艺术家的演艺生涯。电影《霸王别姬》就能够从各个方面广泛地再现了京剧表演艺术家们的生涯：入门、学艺、献艺、走红、演艺，广泛地再现了京剧艺术生态中的师徒关系、科班情景、演艺经营；再现了京剧与当时票友之间种种复杂的关系，生动地再现了整个京剧艺术的方方面面。这些因素的出现将小说《霸王别姬》中的普通艺人的不幸生涯转变成了一个关于京剧与中国文化的故事。

　　舞台表演有一个时间过程，这是一个物理的时间。一个表演动作从什么时间开始到什么时刻结束，小说无法再现这一个独特的时间进程。而摄像机却能以 24 格/秒的速度完整的记录下来。这种记录性能够将表演完整地再现出来。电影《霸王别姬》对表演的再现让对京剧了解与不了解的人都能够直观到京剧的表演艺术。小说《霸王别姬》的第一版与第二版的变化更能说明文字叙述的局限性。

---

　　①　（第二版根据电影增强戏剧后又加入"她强颜一笑，慢慢后退，再来时，斗篷已脱，一身鱼鳞甲，是圆场，边唱'二六'，边舞动双剑。'劝君王饮酒听虞歌，解君忧闷舞婆娑。嬴秦无道把江山破，英雄四路起干戈。自古常言不欺我，成败兴亡一刹那。宽心饮酒宝帐坐！'"）。见李碧华《霸王别姬》，人民文学出版社 1992 年版，第 72 页。

　　②　见李碧华《霸王别姬》，香港天地图书有限公司 1985 年版，第 54—55 页。

抗战的人去抗战,听戏的人自听戏,娱乐事业畸形发展。只是想醉。

"程老板。"班主来谄媚,"下一台换新戏码,我预备替你挂大红招牌,围了电灯泡,悬一张戏装大照片,你看用哪张?"

"就这吧。"蝶衣指指那"贵妃醉酒"。

"是是。还有你程老板的名字放到最大,是头牌。"花围翠绕。

小楼呢? 蝶衣刻意不在乎,因为事实上他在乎。他俩仍是最佳配搭。霸王别姬、穆桂英招亲、平贵回窑⋯⋯

只是每当蝶衣唱道:"金色的鱼儿在水面朝⋯⋯"时,他变成了一尾金色的鱼儿,他是贵妃。他观鱼、嗅花、衔杯、醉酒⋯⋯一记车身卧鱼,赢来满堂掌声。只有那一刻,他是高贵的,独立的。他有一刹那忘记了小楼。①

第二版和第一版相比,有一个有趣的艺术现象。首先,电影《霸王别姬》是根据第一版改编的,小说的作者也是电影的编剧者之一;第二,小说第二版显然吸收了电影《霸王别姬》中的许多东西,特别是对京剧知识与表演艺术的叙述。在上面所引的一段中我们可以看到,小说《霸王别姬》的第二版对程蝶衣的艺术表演进行了文学化的叙述,增加了一些文学化的比喻,以便将程蝶衣的艺术表演进行一番再现。"他好一似嫦娥下九重。连水面的金鲤,天边的雁儿,都来朝拜。"小说也对剧情进行了一些叙述,"谁知台上失宠的杨贵妃,却忘不了久久不来的圣驾。以为他来了? 原来不过高力士诓驾。他沉醉在自欺的绮梦中。"但小说中对声音的叙述使我们也无法想象出"四平调"是一个什么样的声音形象。同时,我们也无法想象出"观鱼、嗅花、衔杯、醉酒"和引来满堂喝彩的"车身卧鱼"是什么样子。总之,对京剧有所了解的人知道这些独特的表演动作,但还是无法想象出来唯有这个程蝶衣才能表演出来的这些动作与独特风韵。只有电影,它依靠它的"物质现实的复原"的媒介特性才如此真切地再现了出来。李碧华的第二版对唱腔依然没有叙述。非不为也,实不能也。究其实,这一现象的实质就是语言叙述对声音与动作无法进行全息再现。

不同的媒介决定了不同艺术的可能与局限,决定了艺术自身的类型构成和其特征,决定了它对人类经验呈现的可能性。尽管语言在人类艺术与交流中占据着极为重要的地位,语言也总是

---

① 见李碧华《霸王别姬》,香港天地图书出版公司 1985 年版,第 78 页。参考人民文学出版社的第二版相关描写:
过两天上的《贵妃醉酒》,仍是旦角的戏,没小楼的份儿。
蝶衣存心的。他观鱼、嗅花、衔杯、醉酒⋯⋯ 一记车身卧鱼,满堂掌声。
他好一似嫦娥下九重。连水面的金鲤,天边的雁儿,都来朝拜。只有在那一刻,他是高贵的、独立的。他忘记了小楼。艳光四射。
谁知台上失宠的杨贵妃,却忘不了久久不来的圣驾。以为他来了? 原来不过高力士诓驾。他沉醉在自欺的绮梦中:
"呀——呀—— 咦!"
开腔"四平调":"这才是酒不醉人人自醉⋯⋯"
⋯⋯
心中有戏,目中无人。
他不肯欺场,非要把未唱完的,如常地唱完。在黑暗中,影影绰绰的娘娘拉着腔:
"色不迷人——人自迷。"
"好! 好!"大家都满意了。——《霸王别姬》,人民文学出版社 1992 年版,第 111—112 页。

被人们尽可能地用来描述记载所有可能的人类活动。但语言艺术无法有效再现其他艺术却是不容否认的事实。电影则不然,电影对其他艺术能够进行完整的再现。无论这种艺术是造型的艺术,还是运动的艺术,对声音的艺术。语言艺术对人类这些非语言的艺术活动就不得不回避、简化、弱化、淡化。有鉴于此,有一些电影就往往将音乐、音乐家作为表现对象。① 当一个含有音乐的故事被转换成为电影时,电影艺术家们是不会无视其中的歌舞。毕竟,许多改编,将原本与音乐无关的故事,通过改变人物身份等方法来将音乐加入到其中。张艺谋在将余华的小说《活着》改编成同名电影时也出现了这种情况,他将主人公改变成了一个会表演会影戏的艺人(葛优演)。

2.5 电影叙事超越文学叙事的局限

维特根斯坦曾经说过:"能显示出来的东西,不能说出来。"② 这话仿佛是对我们比较小说与电影而说的。有许多东西,电影能够"显示",但文学却不能将其"说出来"。语言有科学语言和日常语言,还有文学语言(按照一些理论家的说法,文学语言根植于日常语言)。我们还可以进一步说,也有许多种类的艺术语言。不同的语言适用于不同的领域。不同领域的语言对其他领域无法有效再现,"隔门如隔山"。这就带来了一个问题,当文学语言使用日常语言的时候,文学对世界的反映就被日常语言所局限。也就是说,文学语言就再现对象而言,难以摆脱我们的感官所感知到的东西。实际上,就我们所能感知到的东西而言,也有许多东西无法用语言来再现或者表达。文学语言,就其可能性而言,既无法表达我们自然感官所无法感知的东西,也无法表达我们感觉到了却无法用语言表达的东西。这些东西我们可以把它叫做非语言经验。这正如门迪洛夫所说:"语言不能传达非语言的经验。由于它是互相衔接的、直线形的,语言不能表达同时发生的经验,由于它是由各自独立、可以分割的单位组成的,语言不能显示不间断的生活流。现实是不能表现、不能传达的——能表现、能传达的只是它的幻象。"③ 语言与世界的这种关系究其实就是语言能不能完全抵达真理的问题。不管是客观世界还是人的内部世界,总有不能被语言化的东西存在,即总有语言所不及的东西存在,被语言化了的东西就是被人所认识了的东西,被概括了东西,被明确化了的东西。和日常语言与文学语言相比,电影语言或者说电影影像符号就能够将人的表达能力从语言的束缚中解放了出来。电影成像,从理论上说"聚焦成像""有形必录",只要有"形"就能被用影像再现、被表达。电影将人类从"语言的牢笼"中解放了出来。影像将人类从无力再现世界的语言中拯救了出来。同时,视听媒介也延伸了人的视听感官,将人的自然状态下不能感知到的东西也表现了出来。直面影像就是直面世界。关于这一点,我们只要想象科学家们从卫星飞船等传输回来的图像中研究相关对象就会明白。摄像机可以深入到肉眼无法观察到的微观世界和宏观世界,可以记录到那肉眼无法注意到的变化,不管这种变化是瞬间还是长远。

---

① 其实,除此之外,电影艺术家们还将画家进行叙述。我们看到,在工业时代,文学似乎对真正的工业文化与生产无法再现,而电影则对此不存在困难。这个现象似乎表明,文学正在失去它和现实的联系,失去对当代社会的表述可能。

② [奥]维特根斯坦《逻辑哲学论》,贺绍甲译,商务印书馆 2002 年版,第 49 页。

③ 门迪洛夫《时间与小说》,节选自[美]布鲁斯东《从小说到电影》,高骏千译,中国电影出版社 1981 年版,第 12 页。

　　当然,文学也罢,电影也罢,它们都叙述故事,呈现世界,展现人生。这不仅是文学和电影,其他艺术亦然。但不同的媒介在叙述过程中却存在着不以艺术家的意志为转移的现象。媒介对它所建构的叙述客体有着极大的制约与规定。我们不知道那些未经表现的现实,我们只见到那被表现了的现实,这是由符号所建构而成的叙述客体。艺术家在叙事时,符号的特性会规定文学艺术家叙述时维度会有不同。我们看到,媒介符号会选择与自己相适应的再现维度。就叙述对象而言,小说首先选择话语,电影首先选择作为身体运动的各种形态及其变形。

3 叙述的变异

我们在前面区分出了两种图像符号：作为描写对象的图像符号和作为描写手段的图像符号。对电影叙事来说，也就是一个如何用图像符号叙事的问题。这个问题中很重要的部分就是如何处理叙事时间，或者说，如何安排故事的情节。按照叙述学的说法，情节是故事时间的先后顺序上的安排，是对一种因果关系的建构。但具体到电影叙述来说，毕竟，电影首先是一种造型，然后才是一种叙述的艺术（当然，这是文学意义上的叙述，即对时间的处理与安排）。前者是重在如何安排图像符号，如何用摄影机取景，这是如何构建电影画面，构成一个表达叙述或者关于叙事的视觉画面、听觉形象或者叙事单位。而后者是如何将不同的镜头（或者说不同的叙事单位）组合在一起，建构出一个完整的故事。

关于电影叙事（以及表达意义与思想），人们总是会想到蒙太奇。"电影艺术的基础是蒙太奇。"① 这是俄国著名的电影艺术家、理论家普多夫金的观点。他还"将若干片段构成场面，将若干场面构成段落，将若干段落构成一本片子的方法，就叫做蒙太奇。"② 这两个人的说法广为电影人所知。这是最一般的关于蒙太奇的说法。理论家们对电影蒙太奇做出了各种分类，不仅有镜头间的还有镜头内的；不仅有叙事的，还有理性的；不仅有画面的，还有声音的；当然，进而还区分出声画合一的，有声画分离的；如此等等。这种不厌其烦的分类都表明了蒙太奇对电影艺术所具有的重要意义。

一般来说，电影真正成为一种艺术开始于美国格里菲斯。格里菲斯将蒙太奇成功运用而成为电影叙事的最主要的手段。格里菲斯深受狄更斯的深刻影响。他将狄更斯小说的叙述手法运用到了电影之中。这使电影真正成为艺术。这充分表明电影叙事和小说叙事在某些方面具有一致性。据说，当格里菲斯于1908年根据坦尼孙的长诗拍摄影片《多年以后》时，有人问他："你这么跳来跳去怎么能讲故事呢？"他回答说："难道狄更斯不是这样写作的吗？"③ 这清楚地表明了早期电影艺术家叙述故事时借鉴了文学叙事，他们看到了电影叙述和小说叙述的一致性。法国导演雷内·克莱尔指出："小说家同样也能利用电影剧作家在时间和空间方面所享有的这种自由。无论在小说或电影中，一个晚上可以成为一部作品的全部内容，而几年的时间却也可以只占短短

---

① [俄]普多夫金《论电影的编剧、导演和演员》，何力译，中国电影出版社1980年版，第9页。
② 同上，第41页。
③ [美]劳逊《电影的创作过程》，齐宇、齐宙译，中国电影出版社1982年版，第28页。

几行,或若干秒钟。无论在小说或影片中,时间地点的转换都是非常便当的。"① 格里菲斯的创作深深地启发了苏俄的电影艺术家,特别是爱森斯坦。正是爱森斯坦不懈的艺术探索和理论探索才使蒙太奇获得了坚实的理论基础。无疑,爱森斯坦的理论核心就是蒙太奇。爱森斯坦在种种艺术与文化领域中寻找蒙太奇,他也找到了种种蒙太奇表现! 在他看来,蒙太奇在本质上不仅仅是艺术的手段,更是人类思维的规律与表现。这正如他的再传弟子塔尔科夫斯基所说:"任何艺术中都有蒙太奇,那就是艺术家进行淘汰,进行选择和组合的表现。没有选择和组合,任何一种艺术都不能存在。"② 爱森斯坦为蒙太奇奠定了坚实的理论基础。他不但从大量的古典俄国文学音乐绘画等里找到理论根据,还从我们的汉字中找到理论根据。在他看来,汉字表意的形成也正是基于蒙太奇。这是将两个符号组合在一起形成一个新的符号表达了一个新意义。如果说文字的构造是基于蒙太奇的话,那我们就要考虑一下,蒙太奇是不是一个具有极其普遍性的思维现象,是不是人类思维本质的一种表现形式。

　　正是由于蒙太奇体现为一种思维的普遍性,它就当然不仅表现于电影,它也表现于小说,也表现于其他各种艺术之中。可以说,它表现于人类的各种表达叙述活动中。前苏联电影理论家日丹指出:"文学中的'蒙太奇'做起来更为简便容易,因为蒙太奇在进行各种省略方面的可能性在文学中要比电影中广泛得多,在电影中,视觉的逻辑往往会出人意料地、似乎与戏剧构思相悖地提出其特殊的、纯视觉的要求。它不允许随意地插叙,而语言和思维的叙述逻辑则允许这样做。文学中的蒙太奇,或者说文学的蒙太奇,不管这叫起来多么奇怪,实际上具有比电影的视觉造型蒙太奇更为广泛的可能性。由于语言的非物质性,文学的蒙太奇更能激发读者思维和情绪的能动性。读者比观众更具备做一个'剪辑师'的条件。他享有更大的进行感受和补充思考的自由。银幕把各种场景的转换连同它'思维的'蒙太奇对观众的感受有着更大的约束。"③ 从表面上看,日丹似乎是在说文学叙述中的蒙太奇比之电影有过之而无不及,甚至还具有一定的优势。实际上,这恐怕是对一般看法的扭转与强调,他意在强调蒙太奇具有普遍性,并非只有电影叙述才是蒙太奇的。他说,"任何一种在时间里展开的,包含有现象、事件和动作的交替或对比的艺术,必然要涉及蒙太奇原则,涉及在时间和时间的延续上对素材内容进行蒙太奇组织布局的原则。因此,蒙太奇原则是一般艺术意识必不可少的特性。一切艺术的表现能力都建立在它的基础上。"④ 像爱森斯坦、日丹、塔尔科夫这样的观点恐怕并非是产生于前苏联的特殊思想,美国学者茂莱通过比较电影与文学也同样得出这样的结论:"可以毫不夸张地说,几乎所有的电影技巧都可以在《尤里西斯》里找到其对应物。"⑤ 他还说,1922 年以后的文学史就是接受电影的影响,电影化的文学史。⑥ 看来,对蒙太奇,我们的目光应该超越单纯的电影,不能简单地说蒙太奇是电影的特殊表现手段。由于太多的人认为电影就是蒙太奇,于是,当许多人在将电影叙事艺术和文

---

①　[法]克莱尔《电影随想录》,木菌、何振淦译,中国电影出版社 1981 年版,第 191 页。
②　见李宝强《七部半——塔尔科夫斯基的电影世界》,中国电影出版社 2002 年版,第 330 页。
③　[俄]日丹《影片的美学》,于培才译,中国电影出版社 1992 年版,第 63 页。
④　同上,第 33 页。
⑤　[美]茂莱《电影化的想象——作家和电影》,邵牧君译,中国电影出版社 1989 年版,第 133 页。
⑥　同上,第 5 页。

学叙事艺术对比后就不假思索地说,电影的叙事手段是蒙太奇。但如果问文学叙事用什么手段,却只能"王顾左右而言他"了,好像文学叙述没有自己的可以命名的特有方法。

显然,我们还是应该将电影的探讨建立在图像的基础之上。在对图像的叙事性探讨之后,我们就转入镜头组合的蒙太奇叙事探讨。这才能够把握电影叙事的特点,也才能观察出在不同的媒介转换叙述中出现了什么变化。"银幕上不仅需要展示,而且需要叙事,需要用动作叙事。银幕艺术是叙事造型的艺术。……这种叙事和造型因素的统一,便表现出电影艺术独特的表现实质,它既不同于单纯叙事(文学)的逻辑,也不同于单纯造型(绘画)的逻辑。"① 我们需要从造型到叙事这两个不同的方面来探讨媒介对叙事的影响与转化。

3.1　画面叙事中的历时与共时

就小说而言,它不仅是对事件的叙述,更重要的是,在对事件叙述之前首先是对事件的感知。在这个意义上可以说,文学叙述是对事件感知的叙述,它内在地呈现出对事件的感知过程。没有经过叙述者感知过的事物无法进入文学之中。这个现象到了现代小说中显得越来越重要。巴赫金曾经说过:"记忆而非认识,是古代文学的基本的创造力,是它的力量所在。过去的事实便是如此,这一点是不可改变的;关于过去时代的传统,是神圣而不可篡改的。人们还没意识到,任何的过去都具有相对性。经验、认识和实践(未来)——这三者才决定着小说。"② 与那些所谓的纯审美的主张相反,现代文学对感知与认识是如此依赖,以至于我们离开了认识与观察来谈文学无异于抽空了文学存在的基础,甚至离开了视觉术语我们也无法想象叙事理论会成为另一幅什么样的面孔。只有充分认识到认识活动对现代文学的重要意义,我们也才能够理解叙述学的一系列术语对文学叙述的真正内核的揭示。周传基认为,电影首先是对人的感知的模拟,然后是对人的思维的模拟。③ 看来,我们只有从最为基础的感知出发,从这一对文学叙述和电影叙述共同具有的基础出发,我们才能比较文学叙事和电影叙事之间是如何转换的。毕竟,电影叙事和小说叙事都要遵循人的感知规律。

电影画面的构图要按照感知的规律来构图。这就是说,一旦艺术家要将文学叙述转换成一个电影叙述,他首先要考虑把文字叙述中的时间关系转换成为一种造型叙述的时间关系,这就需要安排各个图像符号在画面中的位置和呈现方式。或者说,如何采用特定的摄影方式和取景方式来建构画面,使观众自己感知到时间的先后,让观众自己建立起一个关于时间的叙述。任何一个观察总是主体对客体的观察,主体与客体是观察活动的两端,缺一不可。一个叙述出来的话语,总是向我们道出话语主体的秘密,道出他对世界的把握,道出他与对象的关系。当然,话语还会自然地呈现说者与对象之间的观察关系。"话说我",这是因语言主体与对象之间的关系甚至说话人与受话人的关系已经不可逆转地凝固在话语之中了。叙述是如此复杂,它所涉及的范围

---

① ［俄］日丹《影片的美学》,于培才译,中国电影出版社 1992 年版,第 436 页。
② ［俄］巴赫金《巴赫金全集》,河北教育出版社 1998 年版,第 3 卷,第 518 页。
③ 见周传基《电影、电视和广播中的声音》,中国电影出版社 1992 年版,第 25、30 页。

又是如此广泛,牵一发而动全身。我们在此章只是探讨媒介对叙述的若干方面的影响。就人们对电影的直观感觉而论,人们首先看到的是一幅幅画面。于是在许多电影理论中画面成了电影语言的最基本的单位。事实上电影画面中涉及诸多物像符号。这些物像符号被电影艺术按照一定的方式组织出来进行叙述。这就要求我们从物像符号如何被组织成为画面进行叙述来开始对电影的叙事媒介进行研究。

当文学叙事要转化成为电影叙事时,电影艺术家会考虑到将文字叙述转化为图像符号叙述的各种可能性。但从小说叙事到电影叙事的转化首先是文字的线性叙述转化成为视听的造型叙事。这样,就出现了如何让文学叙事中所体现出来的感知过程再现于画面之上的问题。

绘画造型的叙事性早已受到理论家们的关注。他们注意到,即便是一个单独的人像,画面中也可能蕴含着复杂的视觉结构,从而构成一个叙述过程。爱森斯坦曾经以一幅画《女贵族莫洛佐娃》的构图上的多点透视和各视点之间的相互关系来说明绘画构图,这已为电影人所周知,于此不再转述。法国雕刻艺术罗丹也说,一幅画,一幅雕塑是由许多个瞬间动作构成的。换而言之,即便是一幅画,一幅雕刻也可能是一个叙述,只要其存在着内在时间延续过程。这种绘画构成的时间性与叙述性,非绘画领域的学者通常不大注意。不过,叙述学家米克·巴尔曾经注意到一幅印度浮雕的叙述性结构的表现方式。米克·巴尔认为"观者对这些符号做出这样一种解释:阿周那以瑜伽姿势站立,正默想着赢得主神湿婆的好感。被这种绝对恬然宁静的美所感动的猫模仿阿周那。眼下老鼠意识到它们是没有危险的,因而笑了。"经过这样的解释,浮雕的各部分就变成了一个合乎逻辑的叙述。这个浮雕的各部分形成了一个具有时间关系的整体:首先,阿周那采取了瑜伽姿势;然后,猫模仿他;此后,老鼠开始笑了。这三个序列事件在一条因果链上合乎逻辑地相互关联着。[1] 这幅画的各部分大小不一,自然,它的每一部分对人来说就产生了不同的注意强度,继而形成了特定的感知顺序,这种对注意力强度的安排引导人产生一个视觉过程,在这样一个视觉过程中,一个相应的叙述就产生了。这就是说,一幅画的作者可以通过对画的各部分的视觉顺序进行安排,而建构起一个叙述与叙事。

---

① ［荷］米克·巴尔《叙述学——叙事理论导论》,谭君强译,中国社会科学出版社 1995 年版,第 118 页。

　　由此我们不难理解彼得斯的论断"一个画面是一个叙述,一个镜头同样是一个叙述。"显然,电影的某一个画面中有多个图像符号,这些图像符号各有其意义。这些图像符号按照某种构图原则安排在一个画面上就构成叙述。一幅画在构图上先有一个视觉过程上的安排,让人先看到什么再看到什么。具体到电影叙事上,就会有一个如何让观影者先看到什么后看到什么的安排。

　　如上所说,影片的叙述者能将时间呈现在画面上。这可以通过构图来完成。在构图中,叙述者通过调动人们的感知的先后顺序来实现。在《孩子王》的转换叙述中,我们就可以发现电影可以调动各种手段通过画面构图对小说叙述所显示出来的时间进行了再现。

　　　我和老黑进去,那人便很热情地招呼座位和热水。屋里还有两位女同志,想来是老师,各坐在木桌上一本一本地改什么,这时都抬了头望我,上上下下地打量。我和老黑坐下不由得也打量一下这间办公室,只见也是草房,与队上没什么两样,只是有数张桌子。招呼我们的人就笑眯眯地说,带很重的广东腔:"还好吧? 我们昨天发了通知,你来得好快。我们正好缺老师上课,前几天一个老师调走了,要有人补他的课。我们查了查,整个分场知青里只剩下你真正上过高中,所以调你来。还好吧?"我这才明白了原由,就说:"高中我才上过一年就来了,算不得上过。这书,我也没教过,不知教得了教不了。您怎么称呼呢?"那人笑一笑,说:"我叫陈林呢,就叫我老陈好了。教书嘛,也不是哪个生来就会,在干中学嘛。"我说:"怕误人子弟呢。"老陈说:"不好这么说。来,喝水,喝水。"我忘了袖里还有一把刀,伸手去接水碗,刀就溜出来掉在地上,哐当一声。窗户上就有孩子在笑。①

　　就这段文字叙述而言,叙述者按照时间的先后叙述。这种时间的先后其实是包含着两种时间的,一种是事件的先后时间,而另一种时间却几乎不受到人们的注意,这种时间是叙述者的感受时间。一般来说,当叙述者作为一个主人公时,叙述者感受的时间和事件的进行时间相一致。就观察时间的先后顺序而言,这里我们看到,首先是老杆儿看到校长,再看到女教师;然后是将注意力集中到校长那里,再看刀(这是阿城小说的寓意所在,隐喻教育与杀人的关系。电影中给出了一个短暂的特写镜头,引导观众作如是想);最后,再看学生们。就其电影的转换而言,我们会首先看到,位于这幅画的中心的是校长,校长接待老杆儿,然后我们看到,女教师处于高亮区。女

①　见阿城《棋王》,作家出版社 2000 年版,第 81 页。

教师在看,当然这是看老杆儿。不过,由于女教师处于高光区域,她们会引起我们的注意。在她们的目光引导下,我们会跟随着女教师的目光,再看校长接待老杆儿的情景。并且,我们还会由女教师目光的引导继续看,这就看到了那些前来看老杆儿的学生们。这就是说,在这幅画面中,画面的主体和陪体、高光区引导着我们观察的顺序:先看主体,然后去注意高光区,而高光区中的目光又起着引导作用,它引导着观众去看校长和学生。这种取景构图就形成了时间上的观察过程。这个观察过程很好地实现了时间的由文字叙述向图像叙述的转换。

电影画面的构图将时间空间化了,实现这个转换的基础就在于电影画面的构图依赖于视觉观察。我们返观小说的叙述,不难发现,文学叙述中同样体现出了观察的过程,也体现出了视觉变化的过程。这种观察上的一致性使文学叙事和电影叙事具有内在的一致性。这样的例子举不胜举。且看在小说《孩子王》中有几处关于动物的叙述:

> 教室前的场子没了学生,显出空旷。阳光落在地面,有些晃眼。一只极小的猪跑过去,忽然停下来,很认真地在想,又思索着慢慢走。我便集了全部兴趣,替它数步。小猪忽然又跑起来,数目便全乱了。正懊恼间,忽然又发现远处一只母鸡在随便啄食,一只公鸡绕来绕去,母鸡却全不理会,伴做无知。公鸡终于靠近,抖着身体,面红耳赤。母鸡轻轻跑几步,极清高地易地啄食。公鸡撒一下毛,昂首阔步,得体地东张西望几下,慢慢迂回前去。我很高兴,便注意公鸡的得手情况。忽然有学生说:"老师,抄好了。"我回过头,见有几个学生望着我。我问:"都抄好了?"没有抄好的学生们大叫:"没有! 没有!"我一边说"快点儿",一边又去望鸡,却见公鸡母鸡都在撒着羽毛,事已完毕。心里后悔了一下,便将心收拢回来,笑着自己,查点尚未抄完的学生。①

显然,小说表达的是老杆儿的生命苦闷以及他从事教学时所产生的无聊感。这一细节出现在电影上的时间位置变化了一下。不过,这并不影响这一情节内部的时间安排。电影中,对这一场景的呈现是校长来送行话别时。两个人坐在教室中,校长前来对老杆儿进行"教育"。但老杆儿却趁机对校长发了一通感慨。就电影画面而言,前景是教室内,老杆儿和校长二人对话;中景是学校操场,我们可以看到,中景是阳光也确实很耀眼;后景就是学校的宿舍,宿舍的墙根下面一只公鸡纠缠母鸡要交配。② 鸡子交配,作为一个后景而出现。不细心看的话,很容易就将其忽略掉了。同时,如果我们不阅读小说原著,我们很可能也就无法把握它的意义了:老杆儿走了,老杆儿的教改被终止了。这带来一个严重后果:文化荒芜。

> 场上又有猪鸡在散步,时时遗下一些污迹,又互相在不同对方的粪便里觅食。我不由暗

---

① 见阿城《棋王》,作家出版社 2000 年版,第 88 页。

② 电影中没有出现交配的镜头,不过,这两只鸡却走到了一起。这两只鸡无法理解导演的意图,不会表演,这是电影媒介所难以实现的。这一镜头表明,电影文本和原著构成了互为文本性;或者说,电影文本和原文学文本是一种对话关系:不了解文学原著就无法真正地理解影片。这种现象的出现也使观众在看完电影、电视后转换成读者:对文学原著再度阅读。

暗庆幸自己今生是人。若是畜类，被人类这样观看，真是惭愧。①

　　这一段叙述基于视觉观察。阿城叙述了作为有文化的人对没有文化的动物的一种优越感，凸显出了文化的重要，文化的优越。这是阿城小说的寓意所在。这一细节之含义也被陈凯歌所意识到。在电影中，这些细节所出现的位置发生了变化。当在老杆儿被上级宣布回队上"锻炼"而走出校长办公室的时候，我们看到，操场上的远景正是猪在操场上觅食。显然，通过对内在的观察过程的呈现，小说把空间中共时发生的事件转换成了一个线性的历时性的叙述。而到了电影中，由于图像符号的共时性特点，它可以毫不费力地将把这一原本就是共时性的事件呈现出它的本来面貌。于是，表现在画面上，我们就可以看到，小说中的历时性叙述被转换成了电影中的共时性叙述。

　　就画面的构成而言，人们往往把画面看成由不同的层次构成的。即所谓的前景、中景以及后景。这种划分往往也和它们本来的空间关系相一致，但空间关系可以转换成为叙事关系。即画面的不同层次之间也会构成各种复杂的叙述关系。正像索绪尔所指出的那样，听觉图像是一种线性的构成，而视觉形象是一种共时性的构成。构图使画面中的各种能指相互关系构成了一个叙述。这就不难理解，同一个画面的层次之间可以构成一个线性的叙述关系，也可以构成一种共时的叙述关系，并且，电影画面的共时性叙述往往最为常见。

　　《命若琴弦》中，小瞎子正值青春发育期，情感萌动，与兰秀相恋，最后也落了一个并不幸福的结局。在这场爱情中，小瞎子对老瞎子不驯，不时无视老瞎子的善意劝告，师徒二人的关系自然也时有冲突。电影中，小瞎子的这些事情在其出现时就用几个浓缩性的隐喻镜头来叙事。这几个镜头画面的构成，可以划分出三个层次：前景是小瞎子观棋，显示出他的"机灵"，这是小说的用词。但影片《边走边唱》踵事增华，叙述出一个"神奇与非凡"的小瞎子：两位得道高人对局，他竟能在旁边为他们支招。中景在画面上是小瞎子的身后：一个摊位，上面摆放的全是女俑。后景是熙熙攘攘的大街。一个行人走过摊位停下来，拿起女俑打量观赏，然后放下走开。女俑在此是女性隐喻，隐喻小瞎子颇得异性好感，对异性很有吸引力。他也许会像贾宝玉一样生活在女性之中。那个走过的行人自然就是老瞎子的隐喻。② 这一镜头还是一个整体性的隐喻：即这是电影中小瞎子和老瞎子与异性关系的隐喻。当然，它还是一个预叙：这一画面预示了此后的情节走向。

　　就电影画面来说，按照造型构图来建构叙事，它的实质是根据人的视觉(听觉)活动的原理来构图，以实现叙述之目的。它通过人的视觉观察活动中的时间进程来再现一个运动，来再现一个观察活动自身。通过上面的分析，我们看到，文学叙述同样离不开对人的观察，讲述事件的过程自然也将人的观察活动叙述出来。文学叙述中的场景越多，对电影叙述者来说，越容易被转换成为电影。其道理就在于文学叙述中对场景的叙述最为明确地体现为叙述者的观察过程。电影直接表现出了观察过程，这是电影作者的观察，也许我们可以更准确地说，是体现导演意图的摄影

---

① 见阿城《棋王》，作家出版社 2000 年版，第 113 页。
② 这与小说有很大不同：小说中微露禅机，电影中夸张其事。但影片从小说而来则毋庸置疑。

师的观察。

从上可知,无论是文学叙事或是电影叙事,都内在地体现为一个观察的过程。这是一个目光寻找和定向的过程。文学叙述中不免有所表现。但叙述内在地体现了作为一个完整的观察过程的再现,似为叙述理论家们注意不够。这当然是文学叙述自身造成了一个理论上的难点。文学叙事理论家们没有探讨文学叙事中的观察活动的过程(事实上,理论家如巴赫金就谈艺术观察的视野,却没有深入探讨艺术观察的动态的过程,其他理论家对观察问题似乎更不关注)。若斯特说:"无论如何,小说都不能直接运用目光。"① 这位理论家否定了小说叙述中视觉活动。与这位理论家的断言相反,在本节的分析中,我们可以看到一个相反的结论:小说家当然使用目光,并按照其观察事物的顺序进行叙述。他既可以使用自己的目光,也会随着观察对象的目光转移。再现了观察过程的叙述也会将这种目光的变化体现在叙事当中。

3.2 叙述视角的构成差异

语言学中关于人称的问题的观察是建立在叙述活动之上的。这也就顺理成章地被移植到了叙事学当中。

在叙述活动中有叙述者,有接受叙述者(受众),这两者之间的空间关系可远可近,时间上可以是现在也可以在未来(甚至也可以在过去)。但在语气上总是一种"我与你"的关系,这是一种交流关系。从这个意义上说,这种关系不同于故事中的人称关系。故事中的人称关系是叙述者、叙述对象与受述者的复杂关系的表现。它与生活中的人与人之间的关系具有很大的一致性。关于人与人之间的关系,德国犹太宗教哲学家马丁·布伯将其分为两种:一种是"我与你"的关系,一种是"我与他('他'包括人与物)"的关系。这两种关系给了我们很大的启发:这两种关系之中,一种可以用于叙述活动中的叙述者和受述者之间的关系——"我"与"你";另一种则完全可以用在作者与主人公的关系的描述——"我"与"他",或者说是叙述者和主人公之间的关系。但叙述最终要把"我"与"他"的观察关系转化到"我"与"你"的叙述关系。这里面就形成了许多复杂的层次——观察与叙述——关系,和复杂的人称——我、你、他——关系。

我们可以将这些关系概括为一种结构图式:我向你讲述"我和它"。当然,这里面"我""你""他(她、它)"三者关系可以有种种不同。但就文学这一艺术形式而言,我们也可以从三者关系这一角度简单地说明一下他们的关系:当"他(她)"与"我"在实质上同一时,这是自传;当实质上不同一时,就是第一人称的虚构自传或者是一种"代言";当"他(她)"与"你"在实质上同一时,这就形成了赞美诗或者抨击控诉;当他们实质上不同一时,在很大程度上是讽刺性叙事;而当"我""你""他"完全不一致、不存在交集时,就会出现我听过我见过但你没有听过更没有见过的传奇(novel),告诉你一件"奇"事,这就是"小说"(novel)!"我"与"他(她)"的关系,在叙述中的关系在实质上只有同一和不同一的关系。虚构的自传和"代言"是另一种变了形的传奇。实际上,从来

---

① [加]安德烈·戈德罗、[法]弗郎索瓦·若斯特《什么是电影叙事学》,刘云舟译,商务印书馆 2005 年版,第 200 页。

没有学者不把它看作小说。落实在故事层面,叙述者"我"与主人公"他(她)"之间还存在着一种感知关系:"我"总是处于"我"的视野之外,"他(她)"总是处于"我的视野"之中。无论"我"或者"他(她)"都是一个现实的肉身性的存在。"我"无法完全看到"我"自己的肉身性的存在,然而,"他(她)"的肉身性的存在"我"却一览无余。或者说,"我"具有"不可见性"而"他(她)"则具有"可见性"。而从"听"的角度来说则不然,在听的感知中,"我"和"他(她)"一样,"我"能听见"我",也能听见"他(她)",彼此一样。叙述中的"我"遵循着这样一个观察感知的"可见性"规律与规定。但这对不同媒介的叙述会造成巨大的影响。小说中只有不"可见性"却可以使"我"得到落实:"我"不可见,但"你"可听见,文学叙述的语言特性保证了"我"畅通无阻:看不见"我"没关系,只要"你"能听见。这就是说,小说中可以允许大量的第一人称叙事的存在。当然,在文学叙事中,这三者之间的关系表现当然非常复杂,这里只是列出一些相对常见的类型。

电影艺术则不然。从理论上可以推演出电影叙事可以有真正的第一人称叙事,但电影中的第一人称叙述必须要遵循人的观察的规范:作为一个感知主体的"我"不可以出现在画面上。但是,问题远不是这么简单。电影除了画面叙述之外,还有声音叙述。人们对声音的感知就和视觉不一样。人看不见自己,但能听见自己的全部声音。那么,落实在电影中也就会出现另一种情况,即,可以出现真正的第一人称的"我"的声音。实际上,作为一种视听艺术,原本不可见的"我"可以不在画面上显现,但观众不会同意。电影史上曾经这样拍摄过试验过。这就是美国电影《湖上艳尸》:"我"从来不出现在画面上,观众看到的永远是这位叙事者所看到的。这位从来不出面的第一人称叙述者观众永远也不知道他是什么样子。这种电影无法获得观众认同,并引起观众与院线的纠纷。此后就没有人再如此拍摄了。《湖上艳尸》表明,观众不会接受这一种在画面上表现为真正的第一人称叙事。也就是说,绝对的画面上的第一人称的叙事在电影中此路不通。我们必须注意到:"我"一旦出现在了画面上,这已经不是"我"了,这是"他(她)"。一个影片的叙述者讲述一个关于他(她)的故事。有鉴于此,许多电影艺术家做了折中,第一人称用画外音的形式出现而画面还是遵循着第三人称的叙事。考察电影叙事时我们必须注意到这一现象:必须对画面的人称属性和声音的人称属性分别进行观察。

事实上,一些论者往往对声音和画面的人称不加区分,或者只看其一不看其二。这种混淆对电影的分析判断会出现一些不该出现的失误。我们注意到,热奈特在举例的时候就出现了这种失误。在他看来,电影《罗生门》就是如此,分别由不同的人用第一人称来讲述一件命案。而实际上,从画面的角度来看,这里是一个全知全能的第三人称视角:这叙述者知道每一个涉事者在讲些什么。这就是说,这一个全知全能的第三人称叙述者在观察叙述几个涉事者分别对一件命案的讲述,可以说,这是对叙述的叙述,而不是讲述一个命案。看来,热奈特的错误在于他只考虑到了声音,而不去注意电影中更为重要的画面。同时对这一个文本,热奈特的理解看来也存在一些问题:这是一个命案叙述的叙述,而不是一个命案的叙述。这一认知失误导致了热奈特的错误判断。而他在他那本影响极大的《叙事话语 新叙事话语》中举出《罗生门》为例,也使他的失误被人们不加审视地接受下来了。热奈特的观点早已受到理论家们的批评:"在《罗生门》中,那些以不同的说法表述犯罪事实的人们又出现在自己所描绘的视觉影像之中,这就在影片的叙事和视角之间造成一种荒谬的关系,因为以'第一人称'展示的故事竟出自于全知全能的主体的视点。

这部影片表现了关于一个强盗杀害一个武士经过的四种说法,这个故事依次由强盗、武士的妻子、武士的灵魂和'我'(见证人樵夫)讲述。"①并不荒谬,若斯特的分析注意到了电影叙述画面的人称问题与声音叙述的人称问题所带来的冲突现象。但他忘了电影的画面和声音叙述中有一个观察、叙述的层次性问题。我们既不能像热奈特那样只看其一②,又不能像若斯特那样感受到了观察、叙述上层次和声音与画面视角上的分层而惶恐不安。

电影的改编,自然也要遵循这一规律。这使电影叙事在视角人称上表现得出了相当复杂、多样。一般而言,第一人称的文字叙事要被转换成为电影的第三人称的叙事。文学叙事的感知主体要被转换成为电影叙事中的被观察者。当然,这只是从画面的维度上来说的。

《深谷回声》是一篇第一人称视角的回忆散文,作为一个肉身性的存在,"我"是什么样子,从散文无从得知,更无从想象。翠巧作为被观察者,她是什么样,散文中有许多描述。我们可以依据相关叙述来想象建构!我们无法想象一个叙述"我"的见闻经历的散文被改编成了电影之后却让观众对"我"无从感知。电影中,顾青和翠巧成了同样处在被观察的位置上。电影于是就变成了第三人称的叙事。同样,小说《孩子王》作为第一人称叙事的小说,在改编成电影时亦然是第三人称叙事。这部电影的第一个镜头就是一个第一人称叙事的镜头。它似乎很严格地按照小说而来。但这一镜头受到了一些论者的批评:主人公很长时间不出现在画面上。③

在小说《温柔地杀我》中,作者采用了第一人称叙事视角,小说从女主人公向警方指控她丈夫的一系列杀人嫌疑开始。在控告中,她详细叙述了她的情感经历,如何一见钟情后就离开了她原来的男友,和新欢闪电结婚。两者之间充满了激情与变态性爱。接下来出现了许多事情,引起了女主人公对丈夫以往情感经历的怀疑。她急于了解她丈夫的婚前经历,并为此付出了种种努力。所有这一切并不能逃脱她丈夫的眼睛。最后,她逃出丈夫的掌控,向警方控告。其夫看到真相败露,自杀身亡。(电影改动了结局,增加了试图阐释这种变态心理的情节:陈凯歌让他与亲姐姐乱伦,并让其姐姐最终死于非命而这位男主人公却活了下来。)

当这部小说被改编成了电影时,叙述者就从声音和画面层次进行处理。从声音上来讲,电影《温柔地杀我》在叙述人称采用了和小说一样的第一人称叙事形式。电影仍然保留了女主人公的第一人称的叙事视角,保留了女主人公向警方报案的模式。也就是说,画外音的第一人称声音提示观众:这是主人公的自叙,她正在和警方交谈。观众听到了她和警方谈话的声音,观众看到了她向警方举报的内容。但是,从画面角度来说,这部电影中女主人公出现在了画面上,已经成了一个被观察的对象。这里已经意味着有一个电影叙述者存在。这就意味,从画面上说,这是第三人称叙事。并且,我们可以进一步说,小说中不展示女主人公的身体,叙述性爱却不展示性爱。在电影中,叙述者却展示女主人公的身体,展示女主人公的性爱。这已经是一个男性眼光。也就是说,这部电影从画面上来说,是一个第三人称的男性叙事。这部电影的声音上的第一人称的女性叙事和电影画面上的第三人称的男性叙事构成了一个差异。当然,这个差异是追求叙事策略

①　见李恒基、杨远婴《外国电影理论文选》,上海文艺出版社 1995 年版,第 508 页。
②　电影叙事学中的这种错误似乎不少,人们一提到电影《红高粱》就是第一人称叙事,这同样只是看声音不看画面。
③　见李翰祥《我看〈孩子王〉》,《天涯》1997 年第 2 期,第 132 页。

的结果。这部电影是将男性眼光包装成女性口吻来叙事。电影叙事的这一特点对我们分析文学有很大的启发性。文学叙事由于媒介的特点而使感知观察的第三人称眼光和讲述时的第一人称口吻产生了混同。但只要我们认真分析，我们还是可以发现其间的差异：透过被叙述人称扭曲了的叙事，我们还是能够把握到真正的事件观察者。这个观察者往往就是文学理论中所说的隐含作者。电影中，画外音的叙述者和画面的叙述者并不是一致的。声音上的叙事者和画面中的叙述者发生了冲突，这表明叙述人称往往是叙事的策略的结果。保守地说，这是一种复调叙事：即从声音的角度来说是第一人称叙事，但从画面的角度上来说是第三人称叙事。

　　这样我们从结构上可以看到电影叙事和小说叙事之间的差异。从某种意义上我们似乎可以说，电影叙事可以启发我们对文学叙事进一步考察。叙事不仅是一种静态的结构表现，它还是一个动态的过程。一旦涉及这种动态的变化过程，我们的考察就变得更加困难了。可以说，从镜头连接来说，电影叙述更是一种复合叙事：电影中有许多交代性的镜头，这是电影叙述者的叙述。但是镜头的连接在许多情况下是以声音和目光为连接手段：随着一个人的声音出现，主人公将目光投射声源处，镜头随之一转，声源画面是主人公目光投射的结果，即构成了一个主观画面。典型的好莱坞的正反打即是如此。这样，电影叙述的镜头就不断地在电影叙述者和主人公的主观视角之间变化。这造成了电影的叙述人称不断地在第三人称叙事和第一人称叙事之间变化，这种变化推动了电影叙事不停地向前发展。在小说《霸王别姬》中，作者采用第三人称叙事，叙述两个舞台演员的不幸生涯。到了电影中，电影叙述者叙事策略没有变化。但是正像上边所说的那样，电影叙述由于镜头连接的方式造成了电影没有办法实现完全的第三人称叙事。就以两个演员的第一次分手而论，程蝶衣从袁世卿那里回来，将从袁世卿那里得到的宝剑赠给段小楼后负气而去。段小楼随后出门寻找，没有见到程蝶衣却看到了日本侵略者在大街上行军的场景——这是一个主观镜头。师傅死后，师兄弟二人殡葬师傅。出了门，这支殡葬的人马与殡葬的炮声就和大街上的一切融为一体：街上充满了欢呼的人群，成了鸣放鞭炮的海洋。中华民族在庆祝自己的胜利，日本战败投降了——这里炮声起到了关联不同场景与镜头的作用。显然我们谈到的这两个连接中一个是依靠目光的连接，是一种由第三人称叙事向第一人叙事的转变；后一种连接依靠鞭炮声，却同样是第三人称叙事。镜头转换可以使电影自由地在第一人称叙述和第三人称叙事中转换。在电影中，作为叙述人称的表现方式还有字幕，这是电影叙述者介入的表现方式之一。就《霸王别姬》而言，电影的题标出现之后，就是一个字幕，标明了时间："1924 年，北洋政府时代"，其后的重要历史转折时间都加入了字幕，如，"1937 年卢沟桥事变前夕"，如此等等，在电影的最后又打出了字幕"1990 年北京举行了徽班进京二百周年纪念活动"。这些字幕不但点明了时间，也唤起了观众那些蕴藏于心中的历史文化意识与知识，观众用自己的历史文化的知识去补充电影叙事中的相应部分。这些字幕所表现出来的叙事人称只能是第三人称。

　　顺便指出，色彩在电影叙述中越来越占据着很重要的位置，占有的分量也越来越大。没有色彩叙述的小说被改编成电影后不可避免地会多了一层色彩。小说《霸王别姬》中没有色彩，而电影对色彩的使用更加强了第三人称叙事的分量。而那些画外的无源音乐是一种情绪的叙述介入，画外主人公的无源声音却是一种第三人称的全知叙述。电影《霸王别姬》中有大量的配乐，这些配乐的实质是影片叙述者的叙事代入，这显然是一种第三人称的叙事。这种配乐和出现在程蝶衣某些时候的画面话语不一样：那些话语是程蝶衣自己的话，展现着他彼时彼地的心理意识，这是第一人称的叙事。同时我们还看到，在电影《霸王别姬》中，滤镜的使用为画面着上了不同的色彩，而这些色彩几乎全是程蝶衣心理的暗示。在这种情况下，我们对色彩进行叙事学的判断就有些困难，究竟是第一人称视角还是第三人称视角呢？这恐怕需要进一步分析探讨。电影中的人称与视角问题非常复杂，需要进行很认真的研究。这是一个在未来很值得注意的研究课题：电影中使用了多种媒介，每一种媒介都会存在着是从叙事者的角度来使用还是从叙事对象的角度来呈现的问题。于是，电影的视角就显得特别复杂多变，犹如马赛克一般，充满了独特的魅力。

　　总之，电影的叙事视角是一个非常复杂的问题。视角，从静态的角度上讲分层次，声音与画面可以不一致；从动态的角度讲，它们也是一个不断变化的过程，不断地在客观的第三人称视角和第一人称的主观的视角之间变动。

　　文字叙述中，第一人称的叙事尽管叙述自己的行动却不出现自己的形象，文学叙述尽管建立于叙述人的观察之上，却不像电影那样依赖于用目光作为连接镜头与镜头或者场景与场景的手段。这样就不会引起电影中那种无法完全实现第一人称叙事或者第三人称的叙述。图像是经过有意的安排来表现叙事和时间性。麦茨对此视而不见，就匆忙得出一个结论，电影是一种无人称的叙事。这可以说在根本上就是错误的。① 当然，在电影叙事的视角构成中，我们还可以看到另外一种情况：它不遵循感知的规律，即，感知主体和被感知对象共同处于一个画面之中，但被感知的对象却变形成被感知者心目中的样子。如在法国导演让·维果的《操行零分》中，作为感知主体学生们和学生的感知对象——他们心目中的教师——共处于一个画面之中，这些教师们的形体就变得很古板冷漠举止怪诞。

　　从上面可以看到，文学叙述的视点可以保持一致，隐藏在叙述者背后的作者可以不被发现。但电影则不然，和文学叙述相比，电影中不管是主观镜头还是客观镜头，镜头的画面的构成都要体现电影叙述者的意图。我们必然会感觉到镜头后面的那一个叙述者。电影的叙述视点构成的本身已经是多种多样的。这正如若斯特所说，"电影表现材料的多样性导致或者说允许'叙述情景'的多样化，书写的文学在这方面是无法相比的。也正因为如此，电影叙事者特别能够造成话语重叠的多样化、陈述镜头的多样化，导致一种可能发生互相碰撞的视点的多样化。"② 这位论者进而就电影叙事这一特点所表现出的对叙事学进行了评估："电影对叙事学整体来说，看起来具有一种示范的价值，因为与词语叙事的主导情形相反，电影中的大摄影师、大叙述者这个第一机制的在场者较难完全隐迹，尽管有第二叙述者的介入，这种悖论情形使电影有可能在比文学更复杂的另一些叙事层次之间穿梭往返，使双重叙事有可能充分地表现，所以影片叙事学家对机制的分级组织也就特别在意。"③在这里，所谓的大摄影师大叙述者其实就是我们所说的影片的叙述者。他的第二叙述者其实就是影片中的故事的叙述者。如电影《温柔地杀我》中的那位女主人公，这一个故事是由她亲口讲出的。她是一个作为故事中的行动者来讲述的人。而所谓的大叙

---

　　① 正像周传基所说，(麦茨的)符号学不重视声音。同时，在讨论电影叙事时却不分析感知现象。见《电影电视与广播中的声音》。

　　② ［加］安德烈·戈德罗、［法］弗朗索瓦·若斯特《什么是电影叙事学》，刘云舟译，商务印书馆2005年版，第70—71页。

　　③ 同上，第66页。

述者则是影片的叙述者,这是陈凯歌本人。

在电影叙事与文字叙事之间,我们似乎可以推导出一个结论,关于小说叙事中的第一人称视角,从感知的角度来讲,也是起源于第三人称的观察视角,然后再用第一人称的视角包装了出来。在电影中,这种情况则表现得非常明确。

3.3　时间的历时性(一)

3.3.1　时间的顺序、长短

现代文学叙事学对时间的分析是受到了电影理论家们很大启发。电影中的叙事时间和自然的时间有很明显的差异,以至于热奈特在建构他的理论著作《叙事话语　新叙事话语》时,对时间的处理就引用了麦茨的观点:"叙事是一组有两个时间的序列……被讲述的事情的时间和叙事的时间('所指'时间和'能指'时间)。这种双重性不仅使一切时间畸变成为可能,挑出叙事中的这些畸变是不足为奇的(主人公三年的生活用小说中的两句话或电影'反复'蒙太奇的几个镜头来概括等);更为根本的是,它要求我们确认叙事的功能之一是把一种时间兑现为另一种时间。"[①]故事时间和叙事时间不同。我们讨论叙述时间就会涉及关于时间的长短、始终、先后与频率等方面的问题。图像符号和文字符号的不同,自然给他们在时间的这些方面上的叙述有一些不同。

文学叙事学家试图找到一个比较时间长短的方法,他们在探讨文学叙事时往往采用的是根据小说的行数页数与小说的事件进程所经历时间的年、月、日、时、分、秒来比较,这种方法并不准确;一些论者还要精确到字数,这种方法也并不可靠。除此之外,书籍有不同的版式。一般而言,当文学叙事学谈到时间长度时,作出一个假定,即文学叙事中的"场景"的叙事时间等于事件时间。但我们说这只是一个假定:在第一章中,我们知道,实际的对话过程和文学叙事的对话过程极不相同。理论家的这些方法只是一个理论上的预设。它只是为了说明相对复杂的问题,而不是帮助我们简单直观地了解问题。毕竟小说对时间的叙述是建立在人对时间的自然感知上。文学叙事中的对话已经是对实际对话的简化,这种简化必然导致将对话时间压缩。当然,有些文学叙事会对对话者的体态语给予相当的关注。这又会导致叙述的停顿。

3.3.1.1　时间的顺序

一般说来,最自然的时间顺序就是前后相继的时间顺序。不过,当叙事者出于某种目的可以对时间顺序进行操纵,这就形成了所谓的顺叙、倒叙、预叙、补叙等。

在《命若琴弦》中,老瞎子从师父那里获得那张"药方"的叙述是从老瞎子和小瞎子的谈话中带出来的。

> 泉水清凉凉的。小瞎子又哥哥呀妹妹地哼起来。老瞎子挺来气:"我说什么你听见了吗?""咱这命就在这几根琴弦上,您师父我师爷说的。我都听过一百遍了。您师父还给您留

[①]　[法]热奈特《叙事话语　新叙事话语》,王文融译,中国社会科学出版社1992年版,第12页。

下一张药方,您得弹断一千根琴弦才能去抓那副药,吃了药您就能看见东西了。我听您说过一千遍了。""你不信?"小瞎子不正面回答,说:"干吗非得弹断一千根琴弦才能去抓那副药呢。""那是药引子。机灵鬼儿,吃药得有药引子?""一千根断了的琴弦还不好弄?"小瞎子忍不住�嗤地笑。"笑什么笑! 你以为你懂得多少事? 得真正是一根一根弹断了的才成。"①

在这里药方来源于何处并不是真正重要的,重要的是在这张药方所引发的在信念、理想地支持下,主人公们将能够带着希望坚定地走完自己的人生之路。电影将其建构成一个情节。这个情节被安排在电影的开始。我们知道,这部电影大量增加了梦境与幻觉。也就是说,陈凯歌完全可以通过梦境与幻觉来呈现这一场景。影片的叙事还是遵循了自然的时间顺序,它将老瞎子年少的时候从他师傅那里获得的"药方"的叙述转化为一个场景。这一场景出现在影片的开头:老瞎子尚在幼年,他从垂危的师父那里获得药方。这变化为以后的叙述奠定了很好的基础。

在电影《温柔地杀我》的序幕中,一开始就出现了一个具有诱惑性的画面与音响:男女主人公性爱场景与雪山叠化,已经暗示出了故事的背景与内容。接下来女主人公富于磁性的声音讲述着登山的惊险:"你知道那种高度会怎样吗? 脑部缺氧而死,细胞逐渐死亡,就这么停止了活动。身体跟着不听使唤。还不断想象那会是什么情形。"② 同时,画面上出现了这些登山队员从悬崖坠落的情景。但在画外却是警官向女主人公提问:"为什么你不从头开始说? 总是从最容易的。"随着女主人公的应答"好。我就从头说起",观众就被拉到了女主人公的对面。观众在这里竟直接成了女主人公话语的倾听者,从而直接进入电影所制造的幻觉中去了。这样,在电影中就再次因声音和画面的不同而产生了关于时间顺序上的差异。从声音的角度来说,这显然是女主人公见到警方后的陈述,就电影的叙事来说,这是倒叙。但此时的画面上却是她丈夫恶意制造灾难杀人灭口的事件。这一事件发生得很早,早于电影中所涉及的任何一件事。这就是说,电影一开始就将这样的具有决定性意义的事件进行了叙述。显然,这是顺叙。可以说,就电影的叙事而言,判断是倒叙还是顺叙需要从声音和画面两个维度分开来考虑。当画外的警方声音提示着女主人公"为什么不从头开始"时,画面切换到了女主人公最初的感情生活,电影叙事又从一个开始进行叙述。而在叙述的时候又不时的加入女主人公与警方的问答的声音。这些话语再次出现表明了电影叙事中时间的复杂性,当我们讨论电影的时间问题时,需要全面考虑画面和声音以及两者之间的各种关系。

除了用画外音提示时间指向外,电影叙述的声音与叙述对象的声音也有着复杂的关系,有时画内对象的声音也会起到时间上的指示作用,构成一种声音叙事上的顺序倒叙或者预叙。

在《黄土地》的开头,当顾青还在黄土高原上日夜兼程时,突然传来了画外音,几声乌鸦的叫声,这声音激荡在观众的耳朵里,立刻给人造成了不祥之感,在中国人的观念中,乌鸦的叫声和丧事联系在一起。这个声音符号就预示了这部电影的情节,这是一个展示死亡展示生命遭受毁灭的悲剧。也就是说,这一声乌鸦的叫声就在电影中起到了预叙的作用。这是对这部影片的人物

---

① 见史铁生《钟声》,北岳文艺出版社,2001 年版,第 117 页。
② DVD 版的中文字幕。

命运的暗示,也是作为叙述者导演对这个悲剧的情感评价。随后,电影中又出现了几声来自远方的悲痛凄怆的信天游:"哎哟,苦难的人儿哟,正月里上工……"① 这暗示出悲剧的原因:(阶级压迫所导致的)贫穷苦难所造成的不幸。这种声音符号所起到的作用就是预叙述。它提前表述了影片故事的不幸结局。

当然,人们一般情况下谈论时间顺序时往往着重于这种时间顺序对观众的操纵,实际上,有时就不仅仅是操纵了,它既有操纵的一面,又有暗示意义的一面。

小说《霸王别姬》一开始就是一番议论,所说的无非就是一场戏,用作者的话来说"生命也是一出戏吧"。

> 婊子无情,戏子无义。婊子合该在床上有情,戏子,只能在台上有义。每一个人,有其依附之物。娃娃依附脐带,孩子依附娘亲,女人依附男人。有些人的魅力只在床上,离开了床即又死去。有些人的魅力只在台上,一下台即又死去。一般的,面目模糊的个体,虽则生命相骗太多,含恨地不如意,糊涂一点,也就过去了。生命也是一出戏吧。
>
> 折子戏又比演整整的一出戏要好多了。总是不耐烦等它唱完,中间有太多的烦闷转折。茫茫的威胁。要唱完它,不外因为既已开幕,无法逃躲。如果人人都是折子戏,只把最精华的,仔细唱一遍,该多美满啊。
>
> 帝王将相,才子佳人的故事,诸位听得不少。那些情情义义,恩恩爱爱,卿卿我我,都瑰丽莫名,根本不是人间颜色。人间,只是抹去了脂粉的脸。②

这里面作者要表达的东西似乎不少,但说到底就是"人生如戏",但这"戏"不是什么"大戏",而是"抹去了脂粉的脸"的普通人的戏,是连棚的"歹戏"。小说作者从这番议论开始,然后迅速地按照时间顺序从两位主角的人生经历开始叙述。

影片《霸王别姬》显然也要叙述一个人生如戏的故事。影片一开始就是两位主角来到体育场"走台",他们两位和那一个京剧票友之间有如下对话:

> (画外音):"干什么的?"霸王:"是京剧院来走台的。"
> (画外音):"哟,是您二位?"
> 霸王:"啊。"
> (画外音)"我是您二位的戏迷。"
> 霸王:"是啊? 哎哟——嗬!"

---

① 《黄土地》的音乐大都是后期配音,这一音乐应该说是一种作为叙述对象的声音,即影片的女主人公翠巧所唱,(歌唱家冯雪芬配音)但就其所起到的叙述功能而言,可以说是一种叙述手段的声音。在电影中这种身兼二任的音乐与声音很多。这就构成了复杂的叙述对象与叙述手段的关系。这是"借口"——叙述人借主人公之口说事儿,来达到叙述人自己的叙述目的与效果。正像前一章所提到的小说中的间接引语一样,这种声音所起到的叙述作用与之相比其实很类似。只不过,这是用直接引语的形式起到了文学叙述中间接引语的作用:这两者之中我们都会感受到叙述人的情绪与意志及思想等。
② 见李碧华《霸王别姬》,香港天地图书出版公司 1985 年版,第 1—2 页。

（画外音）:"您二位有几十年没在一块儿唱了吧?"

霸王:"是,有21年没在一块儿唱了。"

虞姬:"22年。"

霸王:"哦,是,是22年,我们哥俩儿也有10年没见面了。"

虞姬:"11年……11年。"

霸王:"是,是,是11年。"

（画外音）:"明白,那都是'四人帮'闹的。"

霸王:"可不,都是'四人帮'闹的。"

（画外音）:"现在好啦!"

霸王:"可不。现在好了。是,是。"

（画外音）:"您二位稍等,我去给您二位开灯去。"①

和原小说的议论相比,这是一个典型的倒叙。这一个倒叙不仅仅制造了悬念,挑起了观众的期待心理,引导着观众看段小楼和程蝶衣走台。同时,我们看到,随着灯光打开,又暗淡下去。随后,电影题标出现。叙事主导部分开始,画面上是两位主角年少时首次见面的场景,人生的戏幕开始逐次呈现。直到影片结束,他们的走台才真正开始,由于台词不断唱错,人老了,演技也丢了,这使一生都奉献给艺术的程蝶衣绝望而自杀身亡。可以看到,电影《霸王别姬》是一个真正的倒叙,从走台开始,到走台结束,中间是两个艺术家的人生经历。而小说《霸王别姬》却是一个顺叙小说。这两者的真正的差异在于小说通过它的语言可以直接议论,来点明一个"人生如戏"并且是"歹戏连棚"。而电影在表现这一个议论时,影片的叙述者也不愿意插入自己的直接话语来表达,也就只好采用这种倒叙的手法,将舞台戏幕徐徐拉开后,影片的叙述者将其直切到"人生戏幕"的拉开来表现"人生如戏"这一观念。可以看出,电影也可以像小说那样对时间的顺序进行灵活处理,但在改编的时候,当电影力图表达一些相关的小说的主旨时,电影媒介的特性会使它采用和小说不同的时间顺序。

这样来看,考察电影叙事中的时间顺序要注意画面和声音这两个维度,同时,这两个维度造成了复杂的关系,这种复杂程度可能远比文字的线性的叙述更为复杂。同时,我们还在看到,就像《霸王别姬》那样,文学叙述中的意义表达也会对时间叙述造成很大影响。

3.3.1.2 时间的长短

在文学叙述学中,叙事学家们往往将对话描写看成是一种场景的呈现或者模仿。他们认为,在对场景的呈现中,场景的时间长度与叙述的时间长度一致。事实上,正如本文第二章所描述的那样,现实的场景无法再现到文学上,这种时间长度无法在事实达成一致。这种一致只是理论家们的理论假设。我们可以在理论上接受叙述学这种假设而成的"场景"。而电影的时间则不然。如果拍摄时采用正常的拍摄速度24格/秒,而放映时亦然按照正常的速度来放映,那么我们就可以看到,在文学叙事理论所假定的场景时间等于叙述时间。就场景这一点上,只有电影与电视才

---

① DVD版的中文字幕。

能真正做到叙述时间和场景时间高度一致。

拍摄速度对电影叙事中的时间有极其重要的影响。电影拥有一个可以测定的最小时间单位,1/24 秒(早期默片是 1/16 秒)。在电影叙述中,事件(被叙述的对象)有它的自然的进程与时间,有拍摄它的机器时间和速度。除此之外,电影还有放映时间。摄影和放映速率一致,可真实地再现对象正常的运动形态、速度和节奏。改变摄影速率,就会再现出快于或慢于对象的正常运动的速度和节奏。标准摄影速率是表现正常运动形态、速度、节奏的基本方法。用快速摄影速率拍摄的电影画面,放映到银幕上,则是运动速度的减慢,两个动作之间的时间拉长,空间位移放慢。电影中的时间是被精确纪录和计量的。这三个时间之间构成了一个复杂的关系,使得电影对时间的处理比文学更加方便自如。

文学叙事不能对时间自身进行有效的叙述,但它可以从时间的角度去叙述事件。它可以交代事件所发生的时刻,读者从叙述者对这些时间的交代中去建立一个小说的时间整体。小说《孩子王》中有一些对时刻的交代,也叙述了这一时刻的一些景象。但是,我们必须强调这一点:这些对时间的交代只是建立了一个时间的坐标,而不是时间本身。我们应该有这样一个基本的观念,人的种种感官都是对外部世界,是对物的感知,没有对时间的直接感知,人只有在对物的感知基础上才能获得一种对时间的把握。电影叙述也会通过对物的把握将时间呈现于银幕之上。只有电影才是记录时间的工具和艺术,也只有电影才能将时间进行种种加工。电影《孩子王》片头呈现了整个白天的神奇优美变幻莫测的云南美景,也将一个白天的时间进行了有效呈现。对时间的这种逐格拍摄对电影叙述产生了影响,将文字所不能表达的进行了叙述呈现。《孩子王》中涉及不同时间、不同景色,就我们读到的景色而言,有早上有晚上等。但小说对这种对时间美景的叙述相对而言较为简略。电影《孩子王》中则在电影的片头将这一个白天十几个小时的时间用了 1 分 48 秒的时间将它呈现了出来。

> 从山坡俯瞰学校(拂晓至暮　外)
>
> (大全)雾。天光渐开。(叠化)
>
> (大全)远近高低的群山在雾中渐渐显露。(叠化)
>
> (大全)绕在山涧的霭霭雾气凝重难化。
>
> 坡上隐约出现草舍。
>
> 画外悠远的野唱声起。(叠化)
>
> (大全)地面渐亮,云开雾破。这才能清楚看到群山环抱的小山丘上,错落有致地坐落着几幢状如牛舍的草舍,草舍外有红土旷地,下延为路曲折于绿草间如血脉游走。这就是学校。(叠化)
>
> (大全)游移的云彩飘来浮去,黄色的校舍便明了又暗暗了又明。(叠化)
>
> (大全)阳光直射,虚虚的热气似要驮起校舍。(叠化)
>
> (大全)夕阳衔在山尖,群山校舍尽染酒一般的红色。(叠化)
>
> (大全)西天一片玫瑰色的云霞,校舍渐渐暗下来。(叠化)
>
> (大全)落日隐没,远山近草渐次黑过去。(叠化)

（大全）暮色将至，山影黑魆魆的剩下山尖一抹暗红。

画外野唱声渐止。①

在影片《孩子王》中，片头是一个逐格拍摄的长镜头。它表现了"斗转星移，天道运行"。这一段时间显然是从黎明，到破雾日出，然后再到满天星斗。自然界的时序周而复始地循环变化。关于这一片头，陈凯歌曾经说："我们这个画面所表现的却是自然界在运转，道仍旧不变，那金灿灿的校舍，是教育和文化的象征，高居于群山之上，处于天道运行的中心，从黎明大雾起，到破雾日出，然后再到满天星斗，自然界的时序周而复始地循环变化，而校舍却伴随着那白色的雾气和'逍遥游'的歌声，悠闲安适，纹丝不动地坐落在山坡上。它代表了中国传统文化中最腐朽最顽固的部分，是我们民族前进过程中尚待攻破的堡垒。"② 显然，他很关注时间，时间在这里有象征意义。这也是他所要表达的重点所在。我们看到，摄影师在一个机位上逐格拍摄小学校在一天中光线气氛的变化。天上云朵与地上阴影，风驰电掣，变幻莫测。这种方法将一个白天的长达十几个小时的时间用短短一分多钟就呈现了出来。可以说，与电影相比，语言在记录那转瞬即逝的自然景象和时间上显得自不量力。

电影对时间的叙述是直接的，它能够把长长的时间压缩，也能够将时间延长。在《黄土地》中，祈雨的那一场戏中，一方面用了高速摄影，这使时间变长（但给人的感觉却恐怕是短了。这里，电影时间与观赏电影的时间感不一致）。同时，摄影机将空间切割，把憨憨向着顾青奔跑的动作呈现了三次，也将顾青神色凝重地走向祈雨村民的行动与憨憨的行动交叉呈现了三次。我们知道，这是两个同时进行的动作，在时间上是共时进行的，这种正反打的方式又使时间得以加倍延长。这一个场景的最后一个画面是憨憨奔向顾青的定格画面，时间一下子又被强制停了下来。这么一个场景就表现出了影片叙述对时间的处理有着复杂多样的方法，也足以说明电影叙事对时间处理的灵活自如。

3.3.2　电影中的概括叙述与停顿

叙述学家们把叙述中的概述看作是对时间的压缩。众所周知，概述，这是一种思维抽象的结果，是对一种现象、一个事件的概括。每一个电影的图像都是具体的，但不能由此而得出图像不能进行概括性的叙述。电影叙述者们能够通过各种方法实现概括叙述。如电影叙述者们常常使用叠化、叠印等的手段就能够起到概述的作用。

在《黄土地》开头，我们看到，顾青行走不停的情景，斜月沉沉与急急落日相连而又有部分的叠化在一起。这就构成了一个概括性的叙述：顾青日夜兼程。而在电影《温柔地杀我》之片头是三个镜头叠印而成的。一个镜头是雪山，加上蓝色的色调，它是这个画面的底层；画面的最上层是男女主人公性爱的镜头；处于这两者之间的是三支点燃的蜡烛。这三个镜头叠印暗示出这是一个关于多角关系、性爱、激情、冷酷和不幸的故事，这是电影的主要情节，同时，这也是小说的主

---

① 见陈凯歌《〈孩子王〉完成台本》，《电影选刊》1987 年第 6 期，第 23 页。
② 见罗雪莹《思考人生　审视自我——访〈孩子王〉陈凯歌》，《大西北电影》1988 年第 2 期，第 64 页。

要情节。小说《温柔地杀我》的前面部分,女主角交代了和前男友杰克的关系。这当然是一种概括叙述。女主角简单地交代了他们相识相爱的过程,他们同居后过着平淡的日子。这种概述同样没有构成电影叙述的不可克服的障碍。在电影的开头,电影叙事者将镜头对着挂在他们公寓客厅墙上的恩爱照片。镜头在一张张照片前移动,当这些照片一张张呈现在了银幕上,也就呈现出来了他们的相爱关系。随着这些照片呈现完毕,两个人关系也就交代结束。同时我们看到,在对这些照片呈现时,镜头被加上暗淡的褐色的透镜使照片变得相对的暗淡些。这隐喻两者激情不再,恩爱即将成为前尘往事。这些照片为小说所没有,但在当代社会,照相是如此普及,两人照片的存在可以说是理所必然。电影媒介就用了这种办法很简洁明快地将这一段往事进行了概括叙述。随着这些照片展示结束,镜头朝向了卧室。接着,电影用了另一种方法来叙述他们的日常生活。小说中也对他们两个人的日常生活进行了一些交代,但在电影中,通过镜头的迅速切换构成了一个关于日常生活的概述。这种叙述快速流畅,远胜过小说的叙述效果:杰克一觉醒来,用胳膊碰碰背向自己(这又是一个重要的暗示,两个人关系即将生变)熟睡的女友爱丽丝,叫醒她。然后,两个人翻身起床,迅速地冲进卫生间沐浴、洗漱、吃早餐,两个人快速换上衣服,然后各自匆匆上班而去。显然,在这里,镜头迅速切换起了交代出一个个日常生活中必然存在的行为,其所起的作用就是一种对日常生活的概括叙述。顺便指出,这也是一种频率的叙述:和日常生活频率相关,观众一看即知。

　　就文学叙述而言,时间的停顿有如下几种,一是对环境的描写,二是对人物的描写与交代,三是对事件等的议论。就环境的叙述而言,电影中则一般不需要停顿,人物与环境始终在一起,人物的出场就是环境的出场。这就形成了电影叙事对人物的交代与描写不用停顿,因为表情、衣饰与人物始终相伴。一切都随着人物与之俱来。而文学叙事中,它就不可避免地会造成停顿。对第三种情况,电影叙述依赖于图像,一般来说,图像是具体的,不表示抽象的含义,电影叙述可能会引起时间的停顿。不过,由于电影媒介的多样性,它们在一起就对这一问题带来了很复杂的影响。无疑,《边走边唱》中存在着大量的理性蒙太奇剪辑,但是这些理性蒙太奇剪辑并非造成了时间的停顿:尽管画面叙述的停顿但老瞎子琴声在继续。为了叙述老瞎子的琴技高超,在老瞎子弹断最后一根琴弦的场景中插入天上大雁盘旋不前和行人驻足而听的镜头。我们看到,对于小说叙事来说,叙述者的介入——他的说明、解释、议论等——会造成叙述的中断,但对于电影来说,由于电影叙事有声音和画面两个通道,电影叙事者可以选择其中一个通道介入而另一个继续叙述,这就是电影叙事既可以让叙事者充分介入又不造成电影叙事的停顿。

　　《边走边唱》中多次展示老瞎子弹琴的场景。在别的弹琴场景中,影片叙述者还不时地插入死神塑像的画面。尽管从画面这个角度来说,形成了时间的停顿,但是,从声音的角度上来说,声音一直在进行之中。老瞎子弹琴的声音没有停下来,声音和画面构成了一个互相陈述的叙述。一般认为,《黄土地》中的腰鼓戏可以分成上下两场,它们以插入月亮急急下落的画面为标志。这一场景还插入了顾青旁观、凝视、深思的镜头。单从画面的角度来看,这造成了时间的停顿。但是,腰鼓的敲打声却一直没有停下来。这样,从总体上来说,电影叙述就没有造成时间停顿的效果。可以这样说,电影叙述中,尽管不管画面怎样停顿,只要声音不停,电影叙述的时间就没有停下来。而在文学叙述中,其媒介的单一性决定了任何一种描写、议论都必然会造成时间的停顿。

电影则不然。所以,当我们要判断电影叙述的时间停顿与否时就需要进行综合考虑,至少要从画面和声音这两个角度考虑。电影媒介的复合性为其对时间的叙述表达提供了更多的便利,使得它对时间的叙述变得更加连贯流畅。电影媒介的复杂性使得我们判断时应当谨慎。文学叙述中关于时间的停顿的分析并不适用于电影。毕竟,电影是多媒介的叙事,我们判断它在叙事上是否停顿需要考虑多种因素。在某种意义上,对文学叙事来说,媒介的单一性造成了时间上不得不然的停顿,电影则否。

3.4　时间的历时性(二):频率

文学叙述理论将频率分为三种,一种是关于故事的频率,另一种是关于叙述的频率,其三是叙述中关于某些事件的讲述的频率。对文学叙述来说,频率的叙述极其方便简单,一句话就可以了。这源于文字所表达的是一个概括性的含义。文字直接就是一种与意义直接相关的抽象性的媒介符号。它可以"一言以蔽之",对频率的交待简单明快。图像是具体的,但不能因此而得出用图像就不能叙述频率的结论。当然,电影对频率的叙述需要调动电影媒介的各种因素,有时甚至还要调动观众的心理意识才能形成。在电影叙述中,一方面,观众会根据生活经验得出一个观念:哪怕一次性出现的画面也会形成一个关于频率的叙述,而一次性出现的镜头也同样能表达出叙述的频率;另一方面,叙述者可以通过电影特有的叠化等来表现频率,也还可以通过镜头的组合来表达频率,还可以通过场景的调度来表达频率。由于我们将研究材料锁定在陈凯歌的电影中,我们的论述就会受到材料的限制,尽管会适当地联系到其他一些电影。

3.4.1　故事的频率

教文《深谷回声》涉及了诸多的事件。其一是兰花花抗婚而死的故事。其二是翠巧的故事,其三是柯蓝所处的20世纪80年代初,"一个女支书跳海而死"的事件。这三件事使他追问为什么封建制度封建思想竟如此持久。在电影中,女性的不幸也通过几个故事以各种方式不断出现而呈现出一种叙事频率,从而更广泛地叙述出了女性的不幸。电影中顾青见到一个年轻女孩的婚姻,"拐峁后泥河沟拴牛角的九女子"的不幸婚姻。另一个是翠巧姐姐的故事,这是通过翠巧的父亲的谈话来表述的。再者就是翠巧自己的悲剧故事。同时我们还在注意,翠巧不幸遇难之后,镜头叠化出了几次,呈现出来了不同时间里的黄河水情。黄河水情之后又出现了一个横卧沙滩的石像,构成了一个隐喻:千百年来,喜怒无常的黄河吞噬了多少可怜的女性! 这里就隐含了频率。小说《命若琴弦》是一个关于人的宿命的叙事,老瞎子重复了他师傅的人生轨迹,小瞎子将来又要重复老瞎子的人生轨迹。电影亦然。像这样,电影可以通过呈现一件,如对黄河水的呈现,建构起一个哲理性的叙述,获得一个关于频率性的叙述;也可以进行直接的哲理呈现以表达频率。

3.4.2　叙述的频率

第二种频率是关于叙述的频率,即,一件事被讲述了多少次。这种情况下在文学和电影中的表现没有什么不同。像波德威尔说:"大多数情况下,故事的事件在情节中仅被呈现一次。"①电影叙述的这种特点往往被一些论者夸大,认为电影不能像小说叙述那样,对事件频率进行灵活叙述。实际上,这种观点不正确。正如若斯特所说,"因为电影表现材料的复调性,电影中的时频显然比小说里的时频更加复杂,也更加灵活。一件事可以在对话里被讲述一次或者多次也可以时而用词语时而用画面来讲述。可以为这两种可能性设想多种组合。"②若斯特反驳了对电影频率的误解,但若斯特的这种说法仍然有很大的问题。他太局限于文学叙事中"说"的叙述方式,反而使他对电影叙事频率的表现方式没有深入思考。当然,我们承认,若斯特所说的两种表现频率的方式也是电影叙述者们所经常使用的:在小说《温柔地杀我》中,女主人公要去清楚地了解她丈夫与一系列女性失踪遇难被杀的关系(如那起登山时所发生的灾难),这自然要通过许多人之口来再现那一系列事件。到了电影《温柔地杀我》中,电影叙述者对那起登山发生灾难事故的处理就进行了多次讲述。首先,小说一开始就是由女主人公对侦探的讲述。这是女主人公逃离魔掌后在情绪激动时的讲述。这和电影的表现一致。此后,电影展开了对这件事的讲述,在她与丈夫(亚当)初次激情之后,亚当讲述了一次(亚当开口,电影叙述人用了几个镜头从他所说的角度来叙述)。之后,影片中男主人公的姐姐讲述一次。这同样是从她所讲述的角度呈现出几个镜头。其后是在她学习登山活动中和亚当一起活动的俱乐部的队员们的极其简单的口头讲述,不过这次讲述没有出现相应的画面,如此等等。由于女主人公要坚持弄清楚一系列的女性被强暴以及失踪的原因,也出现了对这些相应事件的多次叙述。这种侦探式的讲述自然就形成了一个讲述的频率。其实这种频率的叙述在电影中不算是特殊的。电影讲述频率的方式由于黑泽明的《罗生门》和威尔斯的《公民凯恩》而特别有名。而一些文学叙事理论的著作也常常要借助于这两个著名的影片。

3.4.3 事件的频率

第三种频率,就是叙事的内部中,或者说故事中的事件的频率。它的表现很复杂。由于电影叙述的媒介涉及画面、声音、镜头剪辑等,我们将按照从简单到复杂的顺序来阐述本书对电影叙事中频率问题的认识。我们从陈凯歌的电影中初步归纳了如下几种情况。

一、一次性出现的画面构成频率。事件的一次性叙述可以使观众获得一个频率的叙述的观念。这种情况大多源于观众对日常生活现象的认识。同类事件在日常生活中反复出现,形成一定的频率现象。在电影中,这种情况即使只出现一次,观众也会认为这是一个频率性的叙事。当涉及一个人的职业行为时,尽管电影叙述只出现一次,观众也会理解为其经常如此。小说《命若琴弦》的叙述可以说是一个关于频率叙述的很好例子。老瞎子一生要弹断一千根琴弦。他一生要不断地行走,去演唱,以此为生。这是他个人生命存在的形态与方式。史铁生曾经借助于主人公老瞎子的内心独白来叙述他的这种生活方式:"他只好再全力去想那张药方和琴弦。还剩下几

① [美]大卫·波德威尔、克莉丝汀·汤普森《电影艺术——形式与风格》,彭象吉译,北京大学出版社 2003 年版,第87 页。

② [加]安德烈·戈德罗、[法]弗朗索瓦·若斯特《什么是电影叙事学》,刘云舟译,商务印书馆 2005 年版,第 172 页。

根,还只剩最后几根了！那时就可以去抓药了,然后就能看见这个世界——他无数次爬过的山,无数次走过的路,无数次感到过她的温暖和炽热的太阳,无数次梦想着的蓝天和月亮和星星……还有呢？突然间心里一阵空,空得深重:只就为了这些？还有什么？他朦胧中所盼望的东西似乎比这要多得多……"是的,电影叙述似乎无法直接告诉我们一个"无数"的概念,一个关于"经常"的频率。但是,当我们看到老瞎子和小瞎子在烈日下行走的镜头时,观众就会理解这种不断的行走就是他们的生活方式。当我们看到他们前面的连绵群山时,我们也会理解他们会不断的翻山越岭。当我们看到老瞎子在河边和少女们嬉戏不止,一开口就是那个"辞不雅驯"的民歌时,我们就会知道老瞎子凡心未泯。当我们看到电影中老瞎子唱着那悲伤情歌时,我们就会知道,老瞎子对自己的那一段伤心往事难以释怀。当我们看到老瞎子登台演出时,我们也会知道演出是他们一辈子赖以生存的所在,这就是他们的生活。他们的演出不会只有这一次。这种频率有赖于观众的参与、建构。

二、类似场景的连续出现构成频率。电影叙事对频率的表达不如文学叙述那么方便。文学叙述对一件事进行一次性的叙述之后,然后可以用一句概括性的话来告诉读者如此情形在持续。这就形成了一个关于同类事情的频率的叙述。但电影就需要连续使用多个类似场景,才能形成一个频率的叙述。在小说《孩子王》中,阿城对当时教学没有课本而不得已由师生不断抄写的叙述就很简单,具体叙述了第一课之后,对其他上课情况就进行了一个概括。但是,到了电影中,对这种频率的叙述就变得相应的复杂些。电影《孩子王》中,电影叙述中对抄写的叙述就采用了不同的场景进行呈现,画面选取了行为中能够构成区别的特征,画面显示出第二课(这是老杆儿所上的第一课)的课题与内容,如此类推。几课之后,影片叙述学生对抄写的不同的反应与老杆儿本人对抄写的不同的态度。这就建构了一个关于反复抄写的频率。在《命若琴弦》中,老瞎子一辈子要不断地弹琴,他要不停地弹,弹断一根又一根。小说中,老瞎子最终弹断了第一千根。这一个频率被陈凯歌叙述得颇具匠心。和小说相比,陈凯歌在电影中设计出了如何弹断最后一根琴弦的情况。具体来说,陈凯歌设计出了弹断第995、996、997、998根这几场景。如当弹995根的时候,画外音是老瞎子数着琴弦的声音,通过这种数琴弦的声音,观众知道了弹第几根。当弹998根时,老瞎子独自在小庙里,背对着神像面朝着庙外,数着琴弦子。镜头开始就从数993的声音开始,电影叙述有了不断地数弦子的声音。画面上不断变化着,镜头切换到小庙里的墙角里那个死神的塑像,死神左手执生死簿,右手高高举起,马上要落笔划名。当数过第998的时候,忽然一声断弦的声音传来,这是老瞎子的第998根弦子断了,镜头慢慢上摇,我们看到,老瞎子头部的上后方位上的蜡烛行将燃完,在风中摇曳不定。这些镜头与画面安排在一起,构成了一个生命和琴弦关系的叙述,也道出了老瞎子行将结束的生命。我们看到,这一叙述就形成了关于老瞎子一辈子弹琴而走向死亡的人生真相,也建构起了一个每弹断一根弦子就是向死亡接近一步的叙述。电影叙述者用类似的方式将此类镜头呈现多次,强化了原著"命如琴弦"的表达。在《命若琴弦》中,主人公的内部语言外化为有声语言在建构频率中起到了很大的作用。

三、电影叙述使用直切的镜头构成频率叙述。镜头的直接连接表示频率,非常简明直接。电影《阳光灿烂的日子》中,上小学的马晓军放学后将一个书包被高高地向上掷去,接着一个慢镜头,这一书包上升到顶点又落下,第三个镜头是这一书包被长高了的马小军接在手中。这三个镜头的连接告诉观众,无论小学和中学,马小军的学习生涯就是在这样的玩耍中度过。小说《温柔地杀我》中,女主人公离开了前一任男友,只身来到男主人公那里。她推开门一看,遇到了一个陌生女人(她是小说和电影中的男主人公的姐姐。而到了电影中,他们的关系又增加了一层:他们之间有乱伦关系,而作为姐姐在占有弟弟,而造成了一系列悲剧的发生),短暂交谈后,这位陌生的女人告诉她男主人公的地址,她告辞出门而去。到了电影中,女主人告别出来就坐在公寓外面等候。这时的时间显示是夏天。等到这位男主角出现时,这一幕却成了一个冬季的雪天,大雪纷飞。两位主人公终于见面,激情相拥在雪花飞舞的世界里。这里地点不变,等候的行为不变,甚至女主人公的衣饰也没有变化。女主人公等待这一个行为没有变化,但前后的季节与时令变化了。这就构成了一个频率。可以说,在电影中总是有大量的这种持续性的行动,行动主体不变,行动的空间不变,时间的图像符号发生了变化。这就构成了一个关于时间频率的表述。

四、电影叙述通过画面叠化构成叙述的频率。镜头的叠化淡化等由于暗示出了一个空间在不断地变化着,但某一个行为却在不断地持续着。这就构成了一个电影叙述的频率。在电影《黄土地》的开头无疑是在叙述顾青行走时日夜兼程,披星戴月。

(叠化)山峁上顾青远远走来的身影。
(叠化)画左向画右摇,深沟纵横的山坡横断面。
(叠化)顾青渐渐走下山峁的身影。
(叠化)画左向画右摇,落日时分的千沟万壑,庄严地沉默着。①

这些镜头叠化在一起,呈现出顾青行走的时间与空间的变化。就时间层面来说,这里有清晨,有傍晚,有白天;就空间来说,这里有山上,有山下。就人来说,人影由远而近不停走动。这就构成了一个关于行走的叙述:顾青远道而来,日夜兼程。小说《命若琴弦》中,有一个既涉及外在的行为的叙述又涉及内在心理的叙述。这是一个双重的频率叙述。"小瞎子不争辩了,悄悄把耳机子塞到挎包里去,跟在师父身后闷闷地走路。无尽无休的无聊的路。"电影的叙述转换中,小瞎子的这种无聊情绪通过在不同时段与地点拍摄的镜头连接来表明了那些时间与空间的变化,显然,那时首先是一个太阳直射的无聊的拍摄,小瞎子将琴掉在地上,飞快地打起了旋子,然后是傍晚夕阳下打旋子,最后是一个月光下打着旋子的拍摄。这三个时间下拍摄的打旋子镜头连接并且一部分地叠印起来。这些镜头组接就构成了"无尽无休的无聊的路",完整地呈现出史铁生叙述中的内涵:师徒二人,时间的持续和空间变化以及无聊情绪的滋生与宣泄。陈凯歌在不同的电影中多次表现了这种无聊的情绪。在电影《孩子王》中也同样用这种方式建构了一个频率叙述。老杆儿在学校对那种教学与生活也很快地感受到了无聊,在一个傍晚,他站在学校的操场边,在夕阳下,他披着上衣,抱着膀子,将那空出来的袖筒晃来晃去,这是他那无聊而又苦闷的心情的表现。当然,在阿城原来的小说中并无如此的叙述,这是陈凯歌自己增加的情节。

五、电影通过画面的部分景别变化构成了频率叙述。电影《霸王别姬》中,关于京剧的改革

---

① 见陈凯歌《〈黄土地〉电影完成台本》,节选自《探索电影集》,上海文艺出版社 1987 年版,第 93 页。

的那一场戏,就是一个频率叙述。这表现出很高的技巧。这一个景深可以从四个层次来看:首先是最前面,那是菊仙,她位于剧场的观众席上,她处于暗处(这是一个重要的隐喻,她在暗中呵护着段小楼,在这一段落里,在段小楼即将发言的关键时候,她叫一声"小楼"将其召唤到自己的身边,并给他一把伞,做出捂着嘴的动作来对段小楼提示,及时地制止了他,帮他把好能否还能登台演出这一关)。与此同时,舞台的下面的走道上,几个工人在拆除台子上的东西(这又是一个隐喻!即"拆台")。台子上是这些剧团的成员,老师和学徒们发生了关于京剧的争论。这些剧团成员的后面是一个幕布,布景随着争论的变化而变化。这一个布景变了四次:首先是隐隐约约的毛泽东像,这是建国初年的毛泽东画像。随后又变成了一个高压输电铁架,这是一个关于时代的提示,即第一个五年计划时间。再接着,光线明暗变化,出现了一个光芒四射的天安门图像,这是执政党在中国获得了绝对的执政地位的历史表征。最后又出现了三面红旗,这又是一个时期。布景的四次变化呈现了时代的变化,四个时期都进行着关于京剧改革的争论,并且四个时期关于京剧改革的争论在实质是一样的,即所谓的京剧的现代化问题。背景的变化让我们想到某些事件在持续进行就造成了一个频率内呈现。

六、电影通过声音稳定而画面变化构成频率叙述。《霸王别姬》中,学习京剧《霸王别姬》的唱腔,声音就贯串了几个场景与镜头。在湖边,同唱一曲《霸王别姬》的戏,情景的变化,冬夏季节的不同进行了暗示。这一个频率的表达是这样的,小豆子和小石头睡下,这显然是一种熟睡状态。但此时,画外音出现了,这是他们拉嗓子练唱"力拔山兮气盖世"的声音。这可能是两位主人公立志学习而在梦里也在练习的叙述。但是,画面切换,在大雪纷飞中,这些科班学徒们站在湖边唱着这一唱腔。之后季节改变了,湖上波光潋滟。时间在不停变化,有冬天,有早春(在影片的其他时间里,还出现了一个插入镜头,那是在长满了青翠欲滴的荷叶的湖边唱着同样的唱腔)。在这里,就第一个镜头而言,那时的歌声可以理解为这两个小学徒在梦中也想着练唱拉嗓子的事,但这一唱腔持续了两个时间。这是一个关于小学童们习艺状况的频率表达,它为我们呈现出的是这些学徒们日里夜里地执著学艺,不管春夏秋冬对练功的坚持。小说中也描述了这些小学徒们如何的勤奋习艺,我们看到,文字的叙述似乎没有电影的叙述来得干净利落。小说中总是要张三李四地分别叙述一下,也要在小说中不同的部分中叙述以获得这样一种概括性的叙述。电影充分利用了摄影机运动所带来的优势,通过摄影机的推拉摇移,使我们既看到了一个练习唱腔的学童整体,也让我们分别地一个一个地看到了每一个学童都在认真练习的情景。

七、电影通过声音与画面的交互变化构成极为复杂而有魅力的叙述频率。这是电影叙事对多种媒介的综合运用。这大概是电影叙事所特有的。它能够同时叙述几件事的频率。在《命若琴弦》中,开篇就是叙述老瞎子和小瞎子走在通向野羊坳的路上,文中对老瞎子的身世经历的叙述分散于全文,在行文中点到为止。电影的叙述就将老瞎子的身世的叙述提到了前面。

老瞎子也没再作声,显得有些激动,双手搭在膝盖上,两颗骨头一样的眼珠对着苍天,像是一根一根地回忆着那些弹断的琴弦,盼了多少年了呀,老瞎子想,盼了五十年了!五十年中翻了多少架山,走了多少里路哇。挨了多少回晒,挨了多少回冻,心里受了多少委屈呀。一晚上一晚上地弹,心里总记着,得真正是一根一根尽心尽力地弹断了才成。现在快盼到了,绝出不了这个夏天了。老瞎子知道自己又没什么能要命的病,活过这个夏天一点不成问题。"我比我师父可运气多了,"他说,"我师父到头了儿没能睁开眼睛看一回。"

老瞎子说书已经说了五十多年。这一片偏僻荒凉的大山里的人们都知道他:头发一天天变白,背一天天变驼,年年月月背一把三弦琴满世界走,逢上有愿意出钱的地方就拨动琴弦唱一晚上,给寂寞的山村带来欢乐。……

影片一开始,老瞎子方是年幼,师傅奄奄一息,年幼的老瞎子恭侍身旁。师傅交代完遗嘱后就撒手人寰。这个年幼的老瞎子在诵唱师傅遗言:"千弦断,琴匣开,琴匣开,买药来,买得药,看世界,天下白。"老瞎子在歌唱中站起,顶天立地。从影片所要表达的思想意义来说,他建构了一个独立苍茫的伟岸人格,主人公成长为影片所建构世界的精神领袖。从叙述的角度来说,这是对师傅遗言牢记不忘、身体力行,这就是一种关于成长的频率叙述。总之,这是老瞎子既是身体发育成长也是他在对理想的坚持中养成人格的叙述。随后,摄影机机位上升而镜头向下摇,小瞎子坐在师傅的坟墓前面。当摄影机摇到最高点,形成了一个俯视苍茫群山的气势。这是一个主观镜头。这也是电影叙述者对老瞎子的精神定位与叙述。此后,蓝色的滤镜去掉,打出字幕"六十年以后",摄影机机位下降向上摇的镜头,一个古稀之年的老瞎子焦急地呼唤着"石头",后者就是影片的另一主人公小瞎子。再随后的镜头就是老瞎子呼唤着小瞎子走过集市,直到找到小瞎子,用一系列场面调度介绍小瞎子的身份。从这一段来说,叙述者从多个角度对时间进行了处理:首先最醒目的就是运用字幕;其次是颜色,那种冷色调对老瞎子 60 年的人生经历有一种象征作用,这是一种人世生命的苍凉。同时这种蓝色连接着几个镜头,他师傅的去世,他诵唱童谣,那是师傅的遗言,60 年不懈地弹琴,构成了一个关于过去时间的表述。去掉蓝色滤镜,换成现实色彩,在机位与镜头的上下摇动中形成了一个从童年到垂老的时间的跳跃。而在这个跳跃中老瞎子弹琴的声音不绝于耳,这就形成了关于一生弹琴不辍的频率的叙述。在上述的第一个现实色彩的镜头中,我们可以看到:一方面是老瞎子弹琴不辍的声音,另一方面是他焦急的呼唤小瞎子的声音,后者又贯串在直到小瞎子出现的镜头。这再次构成了一个关于师徒二人关系的叙事:一方面是老瞎子无时无刻的关心;另一方面,小瞎子另有所图,他对老瞎子的善意无所体察。这里我们可以看到,通过机位变化,色彩变化,声音的持续与变化形成了多个时间频率的叙述。电影完全可以运用电影自己的媒介来巧妙地讲述时间的频率、时间的长短与跨度。

通过不同镜头的处理,在变化中保持住一个恒定的因素,就形成了频率。甚至将一个动作连接不同的镜头形成了一个频率。同时我们也会看到,叙述对频率的叙述将比小说叙述更为多样,小说可以用一句话完成对一个频率的叙述,同样,电影可以用一个镜头、一个画面、一个场景完成关于频率的叙述。电影叙述也能够通过不同的镜头的叠印叠化形成频率的叙述。这里还需要指出,文学叙述中,频率的叙述是种现成的叙述,但电影中频率的叙述却是一种未完成的叙述,后者需要观众自己的建构。小说可以通过不同的叙述者对同一事件的讲述来建构一个频率,在这一点上,正如在小说《温柔地杀我》和被改编的同名电影一样,这两者并没有本质的区别。可以说,电影媒介对叙述频率的表达有着更为广泛的可能与形式,而非相反。有人主张诗意的获得是建立在叙事抒情上的回环往复与一唱三叹,那么我们可以看到,这并没有构成电影诗意表达的障碍。我们看到,电影多媒介的共同参与,可以更加多样的方式建构起一个个关于频率的叙事。在这种情况下,电影的诗意显然并不比小说更差。即使改编一篇以叙述频率著称的小说《命若琴弦》,我们也会看到电影叙述者同样可以有丰富多彩的方式构成一个个关于频率的叙述,特别是设置声音和画面分别表现为持续与停顿,这使电影叙事既能够呈现小说叙事中的频率,又展现出自己的独特艺术魅力。

3.5　电影中的共时叙事

我国清代学者刘熙载曾经对叙事现象做过许多观察。他说:"叙事有特叙,有类叙;有正叙,有带叙;有实叙,有借叙;有详叙,有约叙;有顺叙,有倒叙;有连叙,有截叙;有预叙,有补叙;有跨叙,有插叙;有原叙,有推叙,种种不同。"① 就这段话看来,刘熙载对叙事的观察到少是从两个角度上进行的,其一是共时的角度上来观察叙事。如何处理两个具有共时性的事件关系,我国传统的叙述实践可以概括为"有特叙,有类叙;有正叙,有带叙;有实叙,有借叙;有详叙,有约叙"数种。刘熙载从历时的角度考察叙述,得出了我国的叙事实践中"有顺叙,有倒叙;有连叙,有截叙;有预叙,有补叙;有跨叙,有插叙;有原叙,有推叙"数种。② 我们也看到,刘熙载是对文字媒介的叙述的考察,其对从历时角度对叙述所得出的种种对时间的处理要远远比现代的叙述学所关注的更加广泛。他从共时的角度对叙述的考察也同样应该引起我们的注意。不过,我们还是要看到,刘熙载的种种分类也局限于线性叙述的范围内,他的表述方式也处在线性思维的模式中。这种思维方式就是采用二元对立的方式,区分出主次地位。事实上,线性的文字叙述决定了线性思维方式的产生。除此之外,刘熙载还对叙述有过一个更为概括的表述:"大书特书,牵连得书,叙事本此二法,便可推扩不穷。"③ 这两者的区别其实还是对散文叙事中处理时间问题的概括。当散文中有两个相关的事件需要叙述时,我们只能对一个进行详尽的叙述,另一个只有连带过去(现代小说则并非如此)。

不过,从文字媒介得出的结论并不适应于电影叙事。电影的一个画面中往往有多个图像符号同时呈现,对我们探讨电影叙事带来了种种不利。从人物的维度上来说,电影的画面中就会有一个画面多个人物出现的情况,并且这往往是电影画面经常出现的情况。这就带来了电影艺术和文学叙述很不相同的地方:电影叙事构成具有多故事性。当一个文学叙述不得不采用一种线性叙事观的时候,它的故事结构很自然也往往是线性的。对文学叙事的探讨,自然形成一种线性的模式,是一个单一故事。当文学叙述被转化成了电影后,画面中多个人物共存的结果会导致主角之间的互动性增强,(这种互动性也是生活的本来面貌)于是,电影叙事也就往往成了一个多故事共存性的结构。

---

① 刘熙载《艺概笺注》,王气中笺注,贵州人民出版社1986年版,第123页。
② 刘熙载也看到对抽象的事理的叙述,他分出"原叙"和"推叙"两种。
③ 刘熙载《艺概笺注》,王气中笺注,贵州人民出版社1986年版,第122页。

若斯特说:"历时性和共时性在电影中紧密结合,行动的同时性表现是电影艺术家特别钟爱的一种方式,正是它使影片特别引人注目。"① 这位理论家总结出了电影对同时性的叙述的四种表达方式:第一种,同时的行动在同一场景里共同在场可以通过一个全景镜头或利用一种景深,展现发生在同一个取景范围内的两个行动,这同时的两个行动在同一个画面中,相关的人同时在场。第二种,两个行动不是发生在同一个空间里,但可以通过某种特殊手段(如叠印、银幕分割等)人为的结合到一个画面上。第三种,同时发生的各个行动相继得到展现,后一行动只有在前一行动展示完成后才加以展示,这是借助于字幕或画外音完成的。第四种就是交替蒙太奇。即一段一段的相继展示各个同时性的行动。这位电影理论家的看法未必就很全面。但是这值得我们注意。不管怎么说,这位理论家看到了电影叙述所特有的现象:对多个人物同时行动的叙述能力。这种能力是文学叙述所很难具有的。同时我们还想指出,在电影画面中,两个行动者的同时出现有一种更为广泛的存在论上的含义。这位理论家所举出了《公民凯恩》中的例证:前景是一个凯恩父母将其让人领养凯恩的事件,后景是凯恩在雪地里玩耍。严格说来,行动是人的行动,在现实世界中,人与人同时共在,是互为间性的存在。一个人总是要回应他者。这就是说,严格意义上来看,一个事件中有多少参与者就有多少行动者。其实就凯恩父母让人领养他这一事件来说,就有三个行动者,他的父亲、母亲、领养者。这种情况在小说的线性思维下总是选择一个主体来叙述,其他人都成了陪体(这种线性思维的定势影响还在作用于电影理论)。但电影摄影机却对此"镜前实有,有形必录"。它不会去作这样的区分与选择。世界与生活的共存性复现于电影的画面之中。

电影这一叙事特点会对传统的故事观念造成冲击和挑战。亚里士多德在《诗学》中把悲剧定义为"是对一个严肃、完整、有一定长度的行动的模仿"。② 这一定义影响深远,也直接或间接地影响了人们对故事的看法。亚里士多德对"一个""行动"的强调无形中使人们在思考故事时无法摆脱行动的主体。这就是,在考虑故事时,人们总会思考究竟谁是故事中的主体,而其他人物则分别会是怎样的角色。俄国学者普洛普对此有比较细致地考察。他的看法直接影响了后来的法国叙事学。格雷马斯在《结构语义学》中提出了一个包括六个行动元的模型。六个行动元分别是主体、客体、发者、受者、敌对者与辅助者。简单说来,格雷马斯的叙事模式可以用文学表述为:主体要客体(欲望关系)遇到一助者或敌手,最后获得客体并将其给予受者。我们注意到,在格雷马斯的理论中,二元对立模式出现,这就是主体/客体。实际上,显然,在故事里只有一个主体!

普洛普与格雷马斯所关注的是民间叙事,这毕竟是一种相对当代小说来说非常简单的"故事"。格雷马斯将其进一步抽象出来希望能够得出一个包罗万象的模式。事实上,这种模式对现代小说而言,它的适用性令人生疑!当这种模式应用于其他艺术时也会面临着不得不被修正的局面。格雷马斯的本国同胞,希望将格雷马斯的符号学应用于戏剧研究的理论家于贝斯菲尔德指出:"从普洛普和布雷蒙的研究工作得出的叙事分析,其对象是线性的且相对简单的叙事,甚至

① [加]安德烈·戈德罗、[法]弗朗索瓦·若斯特《什么是电影叙事学》,刘云舟译,商务印书馆2005年版,第154页。
② [古希腊]亚里士多德、[古罗马]贺拉斯《诗学·诗艺》,人民文学出版社1997年版,第19页。

格雷马斯的大部分分析,其范围也是叙事而非戏剧的。为了把(格雷马斯的)行动素模式和(普洛普和布雷蒙的)叙事功能应用于戏剧作品,有必要对它们做一些调整。无疑也有必要向自己和文本提出一些问题:戏剧文本的图像特点(三维文本)迫使人们去设想多种行动素模式(至少两种)的竞争和冲突。同样,戏剧写作的冲突特点使人难以找到固定连续的叙事功能。"① 于贝斯菲尔德进一步认为:"任何符号学研究的第一步都是确定分析单位。然而在戏剧领域里,单位特别难以把握,且最根本的是它很可能随着人们对待文本或演出而有所不同。……,任何戏剧活动的基本单位都是演员,——或在文本层上就是他的'总谱'部分。一个天真的答案似乎不可抗拒:戏剧文本的基本单位便是人物。……演出中共时符号(口头、动作、音响等符号)的纵向堆积,如何允许在横纵两轴上进行一种极为灵活的游戏,由此产生戏剧同时讲出许多事、并顾及到许多共时的或交错的叙述之可能性,符号的堆积允许了对位。"② 于贝斯菲尔德的观点具有很大的启发意义。的确,线性的文学语言,这种媒介决定了相应的叙事必然是一个线性的因果关系,是一种主客关系,是一种主动与施动的关系。这就形成了传统叙事学的特点。不论是普洛普还是格雷马斯,他们的叙事学都是如此。电影中的人物处于空间关系和时间关系之中,也就是说,他们往往是同时共处的关系。在这种情况下,那种建立在线性叙事基础之上的叙事分析模式就受到了一些挑战。

尽管文学对时间与空间的表现可能会有共时模式,但在叙述上却无法摆脱那种叙事的线性特征。电影则不然。若斯特对此已有所注意,他举了《水浇园丁》的例子。用文字来叙述,如果从画面的左边开始叙述,那么就构成了一个叙述水浇园丁的故事:园丁正在浇水,发现水管没水了。于是,他正对着水管看个究竟,水管里突然喷出水来,浇了一脸,原来是被一个恶作剧的小孩踩着了水管,他跑过去抓住那个小孩就厮打了起来。如果从画面的右边开始叙述,那就成了一个关于爱恶作剧的小孩的故事。这个孩子发现一个园丁用水管浇花,他踩了水管,等到那个园丁拿起水管对着脸看时,这个小孩突然松开脚,水管突然喷出水浇了那个园丁一脸。后来这个小孩就和那位怒气冲冲的园丁厮打了起来。《水浇园丁》是电影史上最早的一个电影,它只有一分多钟。这里只有这两个主人公。③ 若斯特说道:"我们在写出这段叙事时,不得不依据不同的线索先后处理或是发生在画面左边的事件(园丁的工作),或者是发生在右边的事件(少年淘气鬼的恶作剧)……相反,卢米埃尔兄弟的影片所表现的叙事一下子就'说出'(表示)在花园这一特定空间同时发生的所有这些事件。因为活动画面这样的表现材料允许它这样做,实际上还迫使它这样做。"④ 用文字来叙述这一个电影文本,就会叙述出来两个故事。

可以想象,作家面对现实,他在文字叙述时也不得不作出一个选择:讲述以谁为主人公,从谁开始?当这电影一旦被转换成文字叙述时,我们就面对一个不得不作出的选择:是从园丁开始叙述,还是从那个顽童开始叙述。换而言之,我们必然在叙述之前确定,谁是故事的主体,谁是施动者,谁是客体,谁是被动者。而传统的故事以及对故事的探讨恰恰是建立在这种叙述模式的

---

① [法]于贝斯菲尔德《戏剧符号学》,宫宝荣译,中国戏剧出版社 2004 年版,第 42—43 页。

② 同上。

③ [加]安德烈·戈德罗、[法]弗朗索瓦·若斯特《什么是电影叙事学》,刘云舟译,商务印书馆 2005 年版,第 106 页。

④ 同上,第 105 页。

基础之上的。这种叙述模式影响极为深远与广泛，以至于它成了人们在探讨叙事时成了不言而喻而又不加审视的基础。在 20 世纪里影响极大地叙事学对叙述的探讨也往往是建立在语言学基础之上，即以主客对立的二元模式为基础。

在实际生活中，人们往往是一种共时互动的关系，这种关系保留在电影中的时候，电影的故事就变得比文字的叙述复杂了。在文字的叙述中，尽管有一些作家为了表现这种现实的复杂性，也会打破这种由于主客关系而决定的单一的叙述线索与模式，会产生一些诸如明暗双线一主一次之类的线性叙述模式；也会形成一些如巴赫金所说的那种"复调性"小说（关于陀思妥耶夫斯基的小说究竟是不是真如巴赫金所说的那种"复调小说"，学术界还有很大争论），但终究无法摆脱线性语言的制约，它只能一句句来，一个一个地说。在电影叙事中，画面与镜头一下子摆脱了这种制约。它将人类存在的那种同时共在的本然状态呈现了出来。这为电影叙事带来了一个极其重要的特征：电影叙事将同时呈现给观众的不止一个故事，电影叙事一下子变得极为复杂。故事是对意义的建构，相应的，电影叙事的意义也复杂了起来：电影同时呈现了多个故事，那么电影就会同时呈现出多个意义的表达！多个人物同时呈现，人物之间复杂的互动关系很容易改变小说中的那种线性书写制约下的人物之间的主动与被动的模式，而那种模式很容易将小说写成一种独白式的小说。也就是说，电影的叙事有一种天然的复调倾向。这一点早就受到电影艺术家们的注意，如格里菲斯就明白电影可以同时有几条故事线索。晚近的电影理论家皮洛指出："电影的特性仅仅在于能够把几股本质各异来源不同的事件流程汇合为一场同时展现的演出。电影展现的一幅全景，是闪烁不定明灭变化的'星座'，它们的交错与迭合就是段落与情节的内在运动结构。"① 除了画面的共时性叙事之外，艺术家们还发明了许多镜头剪辑的方法，这也使电影对共时故事的叙述更加多样，如有所谓的平行蒙太奇与交替蒙太奇等等。

总之，电影叙事，首先是空间造型的叙事，这就不可避免地带来画面上多个人物的同时出现。这些人物就像现实中的人物那样，处于一种互动关系之中，这种关系不是线性的关系。它与线性叙述所形成的主客/主次/主辅模式不同。电影媒介实现了"物质现实的复原"也是"现实人物的复原"。摆脱了线性文字叙述的束缚之后，电影叙述造成了一种多种故事线索同时共进的局面。电影媒介的叙事建构起了一种多重故事并存的叙事形态。

陈凯歌对电影艺术的追求，正如评论家们所说，更加重视电影的镜像本性。他对文学作品的改编也就往往改变了文学叙述的线性特征。对电影镜像本性的追求使得他的电影往往呈现出几个线索同时进行，多个具有很强烈主体性的主人公同时共在，成为事件的共同的参与者，共同推动事件的进展。从结构主义叙事学的角度来看，我们就会发现电影是不只有一个主体所构成的复合故事。这就导致了建立在语言学模式上的结构主义叙事学很难应用于电影叙述的分析。如果勉强运用的话，我们就要变通，一部电影乃是几个故事的凝缩，也是几个线性叙述相互纠结在一起的结果。如果套用这种线性的故事模式，我们看到，从一个施动者的角度看，散文中所涉及的人物都可以从主动的方面来叙述，这样就包含着几个故事。陈凯歌的电影鲜明地体现出了这

---

① ［匈］皮洛《世俗神话——电影的野性思维》，中国电影出版社 2002 年版，第 83 页。

一点。

3.5.1 以《黄土地》为例

就散文《深谷回声》来说,首先是柯蓝自己的一段经历,这是正面的叙述。然后是翠巧的不幸的婚姻悲剧,散文中是借着牧羊娃娃的话得以叙述。陈凯歌将散文《深谷回声》改编成电影《黄土地》后,就变成了同时叙述了四个人的四个故事。下面我们来分别叙述他们的故事。

3.5.1.1 顾青的故事

《深谷回声》中,"我"是一个外来者,探访民歌,经过在翠巧家一宿,产生了一种情感。但由于纪律约束,未能帮助翠巧摆脱不幸命运,作者再次回到翠巧家的时候,她已经采取了激烈的反抗方式自杀身亡。这在电影中大体都得到了保存。

在散文中,柯蓝因为遇到了秋雨,晚上不得不投宿翠巧家。当柯蓝来到窑洞后就发现翠巧的美貌,很快就被这种美貌"吓得有些惊呆了"。自然,她引起了前者的感情波澜,顿生爱意乃至浮想联翩:想到安排她到文工团去,接受训练将来可当女干部等,但由于他作为一个军人,在个人情感上不能自主,也不能随便吸收一个人加入组织。他不便直接透露心思。同时,还有公事要做,"我"也就更不能随便。于是,相约办完公差后再见。不料经过了三四天,如约而至时,翠巧却已经不在人世。祭奠之后离开了翠巧家。

这些情节大部分在电影中得到了保留(散文中的祭奠除外)。不过,电影的叙述将时间进行了拉长,将情节进行了扩展与丰富。电影中,顾青一路上风餐露宿,日月兼程。当他来到目的地时,恰巧遇到了一场婚礼。作为"南边延安府"的公家人,自然被敬为座上宾,颇受礼遇。村民们对他唯唯诺诺,敬而远之。婚礼上,新郎年约四十,而新娘却是一个十三四岁的小姑娘。在吃饭的时候,顾青发现了站在他对面看婚礼的翠巧,并被其美貌所吸引。因为要采集民歌,他就被安排到了会唱民歌的翠巧家。由于电影做出改编时进行了时空的变化将解放区变成了国统区,这八路军战士就又肩负起了革命的宣传员的职责。顾青一到翠巧家就宣传自主婚姻,男女平等,又宣传学文化,帮助翠巧家耕地,帮助憨憨放羊又教唱歌,宣传革命。这些都打动了翠巧。其后正如散文中那样,当翠巧要求参加革命时,顾青无法立即做出承诺以及行动。当如约而至时,发现人亡物在。电影的改编将散文中的过客的形象进行了保留。

3.5.1.2 翠巧的故事

散文,在翠巧的故事中,关于她的想参加革命,渴望摆脱不幸的命运与作者的相识,都是建立在作者的观察与感受的角度中叙述。这里仍然是一种"我"为主,翠巧为"辅"手叙述模式下,这诚如前面所说,乃是文学特殊性叙述的必然。这些都是对作者自我"大书特书"的情况下对翠巧是"牵连得书"。

散文中,翠巧是一个16岁姑娘,是一个已经觉醒了的女孩子,但她在现实中却找不到出路。这是一个即将承受不幸命运的女孩子,也因而对她那位继父有了一种极端的思想。她突然问:"你们出差,带了枪吧! ……"话语里面隐含着对其继父的愤激:她的继父,即将一手酿成悲剧的人在她的潜意识里成一个只有"快枪"才能对付的人:"'有快枪,就可以对付坏人啦!'当炕烤热了之后,又微微一笑,又用一双大眼直盯盯地望着我,直到我都有些不好意思了,她才转过身,慢慢走回拐窑里去了。"[①] 这种被扭曲的性格中显示出了一种毁灭性的因素,显然这是对继父的一种无奈与仇恨。这是渴望掌握自身命运却无法掌握的心理作用下的结果。正是这种性格上的因素,使她在面对不幸婚姻时不惜采取极端行为,吞洋烟(鸦片)而死。散文中借牧羊娃娃的话语间接地叙述出了翠巧的死因:"翠巧的后爹贪了人家的一千多块彩礼,用绳子把翠巧捆起送到男家,当天半夜她偷跑回来,趁第二天清早,她后爹要再捆她时,便偷喝了洋烟,直闹了大半天才断气。村里人见了都掉眼泪,翠巧还劝大家不要哭,还说要是延安那个公家人来了,就说他来迟了一步,她等不上他了……"

电影将翠巧的故事铺展开,塑造了一个对传统封建婚姻从认同到反抗的人物形象。电影中增加了翠巧观看婚礼的场景,电影用这种方法来展示她对封建的婚姻的向往与认同到背叛的过程。白天,年纪小小的翠巧每天几趟往返黄河担水。到了晚上,她还要纺线、碾粮等。按照传统的婚仪,她父亲接受了男方的聘礼,这个家庭的多种因素迫使她接受这场不合理的婚姻。当她受到顾青的教育与宣传想要投身革命时却被顾青拖延接受。面对顾青的无奈,她无助地发出了"不兴改改规矩"的呼唤。电影改变了散文中翠巧的反抗方式,婚后的翠巧在一个傍晚从婆家逃出,到了黄河边上发现她的弟弟在担水,就帮助他把水送回家,然后嘱托一番。当她再次走到黄河渡口的时候,天色已黑,这造成了她强渡黄河时不幸失去了生命。

3.5.1.3 翠巧父亲的故事

柯蓝在散文中对翠巧的继父着墨不多,只不过寥寥数语:"窑里没有人应声,停了一会,门轻轻地开了,从门缝里透出了一线灯光。我看见来开门的,是一个满脸黑胡子的男人。他的头上包着一块羊肚子毛巾。露出一双白眼,朝我看了几下。对我突然的来访,既不欢迎,也不反对。更没有盘查,也没问我的话,转身就往回走了。我便得救似的走了进去。"

到了《黄土地》中,陈凯歌将散文中最基本的人物关系都进行了改编。在《深谷回声》中,在这个简短的叙述中,有几层关系需要注意,第一,这是非亲生父女关系;第二,这是一个极其野蛮的买卖婚姻;第三,这是一个消极反抗的自杀。电影《黄土地》在这三个方面发生了很大的改变:将非亲生父女关系改变成为一个特殊的父女关系,这一个女孩子很早就丧失了母亲,父亲将她一手拉扯大,不用说这中间所表示的就是父女感情将变得更加浓厚。作为一个父亲,他对女儿的未来当然无比的关心。这种关心竟造成了女儿的不幸命运与悲剧,这就使电影的思想内涵更加深刻,它将批判的锋芒指向了造成悲剧的根源:这完全是传统的封建文化与婚姻所制造的悲剧。散文《深谷回声》的继父贪婪残暴,电影《黄土地》中的生父是一个老实善良而又无奈的慈父。他是一个饱经沧桑和世故的人,他对人对事更有着一种惊人的达观与平静。他对顾青所讲的那一套自由恋爱的理论抱着本能的反对:"没吃食,啥恩爱?"不过,他自己对妻子充满了感情、追思与怀念。妻子的早逝也使他更不幸,他的口头禅是"她娘死得早,我操心"。这也使他对子女更加充满了厚爱,他将稀汤喝下而将碗底的小米全倒在儿子碗里;也使他对儿女的婚姻上更为执拗,使他在对儿女的呵护中更增添了一些神圣性:"这下你娘可合眼了。"这是他劝翠巧答应亲事的一个理由。他目送翠巧出嫁,久久地木然不动,仿佛失魂落魄,随后,艰难地抱起翠巧坐过的蒲团,转身回房,

---

① 见柯蓝《深谷回声》,《芙蓉》1980 年第 1 期,第 182 页。

他的生命立刻苍老了许多。这是一个"老诚实守"的庄稼人,他们讲究"庄稼人有规矩",这种规矩不仅表现在对有着一种深刻的宗教情绪般的敬天孝地,还有着对客人的热情,对生活上给予关心,"给公家长官倒水洗脚睡觉。"与顾青的辞别更显示出对客人的热情与真诚:"是你一片心意,怕是来不了,你交不了差,公家不撤了你的职。"为此,他接着就为顾青唱起了陕北民歌《女儿歌》。这是想让搜集酸曲儿的顾青能够交差,是对顾青的关爱,也是对女儿不幸命运的哀叹,更是对革命的认同和向往。但是,对这个饱经沧桑的人来说,对革命的认同和向往并不能取代现实的生活,他的生存之道还是遵循着庄稼人的规矩:他对土地的热爱,"你说这老黄土,让你这么一脚一脚地踩,一犁一犁地翻,换上你,行? ——你不敬它?"对上苍有着深刻的敬意,饭前先祭奠神灵并虔诚的求告:"五谷发芽,早降雨水。"面对久旱不雨,他们更是将其看做是天的意志,看成是神的意志,他们所能做的就是祈雨。在他身上集中展现了一个中国老一代农民的循"旧"与向"新",前者现之于"行",后者藏之于"心"。

3.5.1.4 憨憨的故事

在散文中,放羊娃和对翠巧的父亲的叙述一样,着墨很少。第一次是离开翠巧家前往金盆湾的路上听到放羊娃的歌唱,第二次是给翠巧祭灵之后,情感受到极大的冲击,难以自持。后来在牧羊娃那里住宿一夜。到了电影中,这个与翠巧没有什么关系的牧羊娃变成了一个叫憨憨的人,一个"给人拦羊"的人。这是一个外表木讷而内心机灵的少年。在和顾青的第一次见面时仔细地聆听着顾青带来的新思想,对革命就产生了一种渴望。小小的年龄就承担了相当的劳动,拦羊、播种,他对顾青对延安的描述也产生了兴趣,跟着顾青学唱革命歌曲。当顾青离开时,他送顾青走过长长的路,最后把干粮塞给了顾青。年轻人是未来,是希望,在祈雨的时候他发现顾青过来,就不顾一切地向着顾青奔来。电影用这个人物讲述了年轻人对革命的向往。

《黄土地》中人物主要是这四个。每一个人都形成了自己有着独特内含的经历与故事。文学叙述对许多人只能是"牵连得书",电影却能够讲述这么多的人物。这是电影媒介的优势所在。我们说的这四个人物当然不是电影人物的全部。电影叙事中也有许多"牵连得书"的人物,如那个和翠巧一样,13岁就嫁给一个40岁上下的中年人的"拐峁后拴牛角的九女子",有同样由父亲做主嫁人的翠巧的姐姐,还有过早去世的翠巧娘等等。

显然,从《深谷回声》到《黄土地》,人物变化很大,情节变化也很大,可称得上是一种最不忠实于原著的改编,但原著中的基本主题仍在,只是这一基本主题到了电影中只是电影的基本主题之一。这里固然有陈凯歌的个人意向,但图像、媒介的因素却不容忽视。可以说,正是由于电影媒介的图像符号的独特性质才能给改编者带来这么大的可能。

3.5.2 其他电影

媒介的特性使电影叙事出现了故事的复杂化。这不仅表现在《黄土地》上,也表现在陈凯歌的其他改编中。在电影《边走边唱》中,老瞎子一方面坚信师傅的遗言遗教,但随着生命的成长发育,个人情感与欲望的产生势所不免,临老到死,难以释怀。生理既有所残缺,生命也就绵延在由此而来的各种异常之中,爱情与欲望就不断地扭曲在得之失之的痛苦之中。而小说之重点不在于此,在对小瞎子的对话与说教中,小说也不时流露出老瞎子的一点两性经验。陈凯歌对老瞎子的塑造在小说之中自有根据，绝不是对小说匆匆一过之后的论者所云云。当然，电影中，由于老瞎子所唱的那些中华民族的创世神话以及将故事的空间设置到了黄河长城之间，也就构成了一个汉民族文化的隐喻，将史铁生的那种纯然个体生命的体悟进行了增值。也就是说，在对个体生命的体悟上又增加了他自己的关于民族文化精神的思考。如果用文字叙事来转述电影叙事的话，无疑，我们还是要进行多次叙述，才能提示出来它的诸多情节故事。首先是一个老瞎子的故事：终其一生弹断了一千根琴弦，没有看到世界，却终于觉悟了人生的真相。其次是一个小瞎子的故事：作为一个处于青春时期的男孩子，对异性有强烈的冲动，产生了一次强烈的爱情，但最后还是失败了。他再次怀抱着他师傅的信念，弹完被加码了"药方"，也再次重复着他师傅的人生之路，走不出人类与生俱来的宿命。再次是少女兰秀的故事，这是一个美丽的少女，和小瞎子发生了强烈的爱情。在饱受羞辱之后，她以死了之。用这种方式向她那粗暴的父亲与人世发出最强烈的抗议。其四是一个关于群体的故事，这是一个需要被启蒙的群体，粗暴、野蛮、没有思想、意气用事。他们需要一个"领袖"主宰着，他们唯"领袖"是从。他们需要这样一个"领袖"对他们进行不断地被教化。他们一旦脱离了教化就会变成一群"暴民"，一旦获得了教化就立刻成了"良民"、"顺民"。他们没有理性意识，一旦"领袖"死了，他们会再次寻找并确认一个"领袖"。在电影中，前面三个故事是关于个体的故事，而后者却是一个关于群体的故事。这个群体不见于小说之中。电影叙事似乎难以摆脱群体的存在，即便《黄土地》中也有群体的出现。不管是迎亲的人群，围观的人群，那些为翻身得解放而欢欣鼓舞的人群，还是那些为了生存只有敬天孝地的祈雨者。电影离不开人群，在《孩子王》中亦然。电影是一个能够讲述群体的叙事艺术，前苏联艺术家们的这一见解看来并没有过时。至少同时展现一个群体的其他艺术没有比电影更成功过。也就是说，我们在分析电影的时候还应该注意到一个关于群体的故事。

小说《霸王别姬》中那个帮着关师父教戏的人亦然。这一人物到了《霸王别姬》似乎对应于那坤。那坤是一个戏班经理，这一职业与身份，使他有了更多的镜头。而这一人物在小说中就没有给人留下什么印象，在小说中也没有怎么提到这一人物。当然，在电影与小说中有一些不同，那是电影剧情的需要进行丰富。电影的画面叙事这种特点所建构起来的复杂的故事联结，同样在陈凯歌其他电影中得到了鲜明的体现。小说《霸王别姬》中叙述的是师兄弟二人的故事，电影媒介转换的结果我们可以确立出多个相互作用的主人公（其中有的是有小说根据的，有的没有小说的根据，我们就不再涉及，如那坤的故事），电影中再现出来了许多个人物的人生经历构成了许多故事如：段小楼的故事、程蝶衣的故事、菊仙的故事、小四的故事、袁世卿的故事等等。

和原来的小说相比，电影《孩子王》中老黑与来娣校长、老陈与王福等增强了主动性，多了一些戏份。即使主人公老杆儿，他对教育有自己的一些想法，对自己的生活状态有一些思考。这种思考的结果反映到银幕上就形成了自己人格的分裂，又构成了一个现实中的老杆儿与理想中的老杆儿的分裂与对话。知青们的主动性也有所增加，写出了知青们对改变生活状况的渴望，对知识的渴望。后来，这些知青经过老杆儿一课之后，心有所领悟、反思，他们也就否决了老杆儿在上课中所体现的那种教育方式：电影叙述者也特别加上了一个老黑坐在课桌上深思的镜头。最后，教室里空无一人，一个课桌上出现了一个硕大的柚子空壳，显然，这是一个垃圾，这是一个空无内容的弃物。（阿城的"文化"小说到了陈凯歌的电影中成了"反文化"）。那些学生们对老杆儿的态度也有很大的变化,开始时给老杆儿一个下马威,大造老杆儿的反。随着老杆儿教学的进展,他们还是对老杆儿变得非常尊重。当老杆儿给他们上最后一次作文课时,这些孩子们还给老杆儿献上凳子坐。这是学生们对老杆儿教学改革的肯定。小说中的主人公给读者留下印象的恐怕只有老杆儿、王福、来娣,而电影中的人物形象也就比小说显得更多了。就电影《孩子王》来说,它是陈凯歌电影中相对简单的一部电影。但是,这部电影还是被评论家们看做是一部"非叙事性"的电影。所谓的"非叙事性"其实是一种非线性的叙事模式,只是评论家们对线性叙事习惯了,面对这种"非线性的叙事"也就不加反思地称为"非叙事性"的电影了。①

前面已经说过,当评论家们对《黄土地》感到困惑不解的时候,香港学者丘静美写过一篇论文——《黄土地,一些意义的产生》。她分析了每一个人物故事及其内涵。陈墨的《陈凯歌电影论》是一本侧重于探讨陈凯歌电影思想内涵的著作,我们看到,他也遵循着同样的方法,在每一个电影的分析探讨中尽可能地对这么多的主人公们都进行一番探讨。我们认为,这种学术方法的背后应该不仅仅是由陈凯歌电影的复杂内含所决定的,他还是由电影具有共时叙事这一独特本质所决定的。电影中的每一个人物都是一个独特的存在,都有他者所不能替代的位置,这些人物的行动以及由此而建构起来的故事都有其独特的意义。这些人物与故事背后却是媒介。后者造成了故事的复杂化与意义的复杂化。当然,丘静美与陈墨无意对媒介问题进行探讨,但当他们面对陈凯歌电影时,电影媒介所造成的这一现象却在他们的潜意识中存在并被他们清醒地认识到,并且落实在他们对影片中人物与故事的具体分析中。

---

① 见李奕明《非叙事性的结构特点》,《电影艺术》1988 年第 2 期。

4　意义的表达转换与变化

电影理论家日丹说道："电影是多层次的艺术，它同时以不同的手段反映现实的不同方面。没有任何一种艺术像电影这样具有如此广阔的、具体造型的反映和概括的能力，如此众多的综合表现手段。"① 这话不仅适用于电影叙事也同样适用于电影意义②表达的。正像电影叙事中所表现出来的那种复杂性一样，影片意义表达方式的复杂性和电影意义复杂性使我们对电影意义的讨论变得极其困难。同时，在将文学叙述转换成为电影叙述时，我们又必须对影片的意义和文学叙述的意义进行两种维度的探讨。这两者的关联使意义与媒介的关系变得更加复杂。从抽象的角度来说，文学的意义表达和电影的意义表达在方式有很多不同。许多理论家们都注意到这个现象，文学叙述由于它使用了抽象的文字符号，在创作到接受的过程表现为——从抽象到具象。这就是说，文学叙述者创造出文学形象，然后在读者的头脑中形成视觉形象；电影叙述由于其所使用的是图像符号，图像符号和对象之间不存在距离，于是就接受维度而言，它的过程是从具象到抽象。这就是说，电影叙述者创造出具体的视听形象，而观众自己得出抽象的结论。这样看来，从意义的角度来说，文学叙述可以说是一种直接的意义表达活动。意义是文字符号构成的"三位一体"中最为重要的因素。没有了意义，文字将不再是文字。文字和意义直接相关。用文字叙述，从根本上来说就是直接表达意义，而电影叙述是一种间接的意义表达活动，它通过对图像的再现使观者获得意义的感悟。电影的这种特点非常类似于人们直接感知观察现实的认识活动。这就是电影理论家们所说的电影的特点在于它是一种心理幻觉，模拟人的感知，进而模拟人的思维。从这个意义上说，电影和意义没有直接关系的说法并不正确。

在电影中，表意可以被看成是一个由低层次到高层次表达的过程。这个过程首先要分成几个层次。首先，影片叙述者选择使用图像符号，他需要考虑图像符号自身所负载的意义；其次，影片叙述者如何安排他所选择的图像符号，运用摄影机的构图滤镜机位等来实现画面构图，让构图

---

①　［俄］日丹《影片的美学》，于培才译，中国电影出版社 1992 年版，第 15 页。

②　意义本身也是一个极其复杂的问题。不同的哲学家、理论家与艺术家对此有不同的主张与见解。对我们来说，意义不同于含义或者涵义。意义是抽象的客观的，也是不会因人而异，意义的这一特点保证了人们之间交流的可能性；而含义或者涵义却是建立在意义之上的，是一种个人化了的东西，它是叙述者对事物的情感、评价、态度等。"一千个读者心中有一千个哈姆雷特"，这是读者对哈姆雷特的认识、评价不同，这是一种涵义上的不同。但"一千个哈姆雷特"终究还是那一个莎士比亚戏剧中的为父报仇不幸身亡的丹麦王子，后者是具有"意义"上的一致性。意义蕴含着涵义，涵义也会转化成为意义。当一个人对事、物或者他人的认识、评价、态度被社会承认时，涵义就转化成了意义。在从文学到电影中，这种情况更是如此。文学叙述的特殊涵义会被变成电影作者的意义而被表达出来。

表达出他所希望表达的意义；再者，就是他怎样使用声音，这是他可以直接表达意义媒介，声音和画面可以是一致的也可以是不一致的，这一切都取决于他的主观意图；最后，如何确立情节与故事的时间长度，确定他们的开端与结束，如何安排他们的先后关系这就构成了对这些事件意义的建构。最终，一部影片作为一个整体，本身也构成了一个符号，它的意义也需要我们进行分析评价。

4.1　意义在符号层面上的转换

可以说，人们对物与符号关系的认识源远流长。在中世纪，圣奥古斯丁就区分了物体与符号。他指出，物体与符号并存，符号的本质是意义，而物体可以作为符号来使用。这一观点对雅各布逊有很大的启发。这位学者的学术生涯一直延续并贯穿于俄国形式主义、捷克布拉格学派和巴黎结构主义。20世纪30年代，他写出了自己学术生涯中唯一一篇电影理论文章《电影衰落了吗？》。这篇文章就将电影理论的逻辑起点放在了事物与符号的关系上。他说："任何一种世界表象在银幕上都转换为符号。"① 雅各布逊对奥古斯丁符号观念的接受似与俄国宗教哲学的复兴发展有很大关系。自称哲学家的巴赫金恐怕准确地说应该是一个宗教哲学家，他也说："与自然现象、技术对象以及消费品一起，存在着一个特别的世界——符号世界。……任何一个自然、技术或消费的东西都可以成为符号，但是同时它又具有单个物体自身范围内的意义。"② 斯特劳斯对法国的结构主义的兴起起到了直接的作用。他在美国工作期间与雅各布逊共事，受到雅各布逊的影响也众所周知。斯特劳斯认为，在原始文化中，人类对自然与文化之间关系的处理是整体性的，他们把自然与文化"压缩"为一个符号系统，这个符号系统就其符号性而言即文化，就其用自然编码而言即自然。对原始人类来说，"词即物，物即词"。词与物的一致性不仅在原始文化中是如此，基督教文化亦是如此，当代文化还是如此。其实，电影物像的符号性在这些法国电影艺术的先驱者那里也得到了注意："电影把我们带回到原始时代的表意文字，它通过每件事物的代表符号而把我们带回到象形文字，电影未来的最大力量很可能就在这里。"③ 但不管怎么说，还是斯特劳斯的思想直接启迪了20世纪60年代电影理论家们对电影的探讨。

意大利导演帕索里尼曾说：电影和文学作为表现手段之间的区别，主要表现在隐喻上。文学几乎完全是由隐喻构成的，而电影几乎完全没有隐喻。这是电影艺术家的自道，他将自己的电影创作观泛化成了整个电影艺术的本质。在电影中，任何一个图像，或者任何一个图像的某一部分某一特征都可以作为一个符号存在。电影符号的这种特性和现实生活中物体的符号性存在相一致。可以说，现实中的物体上是作为符号而存在的物体。巴赫金曾经指出："任何一个物体都可以作为某个东西的形象被接受，比方说，作为这一单个事物的一种自然的稳定性和必然性的体

---

① ［俄］雅各布逊《电影衰落了吗》，节选自李恒基、杨远婴《外国电影理论文选》，上海文艺出版社1995年版，第117页。
② ［俄］巴赫金《巴赫金全集》，河北教育出版社1998年版，第2卷，第349页。
③ ［法］《画面的时代来临了》，节选自李恒基、杨远婴《外国电影理论文选》，上海文艺出版社1995年版，第71页。

现。这一物体此时的艺术象征形象就已是一个意识形态产品。物体转换成了符号。显然,这一物体已不再是物质现实的一部分,它反映和折射着另外一个现实。"① 任何一个物体都会有自己的意义,由此带来了电影画面中的物象符号都有意义,它们被组合在一起就会表达出一个更为复杂的意义。"形象转化为符号,这会使形象获得涵义的深度和涵义的前景。……既要把形象理解为它实际的情形,又要理解为它所表示的东西。真正的符号,其内容会通过种种涵义的组合,间接地与世界整体性思想相联系,与丰富充实的整个宇宙和整个人类相联系。"② 这就是说,在实际生活世界和艺术作品中,我们在面对物体和形象和时候应该把握到他们作为符号而存在的一面,不以这样的态度面对它们,我们就会把一个由人类文化所建构出来的一个有意义的世界变成了一个意义贫乏的世界。大约同一时期,文学理论家梯尼亚诺夫对针对电影理论家巴拉兹的"可见的世界"与"可见的人"这一著名观点提出了自己的看法:"电影艺术选择'可见之人'与'可见之物'为其主人公的做法之所以不正确,并非因为电影可以没有对象,而是因为这种说法没有强调电影利用素材的特点,正是这种特点使得材料因素成为艺术因素,而是这种说法没有强调这一艺术因素的特殊功能。电影中的可见世界,并不是本来的世界,而是意义相互关联的世界,否则电影就只不过是一张活动的或活动的照片而已。可见之人、可见之物只有作为意义的符号出现,才能成为电影艺术的因素。"③ 电影中的物象符号和人物的行为构成一个语境,使人的行为具有特别的意义,而符号自身也会超越其自身而获得了更加丰富的意义。只有充分深刻地理解了影片中的图像符号的叙述与文化上的含义我们才能更好地理解电影意义。

许多电影理论家也认为,电影中的物具有特别重要的意义。"物的世界所提供的不仅是创造真实可信的历史情境的可能性,不仅是使人物进入相应的空间的可能性,而且还有表达情绪、表达精神氛围的方式。……通过在银幕上表现经过一定变形的物质环境,作者可以表达自己对所表现的事物的态度。早在 1917 年,库里肖夫就说过,善于用对象思考,'用物写作',应被电影家理解为创作影片的创造性过程中最重要、最独特的环节之一。"④ 显然,"用物写作"意味着电影中的物象符号应该得到充分重视,尽可能地把握物象符号的意义,既要明确图像符号所指涉的意义,又要明确它作为符号而出现在电影中的意义。对前者意义的理解是领悟后者意义的基础。如果我们在读解电影的时候不对电影中的物像符号从意义方面进行把握,我们对电影的理解就会出现很大的失误。

在《黄土地》中,最为人们所注意的是黄土和黄河。这两者分别被赋予了不同的意义。前者是自然,是农民生活苦难的根源,是文化的根源。在画面中,地大而人小,显示出了土地对人们的压抑。同时土色深沉,让人感觉其中蕴含着一种温暖和力量,让人对土地产生一种很浓厚的敬意。后者是中国文化的直接象征。黄河哺育了她的子民,当她的子民向往新生活时却葬身其中。这象征着传统文化对人的扼杀。这些符号承载着叙事者极其复杂的思想与情感。

在小说《孩子王》中,老杆儿去学校的路上没有经过一条河,老杆儿去学校的路上拿着一把

---

① [俄] 巴赫金《巴赫金全集》,河北教育出版社 1998 年版,第 2 卷,第 349 页。
② 同上,第 4 卷,第 376 页。
③ 见方珊《俄国形式主义议论文选》,生活·读书·新知三联书店 1986 年版,第 62—63 页。
④ [俄] 格尔曼诺娃《影片艺术体系中的物》,《世界电影》1993 年第 3 期,第 5 页。

刀。到了电影中,增加了一条河流,也将小说中的"刀"保留了下来。

> (校长)说:"我叫陈林呢,就叫我老陈好了。教书嘛,也不是哪个生来就会,在干中学嘛。"我说:"怕误人子弟呢。"老陈说:"不好这么说。来,喝水,喝水。"我忘了袖里还有一把刀,伸手去接水碗,刀就溜出来掉在地上,哐当一声。窗户上就有孩子在笑。原来上课时间未到,许多学生来看新老师。我红了脸,拾起刀,靠在桌子边上,抬起头,发现老陈的桌上有一本小小的新华字典。[①]

在小说《孩子王》中,没有要涉水过河一事;在电影中,就将去学校的空间进行了一个变换,增加了一条河。老杆儿去学校要趟过一条河,要从"此岸"到达知识与文化的"彼岸":这是老杆儿人生的转机。这是受到了众多知青们艳羡。小说的这层意思陈凯歌用造型语言用象征来表达出来。老杆儿去学校时经过一个场子,画外传来老者的声音:"要教书了还拿着刀?还不快扔了,学个老师的样子。"这话让老杆儿心潮澎湃,举起鞭子狠狠地抽水(在小说中,老杆儿听了这句话就举刀砍树)。这是老杆儿此时心态的写照:豪情万丈——"会当击水三千尺"。通过这一场景,电影叙述者要让人联想充满暴力的教育。"对!学生闹了,就这么打!"面对活泼好动的学生,我们的教育更多的是一种对人天性的戕害的教育。乡村小学盘踞于山顶之上。操场上一棵枯死大树,雄踞一旁,触目惊心。大树一边挂着一块废金属(看来,从这里要发出上下课的铃声),一边树枝上,入木三分地砍着一把刀,再次凸显了"刀"的象征意义——这种教育是一种杀人式的教育;这种教育与生命活动相背,枯树就是教育的直接结果。这棵枯树和周围的生机勃勃的山林形成了鲜明对照。在中国文化中,教育即"树人",是以"树人"为喻,不过在陈凯歌的电影里,这里的教育成了"砍树",教育没有促进的文化养成倒成了对人性的戕害。

电影中,图像符号的构成极其复杂。同时,符号意义具有显然的多层次性。正像理论家们所说,电影中没有最小的符号单位。一个图像符号总是可以被人们从各种各样的角度去分析,也可以从各个层次去分析。不过,当一个叙述者使用一个符号时,他总是从他的角度去使用这个符号。一个山的图像符号,对电影叙述者来说,它的符号存在只在于它和故事的关系,只在于它在故事中所表现出来的意义。尽管一个科学家固然可以根据它的地质特点去判断岩石的种类,以及其所可能的矿藏,土壤的类型,去判断种植什么作物合适。也可以根据其上面的植被等等来判断其种种气候、经纬度等等。但这方面的信息与故事的关系并不很大,可以存而不论。电影中,一个山的图像符号的意义就在于它与人与故事的关系中所体现出来的意义。电影《黄土地》中有大量的物像符号。我们看到翠巧的出现往往是和门框联系在一起的。

门框这一个物像符号在这里有两个层面的意义。第一,作为一个联系着两个空间的中介物所具有的象征意义。它和命运的转折性时刻联系在一起的,可以说,它是象征着命运的转折点。"门框"在《黄土地》中具有特别重要的意义,大量的画面都是"门框"。这种"门框"不仅仅是作为电影画面中的物象,还具有空间意义以及所形成的比喻义。翠巧的出现往往和门框联系在一起,

---

① 见阿城《棋王》,作家出版社 2000 年版,第 82 页。

在观看婚礼的时候,翠巧出现在门框前,在翠巧家,顾青的空间位置被安排在炕上,非常靠近门边上。门框这一个特殊的空间被反复强调:次日清晨的谈话顾青再次宣扬了延安理想生活:男女平等,一样地过河东打鬼子斗老财。顾青说得翠巧立刻点燃起了生活的激情,跑到门外将"老北风吹裂的"对联再次仔仔细细地粘上,并不失时机地试探顾青:"只怕咱不认识字,那字也不认识咱。"面对试探,顾青进了门,但门框将空间划分成了两个空间。顾青处于晦暗的窑洞里面,翠巧处于明亮的窑洞外面。就前者来说,它隐含着回避和自我的压抑:他无法面对已经爱上了他的翠巧,他要回应翠巧对文化——"识字"的渴望。翠巧再次担水回家,再次将水桶放在门框外,一只脚踏在了门框里。决定命运的时刻说到就到了——媒婆来议亲。最后面对如泣如诉的父亲,翠巧为了家庭,为了活着的弟弟和死去的母亲,她选择了遵从"庄稼人的规矩",遵从了"父母之命,媒妁之言"。随后翠巧坐在了门外,做起女工。坐在门框外的行动也富于象征意义。当翠巧出嫁之后,翠巧的父亲倚门目送翠巧出嫁而去,心情沉重,拿起翠巧坐过的蒲团转身进门,回到了传统的封建制度之中。第二,"门框"又被隐喻为一个限制和束缚的"框子"。显然,这就是各种社会成规,不管是封建制度还是革命队伍里的公家人的规矩。

电影《孩子王》中校长领着老杆儿去自己的宿舍。在小说中,这个宿舍和队上的一样。但在电影中,它却向我们显示出狭窄黑暗局促压抑,和其队上所居住的集体宿舍宽敞明亮自由舒展构成鲜明之对比。老杆儿在窗前坐下,外面之光明与里面之晦暗构成又一个对比,而窗子同时又给观者一种框子的感觉,用来隐喻束缚着人类的"条条框框"。对此陈凯歌并不讳言:"我希望用最简单的办法拍电影。在《孩子王》中我追求两种气氛,一是冷色调的雾,二是暖色调,在二者的变换中见出对影片整体的把握。我们有意大量透过门、窗拍摄,一进入学校马上进入框子。平静下的压力有时比血腥和暴力还大。镜头运用平稳固定,同时运用音响力量如砍树声、民歌声,来表现一种时代气氛。"①

小说《孩子王》中,老杆儿课堂上分心,写出了一个错字。从阿城的小说来看,他这一个情节未必有很深的寓意。但陈凯歌正是抓住了这个错字所出现的语境,将小说中的牧牛经验联系在一起(小说中也叙述了这种联系),他将小说中所说的这种牧牛的经验赋予了这个错字。他用这一个错字所包含的牧牛经验来表示他所希望应该有的理想的教育制度:教育应该教给学生自己想要的东西,教学要顺应学生的自然,要合乎人的天性。一句话,教育应该尊重学生,给学生以自由,适应学生的需要。最后,他让这一个字成为他对中国教育的留言,让这一个独特的错字出现在了电影的最后,并打上了高光。这是陈凯歌电影《孩子王》的主题所在。

符号的意义在差异中显示,需要在不同画面的对比中显现。这就是说,当我们有时只是关注一个画面时,那些符号的意义是很难发现的,但是,只要我们将不同的画面关联在一起,这些符号的意义就会豁然开朗。比如说,在电影《黄土地》中祈雨一场戏中,祈雨的农民们所处的环境,最为主要的特征就是阴天②,而顾青向着祈雨的农民们走来,从空间上来说,他们所处的是同一个空间。但是,电影的画面中顾青却是背负着青天,这是一个万里无云的晴空。显然,顾青成了一

---

① 见陈凯歌、李彤《孩子王戛纳电影节答问》,《当代电影》1988 年第 6 期,第 58 页。

② 当然,据陈凯歌说,农民们也只有在要下雨的时候才祈雨。阴天是真实的,但并不妨碍它可以获得的象征意义。

个光明的化身,而农民们所处却是一个暗无天日的处所。这时,农民们的环境与顾青的环境不再统一(尽管从实际上来说应该是统一的),这两个不同的环境构成了不同的象征意义:顾青代表光明前途,农民代表黑暗传统。这时憨憨奔向顾青的行动构成了一个从黑暗奔向光明的象征。

电影还有一类图像符号,这是作者有意用来表意的符号。这种符号是处在第二个层次,它是叙述者用来说明评价议论前一种图像符号的含义的。这种符号就是文学叙事当中作者直接介入的语言一样,最清楚地表现了影片的叙事者对人物事件的情感、态度、立场与观点。在电影中,这种符号可以说一目了然。但我们必须明确意识到这一点,如果不能意识到这一点我们就无法真正理解其意义。尼克·布朗说:"普通符号学在方法论方面意味着对日常生活实物的反思,不再视其为日常生活事物,而是视为一个颇有含义的表意系统中的符号。符号学改变了人们对事物的惯常看法,从而改变了该事物的身份:事物被当作符号。"① 如果我们在观看电影的过程中不注意到这一点,我们就有可能无法理解电影叙述的意义。

小说《命若琴弦》是寓言性叙事。陈凯歌所面临的问题是如何将小说的寓言性叙述出来。电影的寓言性的叙述依赖于这些具有明显的象征意义的物象符号。影片《边走边唱》中,陈凯歌用了一系列镜头来营造这个关于民族精神的宏大叙事。老瞎子的死亡与安葬被陈凯歌刻意选择在一个高山孤峰之上,"山登绝顶我为峰",这是老瞎子的师父一生奋斗所成就的,也暗示了老瞎子在人的精神领域的崇高地位。几十年时间倏忽而过,在诵唱"千弦断琴匣开"的歌声中老瞎子成长了起来,同样成了一个顶天立地的巨人,也在对师傅无限思念与践行师傅遗嘱和追求光明中垂垂老去。影片中,老瞎子的一个幻觉中出现了奔腾咆哮气吞万里的黄河,这也再次出现了我们民族身份的印记。幻境中的石阙楹联有"灵应无双境"几个字会使观众想起了那个被称为民族精神化身的泰山,其上的那副著名的对联:"天下灵应无双境,人间巍峨第一山。"不过,在老瞎子这个幻境中的民族精神却变成了一个令人沮丧的话题。这里有欲望的泛滥。电影中,在这一个幻觉里充满了大量的欲望隐喻。当然,这也是老瞎子与小瞎子个人欲望的展现与暗示,也是整个影片叙事的预示。作为一个精神领袖,当老瞎子清醒的时候,他不断地对民众进行教育,希望他们确立一种民族意识,这就是为什么老瞎子登台所唱的尽是汉民族的创世救世的神话。显然,所有这些符号都是影片叙述者特意安排的,都体现着叙述者的意图。这种符号往往被人们称为隐喻。"在比喻的世界中,隐喻是一种概念的充分体现,它不再是一名谦卑的仆从,而更似挑逗情欲的风骚妓女。它既非暗示,亦非提醒,也不是对比和类比,而是彻底取代,是无所顾忌的有形有色的实在,是对习见事物与意义的重新评价。在诗的各种表现手段中,隐喻是最大胆的个人化形式。它是随意性的,是毫不留情的挑衅。"② 其实,严格说来,所有的物像都是一种隐喻,正如这位论者所指出的那样"形象在本质上是隐喻性的"。③

《边走边唱》中,在对兰秀和小瞎子的爱情进展的叙述中,陈凯歌时常用一些符号来暗示。如,在小瞎子和兰秀的一次约会中,兰秀手里拿着一付鱼的骷髅。这显然是陈凯歌专门制造的物

①　[美]尼克·布朗《电影理论史评》,徐建生译,中国电影出版社1994年版,第101页。
②　[匈]伊芙特·皮洛《世俗神话——电影的野性思维》,崔君衍译,中国电影出版社1991年版,第138页。
③　同上,第139页。

像符号,用这一付鱼骷髅进行双重暗示。一方面表示兰秀和小瞎子的感情发展,男欢女爱,鱼水之乐(这也是小说中有所暗示而未明言的);另一方面则用它隐喻这场恋爱的不幸结局:兰秀不堪羞辱,跳崖殉情。

《命若琴弦》中,老瞎子行将就木,他走到了生命的尽头,到了电影中叙述者也同样用了多种物象符号。老瞎子渡河当然是生命行将逝去的暗示。在渡口,摆渡者语带玄机地提醒老瞎子"老汉儿,我说你那弦子慢慢地弹。"电影中有壮观的西夏王陵,它被誉为"东方金字塔"(见下图)。这里同样被用作死亡的符号,瞎子师徒二人白天急急赶路,一步步接近了"东方金字塔"。这是说老瞎子在一步步走向死亡,走向幽暗之境(晚上,死亡,这同时,还是老瞎子社会地位至高无上的隐喻)。电影随后呈现了老瞎子做了一个可怕的梦。这是游阴曹地府的死亡之梦。

《边走边唱》中,老瞎子最后一次弹琴也是生命行将结束的一次弹琴。为了表现生命行将结束这一"命如琴弦"的命题,陈凯歌刻意安排老瞎子高坐山巅(见下图)。这一座山的形体结构被改造成与埃及金字塔相似。电影除了用这一特殊造型的高来暗示瞎子的走向死亡之外,还暗示老瞎子在故事世界里是一个至高无上的精神领袖。

在《边走边唱》中,陈凯歌营造了一个末日氛围。当尚还年幼的老瞎子从临死的师傅那里接受遗训的时候,画面上白幡飘动。一方面,这里用了禅宗故事"不是风动,不是幡动,仁者心动",它含义为老瞎子终生将"看世界"作为其人生的目标与信仰,究其实是一个"心动"的幻境;另一方面,这也是老瞎子师父死亡氛围的写照,是老瞎子的师傅的心理感受的写照:他已经来日不多了——白幡在汉文化中是死亡丧葬的符号。电影用这些符号建构了死亡的氛围。60年后,老瞎子已经垂垂老矣,他自己也面临着死亡的追逐。白幡多次出现,隐喻着老瞎子生命已经到途穷日暮、油尽灯枯的时候了。在死亡追逐的世界里,生命川流不息。"客来"与"客去"不过是生命的诞生与死亡的隐喻。此外，电影还安排老瞎子几次梦游地府，含义不言而喻。在老瞎子真相大白后，影片中的画面是药店中的墙壁，一个挂钟停止了走动，这是一个破烂不堪的钟，被打上了一束高光，旨在告诉观众老瞎子的生命行将结束。随后的画面是一个开口大笑的弥勒佛像和一个小女孩的同样在开口大笑。无疑，前者的笑是"开口便笑，笑世上可笑之人"，后者是一个纯真的笑，是洞察到了真相后的大笑，是看破了谎言之后的欢笑。

"物体"在文化中形成了一些独特的文化含义。当这些特定的物在银幕上出现时，这些物所携带的文化意义就出场了。这就像在文学作品中用语言来叙述语言一样，这是用图像来说明图像的含义，是用后来出现的图像阐释先前出现的图像的含义。这同文学作品中的所谓的夹叙夹议一样，这是图像中的夹叙夹议。

除此之外，影片中还要使用文字。这些文字的字体也具有特殊的象征意义。电影中"黄土地"三个红色的隶书字体出现在黑色底子上，给人以古老、浑厚、刚劲、严肃之感。而电影开头的字幕也同样用这种红色字体黑色底子都同样给人以这种感觉。《霸王别姬》的题头则用的是瘦金体，这同样是一种象征：瘦金体是北宋的末代皇帝赵佶所创的字体。人们看到这种字体自然会产生一种这样的联想，风流多才、生性柔弱、生不逢时。再如，《荆轲刺秦王》，它的题标字的笔画就像一把把利剑，"秦王"二字用一个笔画贯穿起来，构成了利剑刺杀的视觉形象。可以说，电影中的字体都有很强烈的暗示意义。

电影符号的意义很复杂，既有沉淀于"物"上的历史文化传统的意义，又有叙述者自己的赋予与创造。电影叙述者对场景的选择、搭建、制作都慎之又慎，力求使各种物像都要尽可能地符合其表意的需要。我们在读片的时候就不应该忽视它们的独特意义。在《孩子王》中，陈凯歌专门建构了一个他所称的"复活节岛"。它上面有着许多被烧焦了的树桩。它们每一个有自己的象征意义。有高大直立的阳具形状的树桩，这显然是生命力受到摧残的象征。其他还有些被烧焦的树桩形如袋鼠、如鸭嘴兽、如古代官员。这让人一看便知有特殊意义，但究竟是什么意义却让人难以明白。从总体上来说，电影《孩子王》中的"复活节岛"是一个"造境"，显得太过于生硬。张艺谋曾经说他看不懂《孩子王》，是听了陈凯歌的解释才明白。对符号的意义来说，我们不但要注意影片叙事者所赋予的意义，还要注意其历史文化含义。此外，我们还要充分重视我们自己的生活经验。离开了生活经验就很容易走入那种任意武断的泥潭。如小说中的"白太阳"，只是生活经验的呈现。那种生活经验告诉我们，这是非常炎热的天气。但这被一些评论家解释为月亮的光辉是来自于太阳，这是暗示王七桶缺乏文化。这样的解释，就很让人匪夷所思了——阐释应该遵循合适的度，过度的阐释适得其反。

4.2　意义在画面层次上的转换

毕加索曾说："一幅画，像表达它们的现象那样，同样能表达出事物的观念。"①但图画是怎样

---

① 见林骧华《文艺新学科新方法手册》，上海文艺出版社 1987 年版，第 335 页。

表达观念,毕加索却没有进一步的说明。一般来说,像绘画一样,一个电影的画面总是由不止一个物象符号构成的(即便是一个特写镜头也由于被摄物体的形、色、质、明暗等而会各自形成不同的能指符号)。不同的物象符号按照一定的方式构成一个画面就会表达出一个视觉思想或者形成一个绘画式的叙述。"每一幅画所表现的不仅是现实的一个片断,同时还表现了艺术家的观点,摄影机方位的变化透露了摄影机后面的那个人的内心状态。"① 这就是说,影片的叙述者无法真正隐藏自己的存在。每一幅面都会流露出叙述者自己的评价与态度,这是影片叙述者通过对摄像机的操控而形成的构图中体现出来。画面造型的叙述性在上一章已经作了探讨。这里我们重点谈论的是电影叙述者通达将图像符号进行组织来表达其思想的某些方式。

4.2.1 画面的构图表意

在《深谷回声》中,柯蓝所叙述的事都发生在解放区。这反映了解放区中女性的地位与婚姻状况:

> 大约过了四天,我在金盆镇附近乡下,找到了一位五十多岁的妇女歌手,她告诉了我那首古老的"兰花花",我日夜不停地抄写、核对。这是一首有几千行的十分珍贵、差一点失传的民歌。我非常感谢,并且也有几分奇怪,这位老年女歌手,她又是怎么知道这首老民歌的呢?区委的宣传科长笑了笑,对我说:"你想了解这位老女歌手的身世吧?"我摇了摇头,宣传科长说:"有人说,她就是兰花花的大姐。对兰花花的事情头尾都很清楚,人也长得眉清目秀……"我又摇了摇头,我不相信这个无稽的传说,宣传科长没有和我争论,却叹了一口气说:"反正在旧社会,妇女为婚姻不自由,喝洋烟自杀的不少,所以兰花花很有代表性。这首歌也才被人民流传!"我连忙说:"现在边区解放啦,建立了新社会,这种封建的买卖婚姻不许存在了,为婚姻自杀的人,该不会再出现了吧!"宣传科长苦笑了一下,又叹了一口气:"买卖婚姻不敢公开了,但暗地里还流行,一个婆姨(妇女)要卖几百块钱咧! 不过边区妇女,再为婚姻喝洋烟的事,倒不多了。"②

显然,在《深谷回声》中,那时延安的男女地位并不平等(当然,直到如今,究竟男女平等在多大程度上得以实现还是一个问题。同时,究竟什么才算是男女平等大概也无人真正能说得清楚吧)。但众所周知,延安在中国现代史上的地位与象征意义已经大书深刻于中国执政党的历史记忆中,也大书深刻于中国人民的心灵深处。陈凯歌将故事安排在解放区之外,不能不说这是一种叙事的策略。不过,在那场著名的腰鼓戏中,他仍然对延安的情况进行了微言大义式的叙述:腰鼓戏分为上下两场,上面一部是一个欢送参军的场景,这和顾青所进行的革命宣传形成了对照,顾青所说的在延安男女平等——"一样的斗老财,一样的过河东打日本小鬼子"——并非实事:参军的队伍中并没有女性,她们只是作为围观者出现在画面上。"战争让女人走开",但顾青在翠巧面前说女孩"一样河东打鬼子",这也许只是一种良好的愿望吧,也许是一种宣传策略吧。

---

① [匈]贝拉·巴拉兹著《电影美学》,何力译,中国电影出版社 1986 年版,第 117 页。
② 见柯蓝《深谷回声》,《芙蓉》1980 年第 1 期,第 187 页。

　　在腰鼓戏的上下场之间插入了一个镜头：月亮急急地落下。接下去紧接着落月的镜头就是顾青在凝眉深思。月亮急急的落下，这是一个特意安排的镜头。这是陈凯歌表达自己思想的镜头，也是传达原著思想的镜头。在中国，月亮很久以来就用来象征女性，这显然是对延安女性地位的暗示。当然，也许是他此时预感到翠巧的不幸！在《黄土地》中，顾青凝眉深思的画面构图安排显然是匠心独具：顾青一个人处于画面的中心，是一个最为高大的形象；画面的右侧，是一个女性的小半张脸！我们认为，这一个画面构图不是无意为之，而是有意为之：前面的场景里，如参军的人中没有女人。顾青回到延安，他会将他对翠巧所讲的话和延安的实际情况进行对照。否则很难解释顾青这个凝眉深思的镜头。正是在这里，我们看到女性还是处于旁观者的位置。无疑，这是一个很重要的暗示：在延安，女性仍然是处于边缘地位，男女并没有实现顾青所说的那种平等！而这也是《深谷回声》所表达的意思（当然，柯蓝在《深谷回声》对中国封建传统持久存在的困惑，隐含着对中国革命的反思，这是"文革"后那个时代的社会思潮使然）。顾青的凝思其实是一种反思，自我质疑：他宣传的美好景象和现实存在着巨大差距。

　　《深谷回声》中，作者没有能够带着翠巧走是源于革命纪律。电影通达构图来表达这种社会性的规范和革命规范带来的无奈。在影片《黄土地》中，当顾青和翠巧第一次见面时，影片叙述者就通过一个场景高度巧妙地安排了顾青和翠巧的位置，预示了两个人情感发展的最终结果：首先，翠巧被安排在门坎外，她背后门框上的对联"三从四德真淑女"是这个社会对她的规范，她对这个传统角色恰好处在认同与背叛的交界处：跨进去，就成为一个传统的封建礼教下的不幸女性，背面离开，她就是一个叛逆的新女性。在这里，她和顾青恰好是面对面的位置，相互间很容易发现对方，他们可以相互审视，传情达意。但他们二人中间有许多人，特别是有一个唱酸曲的歌手，他所唱的歌曲代表了社会的评价。这对二人形成巨大的压力，而对特别注重社会影响的八路军战士顾青来说，革命纪律必须严格执行。不管怎么说，他们二人同时见证的这场婚姻是一个非正常的童婚，而后者并不受社会的认可。当新郎与新娘出来后，这位歌手所唱的歌固然有"酸"的一面，但它更是一种社会的评价："一对对肥猪来拱槽，都说新郎光景那个好。"不管怎么说，这是对这种婚姻的否定。这当然也会给顾青造成心理压力。

　　无论是《深谷回声》还是《黄土地》，当翠巧表达来要参加革命时都让对方无言以对：

　　"你们公家要不要女兵？我做你的妹妹，你就可以带我去当'公家人'。"她严肃地吁了一口气:"到你们公家闹革命,多自由自在,无牵无挂——"我在一边笑着,没有做声,只是用幸福的眼光,称赞她这种要求改变现状的勇气和向往。并且我也从她这些说话的口气里,隐隐约约察出这位热情的姑娘,心里一定有什么不幸的事,要不她为什么要离开家呢?大概对方看见我对她的问话,一连几次都回答得很不具体,猜想出我大概对她不会有什么具体的帮助。停了停,便叹了口气,自嘲自解地说:"我知道我没有那号福气!唉——说出来也没有谁相信!"姑娘轻轻叹了一口长气,嫩白的脸上露出的一笑,把她那深沉的悲痛掩盖了。……我笑着向她试问:"你叫什么名字——?"她笑了:"我不告诉你!你要答应带我到队伍上去当女兵,我就告诉你了。"我怎么可以随便答应一个人参加革命?这是违反纪律的,尽管我早就想过,她可以当一名出色的歌舞演员,即使当不了演员,凭她这聪明、美丽的天资,确实可以很快学习文化,接受革命的培养,至少可以当一名很好的农村妇女干部。但我现在却什么也不能告诉她。①

散文中,叙述者感到翠巧将要面临不幸,但当翠巧明确提出来要参加革命后,却无法明确答应。到了电影中陈凯歌建构了一场特殊的对话。顾青从外面回来,翠巧坐在门前做鞋底,翠巧打听延安的情况。顾青一开始就发现了异常,自然不便于多问,也更不便于直接面对翠巧。这一场谈话成了一场互不照面的奇特的对话。在这场对话中翠巧坐在窑外对延安对八路军情况不停打问。顾青则一直处于窑洞之中,始终没有走出来和翠巧直接面对面。顾青之所以被安排成这样的对话方式,这是电影叙述者的刻意安排,这是一个大有深意的场面调度:面对翠巧的不幸,顾青无能为力,也几乎无言以对。

显然,通过构图,画面自己已经表达出来了相当微妙的意义。在日常生活中人们之间形成了各种各样的人际关系,这些各种各样的人际关系会反映并形成各种各样的空间形式与空间距离。影片的叙事者自然会根据这种空间关系进行叙事,这就形成了各种各样的场面调度,落实在电影中自然就是一种构图表意叙事。这需要我们在读片的时候认真分析。

4.2.2　声音将画面赋予意义

"眼睛(一般来说)肤浅,耳朵深奥而有创意。"② 布烈松此话提示了电影的重要意义,声音能够将画面的意义升华,使画面的意义明确,还能为画面赋予全新的意义。陈凯歌自己对此也很有认识。他说,有时没有声音,画面什么也不是。

在《黄土地》中,有一段几个人在峁顶上耕地的场景。陈凯歌借助于声音媒介来开拓电影的叙述维度,将画面这种具体的物像构成一幅意义丰富而深长的艺术图景。这一个场景来自史铁生的小说《我的遥远的清平湾》。

天不亮,耕地的人们就扛着木犁、赶着牛上山了。太阳出来,已经耕完了几垧地。火红

---

① 见柯蓝《深谷回声》,《芙蓉》1980年第1期,第185页。
② [法]罗贝尔·布烈松《电影书写札记》,谭家雄、徐昌明译,生活·读书·新知三联书店2001年版,第47页。

的太阳把牛和人的影子长长地印在山坡上,扶犁的后面跟着撒粪的,撒粪的后头跟着点籽的,点籽的后头是打土坷垃的,一行人慢慢地、有节奏地向前移动,随着那悠长的吆牛声。吆牛声有时疲惫、凄婉;有时又欢快、诙谐,引动一片笑声。那情景几乎使我忘记自己是生活在哪个世纪,默默地想着人类遥远而漫长的历史。好像就是这么走过来的。①

史铁生对农民耕作场景的感悟,并上升为对民族文化乃至"人类"历史的认知上。单一的画面的确无法表达出史铁生的这种理性认知,电影叙述者在画面上加上音乐后,声音与画面叠加在一起而产生了令人印象很深的表意效果。音乐的声音"悠长而又悲怆"。音乐作为一种抽象的艺术,具有一种形而上学的品格,只要我们想一想最为思辨的德意志民族培养出了大量的哲学家和思想家,同时在音乐造就出巴赫、贝多芬、勃拉姆等伟大音乐家,我们就不难明白这两者之间的关系。音乐同时却又是最容易打动人的艺术,它那特有的旋律直接涌入人的心灵,又能将人的思想引导超出单纯的画面的作用。当用电影呈现史铁生这一哲思时,同时利用影像和声音就获得了较为完整的呈现。峁顶上的耕作,配上音乐,完成了对画面的超越,它超越了时空,成为我们民族历史与文化的象征。

《边走边唱》中,当兰秀和小瞎子在神像前许愿,竟然响起了悲悯哀怜的受难曲。这是教堂的合唱的歌曲,借用到这里来表现叙述者态度,对兰秀和小瞎子爱情持着一种悯天怜人的情怀。同时这也暗示了兰秀与小瞎子这场恋爱的不幸结局。

声音在表达意义上有如此重要的意义,显然,对声音的忽视会导致对电影主旨的误读。这在电影《边走边唱》中很突出。小瞎子放飞了风筝,这是主人公兰秀的爱物,表现了小瞎子是对兰秀的思念。这是小瞎子对爱情的渴望,更是小瞎子情感生活走向的暗示。无疑,小瞎子对爱情追求很执著,哪怕这爱情异常苦涩与不幸。从这方面来说,他会成为一个"老瞎子"一样的"浪子班头"和"风流领袖"(电影中老瞎子的唱词,当然,这是电影叙述者让他唱出了元代大戏剧家关汉卿的话)。电影叙述者特意安排的画外音就是那个老瞎子从还小的时候直到老年所弹的那个曲子。这就是说,小瞎子最终还是像老瞎子一样,在对光明的追求中度过一生,在对信仰理念的执著中走到其人生的尽头。而许多评论似乎只注意了小瞎子对爱情的追求,却有意无意地忽视了老瞎子的复杂的情感经历,以及老瞎子由此而来的某些变态与不幸。他们因此将小瞎子阐释成了一个追求爱情的人,一个最终和老瞎子截然不同的形象。这既与小说之本意不符合,又与电影的本意也不符合——电影中有小瞎子请求老瞎子"药方"的画面。在《边走边唱》结尾处,小瞎子放飞了风筝,片头老瞎子童年时所唱的歌谣的声音再次响起。这音乐表明小瞎子走不出老瞎子的宿命。他在命中注定重复老瞎子的一生,小瞎子还会成为一个老瞎子。这是人类的宿命。不管你怎样地挣扎,都无法逃脱这一宿命。这也正是史铁生小说《命若琴弦》的主旨。正是由于对音乐的忽视,我们看到一些评论家们对此片的主旨发生了误读。评论者对声音的忽视影响了对电影主题的把握。这也说明,对电影形象的阐释要求我们必须对构成电影形象与叙述的各种要素都

---

① 见史铁生《钟声》,北岳文艺出版社 2001 年版,第 35 页。

要予以充分的重视。①

4.2.3　电影使小说的意义自然明现

在从小说到电影的转换中,借助于图像符号的具体实在性,电影叙述者不仅将人物个性特点进行了有效呈现,也会借助于"物质事实的复原",将原著中的思想含义明确化。

在小说《孩子王》中,阿城与那个时代的读者对课堂上所抄写的东西可以不置一辞。他们都了解所抄写的是什么。而抄写的内容却是那个时代教育的最直接的表现。只要能看到那个时代的教育的内容,我们对那个时代的教育就会有"虽不中亦不远"的评价。但小说《孩子王》中对此没有直接叙述,后来的读者也就无从于文本中得知一二。电影叙述就不然,电影画面必须直接呈现这些东西。这是影片叙述者所无法回避的东西。这些东西的出现就使观众直接面对那个时代的教育,面对电影中的那些,能直接了解叙述者的态度与评价。

> 进了教室,学生们一下静下来,都望着我。我拿起课本,说:"抄吧。"学生们纷纷拿出各式各样的本子,翻好,各种姿势坐着,握着笔,等着。
> 我翻到第二课,捏了粉笔,转身在黑板上写下题目,又一句一句地写课文。学生们也都专心地抄……

在小说《孩子王》中,为什么学生与老杆儿对那种教学极为反感,抄写的都是些什么,读者并不清楚。在电影中,当老杆儿开始他的第一堂课时,这一课为《亿万人民亿万颗红心》,其内容是关于"东方红太阳升",这时候有一个学生站了起来打呵欠(这是电影叙述者的刻意安排,以表现学生们对此的反感与批判);第二课的内容是《做个新时代的庄稼汉》,老杆儿在黑板上抄的"我要做一个新时代的庄稼汉,一面读书一面种田,做各种科学试验。我坚信一定会有这一天,风雨听我呼唤差遣。……"在讲台下,这时那个极为聪明的女班长陷入了深思,她将目光投入到了教室的外面。随后是一个主观镜头,画面上是操场上干枯的树桩。这是那个时代人们"改天换地"结果又是对那时教育的隐喻。老杆儿的第三课是关于对资本主义的批判的,出现了千军万马的声音,老杆儿无精打采,低头不语。学生们精疲力竭,恹恹欲眠。最后,老杆儿的面前是"唯余茫茫",学生早已经弃之而去。我们可以这样说,只有通过这么一个具体化,电影将小说所隐含的东西再现了出来,才使我们看到了那个时代教育的特点:这完全是对学生进行意识形态洗脑,丝毫不是为了培养一个能够独立进行思考的人。所谓的教育就是狭隘的政治意识形态的灌输。我们也通过这些了解到老杆儿和学生的心理状态,也才知道了文学和电影的叙述所表达出来的叙述评价与倾向。

---

①　一些评论家一时疏忽,忽略了声音,引起了对叙述表意的误读。如陈墨的《陈凯歌电影论》中说:"《边走边唱》的内在理性结构,不仅在于它讲述一个谎言被揭开,更在于它讲述一种循环被打破。"这种结论显然是没有注意到声音的结果。此书的另一处还说"石头在被抬起不久,也做了一个手势,是叫村民们停下来。然后他走下椅子,向前探索而去,根本不顾村民百姓们的惊愕。接着,银幕上出现一只高飞的蝴蝶风筝,影片到此结束。石头拒绝成为神,从而使村民百姓的'造神运动'陷于破产。这不是对村民百姓的'报复'(他们殴打石头这个瞎子),而是石头自己坚定的人生选择,要自己走自己的路,放飞自己的风筝(蝴蝶形的风筝也是兰秀生前的选择),实现自己的人生价值。这是一个明确的然而是意味深长的结局。"很显然,这里仅仅考虑了画面,完全无视声音的存在。

　　小说中抄的是什么,我们不知道,只知道抄的书当中有一个老杆儿写错了的字(朱)。这是老杆儿在黑板上抄书时,外面传来放牛的声音。老杆儿受到一些干扰,思绪也受到影响,于是出现了笔误。不过,正如弗洛伊德的心理学中所指出的那样,笔误正是说话人潜意识的表现。小说中老杆儿的教学改革正体现了这一点:教育要顺乎人的天性,教学要讲究一些实用性,教育学生要老老实实,不能机械重复,灌输给学生一些空洞的理论,培养学生说假话大话空话,养成一些主观武断式的思维习惯,让学生无视现实,形成一种先验唯心的思维定式。为了改变学生已经养成的这种种不良习气,小说有了一个高潮,那就是老杆儿和学生打赌。电影中对老杆儿和学生打赌一事进行了特别的渲染,以呈现小说的主旨。但对那个笔误陈凯歌感觉犹未尽,又安排了两个场景来发挥:一、老杆儿临行前对学生留下了最后的语重心长的话,说自己写错了字,讲出写这个错字的心理背景以及他对理想教育制度和教学内容的盼望;二、老杆儿将字典赠送给王福,在字典的扉页上写下了"什么也不要抄,字典也不要抄"的嘱咐。三、陈凯歌还安排了一个空镜头将这一个"朱"字呈现出来。这一个镜头特意地使用了人工光源(电影《孩子王》基本上都是自然光源),让观众去深思:教育犹如牧牛,适性才能获得最好的效果,取得最大的成功! 高光打在这个"朱"上,点明了电影和小说的意蕴所在。

　　电影的图像媒介和小说的文字媒介相比,它不但对故事意义有着明确的影响,也会影响到人物形象的塑造与呈现。我们甚至可以说,电影媒介不塑造人物,它只是呈现人物形象。小说塑造人物涉及了对人物性格的刻画选择,也会受文字媒介的制约:有许多文字表现不出来的地方。而电影媒介却让剧中人物无所遁形,进行了全方位的展现,真正做到"如是我闻"的叙述效果。在小说《霸王别姬》中,程蝶衣是一个同性恋者,但文字叙述在许多地方却并不清晰。

　　　　小楼念念不忘他的架势:"我唱霸王到了紧要关头,有一个窍门,就是两只手交换撑在腰里,帮助提气。"蝶衣问:"撑什么地方?"
　　　　"腰里。"
　　　　蝶衣站他身后伸手来,轻轻按他的腰:"这里?"
　　　　小楼浑然不觉他的接触和试探:"不,低一点,是,这里,从这提气一唱,石破天惊,威武有力。"①

<hr>

　　①　见李碧华《霸王别姬》,香港天地图书有限公司1985年版,第56—57页。

这是一个同性恋场面,但读者就很容易忽略。到了电影中,各种表情、动作等体态语以及程蝶衣的声调语气等全方位地涌现出来,这一同性恋的场面就完全呈现出来。文字的表达能力在许多情况下很不完备。这是文字自身所固有的局限所致,而未必是叙述者的策略、才华所致。

同样的例子还有阿城的小说《棋王》。《棋王》中的主人公王一生是个同性恋者,但主人公这一个性特征却被许多评论家们所忽视。大概因此而招致阿城后来说评论家们看不懂作品。① 确实,在阿城的亲自出来阐释出现之前,我们没有见到哪一个评论家们指出主人公王一生是一个同性恋。可以设想,如果王一生的这一特征被转换到电影中,观众便不难发现他的这一个性与生理上的特点。当然,这需要相应的改编者真正理解王一生是一个同性恋。②

总之,文学叙述的线性特征使其在叙述中不得不选择:说什么不说什么,详说什么和略说什么。这就会将一些有意义的东西省略掉了。这样文学叙述就会使一些事件的意义不能很好地展现出来。而电影叙事,由于它能够将一个完整的时空再现出来,不管是那些对人们理解事件有助益还是无助益的东西都能够再现出来。③ 文字叙述在转换成电影叙述的时候,由于媒介的这种特性,反而使文学中那种文学叙述者和读者处于同一个语境中的那些被省略掉的东西再现出来。这就将那些叙述者和读者彼此意会而不直接道出的东西再现了出来。这就是说,同样是对事件的叙述,影片对意义的表述要比文学的表述更加明确。

不过,一旦涉及一些很容易引起误解的事件,文学叙述可以自由介入,就会降低误解的可能。在电影《黄土地》中顾青和翠巧的分别比较忠于原散文。但这还是引起人们的误解。一些评论家指责顾青无情,进而指责陈凯歌"无情"。他们看到了顾青的疾走与奔跑,就将其解读为无情。实际上,这并非是无情,而是情所不堪。在散文中,"我"有自己的行为,"加快了脚步"。柯蓝为此做了对自己的心理剖析,让读者更加感同身受。在文学叙述中,叙述者及时介入可以保证所叙述的事实不被误解。而在电影中,呈现那种"加快脚步"的叙述,就被指责为无情。④ 文字媒介自由灵动,叙事方便,可以贴着读者的心理来叙述,预料读者的反应,进而进行辩解。但文字叙述对场景的再现却似乎无能为力,而能够再现场景的电影却无法为自己的主人公辩解。

4.3 改编中意义与情节的转换

对情节的看法,主要有两种,一种是叙述学的看法,另一种是传统的看法。在叙述学中,理论

---

① 见孙立峰《文学"失足青年"——阿城如是说》,《今日名流》2000 年第 1 期,第 75 页。

② 小说《棋王》被著名导演藤文纪改编成电影,本人未见。藤文纪对王一生这一人物的处理无从得知。

③ 其实,这些东西的共同存在,形成一个事件的氛围,有助于使我们了解事件。这就是说从根本上说没有什么东西对理解没有助益。

④ 如叶小楠曾经评论说:"顾青却又只管往远处走去,既没拿出小本本,也没有显示出感情的波动(其实,翠巧本可不必喊这句话而只是唱出发自内心的歌来,这倒与目前的处理稍协调些)。于是,顾青最后留给人的印象就不仅止于苍白无力,而竟至于无情无义了。作为北边封建传统或者说翠巧爹的对立面,从解放区来的顾青应该凭其性格行为、思想感情体现出一种具体的人性的魅力,从而折射出造就并发展了这种性格的环境亦即解放区新生活的美好来。这样,翠巧的出走既显得必然,同时也使她的抗争的涵义更加明确。而当顾青像目前这样以时代精神传声筒的面目出现时,实际上这个形象就被抽象掉了,成了模糊不清的'救星'的象征。"见叶小楠《三个层面——谈〈黄土地〉》,节选自《话说〈黄土地〉》,中国电影出版社 1986 年版,第 230—231 页。

家们把情节看成是单纯的时间上的安排与游戏。他们希望采用自然科学式的态度,将其仅仅看成是因果关系。叙事学在此表现出了极大的局限,他们武断地割断了情节安排与作者意图之间的关系。其实,即便只是这种因果关系,叙事学家们也同样暴露出自己的武断与偏激:在康德看来,因果关系是人的先验的认识范畴,是人对经验材料的整理加工规定的先验形式。康德的论述是建立在对自然科学的认识论基础之上的,而人文学科中对因果性的表达就更具有主观性。这同一个人的前理解有关,或者说因果关系是一个人既有的立场观点的反映。叙事理论家们刻意将因果关系说成是单纯的时间的安排并不完全正确。这是叙事学家们在研究中刻意回避意识形态的结果,也是片面地将自然科学中的东西简单套用。

在传统看法中,大多理论家认为情节和创作主体意识密切相连。"从审美的广义上说,作为(现实主义作品的)形式的情节表现和集中着生活内容的实质、它的社会规律性和生活客观运动的逻辑。可以说,情节是研究人的生活的独特形式。情节是处理方法、是立场观点、是作者的生活态度。"① 就一般而论,人们往往把情节分成一个开端、发展、高潮和结尾这几个部分。理论家们一般认为:"正是通过结局,作者的意图、作者思想的发展、作者思想的脉搏才会直接地传达给读者。"②日丹对电影情节的这种评价同样适应于小说乃至其他文学作品。从这个意义上说,我们可以比较电影的情节与原小说情节的异同来确定改编是不是忠于小说的思想。叙事当然包含有其自身的思想含义。情节与思想性含义的关系在西方是不言而喻的。美国新批评的代表人物彼得•布鲁克斯把情节定义为"叙述的设计和意图,是形成一个故事并赋予某种方向或意图的东西"。路易斯•贾内梯教授对电影的看法被喻为"典型的美国人的电影理论视点"。③ 在那本影响广泛的著作《认识电影》中,他发挥说:"情节包括作者不言而喻的观点,以及由各种场面组织成的某种美学形式。"④ 情节与作者的思想意识有着密不可分的关系,是西方的非叙述学家们的常识性看法。叙述学回避意识形态就刻意回避情节的意识形态含义。看来这并不是一种科学的态度。这样做,往往服人之口而不能服人之心。一个传说可以很好地说明情节与思想表达之间的关系:曾国藩率部与太平军打仗,战事极其不利,幕僚草拟文书用了一词"屡战屡败",曾国藩挥笔一改,成了"屡败屡战"。无疑,这两个词都是对各自眼中事实的描述。但两个词对事实的描述却有不同的时间观、情节观、思想观,有了不同的开始与结束。我们可以想象这样的一个序列1—2—1—2—1—2—1—2……(这里 1 表示作战,2 表示失败),显然幕僚选择的是 1—2—1—2—1—2—1—2;曾国藩选择的是 2—1—2—1—2—1—2……。起始与结束的时间不同,构成了"屡战屡败"和"屡败屡战"这两个不同的情节表述。两个人用词不同的实质是情节建构的不同。这种不同不仅是情节的先后顺序不同,更重要的是,这种情节顺序的变化中所显露出来的叙述者的思想意志等的个体存在特征迥然有别。

我国传统文学理论中虽然没有情节这一概念,但是对通过叙事表达叙事者的评价判断等问题却具有很丰富的概括与观察,很早就有所谓的"春秋笔法"、"微言大义"等理论概括。清代刘熙

---

① [俄]日丹《影片的美学》,于培才译,中国电影出版社 1992 年版,第 272 页。
② 同上,第 383 页。
③ [美]路易斯•贾内梯《认识电影》,胡尧之译,中国电影出版社 1997 年版,第 441 页。
④ 同上,第 208 页。译者云:"《认识电影》一书是美国大专院校文科电影课程的必备教材。"

载有一系列在现代看来也并不过时的观点。他对叙事的看法并不如法国叙事学家们那样对叙事主体断然抛弃,将叙述中的意识评价等断然否定。他说:"叙事有寓理,有寓情,有寓气,有寓识。无寓,则如偶人矣。"① 叙事主体已经内在于叙事之中。读者能够从叙述中重建出一个叙事的主体来,并能了解到他的思想观点,看到叙事者的生命气质。刘熙载也注意到叙事视点的问题,他将视点问题和叙述主体对叙述对象之间的情感评价联系了起来。他说:"文有仰视,有俯视,有平视。仰视者,其言恭,俯视者,其言慈,平视者,其言直。"② 叙述者的思想、观点、认识、评价等主体的意识决定了情节的设置与结构。所以一些理论家将情节放在艺术中最为重要的地位:"情节就是立场。改变前者(情节)就等于改变后者(立场)。……这就是情节的真实本性。……情节首先是完整地观察和思考的本领。难怪歌德曾经说:'还有什么比情节更重要呢,没有情节,全部有关艺术的学说又有什么意义呢?'"③ 小说叙事通过情节的建构来表达思想意义,这对电影叙事来说同样如此。而对电影改编来说,影片的叙述者可以通过对小说情节的再现来对他所赞同的小说思想进行表达。当然,改编者也可以通过改变情节来否定或者修正原文学叙事的意义。不过,在将文学叙述转换为电影叙述时,这种情节上的一一对应关系却不常见。但这并不能说明改编就改变了原著的意义。毕竟,电影叙事是由复杂多变的媒介材料建构起来的。它们之间会形成不同的对应关系。不过,如何在改变了情节的情况下保持意义表达的一致性却是影片叙述者所经常面临的问题。

在文学叙述中,如果有相应的情节,影片的叙述者就可以将现成的情节使用在影片叙事中。不过,文学叙事的意义并不只有通过情节来表达这唯一途径。在许多情况下,文学叙事者可以直接表达思想。也就是说,对文学叙述者来说,它完全可以"离事而言理"。一旦电影叙述者遇到了这种情况,他就面临着一个很困难的情况,他不得不建构情节来再现原文学叙述所表达的意义。这是一种很难的改编活动。法国导演特吕弗说:"如果说 25 年来我学到了一些东西,那就是把一部小说改编成剧本比自己写一个剧本难,更确切地说,当我从零开始,也就一切从一张白纸做起时,我能使观众很好地理解我。"④ 这可谓经验之谈。就散文《深谷回声》而言,其中对翠巧的悲剧着墨不多。我们在上一章中提到,翠巧的悲剧就叙述上来说,是一种"牵连得书"。具体的事件进程作者无从得知。当然,这对文学叙事者来说也没有必要详加叙述。但于电影则不然,电影就需要建构出可以体现这一个主题的情节来。在《黄土地》中,翠巧的故事在电影中变化极大。电影叙事建构了一个完整的婚姻仪式,建构了一个比较完整的翠巧从对封建婚姻认同到反抗的情节。对于文学原著中这种没有具体情节的叙述进行情节建构,我们在陈凯歌的电影中有如下几种情况。下面分别进行叙述。

4.3.1 将文学叙述中的思想建构成电影的情节

在小说《孩子王》中,有一条线索就是对教育思想的思考。教育要顺应人的天性。这就是所

---

① 刘熙载《艺概笺注》,王气中笺注,贵阳人民出版社 1986 年版,第 122 页。
② 同上,第 135 页。
③ 〔俄〕日丹《影片的美学》,于培才译,中国电影出版社 1992 年版,第 273 页。
④ 〔法〕特吕弗《最后一班地铁——为何拍?如何拍?》,《世界电影》1988 年第 4 期,第 200 页。

谓的"道法自然"。老杆儿的教学改革在一定程度上就是如此。同时小说更为强调的却是文化与自然的关系,这就是文化高于自然。小说写出了老杆儿看到动物的感受。人正是因为有了文化才高于动物。这些思想很难用图像符号进行表达。电影对这两个主题的叙述是通过增加了一个人物——牛童来完成的。老杆儿第一次见到牛童是在老杆儿去学校的路上,牛童反其道而行之。牛童与老杆儿处在一个对立的位置上。老杆儿所代表的是文化,牛童所代表的是自然,自然和文化相对,但它们之间没有发生关系,自然也没有冲突。当老杆儿教学工作处于困境时,那位牛童出现了,他在另一个空闲的教室里画画。他引起老杆儿注意,当然也引起了学生们的注意。老杆儿尾随牛童而去,但这牛童对老杆儿不屑一顾。老杆儿自恃其文化优势,张口就劝牛童学习:"你是哪儿的孩子?""你念书吗?……怎么不念呢?""我认得字,可要我教你?"牛童对他无言以应,背之而去。牛童的生命状态和学生们的生命状态构成了鲜明对比:牛童声音洪亮,气冲云霄,充满了生命活力;学生们恹恹不振。这使他后来的教改多半取法于自然,取法于牛童。老杆儿在创造一种有生命的文化,一种因乎自然合乎人性的教育。校长送行,老杆儿不言而去,然后放下帘子。画外音出现,那是老杆儿撒尿的声音。老杆儿的撒尿未必不是对权力的反抗,对那时的教育体制的否定。后来,老杆儿回村途中,走进残桩枯树组成的"复活节岛",他又一次和牧童相遇,二人对视良久。这牛童仍然因乎自然,竟当着老杆儿的面撒尿。这两个撒尿的情节形成了鲜明的对比:老杆儿是个文化人,牛童是一个自然人,是一个非文化人。自然人也就成了一个不文明人。陈凯歌用这种方式表明,一个人,既人有健壮的生命,又要有高度的文化。文化和自然生命应该构成一种和谐的存在。

4.3.2　电影改编建构小说所暗示的情节

　　第二种情况是小说中有许多暗示,电影要把这些暗示进行情节建构。在《命若琴弦》中,有许多暗示性的叙述,对故事情节也有许多省略。改编就需要将这些暗示性的情节再现出来,将省略掉的叙述补充出来。《命若琴弦》中,老瞎子一生追求"光明",临老到死,方才觉悟。这篇小说道出了人生的执著与苍凉,通达与超越。小说中,小瞎子懵懂甜蜜的初恋以失败告终,这未免没有作家个人的感伤在里面,所经历人生的极大不幸,也许使史铁生深感不堪回首。这使他将很有冲突的事叙述得很平淡,一笔带过;或者不再提起。尽管他不写或一笔带过,但我们依然能够感觉得到那些事情的存在,感受到史铁生笔下所含的情感风云。电影叙事将那些被史铁生淡化或者回避的事重构出来。也就是说,陈凯歌对小说《命若琴弦》的主导性的思想无疑是同意的,但在电影改编中,他将小说中许多隐而未发的东西重建起来。

　　　　老瞎子终于开了腔:"小子,你听我一句行不?"

　　　　"嗯。"小瞎子往嘴里扒拉饭,回答得含糊。

　　　　"你要是不愿意听,我就不说。"

　　　　"谁说不愿意听了?我说'嗯'!"

　　　　"我是过来人,总比你知道得多。"①

---

　　①　墨体着重,这笔者所加,下同。

小瞎子闷头扒拉饭。

"我经过那号事。"

"什么事?"

"又跟我贫嘴!"老瞎子把筷子往灶台上一摔。①

小说中,老瞎子教训小瞎子,一开口就从两性经验说起,这表明他有异性经验与相应的情感生活。老瞎子说自己是一个"过来人","经过那号事"。正是作为一个过来人,对小瞎子有着深刻地体认,也对他的心理有所提示:

小瞎子在梦里笑,在梦里说:"那是一把椅子,兰秀儿……"

老瞎子静静地坐着。静静地坐着的还有那三尊分不清是佛是道的泥像。

鸡叫头遍的时候老瞎子决定,天一亮就带这孩子离开野羊坳。**否则这孩子受不了,他自己也受不了。**兰秀儿人不坏,可这事会怎么结局,老瞎子比谁都"看"得清楚。

上述引文中还是露出了一些机锋:"这事他比谁都清楚,他受不了,自己也受不了。"史铁生的叙述很节制,这种节制恐怕是史铁生自己的人生伤痛起作用的结果:他不但有正常人的欲望,还有成为一个正常人的渴望。作为一个残疾人,他有人的欲望,但却很难获得实现的机会。这种情况下,"愈挫愈奋",欲望更加强烈。这就更造成不堪回首的挫折感。这使他在书写中有意无意地回避。但这在陈凯歌那里就不成为问题。陈凯歌在去了美国以后,电影观念大有变化。电影没有什么不可以叙述,欲望叙述就更加恣肆了。老瞎子对小瞎子的教训这一情节在电影中被保留。电影中,老瞎子对小瞎子和兰秀交往极其愤怒,竟然要烧掉小瞎子和兰秀约会时所穿的衣服。老瞎子愤怒的实质是嫉妒。老瞎子点燃了小瞎子的衣服,要想将其销毁。突然之间,老瞎子快步走到水桶前将着火的衣服投入水中。镜头忽然切换:台子上,一面镜子,一支燃烧的蜡烛,一条长蛇绕着镜子与蜡烛蠕动。这一镜头含义很明确,兰秀太有诱惑力了,老瞎子自己也完全被诱惑了。尽管他嘴上批评小瞎子,"酷评"兰秀。究其实,这种批评却纽结着老瞎子自己的各种复杂情结。老瞎子的行动才是他的内心的真实流露。

《边走边唱》对老瞎子的情感生活进行了渲染。老瞎子见了青春少女们童心大开,唱歌颇不雅驯。而当他独自一人的时候,他也会伤心地唱起那追忆往日情怀的歌曲。对异性经验,老瞎子难以忘怀,临终前,他还幻想着能够拥有异性。电影中建构了一场械斗,老瞎子将械斗平息后,大病一场。病中,老瞎子想入非非。电影呈现了老瞎子幻觉的三个镜头:老瞎子与河边小店老板娘拥抱;之后的镜头,河边饭店那个光头老板(死神)在一旁观看。这是死神在旁边注视与等待,他的生命即将走到尽头;第三个镜头是老瞎子拥抱着兰秀。这在小说《命若琴弦》没有,但不能说电影中的这一情节没有根据。此后,老瞎子康复,欲望也自然被激发膨胀起来。陈凯歌延续了小说中"自己也受不了"的主题,建构了老瞎子与小瞎子的争风吃醋。他来到小瞎子和兰秀的幽会

---

① 见史铁生《钟声》,北岳文艺出版社 2001 年版,第 126 页。

之所,此时二人正在熟睡,老瞎子竟然情不自禁,爱抚兰秀。当然,老瞎子的内心经过一番挣扎,最后还是"止乎""男女之大防"。无论是在小说中,还是在电影中,当老瞎子内在欲望膨胀时,他说话自然也言不由衷。这使小瞎子对老瞎子产生逆反的心理与行为。

小说《命若琴弦》对老瞎子之死略而不言。到了电影中,陈凯歌对此"大书特书"。影片为老瞎子安排了一个崇高葬礼,向观众展示了一个民俗奇观——水葬。据说,在世界上,水葬是某些民族对最高领袖们的特殊葬礼。用这个葬礼用意很明确,老瞎子是电影所叙述的故事世界里的最高精神领袖,老瞎子得到了村民们的景仰。

《命若琴弦》结束在小瞎子接受老瞎子药方的地方。这暗示了小瞎子人生的宿命,也暗示出了人类命运的宿命。影片中,在老瞎子的葬礼之后,小瞎子打点行李要离开这伤心之地,"看世界"的信念已经牢牢地根植于他的心中,对那药方珍重无比。当这种信念确立在小瞎子的心中的时候,那付药方究竟是什么已经不重要了。小瞎子最后藏在他那琴匣里的已经不是老瞎子临死所给的药方了,而是那封兰秀的遗书。反正是瞎子,那上面是什么对他们来说是不重要的。小瞎子走出庙外,迎面碰上村民,这是对老瞎子这位可敬的神缅怀不忘的村民。他们认出了老瞎子的那把琴——这将被他们当作圣物。然后他们像对待老瞎子一样,将小瞎子抬起。不管小瞎子愿意与否,他的神力已经被村民看到。他已经成为一个神。村民们也不会在乎他个人对此是什么态度了。小瞎子再次成为一个"老瞎子":小瞎子被村民们抬举成"神"。小瞎子最后走向那荒郊野外,放飞了那张蝴蝶风筝。老瞎子当年所唱"千弦断,琴匣开"的旋律再次响起,又一个"神"产生了。人类的宿命循环不已。

4.3.3 思辨性叙事的情节建构

在陈凯歌的改编中我们发现第三种情况,那就是小说中有大量的思辨性的东西,这些思辨性的心理叙事被转换成了幻觉而出现在电影叙事中。

小说《命若琴弦》叙述老瞎子对信念执著一生,其间不乏情绪波动,也有不少理性思考。有不少地方叙述出了老瞎子那种思辨性的意识活动。这种思辨性的意识活动对小说来说很容易,文字本来就是直接表达意义。这对电影叙事来说,通过一个个具体的画面来叙述当然很困难。陈凯歌通过建构几个老瞎子的幻觉来表达相应的内涵。下面以电影《边走边唱》中的第一个和最后一个幻觉为例来说明。

小说中,老瞎子"曾经巫山",为情所伤。陈凯歌抓住这条暗示,进行了大肆发挥。这构成了电影中的第一个幻觉。电影中,那个荒野的"饭店"实为一个太虚幻境,或者说那是老瞎子的个人的幻觉。老瞎子进店,面对欲望的诱惑是将其弃置于道边和不闻不问,小瞎子欲望兴起,小女孩闻声而至,老瞎子一声呵斥,使小女孩惊吓不已,而其他客人面对欲望的诱惑而争夺厮打,老瞎子拨动琴弦,声起斗停,引来客人的敬意。打斗者竟然要将这欲望的对象献于老瞎子。老瞎子挥手拒绝,随手一推,无意间竟转让给了小瞎子!举世滔滔,老瞎子终究抵抗不过,由此开始了一个世俗化的过程:唱出了长久压抑于心中的歌:"我本是普天下浪子班头,盖世界风流领袖。"此歌一出,心声发露。老瞎子既有其神圣的一面也有放荡风流的一面。这个幻觉表现老瞎子对自己生命的忧虑,老瞎子潜意识中也知道自己已经途穷日暮了。摆渡者对老瞎子所说的"你那弦子慢慢地弹"就是一语双关的警示。这也是将"命若琴弦"这一命题情节化的一种方式。这个幻觉集中表现了老瞎子对命运的困惑、对死到临头的惊觉以及他对小瞎子与异性交往的戒备和自己对异性的想象性的满足。

《边走边唱》中,老瞎子在临终时对生命彻底觉悟,明白那奉行了一生的"药方"使自己成为一个世上最幸福的人。老瞎子将遗言嘱托给了小瞎子后,再次出现了幻觉。这是一个告别人世的演出幻觉。老瞎子唱着悲壮而又很世俗化的歌曲告别了人世:"有一天女人们走过来,问我,问我看见了什么,我说,我什么也看不着。有一天男人们走过来,问我,问我听见了什么,我说,我是个聋子,我说,有什么也听不着。有一天娃娃们走过来,问我心里想什么,想什么,不说,你来,你来摸我,哦。有一天,天上打了雷,地上着了火,大家一起走过来,说,你不瞎,你不聋,还年轻着,你看得见,你听得着,你唱歌,你说。有一天大家都唱了歌,唱歌,不难过,唱歌,快活,唱歌……"这是老瞎子最后的觉悟,也是他想告诉小瞎子以及所有世人但却不能直言的觉悟。这一次演唱,多了一个特别的听众——死神——在一旁注视着他的一举一动。随着歌曲即将结束,死神转身而去,他也将老瞎子的生命带走。歌曲结束,老瞎子的生命也就结束了。老瞎子对师傅药方的觉悟、对生命的觉悟。这是一个临死前的对于生命觉悟的幻觉化叙事。

由于文字符号的抽象性,文学叙事中的思想就显得尤为重要,正如我们在前面所到的,叙事的抽象性可以使文学叙事"离事而言理"。当文学叙事被转化成为电影叙事时,文学叙事中的"事件"可以很方便地呈现于银幕,而文学叙事中的"理"却需要电影叙事者大费一番脑筋。可实可虚,既可以从生活中找到相应的典型的事件去呈现相应的"事理",也可以重建情节,创造出一个能够表现相应道理的事件。显然,就主人公的那种颇具思辨性的感悟来说,电影叙事者可以发挥想象,通过一种构建一种心理幻觉来实现文学叙事中的思辨性的心理意识。

4.4　故事意义与媒介

前面说过,故事是叙述者建构而成的结果,故事的意义和故事的开端与结尾密切相关。要想比较故事的意义变化与否,我们就要看看故事的开头与结尾是否发生了变化。同时我们还要看看一旦变化出现,这种变化是否和媒介相关。但是,这里面又有一些很复杂的问题出现。

4.4.1　多重故事与意义复杂化

就传统的故事意义理论而言,每一个故事都是一个被赋予了意义的独特结构,它是生命、生活本质化了的形式。当文学叙述就有可能被转换成电影叙述时,由单一故事的叙述转换成为一个多故事的叙述。这就造成了电影叙述意义的丰富性,造成了意义的增值。散文《深谷回声》的结尾指向现实,写出了不同时代的女性的不幸事件。电影叙事去掉了原文学叙述的开头和结尾,单纯利用了文学叙事中的主体部分。① 在《黄土地》中,它保留了散文叙述者对回首往事的叙述,

---

① 散文开头写怕听到某种特殊声音,从而引出下面的叙事。结尾写有感于"女支书"跳海而想到往事,感慨封建传统难以消除。

这就是电影中那关于顾青的故事的叙述;同样叙述了一个由封建制度所造成的不幸的婚姻悲剧,即翠巧的故事。电影也塑造了一个处于传统生产方式下的痛苦不幸而又无奈的慈父的故事,此外,电影还增加了一个下一代(憨憨)奔向光明、革命的故事。同时,这里有作为一个整体性存在的农民,他们生活在重压之下,但严酷的生活条件并没有使他们失去对美好生活的向往与渴望。尽管由于种种条件的制约,但那种对美好生活的向往与渴望的仍然让人感动不已。他们身上蕴含着生命的伟力。当他们一旦被引导到了正确道路上,蕴藏在他们身上的那种生命活力就会很快地迸发出来。尽管一些论者可能认为,故事的意义在于叙述者而不在于媒介。我们不否认叙述者对意义产生所起的决定性作用,但同样不可否认是媒介为其提供的呈现多种意义的可能性,并且,随着电影媒介而呈现出来的许多冗余信息却是叙述者无法避免的。正像本文前面所说的那样,文字媒介的干预造成一种两元对立的思维模式,形成一个故事的叙述,它产生了一个意义。而电影的图像符号的同时共存的呈现方式往往会形成多个故事的叙述,也必然相应地呈现了多个意义。电影多重意义的存在是不可避免的。这种特点可以使由小说改编而成的电影增加多个意义。

4.4.2　故事世界的意义增值

基于语言的线性特点,作者们无法将人与环境关系的整体性再现出来。于是在文学叙事中,人物描写与环境描写只好分别开来。这就导致了文学叙事对于人与世界关系的主题不太好表达。而电影则不然,人的活动无法脱离环境,人与自然的关系就被电影自然地呈现了出来。

《深谷回声》叙述发生在陕北的事,但对陕北的环境着墨甚少。但是到了电影中,陕北的自然景观就呈现了出来。在《黄土地》中,开头与结尾都是黄土地的镜头,这让观众看到这里的自然景观,看到这里人们的生存状况,看到这里基于这种自然环境而产生的特殊文化。电影中,除了黄河是电影作者有意增加之外,其他景物影像应该说内含于散文之中。对于我们的文学阅读来说,无法去再现与思考陕北的自然环境与人的这一主题。"镜前实有,有形必录",这些物像自然出现于银幕之上时,人与自然的关系就由隐而显,自然而然地引起了观众的高度注意。我们知道,陈凯歌和张艺谋拿到剧本后千里走陕北,那里的自然景物与人文特色引起了他们的强烈震撼,电影的摄影对陕北的自然景色进行了特别的关照。大量的空镜头出现于人物行为的前中后,这些空镜头既构成了一个个隐喻又直接呈现了自然与人的关系,显现出了自然对人的制约与束缚。于是,自然与人的问题,人与文化的问题也就被呈现出来。这就使电影《黄土地》和那个时代思想运动相比有明显的超前性。它超越了单纯的对意识形态的批判,也超越了对中国文化的思想文化批判。它将中国文化与文化的存在基础进行审视,进入到人与自然以及人与文化的探索之中。显然,这得力于电影媒介的自身优势。从这个意义上说,电影叙事的特点就是克拉考尔所说的对"物质现实的复原。"这一命题的准确的含义诚如布朗所说:"《电影的本性》一书的副标题是'物质现实的复原',这一标题至少在西方是特别具有精神意义的。'复原'一词在基督教中是指个人得到'拯救'的方式,即一个人以一种新的、脱胎换骨的方式在宗教上找到自我的过程。因此,这本书是表述了两个中心思想——其中之一我愿称之为'神学的表述'或道德的表述,另一个是美学的表述——并把它们串联在一起。根据克拉考尔的观点,电影作为一种媒介物可以弥合异化了的主体(或异化了的群众)与物质环境间的裂痕。"① 略去其中浓浓的基督教气息之后,我们至少可以看到,电影叙事中,同时能够呈现两个主题,其一即人与自我、人与他人的叙述;其二就是对人和自然关系的叙述。这种观点不只是理论家们的看法,电影艺术家也同样持有这种观点。塔尔可夫斯基也说道:"电影是第一个由科技文明所产生的艺术形式,它呼应了一项极重要的需求。人类必须拥有这项工具才能增加其对真实世界掌握的能力,因为任何艺术形式都只局限于以片面的情感和心灵来探索周遭现实。"② 这种观点看来是这位艺术家的一贯思想,他多次对这一思想做了不同形式的表达:"把人与无限的环境相对照,把人与他身边的或离他极远的无数人群相比较,把人与整个世界联系起来——这就是电影的意义所在!"③ 就人与世界关系这一个方面而言,文学叙事难以表达。将文学叙事转换成了电影叙事后,电影媒介就自然而然地增加了相应的思想主题。

4.4.3　故事的文化意义呈现

电影叙事依赖图像,图像符号与其客体之间没有距离,是一种短路符号。④ 这样,也造成了电影叙事与现实之间也相应形成了一种短路叙事。这就是所谓的电影的纪实特性。这种纪实特性使电影最大限度地保留了现实的真实状况,也就保留了这个现实世界的全部的否定的文化信息。小说写人,人当然不能离开自己赖以生存的物质文化环境,小说叙述的处理往往把人从环境中抽取出来。当然,有的小说家会为了渲染氛围制造意境,会进行一些环境描写,但是,这和电影的画面叙事中环境呈现的自始至终相比,就有了非常大的信息量的差别。"一个画面抵得上千言万语",这正是对电影叙事中巨大信息量的直观描述。

当空间与物像被电影呈现出来的时候,我们就直面自然或者某一个具体的场景。就前者而言,自然也是被"人化了的自然";就后者而言,场景更是人在自然中或者在人自身建构的空间中活动的场景。我们从中就会看到人的活动,活动的遗迹,看到活生生的文化,看到文化的真实存在。和电影叙述相比,文学叙述不但对世界的呈现与叙述无力,它对人类文化的呈现也就显得更加无力。人类文化不仅仅是见诸于口头的传说,也不仅仅是形诸于书面的记载,更不仅仅是一件被珍藏于博物馆的艺术品,而在于一个活生生的物与人的不相分离中所表现出来的那种整体性的存在。这个整体性的存在也只有在"物质现实的复原"中才能留诸于后人,才能呈现于他者。不管这一个他者是一个同文化的他者、内部的他者还是一个异文化中的他者,皆是如此。毕竟,我们只有在耳闻目睹后才能得以感受到文化的魅力。电影成了文化传播最有力的媒介:"电影可以说是一种特别擅长于恢复物质现实的原貌的手段。它的形象使我们第一次有可能沉醉于组成物质生活之流的各种物象和事件。……绘画、文学、戏剧等,不管它们跟自然界有多大牵扯,它们

---

① [美] 布朗《电影理论史评》,徐建生译,中国电影出版社 1994 年版,第 65 页。
② [苏] 安德烈·塔可夫斯基《雕刻时光——塔可夫斯基的电影反思》,陈丽贵、李泳泉译,人民文学出版社 2003 年版,第 86 页。
③ 见李宝强《七部半——塔尔科夫斯基的电影世界》,中国电影出版社 2002 年版,第 268 页。
④ 见周传基《电影·视·广播中的声音》,中国电影出版社 1991 年版,第 17 页。

并不真正地再现它。"①电影媒介的这种特点表现在每一个影片之中。我们上面所提到的那些空间，无论是《孩子王》中偏远的云南或者是陕北的黄土高坡，我们都见到了那独特的自然景物与文化景观。这一特点在陈凯歌将《霸王别姬》转换成电影时表现得最为明确。单就《霸王别姬》中的《贵妃醉酒》就能（见下图）说明这一个问题。

　　这一幅取自《霸王别姬》影片的截图。舞台上，高力士前来给杨贵妃敬酒。我们看到，酒杯托盘，上面充满了花纹，做工精良，令人感叹。高力士作为一个献媚的太监，衣冠迥异于常人，这些衣冠标志着一种特殊的文化现象。高力士献酒的方式，以及这作为一种对宦官献酒的京剧表演，这在两者中，后者起到了关键性的作用。这既是中国文化的一个特殊方面的表现，又是京剧表演艺术的独特风韵所在。作为舞台上的杨贵妃，其唱念做打无不显示出京剧文化内涵以及再现对象（即京剧所表现的古代中国文化）的文化内涵（电影中男主角对京剧表演概括说，"京剧讲究的是个情景"，也就是对空间的表现就是文字所表现不出来的，空间的展开是从四个维度进行的，文字的线性特点决定了它只能从一个个维度上进行分别地表述）。京剧中的动作一招一式自有意义所在，只要我们想一想如下一个细节就足以明白京剧动作的微妙所在：电影中，袁世卿与段小楼争论霸王回营亮相究竟应该走几步，是走五步还是七步？走五步"威而不重"，走七步"气度尊严"，这就说明京剧中的"做"的表演"学问可大着"。② 在舞台上，一个大红色的幕布，上面的图案龙凤呈祥，这是对杨贵妃卧室的暗示。京剧演出有各种道具。这些道具自有它们的质地和色彩，自有它们的图案，这些色彩与图案无不是中国文化观念的表现，也无不是作为京剧构成因素的表现。电影叙述了一场关于现代戏的争论，其中程蝶衣就强调了京剧行头的重要性，甚至主张现代戏穿上了现代服装就不是京戏了："现代戏的服装有点怪，不如行头好看。"京剧有自己的脸谱，小说中就干脆不提。小说中曾叙述过师兄弟二人勾脸的事！就这场戏而言，不但有这些京剧表演自身的现成的脸谱，还有舞台后面正在勾画着的脸谱。舞台后面，菊仙为段小楼勾脸谱，段小楼说"我师弟说这眉勾得立着的点才有劲"，怎样才算"立着点"，语言没有办法表现。

　　作为一个完整的文化表演，电影《霸王别姬》还表现出了完整的京剧表演空间——剧场。电影中还有京剧表演所在的场所的呈现——雕栏画栋的戏楼。此外，京剧表演艺术作为一个整体，

①　[德]克拉考尔《电影的本性——物质现实的复原》，邵牧君译，中国电影出版社 1981 年版，第 380 页。
②　电影台词。

还有位于舞台边缘上的京剧乐队,胡琴与锣鼓。这乐队与表演之间的关系随着演出的进行也自然呈现给了观众。一个表演的场域,自然还有观众对京剧的观看方式的再现:最下坐的是一般观众,蹲在地上,而上层的包间坐着社会权力谱系中的上层:袁世卿带着他的仆从一起来观看,他的仆从人员一旁伺候,备好桌上的点心。随着剧情的进展,袁世卿也像程蝶衣一样而进入"人戏不分雌雄同在"的境界。下层的普通观众无法进入袁世卿一样的艺术境界,吆喝就是他们的评判,就是他们的文化。就这场戏而言,还有特殊时期的京剧生态的反映。电影中这时日本侵略者已经占领北平,他们正坐在上层包间中,正对着舞台,欣赏程蝶衣那寄托着控诉日本侵略罪行的唱词。这里还有日本文化的呈现:日本女性跪坐的观看方式。这里甚至还有汉奸为虎作伥的场景,还有中国民众利用剧场所进行的不屈抗争,如散发抗日传单,等等。电影以它的媒介的特性全景性的完整展示了京剧文化的魅力和它的各个方面。

同样道理,在小说《温柔地杀我》中对主人公活动的物质世界几乎没有什么笔墨,但在电影中,我们却多方面地看到了英国的风景,看到了伦敦的各种建筑,如地铁、体育馆等,我们看到了他们的各种物质文明,如种种的家具、办公器具,领略到一个现代西方文明的镜像,看到了他们的一些婚姻习俗仪式。电影再现了西方物质文化与精神文化的诸多方面。

电影本身就是一种现代文化,处在当代文化整体之中,不废建构着那种属于自己的特有的文化形态,并且还直接呈现着各种各样的文化形态。由于本书的重点并不在此,对文化问题也就只能做到连类及之了。

5 物质载体对故事转换的制约

对电影与小说早在两千多年前的改编关系，人闪总是投入了很大亚里士多德《诗学》，对艺术的热情。毕竟划分就从摹仿的媒介、对象和方式对艺术进行了划分。媒介首先是物质性东西，它使艺术得以成为艺术。不同的艺术依赖于不同的媒介，不同的媒介建构出了不同的艺术，并深深地影响着某种艺术的构成。这个思想影响极为深远。到了现代，对艺术的物质媒介的关注得到了加强，甚至在一些思想家理论家那里构成了思想、理论的逻辑起点。在海德格尔那里，艺术品首先是一个"物"，但这一个物不同于其他，它开启了存在。俄国形式主义者们则千脆从媒介的角度把小说和诗歌视为技术的产物。尽管海德格尔反对现代技术，而俄国形式主义者抒情的拥抱技术，但他们视文学艺术之为"物"则是一致的，则使人深受启迪。在视文学艺术之为"物"的情况下，我们不妨再和马克思关于商品、技术、生产的思想中获得一些灵感。文学艺术之为"物"，它凝结着人类的劳动、价值、技术，它受科技与生产力，受生产关系，受思想、意识形态的巨大影响，是思想和意识形态中的各种力量的竞争和斗争场所。

现代小说是文学家族的新兴成员。电影是新兴的艺术样式。就小说而言，照巴赫金的观点看来，认为，小说这种体裁的兴起利科学精神紧密相连。可以说，现代科学精神的产生导致了小说的兴起。也另有学者认为，小说的兴起和纸质媒介的兴起相关联。廉价的纸张的印刷技术的出现使得作家与出版者可以极其便利地书写与印刷，几乎不受什么成本制约地将所希望表达的东西书写下来传播给他人。电影的历史则更短暂，它是如果说这些对小说的看法还存在着一些争议的话，那么对电影艺术与现代科学和媒介的关系则可以说并不存在什么争议。电影就是和科学技术与科学意识更紧密地联系在一起的。一方面电影的产生依赖于摄影器材的发明，另一方面，有人说电影产生于人们对运动研究的渴望。不管怎么说，当，人们往主往把电影的起源与人们美国想弄明白马究竟是如何奔跑时四蹄着地相联系时。这就说明联系表明，电影媒介的产生与人们认识外部世界的关系密不可分。电影媒介由于能够将人们眼睛所不容易看到的东西早现出来。它因满足了人们认识世界的好奇心而产生了魔术一般的力量。但是。现代电影艺术更是与高科技联系在一起，电影媒介需要一系列精密复杂成本高昂的机械产品和化学制品作为载体，这就使其成本巨大。这些因素的存在使得电影叙事比文字叙事受到更多的制约。

不论纸质的叙事还是电影叙事，作为一种传播媒介，也像其他媒介一样，一端连接着信息发出者，一端连接着信息接收者。不同信息载体的媒介内在地体现着信息发送者与接受者之间的关系。事实上，就文学叙事理论而言，人们已经注意到了这种关系对叙事的内在影响。法国学者肖尔斯和克洛格说道:"叙述艺术的实质,存在于说书人与故事之间的关系中,存在于说书人与听众之间的关系之中。"① 巴赫金也说过:"作者和主人公的相互关系从来不是两者现实的亲密的相互关系:形式始终在考虑第三者——听众,后者对作品的所有成分也给予最本质的影响。"② 无疑,听众非常重要,听众早已经内化于媒介之中了,只是我们需要善于发现他们的存在。对电影来说,观众之重更是如此。

5.1 媒介载体对叙事时间之影响

电影作为文化商品,其商品性是与生俱来的。资金是影响电影创作最为直接外部因素。没有资金,就没有产生电影所需要的一切。资金包括电影的投入和发行的收益。收益的最大化是电影人所必须考虑的。资金或者使电影沦为一种保守的消费品,只为票房服务;或者推动艺术家进行不断创新,用它的独特的魅力来吸引观众从而获得高额利润。这就是人们通常所说的资金对电影商品的双重性。除此之外,资金作为外部因素会影响到电影的内部。电影媒介的载体是由一系列的机械设置——摄影机、放映机、胶卷、银幕、影院等——构成的。就成本而言,文学叙事低廉,电影昂贵。前者的阅读接受是一种个人化的行为,读什么、怎样读完全由个人支配,随其所好;后者则不然,让许多人坐在黑暗的影院里观看,这形成了电影的大众化与商业性(随着电脑、网络的兴起,观影的私人化也迅速普及)。一部影片在理论上是被许多人同时观看,它也就有了巨大的影响力。于是,它又受到可以操纵它的权力制约,这些因素就会被内在化于电影之中。众所周知,文学经典由于其接受的广泛性,它们往往成为改编的对象,许多作品还被一再改编。同时,我们看到,一部在商业上成功的文学叙事,不管它在艺术上怎样的糟糕,它也往往会被改编成为电影。就陈凯歌的改编实践而论,这种情况多次出现,《霸王别姬》是如此,《温柔地杀我》也同样如此。

尽管现在不少人很少走进影院,而是坐在家里独自播放碟片的形式来观看电影。但是,看碟的效果无法与在影院观看的效果相比较。研究表明,观看碟片比在影院观影所获得的信息量要少20%。正如彼得斯所说:"有时候,甚至图像载体,即电影的真正实体,也具有它自己的形式属性。当我们把在电影院里放映的彩色影片和同一部影片在电视的小屏幕(只适宜放黑白片)上的播放效果做比较后,我们常常感到失去了什么东西:电视上的图像没有给我们这部原片在电影院里放映时所产生的那种感觉和气氛。这时,实体上的差别变成了形式上的差别。"③ 但对许多人来说,并不考虑这种差别。不过对许多发行商来说,影院观影仍然是最主要的观看方式。这种观看模式使得电影叙述对时间有很强的制约性。影片放映商会自己动手来改变电影的长度,这就会使电影艺术家们设法将电影的长度控制在90~120分钟之间。电影载体与放映的这种特点

---

① [法]利科尔《解释学与人文科学》,陶远华译,河北人民出版社1987年版,第291页。
② [俄]巴赫金《巴赫金全集》,河北教育出版社1998年版,第2卷,第101页。
③ [荷]彼得斯《图像符号和电影语言》,一匡译,中国电影出版社1990年版,第14页。

使得电影艺术家们不得不考虑电影的长度。电影的媒介与成本以及商业放映因素都作用于电影叙事。这种情况下,一个文学叙事再被转换成电影叙事时就会影响到电影的时空变化。文学叙述中的复杂时空,到了电影中,就被压缩或者简化了。

5.1.1 时间压缩

我们在前面的分析中曾以它为例来说明电影改编原来以语言为主的叙述变成了以动作这主的叙述。其实,我们同样可以看到改编中的时间变化。小说《孩子王》中有两次宴饮的叙述。第一次是老杆儿拿到通知后,知青们欢送老杆儿。第二次宴饮是老杆儿在学校教了几天之后回到队上,大家相见甚欢。这里涉及很长的时间:

老黑见我回来,**很是高兴,拍拍床铺叫我坐下,又出去喊来往日要好的,自然免不了议论一下吃什么,立刻有人去准备。**① 来娣听说了,也聚来屋里,上上下下看一看我,就在铺的另一边靠我坐下。床往下一沉,老黑跳起来说:"我这个床睡不得三个人!"来娣倒反整个坐上去,说:"那你就不要来"……**出去搜寻东西的人都回来了,有干笋,有茄子、南瓜,还有野猪肉干巴,酒自然也有。老黑劈些柴来,来娣支起锅灶,乒乒乓乓地整治,半个钟头后竟做出十样荤菜。**大家围在地下一圈,讲些各种传闻及队里的事,笑一回,骂一回,慢慢吃酒吃菜。我说:"还是队里快活。学校里学生一散,冷清得很,好寂寞。"来娣说:"我看学校里不是还有几个女老师吗?"……**饭菜吃完,都微微有些冒汗。来娣用脸盆将碗筷收拾了拿去洗,桌上的残余扫了丢出门外,鸡、猪、狗聚来挤吃。**大家都站在门外,望望四面大山,舌头在嘴里搅来搅去,将余渣咽净。我看看忙碌的猪狗,嘴脸都还是原来的样子,不觉笑了,说:"山中方七日,学校已千年。我还以为过了多少日子呢。"**正说着,支书远远过来,望见我,将手背在屁股上,笑着问:"回来了?书教得还好?"**我说:"挺好。"支书走到眼前,接了老黑递的烟,点着,蹲下……②

这里叙述老杆儿回到队上,期间有许多事情,时间持续很长。更重要的是,这里面有两次谈话:第一次谈话是在饭前。老杆儿和知青们谈学校的事,讲王福识字的事,讲怎样教学,需要一本字典来威慑学生。这时来娣进来,就接着话题说自己有一本字典,在当时字典极为稀缺,几乎买不到。而来娣再次希望老杆儿帮忙举荐去学校教音乐。这自然引起来娣的音乐技能的来源,由此又引起了知青们关于外国电台的辩论。来娣的音乐知识来自这些境外电台,而这些知青们的知识与思想也同样来自境外电台。第二次谈话在知青们饭后。支书来到这里,由于老杆儿一变而成了"孩子王",他就对老杆儿敬重有加,言谈之中扯到他儿子写信寄信的事。对此,电影中有许多省略与压缩。老黑去外面喊知青们过来的事没有了,出去搜寻菜的事也没有了,做饭、收

---

① 黑体为本文所加,下同。
② 见阿城《棋王》,作家出版社 2000 年版,第 94—98 页。这一部分字数多达 3 500 余,这里为了说明时空的变化,就将那些谈话就省略。这一变化也清楚地体现了小说是以话语为中心,而电影则以运动为中心。

拾饭局、喂牲畜等等也没有了。电影叙事将时间压缩。一上来就是队长和知青们围着吃饭,所有的谈论都放在吃饭中间。谈话也有相应的省略,如关于收听境外电台的话题被省略了(这自然是一种对政治忌讳的回避)。而将王福识字、老杆儿需要字典、队长儿子写错寄信地址等话题都在这一次谈话中被叙述到。小说《孩子王》中老杆儿的一段经历,叙述老杆儿如何认识王福的父亲,了解王福的父亲由于是一个哑巴而受人欺弄的情况——这是造成王福学习刻苦的主要原因。总之,电影叙事存在着大量的省略与压缩,将不同时间的行为压缩到一个时空中。

5.1.2 时空压缩

实际上,在叙事中,时间往往和空间一起变化,事件既在时间中展开,也在空间中展开。时间的变化往往意味着空间的变化。时间的浓缩也会带来电影中空间的浓缩。

《命若琴弦》中,老瞎子去抓药,最后终于真相大白,痛不欲生。但是,为了小瞎子,他回到了野羊坳的小庙里。不过,这小瞎子却因为爱情失意而另走他方。

> 老瞎子回到野羊坳时已经是冬天。漫天大雪,灰暗的天空连接着白色的群山。没有声息,处处也没有生气,空旷而沉寂。所以老瞎子那顶发了黑的草帽就尤其攒动得显著。他跳跳姗姗地爬上野羊岭,庙院中衰草瑟瑟,窜出一只狐狸,仓皇逃远。村里人告诉他,小瞎子已经走了些日子。……在深山里,老瞎子找到了小瞎子。小瞎子正跌倒在雪地里,一动不动,想那么等死。老瞎子懂得那绝不是装出来的悲哀。老瞎子把他拖进一个山洞,他已无力反抗。老瞎子捡了些柴,打起一堆火。小瞎子渐渐有了哭声。老瞎子放了心,任他尽情尽意地哭。只要还能哭就还有救,只要还能哭就有哭够的时候。小瞎子哭了几天几夜,老瞎子就那么一声不吭地守候着。火光和哭声惊动了野兔子、山鸡、野羊、狐狸和鹞鹰。终于小瞎子说话了:"干嘛咱们是瞎子!""就因为咱们是瞎子。"老瞎子回答。终于小瞎子又说:"我想睁开眼看看,师父,我想睁开眼看看!哪怕就看一回。""你真那么想吗?""真想,真想……"老瞎子把炉火拨得更旺些。……①

我们看到,老瞎子回到了小庙里见不到小瞎子。老瞎子极有可能是到了村子里,得知小瞎子已经离开此地。老瞎子然后就去寻找,在深山里找到了小瞎子,将小瞎子拖进山洞,最后将"药方"传给了小瞎子。这里的一个很长的时间过程和不断变化的空间。在电影中,老瞎子回到了破庙里,小瞎子卧床不起,正在悲伤不已。在庙里,老瞎子将"药方"传给了小瞎子。空间和时间都被压缩了。《命若琴弦》是短篇小说,可以想象,如果将中长篇小说改编成电影,时间与空间的变化就会更加显著。

这两种压缩都是一种画面图像的压缩。由于电影媒介中两种最主要的媒介是画面和声音,电影叙述者会通过将其巧妙地结合在一起来达到时空压缩的效果。当然作为叙述媒介的声音和作为叙述媒介的图像与画面有各种各样的结合方式,它们怎样结合取决于叙述者的表达意图。

---

① 见史铁生《钟声》,北岳文艺出版社 2001 年版,第 130—131 页。

不过从叙述这一角度来说,它们的结合可以从共时的角度看,画面叙述的时间和声音叙述不一致,叙述者用声音来对画面进行再叙述,这种叙述一般可以用来对画面的时间空间进行交代。例如,在《温柔地杀我》中,画外女主人公的声音总是作为向警方控告的声音而出现的。这样画面所叙述的是主人公以前的经历,而声音所呈现的则是当下的经历。再如费穆的那部《小城之春》,影片开头女主人公玉纹的话外音表明,她说话的时间是她送走以前情人(章志忱)后。显然,玉纹的独白是对没有预料到的相见的重构、想象和回忆。这里面是女主人公难以割舍的心理的表达。从时间上来说,这是章志忱走后女主人公对往事的回味。而画面则是这位情人来到她家的情景。这样我们看到,电影的声音和画面有着各自的时间与空间,声音和画面就产生了各种复杂关系。这种复杂关系表现在改编上也会把小说中的历时性的叙述转换成为一种共时性的叙述。

5.1.3 通过声画的平行叙述压缩时空

就像上面所说的那样,电影媒介中声音和画面都会有各自的独立性。这就使电影叙事者可以灵活地对原著中的不同时间与空间的情节分别转换成声音或者画面,让它们同时呈现于银幕上。

在小说《霸王别姬》中,程蝶衣在一次演出的空当中来到街上,找人代书一封,给他母亲。

> 蝶衣坐在写信摊子老头的对面。慢慢地近乎低吟地说道:"娘,我在这儿很好,您不用惦念。我的师哥小楼,对我处处照顾,我们日夜一齐练功喊嗓,又同台演戏。虽然有时宪兵部长期包了一排座,白看,不过我们只求平安把戏唱完就是也没出事。这里有十块钱⋯⋯"
>
> 他自腰间袋里掏出一个月白色的荷包,取出钞票,和一张与小楼的合照,上面给涂上四、五种颜色,递给对面的老头。老头刚把这句写完,蝶衣继续:
> "您自己买点好吃的吧。"
> 信写完了,他很坚持地说:"我自己签名!"
> 他取过老头的那管毛笔,在上面认真地签了"程蝶衣",一想,又再写了"小豆子"。①

在小说中,这发生在日寇占领北平前。程蝶衣和段小楼出道后,很快摆脱了一般艺人(他们先前也是如此)那种跑码头演出的状态,开始获得了稳定的收入,两人之间的感情还没有菊仙介入。程蝶衣童年的不幸经历,在心中难以磨灭。程蝶衣初步功成名就,但亲情难舍,不时涌上心头,演出闲暇,有时想到母亲,恍惚之间,他向母亲倾诉他和段小楼的情谊。后来,段小楼和菊仙结了婚。段小楼对程蝶衣在感情上有些疏远。此后,处身于日寇占领之后的北平,生活艰难而又没有情感寄托,他抽起了鸦片。

> 处于日本侵略军占领下的北平,生活艰难,个人的情感生活又没有着落。段小楼娶了菊仙,这使他非常痛苦,就抽起了大烟。

① 见李碧华《霸王别姬》,香港天地图书有限公司 1985 年版,第 63 页。

后来,他抽上了大烟,他也企图用这疑惑的烟霞来结束他生活中的扰攘。

他养了一头猫。它有双绿眼睛。当蝶衣抽大烟时,陪伴他的便是这迷迷糊糊的黑猫。

他抽一口,又把烟喷向它,猫嗅到鸦片的香味,方眨眨眼,抖擞起来。

人和猫都携手上了瘾。①

这两段都在电影中被叙述了出来。不过,前者是以声音的形式,后者是以画面的形式。这两者同时呈现,就电影而言共时叙述,就小说而言,这是历时叙述。从改编的角度来说,陈凯歌首先将这两部分由历时叙述转换成为共时叙述。程蝶衣被法律羞辱一番后获得释放。这其间,菊仙强力介入,却为救程蝶衣而逼着段小楼和程蝶衣分手。在这双重打击之下,程蝶衣沉溺于大烟之中。陈凯歌将这两部分凝缩在一起,用声音和画面同时而分别地进行叙述。前一段在小说中所说的是程蝶衣演出中间找到了一个写信人给自己母亲写信,当然,信的内容是自己对母亲的倾诉,也是对段小楼和程蝶衣两个人关系的叙述。这表明程蝶衣生活在某种幻景之中。他在情感上时时刻刻都依恋着段小楼。电影中小有改变:“娘,我在这儿很好,您不用惦念。我的师哥小楼,对我处处照顾,我们日夜一齐练功喊嗓,又同台演戏。世道虽然不太平安,不过我们只求平安把戏唱完就是,也没出事。”这是画外音叙述,和小说大致相同。电影中,首先出现一对黑红金鱼的画面。镜头慢慢向后拉,我们才发现金鱼越来越多,这是屏风上的金鱼,屏风后面躺着一个模模糊糊的人。这是程蝶衣。随后画面突然切换从上俯拍金鱼缸,一群金鱼在游动,突然出现一声猫叫。程蝶衣向床上爬去,随后我们看到,他抱起一只黑猫,镜头再次右摇,那坤出现在程蝶衣的房内,再一次切换镜头,程蝶衣向“来福”②喷烟。在程蝶衣吸大烟的一场戏中,镜头是通过屏风和鱼缸拍的,镜头透过鱼缸和游动的鱼,看到鱼缸后面一片亮光中的人物有些变形。暖暖的散射光下,程蝶衣披头散发,显得凄惨而无助,执迷于梦境,不能自拔。这样,通过画外音、画面、画内音将小说中的两段同时转换到了电影中。就小说而论,前一节重在程蝶衣的心理。文字媒介只能在历时性地逐步展开。电影媒介则不然,声画可以分开,用画外音的形式将程蝶衣不堪与段小楼分手而内心苦闷以及他因对母亲的思念难以排遣而吸食鸦片的境况呈现了出来。声画分离而又相互补充,渲染营造出了一种气氛,这显然是一个全知全能的视角。从小说叙述到电影叙述,将原来的历时叙述转换成了共时叙述(当然,如果不考虑到小说,仅就电影而言,我们可以将其说成是共时叙述的),这一种转变,在效果上可谐“境界全出”;而从改编角度来看,可谓精神全在。

5.2　欲望的叙述

影片投资巨大,它需要对投资进行收回和获取利益,如何能够获得观众的认同,投合观众的心理,调动观众观影的积极性。这就不得不为电影的投资人和艺术家们所考虑。这种对观众的

---

① 见李碧华《霸王别姬》,香港天地图书有限公司 1985 年版,第 73 页。

② 显然,这是电影中给黑猫所起的名字。

迎合会表现在多个方面。

《深谷回声》是一篇散文是对封建专制文化的思考;《孩子王》是阿城对文化热的回应与思考,阿城思考的是文化与生命的关系问题,思考的是文化与教育的问题,思考的是选择什么样的文化与如何避免空谈文化的问题,小说本身充满了"禅机",充满了许多"话头",有很强的形而上学意味。《命若琴弦》是史铁生个人对生命的领悟,也是对佛教空观哲学的表述。这些作品似乎不是面向大众而是面向"小众"的精英文学。陈凯歌选择将它们来改编成电影,其实就是一种精英之间的交流。经历了美国之旅后,陈凯歌的思想有了很大变化,用他的话来说,"商业是看到电影的希望"。之后,他就向大众与商业靠拢。这一靠拢是从《边走边唱》开始的。但无可否认,这部电影似乎没有处理好大众与精英的关系。李碧华的小说在香港很流行,陈凯歌就改编李碧华的小说《霸王别姬》。尽管这一改编非常成功,但陈凯歌选择改编流行小说的行为本身就意味着他看重观众、市场和商业因素。后来,他在米高梅提供的诸多小说中,他选择了当年最流行的通俗小说《温柔地杀我》,无疑是看重商业因素的表现。毋庸置疑,观众在他的心目中越来越重要了。当他面向精英的时候,他所渴望的是一个真诚的交流。当他面向大众的时候,他渴望的是最大限度地吸引他们,满足他们的窥视欲望。这就表现出不同的叙事策略。

和文字相比,文字所建构的形象是人的心理建构的,而电影的形象则直接作用于我们的视觉,电影是"可见"的。这种"可见"则将一切价值都变成了一种视觉形象,于是在文字媒介中所建立起来的价值等级就有可能被出现一些变化。

> "点尔何如?"鼓瑟希,铿尔,舍瑟而作,对曰:"异乎三子者之撰。"子曰:"何伤乎!亦各言其志也。"曰:"莫春者,春服既成,冠者五六人,童子六七人,浴乎沂,风乎舞雩,咏而归。"夫子喟然叹曰:"吾与点也!"

这一段文字大家都知道来源于孔子的《论语》,这是儒家对政治光明的期许,是对天下太平的期望,是对人生境界的祈盼。"南华秋水余知鱼,东鲁春风吾与点"。曾晰所言体现的是中国人所期盼的最高境界,是中国文化所能想象的最高的审美境界。但我们不妨设想一下,这一境界被拍摄成电影后会怎样呢? 在画面中露点是不可避免的。这样一个中国文化中的居于最高地位的人生的审美境界一下子在电影中成了充满了色相和世俗。匈牙利的电影理论家皮洛说电影是"世俗神话",这里面的关键是世俗二字。

另一方面,电影作为一种典型的大众传媒,它的接受主体无疑是大众。所谓大众,不管我们愿意不愿意承认,总是和受教育程度不高联系在一起。大众的口味就会对电影艺术家们形成直接影响。看懂小说的人必须识字,但看懂电影的人则可以目不识丁。文化就意味着养成,没有受到文化养成的大众口味未免不同于文化精英。

我们知道,《黄土地》中,陈凯歌强调了自我表达,甚至强调了启蒙思想。这使这部电影和一般群众有很大的距离。但陈凯歌在电影中并没有完全忘记普通观众,他做出一些妥协,他希望观众至少能够喜欢上电影中的歌曲,为此,女主角的歌唱由歌唱家冯雪芬配音(这些歌曲也在电影《黄土地》之后流行开来)。可以看出,陈凯歌从艺术生涯的一开始就有一种占有市场的渴望,他总希望对不同的观众都有吸引力。他的观众意识、预设、商业成功的渴望对他的电影叙事有着不可估量的影响。旅美之后,陈凯歌对好莱坞元素产生了迷恋。

在《命若琴弦》中,史铁生对两个小青年的感情叙述很节制,但到了电影中这样就大大地加重了性爱的场景。

> 这天晚上,小瞎子跟着师父在野羊坳说书。又听见那小妮子站在离他不远处尖声细气地说笑。书正说到紧要处——"罗成回马再交战,大胆苏烈又兴兵、苏烈大刀如流水,罗成长枪似腾云,好似海中龙吊宝,犹如深山虎争林。又战七日并七夜,罗成清茶无点唇……"老瞎子把琴弹得如雨骤风疾,字字句句唱得铿锵。小瞎子却心猿意马,手底下早乱了套数……①

小说中那个幼稚而活泼的兰秀转变成电影中春情激荡的引诱者。在河边,女孩子们和老瞎子、小瞎子嬉戏不已。在当晚的演唱现场,兰秀表现得更加疯狂,在大庭广众之下公然挑逗小瞎子。闹得小瞎子心猿意马。一个少不更事的女孩子表现得轻佻放肆,令人瞠目结舌。在小说中,这一对少男少女情窦初开,不谙世事与人事,嬉戏相谑。

> 打了好一阵子,两个人都累得住了手,心怦怦跳,面对面躺着喘气,不言声儿,谁却也不愿意再拉开距离。兰秀儿呼出的气吹在小瞎子脸上,小瞎子感到了诱惑,并且想起那天吹火时师父说的话,就往兰秀儿脸上吹气。兰秀儿并不躲。"嘿,"小瞎子小声说,"你知道接吻是什么了吗?""是什么?"兰秀儿的声音也小。小瞎子对着兰秀儿的耳朵告诉她。兰秀儿不说话。老瞎子回来之前,他们试着亲了嘴儿,滋味真不坏……②

小说中,电匣子这个新奇之物及电匣子中所播出、所展示的新奇的外部世界,将兰秀与小瞎子紧紧地联系在一起。共同听曲乃至相互扭打之中,这些身体接触又触发了青春的敏感和欲望。他们好奇于电匣子所讲的"接吻"。二人在电匣子的引导下也许早晚要出轨出矩,擦出火花。不过文学叙事很有节制。兰秀的家人得知他们恋爱后就不事声张地将兰秀远嫁他乡。

> 村里人告诉他,小瞎子已经走了些日子。
> "我告诉他我回来。"
> "不知道他干吗就走了。"
> "他没说去哪儿? 留下什么话没?"
> "他说让您甭找他。"
> "什么时候走的?"

---

① 见史铁生《钟声》,北岳文艺出版社 2001 年版,第 120 页。
② 同上,第 129 页。

人们想了好久,都说是在兰秀儿嫁到山外去的那天。老瞎子心里便一切全都明白。①

陈凯歌将其进行了非常大的改动。兰秀之父非常蛮横暴烈:既和村民们打架械斗,也因自己女儿和小瞎子的恋情就找来打手横施暴虐。小瞎子不听师父劝告,最终只不过是再次重复了老瞎子的人生。而作为一个过来人,面对这么一个充满了缺憾的人生,老瞎子对小瞎子有着深刻的体谅:这事非要他自己解决不可。影片中,老瞎子也受不住诱惑,重新生起欲望之火,陷入了理与欲的冲突之中。这使老瞎子对小瞎子的教育显得滑稽。当小瞎子和兰秀有了身体上的接触,老瞎子力劝小瞎子"女人家不可靠"。小瞎子不听,老瞎子就将小瞎子约会时所穿的衣服投入火中。但这件衣服上沾了些兰秀气息,这使老瞎子心灵举动失常。衣服刚一着火,老瞎子急忙就将其投入水中,使火熄灭。陈凯歌将镜头转向了台上,上面放着一面镜子,镜旁燃烧着一支蜡烛,一条长蛇绕镜蠕动。这些表明图像符号组合在一起意在表明老瞎子自己其实也早已受到了兰秀的诱惑。也许,老瞎子的教导本来就是出于一种不可告人的嫉意!这种情况下,老瞎子对小瞎子的教育只会产生逆反效果。小瞎子与兰秀的爱情就变得特别强烈乃至于放纵。不过,注定要失败的这场风花雪月使得小瞎子再次回归到"看世界"的追求上,命中注定他还是要成为另一个"神"。

拍完了《霸王别姬》后,一度传出消息,陈凯歌在改编中国古代的著名艳情小说《金瓶梅》。为何没有实现这一计划,外人不得而知,陈凯歌也没有说明。但是从陈凯歌的创作轨迹来看,他对世界对读者的认知有了巨大的变化。《黄土地》与《孩子王》无疑是让精英观众"聚会",但阳春白雪,曲高和寡。《边走边唱》开始向大众妥协,不过陈凯歌所选择的文本仍然是精英文学。这一电影最终既有精英艺术的底子又充满了好莱坞印记:暴力、性爱、变态与乱伦。陈凯歌的电影创作实现了由理性思索向感官刺激的转化。影片《温柔地杀我》中,我们看到乱伦、暴力、通奸、偷情、性虐等应有尽有。本来,小说《Killing me Softly》是一个充满了激情、性爱、惊悚、悬念的小说。这些东西被陈凯歌强化,又增加了暴力、性虐待、变态与乱伦等。②

陈凯歌并不讳言他会从观众接受的角度来考虑电影改编。他说:"我认为《霸王别姬》情节性是很强的。在这部影片里,我们没有太多地排斥情节,因为拍《霸王别姬》的时候,我们就意识到我们要拍的是一部大众电影,希望有更多的观众来看、喜欢、欣赏。"③ 小说《霸王别姬》就是写两个男人的事情,菊仙在其中几乎没有什么分量。小说中没有写段小楼如何认识菊仙,更没有段小楼和菊仙结婚的当天程蝶衣为此而醋意大发;没有菊仙管教段小楼的事件,更没有菊仙流产的事。小说中,他们都是芸芸众生的一员,对这个社会的变动无能为力,不是苟且就是逃避。在小说《霸王别姬》中,段小楼的妻子菊仙并没有占据什么分量,对她的叙述也非常有限。下面几处是比较集中的叙述:

---

① 见史铁生《钟声》,北岳文艺出版社2001年版,第131页。

② 这些特点使得对陈凯歌的电影很有期望的观众很失望,发出了"比好莱坞还好莱坞的批评";更有一些评论者语言更为激烈。

③ 见李尔葳《直面陈凯歌——陈凯歌的电影世界》,经济日报出版社2002年版,第67页。

　　每次用完了头面,他都用绵纸细细地包好。有时在后台,会用小牙刷垫上粉刷一遍,保持光亮。偶自眼角瞥去,菊仙给小楼打毛衣,她跟了小楼。

　　只见菊仙把毛线绕在小楼的双手上,小楼耗着按掌,像起霸时的抖肩,一下来不细心,毛线球滚落了,滚到蝶衣足下。菊仙未捡,毛线无意缠了他的脚,才一下,很快便开了,就是这样的纠缠,却又分明地解开。

　　"嫂子,"蝶衣含笑对菊仙道:"你给师哥打毛衣,打好了他也不穿。这真是石头上种葱,白费劲。"

　　小楼嚷嚷:

　　"怎么不穿,我都穿了睡的。"

　　"穿了还睡什么?"菊仙啐道。

　　"暖和暖和嘛。"小楼扯毛线,把菊仙扯回来拉着手,又不知说了什么话。

　　菊仙骂:"二十一天不出鸡,坏蛋!"

　　"你不就是要我使坏?"

　　"快上场了吧?"蝶衣用这疑惑的句子来结束了扰攘。①

　　在电影中,菊仙和程蝶衣在争夺段小楼中表现出了"有你无我"的态势。而小说中,他们都是普通人,需要在一起才能维持生存。在这种艰难的生活中,他们似乎并没有多少可以将关系搞得破裂的资本。当然,其间难免有许多不愉快的事情出现,但也净是一些鸡毛蒜皮的事。

　　穿了六年,红了六年,有时他也觉得十分的疲倦,带着欢畅的疲倦。因为患难,小楼与菊仙的情感更巩固。没戏唱的日子,三人都洗净铅华。"你、我、她……"小楼在教导菊仙戏里头的兰花手。"你"是食指悄悄点向对方、"我"中指轻轻捺着自己的胸前、"她"是一下双晃手,分明指向右偏生生晃往左,在空中一绕,才找到要找寻的他。菊仙穿了一件蓝色的毛衣,心无旁骛地领教着。这真是贫贱夫妻的玩意呀。不花钱的情趣太多。已经很好了,鹣鲽情浓。

　　不是吗?"别人骑马我骑驴,仔细想我不如,可是回头看,还有挑脚汉。"

　　"你这堂堂段老板给我教几招,岂不是绣花被面补裤子吗"

　　小楼道:"对呀,可是湿手抓干面,想撺撺不掉了。"

　　蝶衣在他房间里,兰花手在空中绕划:"你、我、他……"②

　　这一叙述呈现了三人之间的复杂关系,段小楼和菊仙过着正常的夫妻生活,生活中的戏谑。一边是夫妻恩爱,一边却是程蝶衣置身其间对菊仙心存嫉意。程蝶衣不时说出一些充满醋意的话,但了生活,他和段小楼还是要在一起演戏。最重要的是毕竟他们都是患难之人,形势所迫,不

---

　　① 见李碧华《霸王别姬》,香港天地图书有限公司 1985 年版,第 72—73 页。
　　② 同上,第 81—82 页。

得不然。电影将他们塑造成为人中之杰,他们也就在这个不断变动的社会上处于风口浪尖之上。小说《霸王别姬》中,菊仙是一个很不起眼的人物。到了电影中,她被陈凯歌大力改造,成了一个不平凡的女子,成了一个远比男性有见识、有办法的女人。她总是在关键时刻挺身而出,用自己的智慧使程蝶衣和段小楼逃过一劫又一劫。同时,由于她对爱情的忠贞也使段小楼和程蝶衣以及他们三者的关系波澜起伏。她成为电影中的最重要的人物之一。

小说中,程蝶衣没有得到段小楼,心里苦闷,抽起了大烟。而段小楼对此当然尽师兄之义,有指责有呵护。程蝶衣也能够从此获得些安慰,而对段小楼的赌博、斗蛐蛐儿、当行头,程蝶衣也在关键时候出手相助。到了解放后,政府禁烟,程蝶衣自然在戒烟者之中。

> ……菊仙就一直觉得这师弟别扭,说的话,十句倒有九句冲着她来的,总是揣摸不着。而且,他又真怪气,三十岁的人了,还成天与小楼同进共退。不过她既跟定了一个男人,看在男人的分上,也就对蝶衣殷勤点。他还是在戒烟期间,脾气或许是讨人嫌,算了吧。
>
> 菊仙解开她买来的东西:"看这是聚顺和的果脯:有桃脯、梨脯、杏脯、还有金丝蜜枣。"
>
> "你还咳嗽,吃什么果脯? 不准吃!"小楼笑骂着。
>
> "我是看你师弟口淡淡的,特地买他尝尝。去你的,偷!"她忙递给蝶衣。蝶衣心里不顺畅:什么特地给我买? 不过是顺水推舟的人情,末了还不是你俩口子吃的甜蜜?①

戒烟之苦李碧华想来未必清楚,陈凯歌将此一段大加修改,突出了菊仙的戏份。在程蝶衣戒烟期间,对待程蝶衣简直就像一个母亲对待孩子一样。总之,和小说《霸王别姬》相比,电影的女性戏、两性戏都增加了。电影《荆轲刺秦王》更增加了一个不见史传的女性——赵姬——感情变化于秦始皇与荆轲之间。不可否认,性与暴力在陈凯歌电影中的分量越来越重。《霸王别姬》中既有同性爱镜头又有异性爱镜头,前者如小豆子和太监张某以及戏霸袁世卿,后者如段小楼与妻子菊仙。从小说到电影,改编过程中的女性角色增加绝不是孤立的现象。《黄土地》如此,《孩子王》也是如此。无疑,在小说《孩子王》中的主人公是那个抄字典的王福。但在电影中,王福给人留下的印象却怎么也没有那个美丽的女班长鲜明。陈凯歌给了这个美丽的女班长以更多的镜头,以满足男性观众的注意力。在小说中这位班长的性别并不清楚,电影《孩子王》将其变成了一位女性。

此外,《霸王别姬》对市场的注重,不仅在于要满足两岸三地,还想走出国门。在陈凯歌的认知中,日本的电影市场仅次于美国,日本元素也就需要加入。小说《霸王别姬》中,在日本侵略者占领下的北平,段小楼和程蝶衣自然还得以演戏为生,过着他们本来的普通人的生活,苟且偷安。电影中,增加了一个叫做青木的日本人。他爱好京剧,成了程蝶衣的知音。电影中,当程蝶衣因为为日本人演出而以汉奸罪受审。在法庭上,他竟然也说起了"日本人没有打我"以及"青木要是不死,京戏早传到日本去了"之类的话(顺便一提,陈凯歌对电影的市场的重视可能会丧失他应有

---

① 见李碧华《霸王别姬》,香港天地图书出版公司 1985 年版,第 90 页。原小说中还有一二处叙述菊仙,见本论文第 173 页。

的文化立场)。电影《荆轲刺秦王》显然是用一种他者的目光看待中国历史上与现实中的统一大业问题,这种他者目光带来了对待国家统一的无奈与困惑,甚至是对国家统一的合法性的质疑。这部电影在日本受到欢迎而在中国则受到很大的批评与抵制。其中的原因恐怕值得进一步探讨。

5.3　票房追求

正像罗伯特·考克尔所说:"电影文化是由表述和交流、表现、影像、声音和故事构成的。它既是地区性的又是全球性的。它不断地因个人和组织的需要而流行和变化。"① 麦基也说:"故事艺术是世界上主导的文化力量,而电影艺术则是这一辉煌事业的主导媒体。"② 不管怎样说,文字语言往往是一个民族存在的标志,以语言文字为媒介和在此基础上以纸质为载体的叙事艺术就无法像电影艺术一样具有全球性和超民族性。这对电影的改编来说就是一个值得注意的现象,电影总是追求更多的观众、更好的票房。

小说《孩子王》是寻根热的产物,是阿城对文化热的反思,是对文化寻根者的言说,这是一篇精英文学作品。而电影《孩子王》则是陈凯歌对小说所表现出来的主题的再反思:"我拍的这部影片叫《孩子王》,在中国就是把老师叫做'孩子王'。故事非常简单,是讲一个知识青年,因为下放的农村没有老师,他就成了一个老师。但他只做了一件事情:在三个月内教孩子们认识了两千个汉字。我觉得阿城写这篇小说是有一种针对性的,因为中国有很多文化人在谈论哲学问题,谈论很深奥的哲学问题,但是他们没有想到,其实所有的哲学和所有深奥的学问,都是由具体的字组成的。让我非常感动的是,阿城找到了这样一个题材,来告诉人们,老老实实做一点事情,叫孩子们认几个字,是比什么都更重要。"③ 陈凯歌和阿城关系密切,同为电影艺术家的子弟,又同在云南的一个农场里待过。甚至,有熟识阿城与陈凯歌的评论家说,《孩子王》中的老杆儿就像是将阿城生活中的段子串起来。④ 陈凯歌对阿城很尊重,他说:"阿城可以说是我们这一代人精神上的一个代表,一个学派。他的思想不仅是我们这一代人在经历了艰辛的人生体验和长期反复思索后厚积薄发的产物,而且提炼了中国思想文化史的精华。"⑤ 这是对阿城的赞扬,简直无以复加。究其实,这也是陈凯歌自己在电影叙事中所持的精英立场的说明。陈凯歌对阿城的小说《孩子王》的创作动机应该比较清楚。

一般来说,在阿城的小说"三王"中,评论家们最看好的是《棋王》,而《孩子王》最不被看好。对评论家们的观点,阿城未必认可。阿城在 2000 年的《棋王·序》中流露出对《孩子王》的特别欣

---

① [美]罗伯特·考克尔《电影的形式与文化》,郭青春译,北京大学出版社 2004 年版,第 5 页。
② [美]罗伯特·麦基《故事 材质、结构、风格和银幕剧作的原理》,周铁东译,中国电影出版社 2001 年版,第 18 页。
③ [日]刘间文俊《陈凯歌与大岛渚对话》,《当代电影》1987 年第 6 期,第 115 页。
④ 见查建英《八十年代访谈录》,生活·读书·新知三联书店 2006 年版,第 356 页。原话为:"……你看演员的表演,谢园的许多招式一看都在模仿生活里的阿城,但看来看去还是像一些'段子'集锦,而不是一个有血有肉的人物。"
⑤ 罗雪莹《思考人生 审视自我——访〈孩子王〉导演陈凯歌》,《大西北电影》1988 年第 2 期,第 60 页。

赏,认为这是他最好的作品。陈凯歌也认为《孩子王》是阿城最好的作品。有共同生活经验的艺术家们心灵很相通。如此看来,阿城的小说《孩子王》的交流对象显然不是一般人。阿城用这部小说来回应创作界的"寻根热"。这就不免使《孩子王》具有一种形而上学的品格。这是对那个时代的许多思想命题的反思与回应。这显然是一种精英间的对话。陈凯歌对阿城小说《孩子王》的思想内涵心领神会(不过,这并不能保证二者一致,实际上,在对待文化的问题上,陈凯歌和阿城刚好相反)。正是由于这种精英化的特点,电影也像阿城的小说一样充满了禅机话头。这造成了电影《孩子王》的每一个镜头都具有异常丰富深刻的含义,也使它"叫好不叫座"。这种精英化的叙事不能持久,甚至这只是一个特例。陈凯歌自己对此也特别清楚。他也感慨地说,像《孩子王》这样的影片今后不会再有了。

《孩子王》被一些电影人评论为中国电影史上"数一数二"的影片,但它并没有获得什么观众,也被西方影评界所嘲讽不已。而同一年,张艺谋的商业片《红高粱》却折桂柏林,金杯高举。这对陈凯歌产生了很大的刺激,他希望能够证实自己的获奖实力,要同时满足东西方的观众。对此他供认不讳,"我发现伟大的导演,如费里尼、伯格曼、科波拉、希区柯克……都是非常关心他们的电影能够为广大观众所理解的:他们的电影应该说是非常艺术化,甚至可以说是非常难拍的,但却始终是易于理解的;如果无法让公众理解,太过知识分子化的话,那不若写一本书,而不要拍电影。"① 有了这种心态,我们就不难理解陈凯歌为什么要选择改编史铁生的小说《命若琴弦》了,也不难理解他怎样改编这部小说了。

陈凯歌认为,史铁生《命若琴弦》对命运的追问是一个东西方都很关注的东西。陈凯歌要寻找东西方观众的最大公约数:人和死亡的关系、人和死神的相互追逐的游戏、男人和女人的关系、神圣与世俗的关系、理想信念与现实人生的关系,如此等等。尽管,这些东西在抽象意义上有其一致性,可是电影叙事要落到实处就非常困难。陈凯歌千方百计在细节上兼容中西,适应东西方观众,但最终结果却形成了一部令东西方观众都觉得极其晦涩费解的影片。

在《边走边唱》的叙事中,陈凯歌要取得全球化的最大公约数,既要适合于中国,又要适合于西方。在对小说中的两位老瞎子故事的情节改编上,改编的结果造成了《边走边唱》中既有红楼梦式的太虚幻境,又有《百年孤独》式的死神紧逐(当然,后者也是小说中这一思想的必要转化)。而在小瞎子与兰秀恋爱的处理上也同样如此。一方面是中国式的"关关雎鸠,在河之洲,窈窕淑女,君子好逑";另一方面是《圣经》神话的爱情观念:蛇引诱了女人,女人引诱了男人。小瞎子的性格又多少有些《红楼梦》中贾宝玉的特点,同时还有类似于西方神话中被引诱了的男人形象。有报道说,陈凯歌为这部电影寻找道具费尽心力。就他找到的镜子和长蛇而言,蛇的符号正来源于《圣经》,而镜子在中国文化中却是女性的隐喻。《边走边唱》中的兰秀干脆就是一个《圣经》的"夏娃"的形象。这明显是对西方观众的投合。小瞎子很大程度上就是"贾宝玉"的化身。这样改编的结果使这对"跨文化"恋爱变得"别有一番滋味"。

电影中,观众未见小瞎子的出场,"未见其人先闻其"被呼唤之"声"。老瞎子的呼唤一声急似一声。这表明,小瞎子是一个让其师父牵挂的人。显然,他不务"正"业。当他第一次出场时,他的特

---

① 见《文汇报》2004年5月3日。

点得以展现：两位高人，鹤发童颜，一派仙风道骨的样子，对弈正酣，他竟然从旁支招儿。他这样小小的年纪，竟成了一个得道之人："不以目视，但以神遇。"这是一个通灵宝玉之再世。陈凯歌特意安排镜头显示他的特殊之处：他身后的摊位上放着全是女俑。这就是他的精神现状。这是一个整天扎在女人堆中的少年，但生来就有奇才异能，不学而有术，比别的男性更优秀。当然，他身上也充满了叛逆精神。既然通灵，自然深受女孩子的厚爱与青睐，正如《红楼梦》中的贾宝玉。一旦遭遇不幸，自有神灵呵护。当小瞎子和兰秀的恋情被兰秀的父亲发现，正是由于神灵的呵护他才逃过一劫：当小瞎子遭遇暴打后，他倔强地站起来走向兰秀，打手们冲上来加以阻挡。这时人群中闪出一个青年汉子将打手们一一推倒。这汉子是何方神圣我们不得而知，但他使小瞎子与兰秀得以当着她的父亲和那一帮人相拥一起。随后的场景是兰秀与小瞎子生离死别。此时的兰秀已经面目全非，脸上遍布淤伤。这显然是一个极其重要的暗示：兰秀的父亲对有神灵呵护的小瞎子奈何不得，于是被羞辱的愤怒只好发泄到兰秀身上。小瞎子的出场戏中还有一个镜头：有人将一个女俑拿起来看看又放下。这是一个暗示，老瞎子受到欲望的诱惑短暂而无伤大雅地掺进了兰秀与小瞎子的恋爱。随后的情节颇有乱伦倾向，老瞎子在欲望支配下也显露出一些变态来。

电影中，陈凯歌塑造的小瞎子如同《红楼梦》中的贾宝玉，在男人堆中卓尔不凡，在女人堆里特别有缘。小瞎子来到野羊坳，挑战他的男孩子，一交手就击败他们。电影中对他的命名也大有深意："石头"。当小瞎子问师傅："告诉我，星星们是什么？"老瞎子回答说："那是天上的瀑布。"当小瞎子再问"那一颗星星呢？"老瞎子的回答一语双关："那是一块不落地的石头。"电影的英语字幕就更明确："It's a 'shitou' in the sky。"这么回答，就是一种民间迷信的说法，领袖人物们是天上的星宿下凡。不过这里面大概兼用了传统的说法和《红楼梦》的典故，贾宝玉在《红楼梦》中不是一块石头，是一块通灵宝玉。

在电影中，兰秀儿对小瞎子的诱惑是一个很重要的母题。电影为我们展示了兰秀对小瞎子的一系列引诱。直到最后，二人终于在悬崖下面的大树下颠倒鸾凤，忘形欢爱。特别是当老瞎子用歌声平息了村民们的械斗，小瞎子要上前迎接师父，而兰秀竟然强拉着小瞎子逆向而行。那当然是去约会。在这里，似乎不是一种爱情，更多的是一个本能与欲望。我们可以说，这完全是一个女性的欲望与诱惑在起着主导性的作用。总之，电影《苦命琴弦》中兰秀好像体现着夏娃的原型，这恐怕更多的是西方观念。

这样，我们可以看到，陈凯歌对原著中的理想与信念这一个主题是坚持的，而对爱情这个主题进行了"西方化"，或者说"好莱坞化"。他改变了小说的结局：家人不事声张，将兰秀远嫁他乡。这个爱情故事的改编使原来那个不事声张的结尾完全变成了一个血腥的暴力。显然，就这种改编的结尾而言，只是一种好莱坞的商业化模式影响的结果，是陈凯歌电影的由"小众"走向"大众"的自觉选择的结果。美国评论家切希尔说，陈凯歌"是一位卡在两种文化之间的艺术家"，《边走边唱》华丽隐晦，同张艺谋被禁的作品一道，表现了在两种文化之间的无人地带上创作所付出的代价。如此的影片无论拍得多么漂亮，视觉上多么令人回味无穷，最终可能在艺术上既不属于这里也不属于那里。"①这位评论家尽管并没有看懂这部电影，但他的评论却表达了他观影

---

① ［美］戈弗雷·切希尔《漫长的归途——记陈凯歌》，《世界电影动态》1992 年第 10 期，第 42 页。

的感受,陈凯歌"编制了一个令人眼花缭乱、以假充真的民间故事……而故事的含义却晦涩不清……看上去就像一个不着边际的寓言,从一幅令人瞠目结舌的风景猛然跳到另一幅,将瀑布和戈壁的镜头组成一部翩翩的视觉芭蕾,观赏起来令人神醉,但归根结底像梦境一样私密,使人望而却步"。① 专业评论家如此,而一般的观众就更难以理解了。这种对观众的投合,对市场的刻意追求并没有给这部影片带来好的市场,反而造成了市场的失败。

5.4　权力话语的变化

《深谷回声》叙述的是延安。那时,新的制度已经确立,但传统的东西并不会在一夜之间消失。而延安作为革命圣地的文化符号早已牢牢在大书深刻于全国人民的心灵深处。《黄土地》的时间与空间都有些变化:时间由散文中的 1942 年变为 1939 年初春,空间由延安变成了 500 里外的陕北国统区。于是,革命的延安和国统区就构成了鲜明的对比和冲突。

比较《孩子王》从小说到电影之间差异,一些细节的变化更有意思。

小说中,来娣出口无忌,电影中她给人的感受仍然如此。她的话语也每每不加变化地出现在电影里。不过,当她说想当音乐老师时,小说和电影中间出现了一个变化。小说中来娣宣称:"哎,支部书记嘛,咱们不要当,党委书记嘛,咱们也不要当,也就是当个音乐老师。怎么样? 一本字典还抵不上个老师? 真老师还没有字典呢!"不当支部书记,也不当党委书记,这是来娣对知识的渴望对文化的渴望。电影中变成了"队长不要当"。陈凯歌将小说中的"支书"变成了电影中的"队长"。相应的,一些地方就也跟着变了:

> 老黑也叫起来:"哈,你告嘛! 支书还不是听? 国家的事,百姓还不知道,人家马上就说了。林秃子死在温都尔汗,支书当天就在耳机子里听到了,瘟头瘟脑地好几天,不肯相信。中央宣布了,他还很得意,说什么早就知道了,其实大家也早知道了,只是不敢说。来娣,你的那些乱七八糟的歌哪里来的? 还不是你每天从敌台学来的! 什么甲壳虫,什么埃巴,什么雷侬,乱七八糟,你多得很!"来娣夹了一口菜,嚼着说:"中央台不清楚嘛,谁叫咱们在天边地角呢。告诉你,老黑,中央台就是有杂音,我也每天还是听。"老黑说:"中央台说了上句,我就能对出下句,那都是套路,我摸得很熟,不消听。"我笑起来,说:"大约全国人民都很熟。我那个班上的学生,写作文,社论上的话来得个熟,不用教。你出个庆祝国庆的作文题,他能把去年的十一社论抄来,你还觉得一点儿不过时。"②

这一段在小说中比较突出,它道出了当时的思想意识生态状况:知青们对官方话语鄙夷不屑,笃信境外传媒。这是一个意识形态土崩瓦解的时期,这里再现了那个时代人们思想意识上所

---

① ［美］戈弗雷·切希尔《漫长的归途——记陈凯歌》,《世界电影动态》1992 年第 10 期,第 42 页。
② 见阿城《棋王》,作家出版社 2000 年版,第 97 页。

产生的危机。当然,作为一般的知青,这样的行为似可以理解。但是,作为意识形态官员,一个农场的"精神领袖",也是这个样子,这更说明了那个时代的精神特点。

小说《孩子王》中,教材"与时俱进"。在极端情况下,教学竟连课本也没有,不得已,师生只有抄书(但陈凯歌却要从中提炼出中国文化的本质是"抄写"复制。这多少有些牵强)。写字,抄字,作为一种强化教育效果的必要方法,恐怕在各国各种文化中都要采用。小说中老杆也采用。王福抄字典,当然是一种对获得文化的强烈愿望。小说中的王福是一个让"中华文化,毕竟不辍"的王一生式的人物。如果没有这种方法,没有这些人物,恐怕全中国人都会像电影(与小说)中的老杆一样,成天猜字到深夜。老杆儿也强制学生学习写字,当然要有一定的"抄"书,甚至强化(让学生不再写错字)。老杆对作为一种"本质化"的"抄"——思想复制——没有放过,并大力矫正。小说中,在小说的后半部分开展了对这种思想复制教育的描写及其批判。那是在老杆对孩子们补课,让他们认识了大量的字后进行的。老杆让他们写作文,孩子们的作文就是一个字:"抄"——抄社论,写大批判。时代变化了,但在中国,思想上和社论保持高度一致却不会变。语文课成了"德育课",这才是小说所要批判的。

陈凯歌要批判的也是这种思想。电影《孩子王》回避"抄社论",却要从"抄字"中表达出"抄社论"的思想。这就使他的表意变得有些牵强难解。他以为,要将"抄字"中的"抄"转变为"抄社论"的"抄",将其戏份做足做够就可以了。但事实上,这样的"抄"戏做过了头,也难以让人理解其真实意图。只有对照小说,我们才会体会到他的意图与他所面临的困境。小说中的许多激烈的语言不见了,这些话被转变成为那具有明确所指的"大批判"材料:

> 我说:"……好,第二件事,就是**作文不能再抄社论,不管抄什么,反正是不能再抄了**①。不抄,那写些什么呢?听好,我每次出一个题目,这样吧,也不出题目了。怎么办呢?你们自己写,就写一件事,随便写什么,字不在多,但一定要把这件事老老实实、清清楚楚地写出来。别给我写些花样,什么'红旗飘扬,战鼓震天',你们见过几面红旗?你们谁听过打仗的鼓?分场那一只破鼓,哪里会震天?把这些都给我去掉,没用!……②

在小说中,这一段话当然有其时代特色,但是这种时代特色是有其中国文化作底子的。这种特色并没有随着文革的结束而结束。它一直以各种变形形式存在,甚至也以一种一直不变的形式存在于过去和现在的政治生活与社会生活之中。小说阅读的私人性使得它可以存在于文本之中。电影毕竟是一种大众传媒,发挥着巨大的影响,也就受到官方的特别关注。所抄社论的内容可以随着时代而变化,但"抄社论"的形式却丰富多样,不断创新。小说对"抄社论"的内容与形式皆持否定。实际上,这种形式所承载的意识形态含义却更稳定更普遍更具有专制性。陈凯歌只有选择回避。但这种回避并非心甘情愿,它会以其他形式表现出来,形成一种更为强烈的表达:

---

① 黑体为本书所强调而成的字体。
② 这是陈凯歌认为小说中最重要的东西,下面是他与记者谈话所提到的。"'作文不能再抄报纸,不管抄什么,反正是不能再抄了。怎么办呢?你们自己出题目,自己写,随便写。字写不多没关系。但一定要老老实实地写出来。'我觉得这段话非常重要。"比较小说与电影里的话,显然电影中就很不明确。《大西北电影》1988年第2期,第61页。

当老杆去为学生向陈校长要教材时的那段话：

> 孩子王从门外进来(右入画)，身影半明半暗。
> 老陈(抬起头)："噢，还缺什么吗?"
> 孩子王："我倒是不缺什么，学校忘记给同学们发书了。"
> 老陈："噢，忘了说给你，没有书。这些年从来不发书。缺纸。"
> 孩子王走到桌边，从堆起的材料中捧起一摞在手中翻看。天窗的光亮下，学习材料分外耀眼。
> 老陈："拿去一些，糊墙蛮好，擦屁股也行。"
> 女教师笑了起来。
> 老陈(尴尬地)："噢，不好这么说。不好这么说。"
> 孩子王放回材料，认真地码好，转身向门口走去。①

电影中，陈凯歌没有特别表现老陈给老杆儿的是"大批判材料"。陈凯歌完全可以这样做，但没有这样做。小说却很明确：

> 老陈笑起来，说："呀，忘了，忘了说给你。书是没有的。咱们地方小，订了书，到县里去领，常常就没有了，说是印不出来，不够分。别的年级来了几本，学生们伙着用，大部分还是要抄的。这里和大城市不一样呢。"我奇怪了，说："国家为什么印不出书来? 纸多得很嘛! 生产队上一发批判学习材料就是多少，怎么会课本印不够?"老陈正色道："不要乱说，大批判放松不得，是国家大事。课本印不够，总是国家有困难，我们抄一抄，克服一下，嗯?"②

小说中，老陈作为一校之长，面对那种没有教材的现实自己也很无奈，这里面有不满，也有一些牢骚，更有对政治的敏感与恐惧。电影中陈凯歌借助老陈之口将那时的意识形态痛骂一顿。老黑们"酒后吐真言"阿城写出了知青们的思想状态，也写出了那个生产队上的精神领袖的思想状态：对官方宣传的冷嘲热讽，通过外国电台来获得关于中国的信息和获得他们的知识资源和思想资源。由于种种原因，陈凯歌在电影中将这层意思通过对老陈的话的改变曲折地表达了出来。小说中，学生们作文往往就是"抄社论"，老杆儿的改革主要就是对学生这种陋习的改革。电影中对这个话题不敢硬碰就来个避重就轻。在小说中，老杆得知学生没有书，就去找校长，对校长所说的理由颇不以为然，说"大批判"材料发得多怎么会没有纸? 这话立即遭到了校长的斥责。电影中，这位校长说漏了嘴。那个时代，学习材料也许是一种特有的现象，陈凯歌想用这种特有的现象来本质化为一种形式上一致而且稳定的东西，表意上变得相对委婉些。但失去了电影所需要的那种明确性，就有些令人不知所云的感觉了。

小说《命若琴弦》的药方是和理想信念联系在一起，这未必不是对 20 世纪 80 年代中信仰失落的一种反思性表达。这种失落到了九零年代初更为显著。电影《边走边唱》中有对信仰失落的

---

① 见陈凯歌《〈孩子王〉完成台本》，《电影选刊》1987 年版第 6 期，第 30 页。
② 见阿城《棋王》，作家出版社 2000 年版，第 86 页。

叙事。陈凯歌自己"老实说,我没有什么固定的成法,我很怕谈内容形式问题,因为说不清楚。重要的是,我想要探索生命的终极的问题,也就是文学说的'终极关怀',是一时一地国家民族的问题,也是人类的根本处境,与世界背景相结合的问题——首先,这部电影总的是涉及中国的。文明是建立在信仰上,当一个民族丧失信仰后,文明很难存在。中国内地现在精神处在瓦解状态,基础信仰丧失。比较起来,文革前,国家经济虽穷困,但精神十足,基本信仰仍在。《边走边唱》在这个层次上是反映中国现在精神的危机。另外,现在物质世界里,很少有人会问我是谁? 我要什么? 这是精神的洪水时期,大家随波逐流,所以《边走边唱》说的是宇宙性、世界性的问题。"①从这话中我们不难发现,陈凯歌自己心目中这部电影的主题所在,影片的指向是"中国现在精神的危机"。就这个方面而言,陈凯歌的看法却是让我们值得思考。

5.5 身份认同的变化

作为一个香港小说家,李碧华所表现的是一个普通香港人的"九七大限焦虑症"。小说《霸王别姬》的开始时间是 1929 年,对中国现代史熟悉的读者就会知道,1929 年,张学良在沈阳宣布服从南京国民政府,而南京政府也宣布张学良出任国民革命军副总司令一职。中国至少在形式上结束了军阀割据的状态,中国再次完成了统一。小说写的是段小楼和程蝶衣这两个人不幸人生,而他们的不幸人生却是和中国的统一同步,或者说,正是中国的风云变幻造成了这两个人的不幸。中国近代史上一幕幕重大事件被李碧华尽可能地进行书写进入小说之中。与此相应的,李碧华对空间的设置也是尽可能将其与主人公们的生活联系在一起。小说中,段小楼在"文革"中被流放到了福州,他从那里偷渡到了香港,并且取得了合法的身份。成了一个"末路的霸王"。

小楼是在福建循水路偷渡到香港来的。霸王没有在江边自刎。这戏不是那出戏。想那虞姬,诳得霸王佩剑,自刎以断情。霸王逃至乌江,亭长驾船相迎,他不肯渡江。盖自会稽起义,有八千子弟相从,至此无一生还,实无面目再见江东父老……现实中,霸王却毫不后顾,渡江去了。他没有自刎,他没有为国而死。因为这"国"不要他。但过了乌江渡口,那又如何呢? 大时代有大时代的命运,末路的霸王,还不是面目模糊地活着? 留得青山在,已经没柴烧。《别姬》唱到末段,便是"暑去寒来春复秋,夕阳西下水东流。将军战马今何在,野草闲花满地愁。"②

小说时间结束于 1984 年中英协议的签订,段小楼见此情景产生一种好似万念俱灰的情绪:

① 见陈凯歌、焦雄屏《谈〈边走边唱〉——追寻信仰和新身份》,《风云际会——与当代中国电影对话》,远流出版事业股份有限公司 1998 年版,第 102 页。
② 见李碧华《霸王别姬》,天地图书出版公司 1985 年版,第 123—124 页。

后来,小楼路过灯火昏黄的弥敦道,见到民政司署门外盘了长长的人龙,旋旋绕绕,熙熙攘攘,都是来取白色小册子的:一九八四年九月二十六日,中英协议草案的报告。香港人至为关心的,是一九九七年。小楼无心恋战,他实在也活不到那一天。最懊恼的,是找他看屋的主人,要收回楼宇自住了,不久,他便无立锥之地。整个的中国,整个的香港,都离弃他了,只好到澡堂泡一泡。到了该处,只见"芬兰浴"三个字。啊,连裕德池,也没有了。①

原小说中时间是从 1929 年开始到 1984 年结束。叙述的是一部"统一"史,小说叙事的空间是始于北京,结束于香港。"叙述的是整个的中国,整个的香港,都离弃他了。"段小楼这么一个普通人,在大陆遭受种种不幸,无奈来到香港,以求过上一个平安日子。但是,随着《中英关于香港问题的草签》,这将使段小楼的心情,其实这里与其说是段小楼的心情,还不如说是李碧华以及像她一样具有这种心态的人的心情陡然紧张起来。

陈凯歌不会认同这种典型的殖民地心态,他也不会有"97 大限焦虑症"。电影中,时间发生了变化。电影的时间开始于 1924 年。这一年在中国历史上同样有一个标志性的事件:冯玉祥发动政变,驱逐了北洋政府总理段其瑞,并且将逊位的宣统皇帝溥仪驱逐出故宫,邀请孙中山赴北京共商国是。京剧在清代兴盛,受到宫廷的特别扶持。陈凯歌用这一年作为一个开始,就有了一个变化,即他的侧重点就在于超越单纯的政治批判,将京剧文化的兴衰作为叙事的切入点。电影的时间结束于 1977 年。是年,中共十一届三中全会召开。一个新时代开始了。电影中最后的字幕纪念徽班进京 200 周年更是明确了这一开始与结束时间的意义。这样,电影《霸王别姬》在某种意义上可以说是一部京剧的兴衰史。这是一部叙述京剧如何由盛而衰的痛史。同时它也是一部中国历经动荡终于回归到正常发展的"新时代"的痛史。两个文本叙述重点不同:电影的空间就完全落了在北京。李碧华小说中有段小楼、程蝶衣在文革中被分别发配到福州和酒泉的情节。这样的空间恰恰表明了小说作者对中国当代政治的无知。这两个地方,一个是军事斗争的前线,一个是军工重地。这些身份不清不白的人绝对不能去。电影中所有的事件都在北京,文革后的最后重逢仍在北京。这样,表现在时间和空间上的不同就在于小说所写就是香港,电影就完全是北京。

小说中,程蝶衣率领京剧团赴港演出以赚取外汇,段小楼程蝶衣邂逅相遇,于是这师兄弟二人在港得以相见。但最终不欢而散:段小楼还念念不忘他的妻子菊仙并托程蝶衣打听她的下落,这遭到了程蝶衣的拒绝。

(小楼说)"我和她的事,都过去了。请你——不要怪我!"

小楼竭力把话出来。是的,他要在有重生之日,讲出来,否则就没机会。蝶衣吃了一惊。

他是知道的!他是知道的!他知道他知道他知道!这一个阴险毒辣的人,在这关头,抬抬手就过去了的关头,他把心一横,让一切都揭露了。像那些老干部的万千感慨:"革命革了几十年,一切回到解放前!"

---

① 　见李碧华《霸王别姬》,天地图书出版公司 1985 年版,第 145 页。

谁愿意面对这样的重逢。否则他往后的日子会因这永恒的秘密而过得跌宕有致。

蝶衣千方百计阻止小楼说下去,他笑:"我都听不明白,什么怪不怪的? 别说啦。来'饱吹饿唱',唱一段吧?"

"词儿都忘了。""不会忘的。唱唱就记得了。真的。"在这重温旧梦黄昏,小楼终扯着嘶哑的嗓子,唱了:

"力拔山兮气盖世,时不利兮雅不逝,雅不逝兮奈若何,虞兮虞兮,奈若何⋯⋯"

余音回荡。

后来,蝶衣随团回国了。①

显然,小说中的程蝶衣不通人情世故,甚至可以说是无情无义的人。更重要的是,他是一个大陆人。这是小说的结尾部分,当然,这是作家的重心所在。这些都被陈凯歌放弃了,更重要的是陈凯歌不会接受。陈凯歌放弃这些内容的实质不是电影容量上的限制,而是这与他对段小楼与程蝶衣的态度有关。那就是,对李碧华来说,她写段小楼,充满了一种同情。原因很简单,段小楼不管怎样,获得了一个香港人的身份。这一个香港人,像其他香港人,当然也包括李碧华本人一样,正在面对一个无法预测的未来。忧虑之下,李碧华很快就写出了这部小说(1985 年就出版发行了),作为一种情绪上的自然反应,李碧华在许多方面表现的几乎是"逢中必反"。这种心态下的写作,李碧华自然将段小楼作为一个充满同情的对象,而那位留在大陆的程蝶衣就成了她的嘲讽对象。从这个意义上说,文革之后的段小楼——乃至整个的段小楼——都是李碧华心目中的香港人的化身。香港人因种种原因从大陆过去,很不容易地获得了一个安定的生活。但是随着香港主权回归,那种心理上对大陆的恐惧以及不愉快的记忆就表现出来。

一个多世纪以来,大陆发生了许多战乱。战乱之后又发动了许多政治运动。这对那些香港人来说自然不乐意见到,对"九七"之后的忧虑也反映到了她的小说的结尾中来。电影中,段小楼程蝶衣最后相会地点在北京体育场。打倒"四人帮"之后,段小楼和程蝶衣终于走到了一起,却垂垂老矣。兄弟二人"走台",重新开唱。物非人非,段小楼唱出了"我本是男儿郎",程蝶衣自然接着唱出了"又不是女娇娥。"我们应该注意,原本是程蝶衣的唱腔,却让段小楼给唱出来了。时世变幻,二人的角色来了一个彻底的颠倒。段小楼在意识的深处竟然发生了巨大变化。一个昔日"霸王"被文革改造成了现在的"女娇娥"。所以,当他唱出"男儿郎"时,潜意识对他进行纠正,自然是"错了又错了"。段小楼的心灵已经被时代扭曲,其实他也成了另一个被强行扭曲了的"程蝶衣"。当程蝶衣唱出"又不是女娇娥"时,被京剧所扭曲所雌性化了的人格再次被时代被革命所翻转,被时代改造成了一个意识中的"我本是男儿郎"。不断的世事变幻,使他们此时无法对戏剧中的角色进行顺利的转化。无疑,段小楼在文革前后经历了一个痛苦的过程,这使他经历了一个由"小豆子"向"程蝶衣"的痛苦的转化。而经过了多年艺术生涯的中断,程蝶衣自己也已经不再将艺术和人生混同不分,程蝶衣也终于回到了自己的"不是女娇娥"的性别身份上来。但他却发现自己面对这一个"程蝶衣"化了(或者这是一种社会角色的女性化)的段小楼。师兄弟二人自然无

① 见李碧华《霸王别姬》,天地图书出版公司 1985 年版,第 144—145 页。

法再将这一艺术表演进行下去。这个程蝶衣自然感到他的人生理想与艺术理想已经是双重失败，他只有以自杀来解脱他对艺术的痴迷了——电影的主人公在《歌唱祖国》的歌声中自杀身亡。最后相见地点的变化具有很重要的思想含义：电影将小说这一个香港人的寓言转变成为一个中国几十年的风云变幻的历史叙述。

在小说中，李碧华时时流露出一种非理性的意气情绪，"97 大限焦虑症"使她"逢中必反。"李碧华所流露出的这些情绪，陈凯歌未必认同。但电影《霸王别姬》对中国历史进程的批判是很尖锐的。电影中，段小楼和程蝶衣二人的遭遇从清末到文革所上演的一幕幕总是给人以每况愈下的感觉。这就出现了一个有趣的现象，在《霸王别姬》的电影和小说中，对中国近代以来的历史进程，两个人都予以批判，但出发点却并非一致。陈凯歌有一种对中国文化的怀恋情绪（当然，在他以前的影片中却是批判）。

作为小说，《霸王别姬》的初版文词浅陋，可称得上是一本"读物"。第二版出版于 1992 年，这是电影《霸王别姬》之后的版本。它得益于电影良多，简直是根据电影改编的。不过，在涉及对中国内地历史文化的评价上依然如故。

作为 1989 年之后最先回国的艺术家，陈凯歌对李碧华小说中的那种对中国政治的冷嘲热讽并不以为然。在很大意义上，这种不同并不仅是来自于权力的影响，影片叙述者与小说叙述者政治认同的不同。当然，政治认同不可能不影响到电影叙述，即便是这部电影，我们看到，作为一个"两岸三地"共同合作的产物，也还是增添了一些权力与经济资本之间的博弈因素：如在图像字幕中，是"1949 年国民政府撤离大陆来到台湾"，DVD 版所配的字幕却是"1949 年国民党逃离大陆。"

作者没有"死亡"，观众也不会被作者无视。电影亦然是一种内在的作者和观众之间的内在的交流。观众的优先性在电影的改编中亦然占据着非常重要的地位。我们可以说，观众，以及社会的许多力量都已经先行于叙事的存在。"听"在时间上已经先于"说"，先"听"而后"说。"麦茨基于索绪尔的语言学的先行判断并不正确："电影不是一种语言系统，主要他与语言学事实的三项重要特点相抵触。语言系统是一种用来互相沟通的符号系统，这个定义包含三个要素。电影因为是一种艺术，自然就跟其他艺术一样，是一种单向沟通的现象，而事实上这已经不只是沟通的表现媒介。"[1]现在我们可以肯定地说，电影仍然是一种语言，是一种符号系统，并且也是一种双向交流的媒介艺术。接受者先于叙述者。

① ［法］麦茨《电影的意义》，刘森尧译，江苏教育出版社 2005 年版，第 67 页。

结　语

　　将文学作品改编成电影,媒介在其中起到了极为重要的作用。但如何确定媒介的作用却不是一件容易的事情。改编将不同文本联系在一起,这些文本之间的一致与差异为研究各种文化、艺术以及理论自身提供了坚实的基础。就理论研究而言,对改编的考察往往意味着对两种或两种以上艺术现象进行整体性的考察、比较,这会显现出各种理论自身的局限,从而促进艺术理论的发展。但比较不同艺术之间的异同具有很大的风险。符号学在这里具有很重要的应用价值,它可以给我们提供一个相当有效的框架。在符号学影响下而形成的叙事学,凭借着它对叙述现象的精细描述,也给我们提供了深入文本的方法。这样,借助符号学与叙事学,我们可以仔细地审视那种建立在文学叙事基础上的叙事学理论,比较不同媒介对叙事造成的种种变化。这样做,应能够超越文学叙事理论的局限,有助于摆脱当前电影叙事研究中机械套用文学叙事理论的局面,也可为一种更具有普遍意义的叙事理论做一些准备。

　　从文学到电影的叙事转换中,不同的媒介特质呈现出了各自的特点。媒介按照自己的特点建构故事。由于文字媒介只是使用语言,并且文学媒介的语言也只是以日常生活语言为主,显然文学叙事也就无法摆脱人类的日常生活,无法摆脱人类日常生活所赖以存在的自然感知。对感官感知以外的东西,对感知以内却在语言以外的东西,对语言所未能描述的东西,文学叙事往往无能为力。文学叙事必然是以话语为中心,这种方式必然伴随着对世界进行语言化,而对无法进行语言化的方面就或简化或淡化甚至回避。电影媒介诞生于对人们的感官无法观察到的现象——运动的探索上,这是一种超越语言的叙事媒介。它的叙事以运动为中心,进一步说,它以人与物的各种表情活动——体态运动与表现为中心。电影媒介从声音和图像两个方面再现叙事对象,建构叙事客体。我们看到,文字往往简化、淡化那些很难用语言表现的东西,如人类的各种艺术活动;而电影媒介就能够将其再现。语言无法再现其自身携带着的东西,如语言的声音语调,推而广之,语言对声音无能为力。尽管文学用语言叙事,但书写的线性特质使它无法有效地再现实际的语言交流活动,无法再现日常语言交流的多层次性和多方向性。交流者往往是两方或者多方互动,但文学语言却无法对其进行很好的再现。电影在这方面展现出自己的魅力,能真正地再现人类语言交流的方方面面。文学叙述很难有效地叙述再现空间与时间,只是建立一个时空的坐标(或者观念),由读者对其再创造。电影媒介却能够将所有的空间信息呈现出来。文学叙事不能为读者提供一种直接的时空,它也无法真正有效地再现事物,它只能以一种间接的方式将它们再现出来,这样看来,文学叙事并不能真正地再现事物。电影艺术作为一种完整的视听与时空的艺术,它开辟了叙述的新领域,它可以将语言媒介无法表现的对象直接地呈现出来,叙述出人类的非语言经验。

就叙事媒介而论,文学媒介是一维的语言叙事,而电影却是多维媒介的视听叙事;或者说文学是语言叙事,而电影是造型叙事。电影画面的造型可以将文学叙事的时间进行再现。画面既可以建构历时性的叙事也可以建构共时性的叙事。电影画面的叙事是通过调动视觉(听觉)的感知顺序完成的。通过比较我们可以发现,文学的叙事同样内在地呈现为一种视觉(听觉)的观察感知顺序。人称视角既与叙述有关也与感知观察有关,观察决定了画面的叙事往往是第三人称的叙事。而声音的叙述"视角"却自由灵活。这使电影表现出明确的多层次视角叙事。文学叙事就观察感知与叙述的关系而言,它在事实上是分层次的,但在表现形式上不分层次。电影既可以通过摄影速度与放映速度的差异来自由灵活的对时间进行操纵,也可以通过画面和声音进行自如地操纵。这些都使它在操纵时长、时序、停顿与概述方面获得了更大的自由。文学叙述对时间频率的叙述往往过于简单,具有"一言以蔽之"的特点;而电影在处理频率方面就展现出了无穷的魅力,它可以调动观众认知与画面构成、镜头剪辑、视听结合诸方面来自由建构。书写的叙事作为一种线性的叙事,将我们生活的这个世界线性化,建构起一种二元对立的叙述模式。文学叙述往往是一个故事的叙述,在同一时间内几乎不能叙述两件事。画面的共时性使电影获得了一种共时叙事的能力。影像结构上的多元共存、互动,使得电影中的故事变得复杂与丰富,一部电影往往内在地形成多故事性的复合叙事。

在文字的构成中,意义才是构成它的最主要的成分,也就是说,文字媒介是通过其意义和世界联系,文字叙述也自然是最为明确的意义叙述。就文学叙述而言,叙述者可以自由地表达叙述者的观点、见解与情感。电影媒介直接和世界相关,叙述者在很大程度上无法像文字那样直接表达,它只能通过综合调动种种造型叙述来实现。由于电影叙事中的图像符号和它的现实直接对应,物体在人类文化中的意义会转移到电影中来。电影的表意是一个多层次的逐步表达的过程。图像符号自身具有意义,而将图像符号组织在一起进而又建构出意义。声音也会为画面赋予灵魂,表达出新的意义。由于电影媒介的具体性以及对世界呈现的完整性,小说中一些意义模糊的地方到了电影中就清晰起来。小说叙述中,叙述者可以"离事而言理",这种情况给电影改编会带来很大的困难,但电影叙述者可以通过自己的手段和方法再现或者建构起相应的情节来表现相应的内涵。在改编中,意义增值的现象值得注意,电影和原文学叙事相比较,除了会增加出理论家们已经注意到的"人与自然关系",还会呈现出相应的文化意义。电影叙事的共时性所造成的多故事性,会使电影所蕴含的意义更加丰富。

电影的物质载体内在地体现着复杂叙述者与受述者之间的复杂关系。这里面既有艺术家个人表达的愿望,又受市场的制约。投合消费者的欲望,也同样会受到来自权力、资本、制度与习俗的束缚。作为一种大众媒介,也会使电影受到许多影响。这种影响既有形式方面的也会有内容方面的。政治与经济的因素从外面影响到电影叙事的内部。出于成本考虑,小说中的大量的场景时间与空间的转换在电影中都被压缩、被省略。电影的内容也往往会从观众口味的角度进行改变,它会改变情节,改变人物的设置,甚至为了迎合不同地域的观众,会兼容一些不同地域的文化符号和观念,在不同的文化之间寻找一些妥协和中间地带。权力对电影叙事的影响是最为直接的，电影叙事者会对小说中所流露出来的意识形态进行回避，或者将对意识形态的批评进行曲折表达。不过，这是一个值得特别细心甄别的方面，因为小说叙事者的观点未必会得到电影叙事者的认同，直接将两者的差异罗列出来，以说明是权力与意识形态的干预不一定是正确的。

电影媒介以图像符号为主体，图像符号自身就极为复杂，这给电影研究带来了很大的困难。正如皮洛所说："无数事实证明，无论是文学的和戏剧的研究方法，还是研究美术的精巧方法都不能自动地用于电影领域。"①电影研究方法上的困难很大程度上源于对图像符号把握的困难。就我们所采用的符号学而言，这也是一种有其局限的方法。蜚声国际的符号学家洛特曼也不无感慨地说："在一定层次上用符号学研究电影是可以的。"②一些理论家说，电影没有最小的符号单位。任何符号学的分析都依赖于对最小符号单位的确立。当我们无法确立最小的符号单位时，我们在分析电影时就会面临非常大的困难，其中不会没有主观武断。此外，本文写作的另一个困难几乎不言而喻。电影毕竟是图像符号，而文学叙述所用的符号是文字，当我们写作的时候，无疑是在用语言符号去叙述图像符号的东西。这正如塔尔科夫斯基所说："电影形象与文学形象并不等值。套用一句有名的谚语可以这样表述这种情形：影片是一见，而剧本是百闻。用语言记录电影形象是不可能的。这就如同用绘画来描述音乐或用音乐来描述绘画一样。简言之，这是根本不可能的事。"③类似的话费里尼在其自传中也说过："永远都不应该谈电影！因为就其本质而言，一部电影是不能用话语形容的：就像你不能奢望叙述一幅画或逐字逐句转述一份乐谱一样。"④

任何研究都要对研究对象有本质上的把握。但电影的本质是什么，似乎还难以确定。据说，黑泽明在 1990 年奥斯卡颁奖晚会上说："电影是如此美妙的东西，我终其一生都还没有完全理解它的本质。"从这个意义来说，电影还没有被"定性"。我们对电影的研究在很大程度上只是一种"经验之谈"。以前，一些学者总是自以为真理在握，理直气壮，结果却陷入了这样或那样的认知误区。

电影叙事表现方式极其复杂，本书有许多方面并没有涉及。电影是被演员表演出来的，显然，本书没有涉及表演问题。许多人都说电影是用光写作，本书对光的分析也鲜有涉及。大量的在影片中起到叙述议论评价的音乐也鲜有涉及。即便是叙事的分析，从叙事学的角度上来说，也在很多地方没有涉及，这固然是选择的研究对象有所限制，但也有另外一些因素，如本人的理论水平限制。即便在已涉及的许多方面，读者也可以发现，在一些地方，文章的写作还是表现出来左支右绌的迹象。

有人说："对改编的研究在逻辑上相当于电影的总体研究。即使我们从简单地观察由小说和电影将我们引入虚构的系统以及这一系统的历史问题。这对我来说并不是令人沮丧的事，因为它使改编以及一切电影和文学研究从永恒的原则和不切实际的概括的领域里跌落下来，落到虽

①　[匈]伊芙特·皮洛《世俗神话——电影的野性思维》，崔君衍译，中国电影出版社 2003 年版，第 3 页。
②　[苏]魏茨曼《电影哲学概说》，崔君衍译，中国电影出版社 1992 年版，第 213 页。
③　见李宝强《七部半——塔尔科夫斯基的电影世界》，中国电影出版社 2002 年版，第 284 页。
④　[意]费里尼《我是说谎者》，生活·读书·新知三联书店 2000 年版，第 211 页。

不平坦但却坚实的艺术史、艺术实践和艺术表述的地面上。"① 其实,对改编的研究在逻辑上也不仅仅相当于对电影的总体研究,这也同样是在理论上相当于对文学的总体研究——在安德鲁说这句话时,可能小说在他的潜意识里是一个无需再思考的已经本质化了的存在。其实,小说亦然在变化,同时下的理论术语来说,小说正处于"未完成"状态,还没有被"本质化",这就使我们对小说的任何判断都要谨慎才是。但就对电影的思考来看,这也是一段过于令人鼓舞的话,一种过于乐观的心情。电影艺术作为现代科技的产物,能够将人类生活的所有领域——不管是生活领域或者科学领域以及令人心醉的艺术领域——作为自己的呈现对象。对电影研究来说,没有来自其他领域里的知识储备,相应的研究就很困难。而应该拥有的相应知识却已经超越了一个人所可能有的知识容量。电影研究是困难的,而改编研究,特别是力求深入而不是泛泛而论的改编研究亦然。

---

① 按:原译文如此。[美]安德鲁《电影理论概念》,郝大铮译,上海文艺出版社 1990 年版,第 135 页。

参 考 文 献

图书：

[1] 查建英. 八十年代访谈录[M]. 北京：三联书店,2006.

[2] 陈凯燕. 话说《黄土地》[M]. 北京：中国电影出版社,1986.

[3] 陈墨. 陈凯歌电影论[M]. 北京：文化艺术出版社,1998.

[4] 陈犀禾. 电影改编理论问题[M]. 北京：中国电影出版社,1988.

[5] 阿城. 棋王[M]. 北京：作家出版社,2000.

[6] 贾磊磊. 电影语言学导论[M]. 北京：中国电影出版社,1996.

[7] 李宝强. 七部半——塔尔科夫斯基的电影世界[M]. 北京：中国电影出版社,2002.

[8] 李碧华. 霸王别姬[M]. 香港：香港天地图书有限公司,1985.

[9] 李碧华. 霸王别姬[M]. 北京：人民文学出版社,1991.

[10] 李尔葳. 直面陈凯歌——陈凯歌的电影世界[M]. 北京：经济日报出版社,2002.

[11] 李恒基,杨远樱. 外国电影理论文选[M]. 北京：上海文艺出版社,1995.

[12] 刘熙载. 艺概笺注[M]. 王气中,笺注. 贵阳：贵州人民出版社,1986.

[13] 罗雪莹. 敞开你的心命——影坛名人访谈录[M]. 北京：知识出版社,1993.

[14] 莫里斯. 资产阶级哲学资料选辑 第18辑[M]. 上海：上海人民出版社,1966.

[15] 上海文艺出版社. 探索电影集[M]. 上海：上海文艺出版社,1987.

[16] 史铁生. 钟声[M]. 北京：北岳文艺出版社,2001.

[17] 孙献韬,李多钰. 中国电影一百年[M]. 北京：中国广播电视出版社,2006.

[18] 汪曾祺. 汪曾祺文集[M]. 北京：北京师范大学出版社,2002.

[19] 王铭玉. 语言符号学[M]. 北京：高等教育出版社,2004.

[20] 周传基. 电影、电视和广播中的声音[M]. 北京：中国电影出版社,1992.

[21] 维特根斯坦. 逻辑哲学论[M]. 贺绍甲,译. 北京：商务馆印书馆,2002.

[22] 克拉考尔. 电影的本性[M]. 邵牧君,译. 北京：中国电影出版社,1981.

[23] 爱森斯坦. 蒙太奇论[M]. 富澜,译. 北京：中国电影出版社,2003.

[24] 爱森斯坦. 并非冷漠的大自然[M]. 富澜,译. 北京：中国电影出版社,2003.

[25] 巴赫金. 巴赫金全集[M]. 钱中文,主编. 石家庄：河北教育出版社,1998.

[26] 哈利泽夫. 文学学导论[M]. 周启超,译. 北京：北京大学出版社,2006.

[27] 日丹. 影片的美学[M]. 于培才,译. 北京：中国电影出版社,1992.

[28] 塔可夫斯基. 雕刻时光[M]. 陈丽贵,李泳泉,译. 北京：人民文学出版社,2003.

［29］ 魏茨曼.电影哲学概说［M］.崔君衍,译.北京:中国电影出版社,1992.

［30］ 巴赞.电影是什么［M］.崔君衍,译.北京:中国电影出版社,1987.

［31］ 布烈松.电影书写札记［M］.谭家雄,徐昌明,译.北京:三联书店,2001.

［32］ 麦茨.电影的意义［M］.刘森尧,译.南京:江苏教育出版社,2005.

［33］ 麦茨.想象的能指［M］.王志敏,译.北京:中国广播电视出版社,2006.

［34］ 热奈特.叙事话语　新叙事话语［M］.王文融,译.北京:中国社会科学出版社,1992.

［35］ 于贝斯菲尔德.戏剧符号学［M］.宫宝荣,译.北京:中国戏剧出版社,2004.

［36］ 亚里士多德.诗学［M］.陈中梅,译.北京:商务印书馆,1999.

［37］ 巴尔.叙述学叙事理论导论［M］.谭君强,译.北京:中国社会科学出版社,2003.

［38］ 彼得斯.图像符号和电影语言［M］.一匡,译.北京:中国电影出版社,1990.

［39］ 戈德罗,若斯特.什么是电影叙事学［M］.刘云舟,译.北京:商务印书馆,2005.

［40］ 布朗.电影理论史评［M］.徐建生,译.北京:中国电影出版社,1994.

［41］ 波德维尔,汤普森.电影艺术——形式与风格［M］.彭吉象,译.北京:北京大学出版社,2004.

［42］ 麦基.故事——材质、结构、风格和银幕剧作的原理［M］.周铁东,译.北京:中国电影出版社,2001.

［43］ 斯塔姆.文学和电影指南［M］.北京:北京大学出版社,2006.

［44］ 斯塔姆.电影中的文学［M］.北京:北京大学出版社,2006.

［45］ 茂莱.电影化的想象——作家和电影［M］.邵牧君,译.北京:中国电影出版社,1989.

［46］ 莫里斯.指号、语言和行为［M］.罗兰,周易,译.上海:上海人民出版社,1989.

［47］ 布鲁斯东.从电影到小说［M］.高千俊,译.北京:中国电影出版社,1981.

［48］ 米勒.解读叙事［M］.申丹,译.北京:北京大学出版社,2002.

［49］ 索绪尔.普通语言学教程［M］.高名凯,译.北京:商务印书馆,1980.

［50］ 贝拉.电影美学［M］.何力,译.北京:中国电影出版社,2003.

［51］ 皮洛.世俗神话——电影的野性思维［M］.崔君衍,译.北京:中国电影出版社,1991.

［52］ 洛克.人类理解论［M］.关文运,译.北京:商务印书馆,1981.

［53］ 毛姆.巨匠与杰作［M］.王晓明,译.上海:华东师范大学出版社,1987.

［54］ 弗兰奇.温柔地杀我［M］.宫楠,译.重庆:重庆出版社,2002.

［55］ 陈凯歌.《黄土地》完成台本［M］//探索电影集.上海:上海文艺出版社,1987.

期刊:

［1］ 陈凯歌.电影《孩子王》完成台本［J］.电影选刊,1987(6).

［2］ 柯蓝.深谷回声［J］.芙蓉,1981(1).

［3］ 李翰祥.我看《孩子王》［J］.天涯,1997(2).

［4］ 李彤.《孩子王》戛纳答问［J］.当代电影,1988(6).

［5］ 李奕明.非叙事性的结构特点［J］.电影艺术,1988(2).

［6］ 刘树生.作为"运动"已然过去——关于"第五代"的问答［J］.电影创作,1988(7).

［7］ 孙立峰.文学"失足青年"——阿城如是说［J］.今日名流,2000(1).

［8］ 王志.陈凯歌:商业是看到电影的希望［J］.大众电影,2005(23).

［9］ 刘间文俊.陈凯歌与大岛渚对话［J］.当代电影,1987(6).

［10］ 切希尔.漫长的归途［J］.世界电影动态,1992(4).

［11］ 郑洞天.从前有块红土地［J］.当代电影,1988(1).

［12］ 丘静美.《黄土地》:一些意义的产生［J］.当代电影,1987(1).

附录　试论康德对王国维和巴赫金美学思想的影响

一、序

　　康德的哲学美学思想对后世有巨大之影响,现代的各种哲学美学思想无不推源于康德,时至今日,仍有许多学者通过探讨康德思想来构建自己的思想体系,阐发自己的观点。正如康德研究专家郑昕先生所说,超越康德,可能是新的哲学,绕开康德,则是坏的哲学。① 其实美学的问题亦然如此。康德美学思想涉及的范围极广,主要体现在《纯粹理性批判》和《判断力批判》两书之中。在当代文艺理论的研究中,人们一般对后书中"美的分析"部分极为重视,对该书的其他部分关注不够;而对前书中美学思想则多有所忽略。这影响了对康德美学思想的整体把握。20世纪的两位学者——王国维和巴赫金——各自以其独到的美学思想,对后世发生了深远影响。分析两者的美学思想可以看到,恰恰康德这两部书成为两位共同的思想资源。他们的理论思想之中的许多观点皆来源于康德的《纯粹理性批判》和《判断力批判》两书。这两位学者中,巴赫金足不出国门,王国维游历局限于中国和日本,他们各不相识,互不影响,只是康德的著作在无形地联系着他们。

　　王国维对康德著作用力甚勤,以懂康德为"慰藉",他在《自序》介绍自己学习康德哲学经历时说:"既卒《哲学概论》、《哲学史》次年始读汗德(按:原文如此)之《纯理批评》至'先天分析论'几全不可解更辍不读,而读叔本华之《意志及表象之世界》一书,叔氏之书思精而笔锐,是岁前后读二过,次及于其《充足理论之原则》、《自然中之意志论》及其文集等,尤以其《意志及表象之世界》②中《汗德哲学之批评》一篇为汗德哲学关键,至二十九岁更返而读汗德之书,非复前日之窒碍矣。嗣是于汗德之《纯理批评》外及其伦理学及美学。至今年从事第四次之研究则窒碍更少,

　　①　见郑昕《康德学述》,商务印书馆1984年版,第1页。

　　②　(1)叔本华的哲学思想,糅合了康德哲学、佛教哲学及柏拉图思想的结果,尤以前两者为多。(2)王国维接受康德影响,有间接和直接两种,前者指通过阅读叔本华及其他德国哲学家著作,获得的有关康德哲学的知识;后者指其直接阅读康德著作所受的影响。作为前者,王国维本人在未阅读康德著作时是一种不自觉状态,往往错把康德的原创性的思想当成叔本华等的思想。随着对康德著作的阅读这种由不自觉转入自觉,于是我们对王国维早期著述,就要认真加以区分:哪些是真正意义上的康德思想,哪些是真正意义上的叔本华思想。(3)叔本华受佛教影响极大,叔氏宣称的解脱涅槃,究其实是来源于佛教。王国维早年有佛教知识背景,叔本华著作恰好沟通康德哲学和唯识论哲学,为王国维境界说起到了桥梁作用。

而觉其窒碍之处,大抵其说之不可持处而已。此则当日志学之初所不及料,而在今日亦得以自慰藉者也。"①

　　王国维文中的"是年"指1907年,他这一时期美学思想之著述如《人间嗜好之研究》、《古雅之在美学上之位置》、《文学小言》、《屈子文学之精神》等均作于本年。1908年发表了他最重要的理论著作《人间词话》(其中有一些观点人们习惯用叔本华的思想去解释,但很难得到满意的答案,当我们转移到康德思想对他的影响上时,便豁然贯通)。受康德之影响,不言而喻。1907年,王国维自己曾表白说:"若夫余之哲学上及文学上撰述,其见识文采亦诚有过人者,此则汪中氏所谓'斯有天致,非由人力,虽情符曩哲,不足多矜'者,固不暇为世告焉。"②所谓的"曩哲",单从时间上看,无疑最有可能的就是康德了。从上述一系列文章中,尤其是《人间词话》中,我们可以看到王国维的美学、诗学思想受康德影响很大。

　　巴赫金从十二三岁时就读德文版的《纯粹理性评判》,求学时期,他的老师维坚斯基是当时俄国最有成就的康德哲学研究者,朋友卡甘早年留学德国专攻康德哲学,他和朋友们组成"康德哲学研究小组","《纯粹理性批判》学习小组"。这种学习经历和交游使他沉醉于康德哲学。巴赫金早年立志以康德哲学思想为根柢,在康德批判哲学基础上建立自己的新的行为哲学,然而,种种因素的影响,巴赫金一生的重要精力用在了语言创作美学上,建立了自己独特的小说理论和哲学人类学(对话哲学)。王国维和巴赫金的这段学术生涯极为相同的:学术起步的一开始都是从康德哲学美学入手的,特别是都对康德《纯粹理性批判》用力极深,然后都转入普通美学研究进而转入文学研究,继之由文学研究扩展到其他学科。他们又各自在不同的文化领域里取得了巨大成就,开拓了学术的新领域,皆"示来者以轨则",对后人具有极大的启发意义。由于康德的思想是两个人共同的理论资源,探索康德思想如何影响了他们,又由于哪些原因使他们各自呈现出不同的风貌,对当前的文论建设或能起到一些借鉴作用。由于他们的美学思想涉及面极广,而笔者的学养不足,故只能略举一二,见教于方家。

二、文学的独立性的异同

　　文学的独立性是现代文学观念中对文学的社会功能与其文化价值的认知,学者们大多认为这一观念起源于康德对审美鉴赏的分析。从我们的研究对象上看,这种认识很有道理。王国维和巴赫金都主张文学要取得独立的地位,获得独立性。然而,他们的主张表现出一些微妙的差异,他们各自发挥了康德思想的不同侧面。

　　巴赫金一方面强调文学的独立性,另一方面总是将文学和其他学科联系起来来寻找文学的特征和作用,力求既批判那种为艺术而艺术的唯美主义倾向(他认为艺术的唯美主义经常导致内容贫乏、情调底下的病态文艺),又要批判庸俗的社会学,它把文学看成是社会经济基础的反映。巴赫金从认识、伦理、艺术三者对待现实的态度不同上来阐述这一观点:认识不理会对存在的伦理评价和审美雕琢,在认识行为发生之前已有先审美的和伦理的重要因素存在,但这些因素被认

---

① 见王国维《静安文集》,辽宁教育出版社1997年版,第159页。
② 同上,第160页。

识抛到历史的、心理的、个人经历的事实范围中;而伦理行为的态度是对现实采取"应分"的态度,即用"应该"来衡量人的行为道德伦理,它对先已存在的认识和审美观照的现实采用否定的态度;但是从认识的角度看,认识的对象也必然包括伦理行为的世界和审美的世界。审美不同于认识和行为的特点是它的易感性、积极接受性,审美行为所面临的现实总是已经认识了的和伦理评价过的现实,并让这些被认识和评价的现实通过艺术创造进入作品之中。巴赫金说:"生活不仅在艺术之外,而且在艺术之中,在其内部,而且保持着自己的全部的价值:社会的、政治的、认识的等等价值。"① "审美把认识和伦理融合为一体,审美形式当然应全方位地涵盖行为和认识所有的一切内部规律性,将这个规律性纳入自身的统一体中,因为在这种条件下我们才能说这个作品是一个艺术品"。② 巴赫金的"行为"具有特别的含义,它指一切具有伦理价值的人的活动。文学既然必然包含着道德和真理知识,是二者的桥梁,是二者的直观统一体,这就意味着文学不仅有自己的特征,有自己的独立性,也还有和其他文化学科有着割不断的联系,文学应当汇入人类文化的整体的统一性之中,又保持文学的"全部复杂性、完整性和特殊性"。巴赫金说:"艺术的世界都必须分解成为一个个单独的自足的有个性的整体,即艺术品,每一件作品对认识现实和行为现实都确定有其独立的立场。这就赋予艺术作品一种内在的独立性。"③ 在巴赫金看来,文学是对人类文化的综合反映,不是经济基础的直接反映,文学通过对文化的反映间接地反映了经济基础,从而将文学从工具论的简单模式中解脱出来。巴赫金说:"每一文化现象,每一单独的文化行为,都有着具体的体系;可以说它连着整体却是自立的,或者说它是自立的却连着整体。"④ 在巴赫金看来,每一文化领域,都是人类整个文化之一部分,各个文化领域之间存在着互相联系依存之关系,一种文化现象"只有在这一具体的体系中,即同在文化整体的直接关联和定中,现象才不再是简单的存在、赤裸裸的事实;它有了分量,有了涵义。仿佛成为某种单体,在自身中反映着一切,自身又被一切所反映"。⑤ 巴赫金晚年在《答〈新世界〉编辑部问》中用更明确的话说:"文学是文化不可分割的一部分,脱离了那个时代整个文化的完整语境,是无法理解的,不应该使文学同其余的文化割裂开来,也不应该像通常所做的那样,越过文化把文学直接与社会经济因素联系起来。"⑥ 文学与文化的这种关系、这种现象巴赫金称为"自律性的参与或参与的自律性"。

巴赫金的这一观点是和康德的目的论与判断力的合目的性的先验原理紧密联系在一起的。康德的目的论认为,世间万事万物之间存在着一种有机的因果关系,表现为各因素并存,交互和相互依赖的关系。自然界的任何一事物必然是自然界的一部分,与其他事物处在这种有机的因果联系之中;同时,任何一物的内部各部分之间也一样存在着这种并存、交互、相互依赖作用,这就是事物的内在的目的性,它属于事物本身固有的。康德认为,作为反思判断力的审美鉴赏是连

① 巴赫金《巴赫金全集》,钱中文编,河北教育出版社 1998 年版,第 1 卷,第 328 页。
② 同上,第 335 页。
③ 同上,第 327 页。
④ 同上,第 324 页。
⑤ 同上,第 324 页。
⑥ 同上,第 4 卷,第 364 页。

接知性和理性的桥梁,以合目的性为先验法则。这一先验法则的内容大致说来就是,事物的形式与我们的知性和理性机能相符合,即自然符合我们的目的,引起人的知性和想象力的和谐运动,保证我们能认识事物,使人获得情感的愉快。在这一先验法则的作用下,判断力能够把人的对个别的特殊的事物的形式的认识纳入到更高的统一的规律之中,从而沟通现象界和物自体,沟通自由和必然,沟通知性和理性,使它们在艺术中达到统一。显然这些思想和康德对作为主体的人的心理能力的知情意的划分一起给予了巴赫金极大的启发。巴赫金对文学和文化关系的论述很系统,除了得益于康德思想之外,还得益于新康德主义。新康德主义在康德思想的基础上特别重视人文学科,他们认为历史哲学政治文学艺术等都是文化学科,他们对文化学科内部的各种关系以及各种学科性质作出了有益的探讨。巴赫金既强调审美的直觉统一性,审美的独立性,又强调各种文化学科的相关性,我们可以看出这是对康德判断力的合目的论的先验原理以及新康德主义的继承。

王国维则从判断力的非功利性出发,强调文学的独立性、非功利性以及美育作用,这反映了他对康德及其他德国古典美学家思想的继承。王国维主张艺术独立,反对艺术成为政治的工具。《论哲学家与美术家之天职》是我国较早谈艺术自主性和独立性的文章。当时新旧两种势力正在争夺舆论,纷纷将文学变成一种实现政治目的的手段,使文学成为一种"载道"的工具。王国维对此持激烈的反对意见,认为文学为政治服务,急功近利,正是文学之大敌。文章一开始就指出:"天下有最神圣、最尊贵而无与当世之用者,哲学与艺术是已。天下之人嚣然谓之无用,无损于哲学美术之价值也。至为此学者,自忘其神圣之位置,而求以合当世之用,于是二者之价值失。"①在王国维看来,哲学与美术所追求的是"天下万世之真理而非一时之真理"②,唯有如此才,哲学家艺术家才能获得"天下万世之功绩",哲学艺术不能图一时一国之真理,不能合一时一国之利益,否则,王国维认为,这样的哲学家和艺术家与禽兽相去无多。他呼吁哲学家美术家必须坚守其"神圣之位置,独立之价值","不蒁然以听命于众"。③不难看出,王氏对这一观点的强调,是对中国几千年儒家传统的激烈否定,富有鲜明的启蒙色彩。王国维认为在诗歌方面,传统的"咏史、怀古、感事、赠人之题目,弥满充塞于诗界,而抒情,叙事之作,什佰不能得一,其有美术上之价值者仅其写自然美之一方面耳"。④在王国维看来,这使中国极乏纯粹之哲学美术。人们哲学美术将变成实现政治目的或物质利益的手段,文学哲学神圣性就无法表现,他认为美术当表现"宇宙人生之真理,或以胸中惝恍不可捉摸之意境一旦表诸文字绘画雕刻之上,此因彼天赋之能力之发展,而此时之快乐决非南面王之所能易者也"。⑤王氏将文学提到了前所未有的高度,给予了文学前所未有的神圣地位,远远地超过了"经国之大业,不朽之盛事"的传统思想。

王国维反对文学艺术为政治服务,王国维更反对把文学当作个人生活的手段,否则,只能形成"铺啜的文学"。

---

① 见王国维《静安文集》,辽宁教育出版社 1997 年版,第 119 页。
② 同上。
③ 同上。
④ 同上。
⑤ 同上,第 166 页。

　　昔司马迁推本汉武时学术之盛,以为利禄之途使然。余以为一切学问皆以利禄劝,独哲学与文学不然……铺啜的文学决非真正的文学也。①

　　诗至唐中叶以后殆为羔雁之具也。故五季北宋之诗(除一二大家外)无可观者而词则独为其全盛时代。其诗词兼善如永叔、少游者,皆诗不如词远甚,以其写之于诗者不若写之于词者之真也。至南宋以后词亦为羔雁之具,而词亦替矣(除稼轩一人外),观此足以知文学盛衰之故也。②

　　吾人谓戏剧小说家为专门之诗人,非谓其以文学为职业也,以文学为职业铺啜的文学也。职业的文学家,以文学得生活,专门的文学家,为文学而生活,铺啜的文学之途盖已开矣。吾宁闻征夫思妇之声,而不屑使此等文学嚣然污吾耳也。③

　　所谓"羔雁之具"指古代士大夫相见时的见面礼,这里指文学成为人们的一种交际手段,文学作品之中的奉和、应制的篇目创作典型的成了礼聘、酬醉的代用品,文学成为交际的工具;所谓"铺啜的文学",是指文学被作家当作谋取钱财获得利禄的工具。王国维认为在这两种情况下,文学缺乏情感的内蕴,缺乏真实性,文学不会成为真正意义上的文学。显然,王国维的立论依据来源于康德的判断力的无利害性。由上可以看出,尽管王国维和巴赫金都信奉康德,主张文学要有其独立性。但由于二人的出发点并不一致,其内涵也就很不一致。

三、创作的一般原则：外位超视与能出能入

　　文学创作总是要写人与物。写人物活动形成的事件、写人物周围的环境与景物,塑造人物的形象。文学创作和审美活动密切相关,它作为一种非功利的活动,表现出无目的的合目的性,总表现为对某个具体的对象的形式的关照,是对形式的愉快不愉快的情感。在康德那里,形式form 即某一特殊事物的整个的表象形象直观,是人的感性知性积极活动的结果。《纯粹理性批判》中对先验感性与感性认识以及想象力形成表象的论述给王国维和巴赫金以巨大启示。康德认为空间和时间都是先验感性的形式,前者是一个广延的量,是事物的形体和结构,后者是一个延绵的量,是心灵自我的表象,是空间的间接表象。在康德看来,认识活动一开始,人就受到外物的刺激,获得外部表象,所有一切的表象都是被我们意识到的,都是属于内感官的不同样态。而从空间时间这两个形式上看,所有这些得到的表象都是杂多的、彼此分开的、零散的、多样的感性表象,因为不同的表象必定出现在不同的空间里和不同的时间里。这些杂多的表象直观须要想象力的综合作用,才能形成一个完整统一的表象。在康德看来,这些杂多的表象首先由主体把它们从头到尾一个不漏地经历过保持住,把握住,把它们集中起来,这是想象力的先验功能。这些表象通过想象力的先验综合形成直观的表象,在此基础上再通过通觉的综合作用形成直观到的整体统一的表象。然后,知性运用先验范畴,使内感官受到内部表象的刺激,将其综合形成概念,

---

①　见王国维《静安文集》,辽宁教育出版社 1997 年版,第 166 页。
②　同上,第 167 页。
③　同上,第 169 页。

获得对事物的认识。

王国维在《汗德像赞》中概括康德的认识论学说时写到：

> 人之最灵，厥维天官，外以接物，内用反观。小知间间，敝帚是享，群言淆乱，孰正其枉。大疑潭潭，是粪是除，中道而反，丧其故居。笃生哲人，凯尼之。堡，息彼众喙，示我大道。观外于空，观内于时，诸果粲然，厥因之随。凡次数者，知物之式，存于能知，不存于物。①

从这里，我们可以知道王国维的"内"与"外"的具体的含义了，也知道王国维的"观"的具体的含义了。王国维在使用这些概念时，康德的思想无疑构成了其极为重要的知识背景。从这些概念出发，我们可以讨论王国维的艺术创作论的较为确切内涵了。

> 诗人对自然人生，须入乎其内，又须出乎其外。入乎其内，故能写之，出乎其外，故能观之，入乎其内，故有生气，出乎其外，故有高致，美成能入而不出，白石以降，于此二事皆未梦见。②

所谓"如乎其内"也就是"外以接物"，就是凭借人的先验感性——时间和空间，从对象的内部获得到关于对象的杂多的直观表象，所获得这些杂多的直观表象，在想象力的作用下，形成一个对象的整体的表象，即形象（即获得对象的广延或显现）。它体现在文学创作上，就是现时现地的观察，就是移情体验对象，体验对象的内部或人物的心灵深处，体验其精神意志感受等。唯有通过移情体验，才能获得感性材料，才能有表达的东西，才能创造出文学形象，这即是王国维所说的"写"。所谓"出乎其外""内用反观，观内于时"，就是运用知性的先验的十二范畴，将其投入到所获得的直观表象中，规定整理，形成完整的表象乃至概念，使其符合我们的理性，从而获得关于对象的知识。用王国维的话来说，就是一个"观"的过程，即获得"高致"，知"大道。"王国维的这段话是对康德认识论的中国化表述，是将康德的认识论运用在艺术创作中，将其由"物"扩大到"人"。

许多人认为，艺术创作只是形象塑造。但在王国维看来，艺术创造不仅是形象塑造，而且也不能脱离认识，它还会带来新的认识，它是"神悟"。无法割断艺术创造过程之中形象塑造与探索知识获得知识之间的联系，所以他故其标举"宇宙人生"之真理："稼轩《中秋饮酒达旦用天问体作木兰花慢以送月》曰：'可怜今夕月向何处，去悠悠？是别有人间那边才见，光景东头。'词人之想象直悟月轮绕地之理，与科学家又密合，可谓神悟。"③辛弃疾没有认识到月亮绕地球旋转的规律是另外的事（辛弃疾在当时也不可能达到这样的认识的高度），王国维这样认为、这样标榜反映了他对艺术创造能带来新知识的强调。

这种能出能入的观点是王国维对中西思想的融会和发展。从中国自身的传统来看，这一思

---

① 见王国维《静安文集》，辽宁教育出版社 1997 年版，第 162 页。
② 见王国维《人间词话》，上海古籍出版社 2000 年版，第 15 页。
③ 同上，第 11 页。

想源远流长,从宋代就有了。到了清代,周济、龚自珍扩大了这一思想的影响,使能出能入成了文学阅读批评创作的方法,龚自珍说:

> 史之尊,非其识语言、司谤誉之谓,尊其心也。心何如而尊? 善(按:或作能,下同)入。何者善入? 天下山川形势,人心风气,土所宜,姓所贵,皆知之;国之祖宗之令,下逮吏胥之所□手,皆知之。其于言视言兵、言政、言狱、言掌故、言文体、言人贤否、如其言家事,可谓入矣。又如何而尊? 善出。何者善出? 天下山川形势,人心风气,土所宜,姓所贵,国之祖宗之令,下逮吏胥之所守,皆有联事焉,皆非所专官。其于言礼、言政、言狱、言掌故、言文体、言人贤否、如优人在堂下,号跳歌舞,哀乐万千,堂上观者,肃然踞坐,眄睐而指点焉,可谓出矣。……乃又有所大出入焉。何者大出入? 曰,出乎史,入乎道,欲知大道,必先为史,此非我所闻,乃刘向、班固之所闻。向、固有徵乎? 我徵之曰:古有柱下史老聃,卒为道家大宗。我无徵也欤哉?①

我们从中不难看出,纯粹的中国传统将"能出能入"局限于"人生",王国维将其扩大到"自然",这得力于康德。后者认为,近代物理学的极大进展是由于人们的认识事物的方法发生了巨大变化的结果。自伽利略以来,人们不采用唯理论的方法,单纯地从概念出发寻求知识,也不采用纯粹的经验的方法,经验只能获得对个别事物的认识,人们采用实验的方法,首先构思一个结果方案,然后,通过实验来验证其是否正确。用康德的话来说就是,将人的理性放置于自然界的对象之中检验对象是否符合我们的理性来获得知识。康德反复强调了这种思想方法对人类探索自然获得知识的巨大作用。他说:"我们称之为自然界的各种显现之所以有秩序有规则,是我们自己把它放进去的,如果不是我们或者我们意识的本性原来放进去的,我们也不能在里面发现它们。"② "即如物理学,其泽被久远之思想革命完全由于以下之幸运见解,即当理性必须在自然中探求而虚构事实时,凡有理性自身之源源所不能知而应仅'在自然学习之者',则在其探求中理性必须以其自身所置之于自然者为其指导"。③ 从我们今天的眼光来看,康德是在探索科学实验方法的理论基础的,但从康德的纯思辨的角度看,王国维将其称之为能出能入,实属理故宜然。可以说,康德的《纯粹理性批判》就是在探讨这一认识方法的理论依据。对康德的《纯粹理性批判》用力甚勤的王国维和巴赫金对康德这种认识观自然是"心有灵犀一点通"。

巴赫金从康德先验感性论出发,对文学创作也首先从空间与时间这两个基本形式出发进行考察,他从一个日常的现象入手,从自我与他人在时空中的具体唯一性的现象中得出一个基本的规律——外位超视。每当两个人相遇时,两个主体(自我—他人)皆处于唯一而不可替代的时间空间位置上,不管自我对这个他人采取什么姿势,处什么距离,我无法占据他人的位置,即我总是在外在于他人的外位位置上。由于这种外位立场,这个自我总能看到某种他人所看不见的东西,

---

①　见龚自珍《龚自珍全集》,上海古籍出版社 1959 年版,第 80 页。
②　见齐良骥《康德的知识学》,商务印书馆 2000 年版,第 155 页。
③　[德]康德《纯粹理性批判》,蓝公武译,商务印书馆 1960 年版,第 13 页。

比如他人自己所不能看到的属于自身的头脸、表情、自身背后的世界,即获得了超视。在获得超视的同时也获得了超知,即由于超视而获得比他人更多的外部印象。这种外位超视超知不但包括空间和时间,也包括价值观念和意义,这种外位超视超知是作者对主人公——处在认识和伦理现实的旋涡中不可能完整的认识自己——的不可逆转的基础和前提。巴赫金认为艺术家的神奇之处就在于他有着至高的外位超视,正是由于外位超视,形式(形象)才得以形成:"超视犹如蓓蕾,其中酝酿着形式,从蓓蕾中绘绽开花朵,这就是形式,但为使这蓓蕾真的绽开成花朵,即起完成作用的形式,必须由我的超视去补足被观照他人的视野,同时又不失去其特殊性。我必须移情到这个他人身上,从价值上像他本人那样从内部观察他的世界,站到他的位置上去,然后又回到自己的位置上来,用在他身外的我的这一位置上所得的超视,充实他的视野,赋予它框架,以我的超视、我的超知、我的意志和情感为它创造一个使之最后完成的环境。"①

从巴赫金对审美反应过程的这一描述看,这和王国维所说的"能出能人"很一致。不过,巴赫金将这一过程从另外的角度命名为完成化(孤立化)。在具体论证之时,巴赫金所举的例子更能说明我们的看法:一个"深感痛苦的人",在他的视野中充满了引起他痛苦的环境和事物,他将这他所见到的物质世界笼罩着痛苦的感情意志语调。作者的审美反应的第一个因素就是移情—体验他所体验的东西,仿佛(因为从根本上无法丧失自己的外位性)与他合二为一,感其所感、见其所见。此后必须回归自身,把移情获得的材料从伦理上,认识上或审美上加以把握。当作者回归自身,并占据外位于痛苦者的自己的位置之时,审美活动才真正开始,才能组织和并完成由移情获得的材料,这种利用外位于他人痛苦意识的整个对象世界的诸因素,来充实移情所得的材料,即充实该人的痛苦感受,即完成化。唯其如此,这位痛苦者的神态才具有一种纯粹描绘性价值,成为最终完成了的要表现的痛苦,最终形成塑造出人物形象。

所谓完成化(孤立化)是巴赫金比较了作品中的人物(即主人公)和现实中的人的差异而得出来的关于艺术形式功能概念:在现实生活中主人公总是"开放的从自身内部无法完成的生活事件的载体"。② 作者总是这一主人公生活事件中的伙伴或者敌人、或者就是在作者身上、是作者本人。作者的作用就在于"使主人公脱离了连环保、连坐的过失和统一的责任,从而使其在新的存在作为新人而重生,并赋予他新的躯体"③。这种作用就是"完成化",或"孤立化"。"新的存在"指艺术作品所描绘的艺术时间和空间,形成"新的存在"是艺术形式的最重要的功能;巴赫金以为这种作用只是针对作品的意义内容而言,使作品内容从它与整个自然界,整个存在的伦理事件之间的某些必然联系中脱离出来,结果"作品的内容犹如统一而开放的存在事件中的一个片段,而形式把它孤立出来使之摆脱了对未来事件的责任,这个片段因此从整体上说是自足而静止的,是已经圆满完成了的,同时又使孤立出来的自然界也如同自己一样变得自足而静止"。④ 形式的这种孤立化在巴赫金看来首次使艺术形式的正面现实成为可能,这种完成化使艺术包含着包括真理在内的一切价值、使形式获得个体性主观性的条件,使作者成为形式的基本因素,即形

---

① 巴赫金《巴赫金全集》,河北教育出版社 1998 年版,第 1 卷,第 121 页。
② 同上,第 110 页。
③ 同上,第 111 页。
④ 同上,第 360 页。

式必然地表现出了作家的情绪意志。显然,艺术创造的完成化来源于康德的审美判断的主观的合目的性。

巴赫金在外位超视的基础上进一步注意到艺术形式的孤立化(康德的主观的合目的性),王国维也不例外。王国维早年说:"夫美术者,离充足理由律而观物之道也"①。所谓充足理由律,是叔本华对康德的合目的的先验原理的称呼。王国维此时(1904 年)并不知道叔本华是:在祖述康德,固有此语。到了写作《人间词话》时他就径直用康德的语言表述康德的思想了(当然,王国维也使用了当时的文学观念。)。

> 自然中之物,互相关系,互相限制,然其写于文学及美术中也,必遗其关系限制之处,故虽写实家亦理想家也。又虽如何虚构之境,其材料必求之于自然,而其构造,亦必从自然之法则,故虽理想家亦写实家也。②

在当时人们将文学分为两派:写实派(现实主义)和理想派(浪漫主义),王国维在这里虽然表面上讲的是二者的关系,但从较深层次上看却是从整个文学出发谈论审美创造的合目的性思想。文学艺术的对象存在于现实生活或自然中,和其他事物发生相互制约、互为因果的复杂关系,艺术创作时必须将其解脱出来,将其从外在目的关系中解脱出来,才能成为表现之对象,然这一对象有其内在之目的内在的完美性。文学要真实地反映它,必须注意其内在的目的性、内在的完满性,其内的构成整体各部分的有机联系,其内部的规律。所以王国维认为文学要表达真理。真实的出现在文学作品中的事物也必然如此。王国维这一表述是对康德思想极其简洁、准确的概括。从上面的叙述中我们可以看出王国维和巴赫金的差别,王国维认为创造的过程能够活动行新知识,可以上升到理性认识。显然,王国维与中国的传统思想资源密不可分,这种传统来源于老庄,来源于禅宗。

在巴赫金看来,审美活动不是一个求知的活动,不是一个伦理的活动,只是将已有的认识和伦理现实形成一个直觉的统一体,审美行为把已经认识的和评价过的现实纳入作品(审美客体)之中,尽管在审美客体内部保存着其全部价值,社会的政治的认识的价值,却毕竟是旧知识,是已经认识过的知识,也就是说审美活动并不能带来新的认识。巴赫金是在康德基础上有所发展。在康德看来,审美须要想象力的自由游戏,天才的心意诸能力就是想象力和悟性,必然要涉及概念的完满性,涉及知识,而巴赫金的完成化只是人物形象的完成化、是形成已有的认识和伦理的现实的统一体,不产生新知。虽然巴赫金提出了超知,却在探讨创造时却弃而不论、将其逐出艺术领域。这一现象与俄罗斯传统文论中将文学看成是形象塑造的观念密不可分,也与把审美看成是感性活动、是低级的认识活动的观念密不可分。

"出入说"在中国源远流长,至清代周济将其引入词论,龚自珍又大而广之为"史"论,王国维对二人颇为熟悉,王氏此说可谓地道的"国货",但将文学的对象界定为"自然人生"则是王国维综合古

---

① 见王国维《静安文集》,辽宁教育出版社 1997 年版,第 86 页。
② 见王国维《人间词话》,上海古籍出版社 2000 年版,第 2 页。

今中外之新论。巴赫金的外位超视正是对西方移情说和距离说之综合,虽然暗合中国古代之文论却不可能受中国古代文论之影响,从这个意义上说,此诚如王国维所说"学无中西,唯广狭疏密"。

随着巴赫金对文学审美创造活动(特别是小说的人物形象塑造)的进一步探讨,传统的东正教神学思想对其产生了很大影响,使他提出了"审美之爱"独特观点。巴赫金在探索作家如何塑造人物形象时,康德的先验感性论为他提供了探讨问题的出发点。在巴赫金看来,空间形式就是主人公及其世界的形式,时间形式就是主人公自我意识的形式,心灵的形式。主人公的空间形式的第一个因素就是人身体形式。空间形式的第二个要素就是他人身体的身缘,身缘指人的外形的全部限定性。他人整个呈现于外位于我的世界,是一个在空间上从各方面都被限定了的因素。空间形式的第三个要素即是人的行为。体表、体缘、行为是密不可分的,它们共同构成了人的有价值的躯体,占据了因主体而异的唯一而具体的位置。巴赫金将自我的躯体称为内在躯体,将他人躯体称为外在躯体,内在躯体是体内器官的感觉、需求、愿望集中于内部中枢的总和,是"我"的自我意识因素之一。他人的躯体作为外在的躯体,它的价值要由"我"通过直观直觉来实现,它是直接展现给"我"的外在躯体,是由各种认识、伦理和审美范畴整合形成的,是由外部可见可触因素的总和形成的。"我"无法直接对自己的外在躯体作出反应,所有的情感意志反应都是"我"的躯体对他人的内在的与外在的躯体的反应,都属于与"我"的躯体直接相关的情感意志反应,都属于"我"的躯体的内部状态和可能性。巴赫金认为在生活中,或在生活中或幻想中,自我无法获得自己的完整的外部形象,而由观察或幻想出来的人物却有其清晰完整的形象,也就是说,艺术营造的世界不同于幻想和生活的地方就在于一切人都同样地展示在同一个视觉层面上,而生活或幻想的主人公却没有外在表现也不需诉诸形象。如果自我想获得一个完整的形象,就必须在自我感受与其外在形象之间插入一个他人心灵屏幕,即站在外位立场上。通过这一心灵屏幕,自我才能对"我"的外形可以作出情感意志的反映,才可以使"我"的外形获得活力并融入绘声绘影的世界。巴赫金举一个日常生活中的例子来说明这一思想:我为了自我观察,最简单的办法就使自己映像于镜上,通过镜子提供的客观化材料来体验自己。所以审美绝对需要一个他人,需要他人的关照、记忆、需要他人的集中整合。唯有如此才能在新的层次上塑造出一个外形之人。空间形式是作为主体的主人公及其世界的形式,它不单纯是主人公及其生活的表现,它在表现主人公的同时,也表现了作者对主人公的立场,它是作者对主人公及其生活的创造性反应。巴赫金认为,爱自己和爱他人不同。可以爱自己的躯体,结果只能是体验通过自我的躯体实现的那些纯粹内心的状态和感受,它和对他人外表的爱是没有共同之处的,可以体验他人对我的爱,可以希望成为被爱之人,可以想象和预感他人之爱,他不能像爱他人那样直接爱自己,自我可以痛苦。而担惊受怕、喜悦则是同情担心或与人同乐,后者是对待他人的崭新的情感意志立场。这种立场巴赫金称为"审美之爱"。在巴赫金看来,爱有极为重要的意义,它使人之所以成为人。人最初知道对自己和自己身躯的评价是从母亲和亲人的嘴里得来的,亲人们的爱的情感意志语调形成了自我、个性,建立了和外部世界的联系,"孩子最初看待自己,仿佛用母亲的眼睛,最早说起自己是用母亲的情感意志的语调"①。孩子是通过母亲对他的爱怜来界定自己和自己的状态,他自己是母

---

① 巴赫金《巴赫金全集》,河北教育出版社 1998 年版,第 1 卷,第 147 页。

亲温存抚爱对象,他的价值是在母亲的拥抱中形成的,母爱和他人之爱建构了他,充实了他内在的躯体,自我意识。爱,尽管并没有赋予他的外在躯体以鲜明直观的形象,但却使他的外在躯体中潜藏着价值。能实现这一价值的人,也只有他人,只有他人的充满爱的审美意识。审美意识怀着珍爱和肯定的价值,是意识之意识,是作者之我的意识去把握作为他人的主人公的意识。巴赫金说,在审美事件中我们看到的是两个原则上互不融合的意识相遇,是作者意识对主人公意识的具体限定和珍爱。

巴赫金认为,时间形式就是主人公心灵的形式,即自在之我的形式,自我意识的形式,亦是作家的审美之爱的结果。像康德一样,巴赫金将自在之我看成是人的全部的内心生活的总和,是永无休止的。自我意识的这一特点巴赫金将其称为"不可完成性",将自我意识称为精神。精神的形象是心灵,是一切实际体验到的自我意识,是在心里、在时间中实有的东西总和的形象。精神是非审美的,精神总是面向未来,不断设定目标,是不能成为一个整体而存在的;心灵则是审美形成的,是没能实现的精神反映着珍爱它的他人意识。就像巴赫金分析人对自己的外在的躯体的关照体验一样,巴赫金认为人对自我意识的体验仍需要通过"外位"才能够实现。人的体验行动的愿望总在于未来,都要瓦解其内在的确定性,因此没有一个体验对我来说会成为独立的确定的体验,没有办法用语言准确描绘和表达这种体验。一个人要有对自己的真正的体验,必须置身于意欲之外,才能在有价值意义的内在躯体中看到这个意欲,即必须从当前时间转入到过去时间,这样就成了节奏化了的存在、节奏化了的时间。从自我与他人、精神与心灵的角度上说,不论自我在哪里,都是自由的,面向未来,离开未来就没有自我,节奏表现为对他人态度的形成,是精神对他人的现实生活拥抱和亲吻。所以巴赫金说,自我是他人的赠予。

总之,王国维的能出能入着眼于审美过程中主体和客体的相互关系,而巴赫金的外位超视着眼于作者和主人公两者之间的时空关系,这两种观点所传达的内在的创作原则是一致的,创作的过程既需要作者与对象有融合无间地移情体验,又需要保持一定的距离,进行冷静地观照,这是一个过程的两个阶段。来自康德的启示使二人远远超出了当时的主流理论——当时,或主张移情说,或主张距离说。同时我们还应注意到,由于王国维研究中国古典抒情诗,并且王国维所关注的是那些描绘自然景物的诗,他可以现成地使用康德的论断,而对巴赫金来说,他研究叙事文学的人物形象的塑造问题,这是一个前人极少关注的问题,他依据康德的观点和思路探讨了人物形象塑造的外貌和心灵两个方面,开拓了文学研究的新领域。巴赫金在探讨问题时所阐明的观点也远远超出了美学领域,深入到了 20 世纪的伦理学、宗教学、人类学、心理学、语言学等领域,显示出了非凡的智慧。

四、康德的审美观念的影响:境界说与复调论

在康德看来,作为审美判断的艺术创造是审美主体和对象的形式表象之间的一种各种心意能力投入的活动。这些心意能力有想象力,悟性,精神和鉴赏力,通过鉴赏力将前三种心意能力结合在一起,使艺术创造活动成为可能。艺术品是艺术创造活动的物化形态,表现为艺术形象,康德将其称为审美观念(idea)。审美观念作为一个具体的艺术作品是一种特殊的客体性的存

在,是由想象力构造的另一自然(第二自然)。康德说:"美的艺术必须被看做是自然,尽管人们知道它是艺术。"①"一自然美是一美的物品,艺术美是物品的一个美的表象。"②在这里,康德为避免人误解对自然美作出了解释:"自然美在这里实际上是指自然的美的形式。"③显然,审美观念艺术美实质上是自然美的形式的形式,虽然康德从未这样明言,但我们不难推出这样的结论。康德的这些观念对王国维与巴赫金具有极大的启示作用,他们二人关于艺术本体的思考主要是康德这些思想的具体化与展开。

1. 王国维的境界说

王国维用中国传统术语将审美观念艺术美命名为"古雅"。古雅就是"第二形式",是"形式之美之形式之美"。④ 王国维在下面提到的文章中,王国维的古雅既包含审美观念又包含艺术美的含义。这显示出王国维对这一问题是初步的思考,前者他在以后的文章中称为境界,显示出理论思考的深入与明晰。

以康德的美学思想为立论基础,重现了康德对审美观念、艺术美思考的思路。这清楚地表现在《古雅之在美术上之位置》一文。王国维认为艺术美的本质就在于古雅,"美术者,天才这制作也,此汗德以来百余年学者之定论然天下之物有决非真正之美术品而又决非利用品,又其制作之人决非必为天才,而吾人视之与天才之制作无异,无以名之。名之曰古雅"⑤。王国维从转述康德的优美的观点开始论述古雅的性质。康德说,美的普遍性质就是非功利性,用王氏的话来说就是"可爱玩而不可利用"⑥。康德说,美在性质上分为两种:优美和崇高。优美使人忘却利害,没有利害的观念,使人对对象的形式予以观照,从对象的形式中获得审美娱,即王氏所说的"以精神之全力沉浸于此对象形式之中"⑦。崇高在康德看来又有两类,数量的崇高和力量的崇高,它们使人不能把握其形式,使人突然之间感到其震惊和恐怖,然后又激发起人的勇气和自我尊严感。崇高的这种特点王氏概括为"形式大不利于吾人,而又觉其非人力所能抵抗,于是吾人保存自己之本能遂超越利害之观念而达观其对象之形式"⑧。崇高的对象,在康德看来,有高山、大川、烈风、暴雨、海洋、星空,王国维则又扩大了康德的崇高范围,益之以"艺术中伟大之宫室,悲惨之雕刻象",等等⑨。此后,王国维依据康德美在形式的论断论述"古雅"的性质:"一切之美皆形式之美",优美在于形式,崇高亦在于形式,"戏曲、小说之主人翁及其境遇"及"释迦与马利亚庄严圆满之相亦得视为一种形式"。王国维将上述所举的一切物象均称为"第一形式"。显然,古雅就是康德的附庸美、艺术美。优美也好,崇高也好,都是自然的形式的美,必须经过作家的审美创造,成

---

① [德]康德《判断力批判》,宗白华译,商务印书馆1964年版,第152页。
② [德]同上,第157页。
③ [德]同上,第143页。
④ 见王国维《静安文集》,辽宁教育出版社1997年版,第163页。在下面提到的文章中,王国维的古雅既包含审美观念又包含艺术美的含义。这显示出王国维对这一问题是初步的思考,前者他在以后的文章中称为境界,显示出理论思考的深入与明晰。
⑤ 同上,第162页。
⑥ 同上,第162页。
⑦ 同上,第163页。
⑧ 同上,第163页。
⑨ 王国维将伟大的艺术品看做是第二形式来源于康德的天才论,在康德看来天才的作品肖似自然,具有典范性。

为文学作品中的形象,因此古雅就是"形式之美之形式之美"①:

> "凡吾人所加于雕刻书画之品评,曰神、曰韵、曰气、曰味,皆就第二形式言之者多就第一形式言之者少。"②

艺术是对自然的形式、或人与物的反应的形式,也是对艺术品的鉴赏(宫室雕刻、戏曲、小说)的审美反应形式,所以王国维认为"以自然但经过第一形式,而艺术则必就自然中固有之某形式或所自创造之新形式而以第二形式表出之"。③ 唯有如此,艺术方能获得"其独立的价值"。第二形式极为重要,正是它分别出了艺术的优劣,即"同一形式也其表之也各不同",形成了雅俗之辩:

> "夜阑更秉烛,相对如梦寐"(杜甫《羌村》诗)之于"今宵剩把银缸照,犹恐相逢是梦中"(晏几道《鹧鸪天》词),"愿言思伯,甘心首疾"(《诗经·卫风·伯兮》)之于"衣带渐宽终不悔,为伊消得人憔悴"(欧阳修《蝶恋花》词),其第一形式同而前者温厚后者刻露,其第二形式异也。④

"第一形式"相同,或为团聚或为相思之事,"第二形式"不同,就呈现出或"温厚"或"刻露",究其实,第二形式是作家独特的审美创造的艺术形象。用古雅一词来表示康德的艺术美则可,而用来表示审美观念艺术形象则有很大的局限,它不能传达出审美观念中的艺术形象的含义。几经探索,王国维借助于佛教唯识论术语,用"境界"来表示审美观念艺术形象。境界或境,在一般意义上指疆域等级程度领域,王国维也曾使用了这个意义,如他所说的成大事业大学问的三种境界。但境界在佛教哲学中有特殊含义:其一,它表示表象现象的意思,是我们直观对象形成的表象,是一切事物之变幻不定的现象、形相,是"意"的对象,是物象物境,是人的感觉的结果,用康德的概念来说就是经验直观,是感官的表象,即形式。其二,它可以表示"真如自性"之意,即本体之意,共相之意,物自体之意。其三,它还可以表示人的意识活动,即识、心,即不但包括我们通常所说外物以及物的存在的本质,也包括人的各种心理思维活动——佛教哲学所谓的识、意、心。这些是变幻不定刹那生灭的东西,是意境,也是康德的自我意识。佛教哲学(特别是唯识论)将识(心或意境)又做了细致的区分,分出不同的方面、不同的层次。有眼识、耳识、鼻识、口识、身识、意识、未那识、阿赖耶识。大致说来,前六识和康德的外感官一致,和康德的感性一致,末那识是对意识的认识即感性的认识作用和康德的知性一致,这七识和康德的经验自我大致一致,阿赖耶识又叫藏识生成前七识,又生成世上的万事万物和其各种现象,从这个意义说阿赖耶识的概念和康德的先验自我或统觉有相一致的部分。"境界"一词具有非常广泛的含义,它包含了中国传统的心与物,康德的内感官、外感官、时间形式、空间形式。所以佛学主要是唯识论的"境界"一词及其相关观念,和 idea(观念、形象、共相)、form(形式)具有含义上的一致性,可以让王国维拈来表

① 见王国维《静安文集》,辽宁教育出版社 1997 年版,第 163 页。
② 同上,第 164 页。
③ 同上,第 163 页。
④ 同上,第 164 页。

述自己的美学见解用来融合中西美学。在王国维著作中,境界主要是指艺术形象。

在王国维之前,人们就开始用境界来表示艺术创作所形成的艺术形象(用境或境界指物象或艺术形象最早始于盛唐诗人王昌龄,而此时恰是佛教唯识论盛行之时,二者关系颇值得注意)。梁启超1899年即写过《唯心》一文发表于《时务报》,王国维少年时期即心仪维新变法,1898年又去时务报社(按:夏曾佑主时务报馆),对梁氏的观点不会陌生。梁启超说:

> 境者,心造也,一切物境皆虚幻,惟心所造之境为真实。同一月夜也,琼筵羽觞,清歌妙舞,绣帘半开,素手相携,则有余乐;劳人思妇,对影独坐,促织鸣壁,枫叶绕船,则有余悲。同一风雨也,三两知己,围炉茅屋,谈今道故,饮酒击剑,则有余兴;独客远行,马头郎当,蜻寒侵肌,流潦妨毂,则有余闷。"月上柳梢头,人约黄昏后"与"杜宇声声不忍闻,欲黄昏,雨打梨花深闭门"同一黄昏也,而一为欢憨,一为愁惨,其境绝异,"桃花流水杳然去,别有天地非人间"与"人面不知何处去,桃花依旧笑春风"一桃花也,而一为清净,一为爱恋,其境绝异。"舳舻千里,旌旗蔽空,酾酒临江,横槊赋诗"与浔阳江头夜送客,枫叶荻花秋瑟瑟,主人下马客在船,举酒欲饮无管弦"同一江也,同一舟也,同一酒也,而一为雄壮,一为冷落,其境绝异"。然则天下岂有物境则,但有心境而已,……故曰:"三界惟心。"①

此文所举之例子和《古雅之在美术上之位置》所举之例子何其相似,所传达的艺术思想也惊人的一致。宜知王国维所谓第一形式为自然美的形式,第二形式实为审美观念,为艺术创作所形成的艺术形象,为"形式之美之形式之美"。王国维使用境界替代"第二形式"和"古雅",突出了艺术的形象性、审美感,较为准确地传达出了审美观念的含义。

> 山谷云:"天下清境,不择贤愚而与之,然吾特疑端为我辈设。"诚哉是言!抑独清境而已,一切境界无不为诗人设。世无诗人即无此境界。夫境界之呈现于吾心南见于外物者,皆须臾之物。惟诗人能以此须臾之物镌诸不朽文字,使读者自得之。②

这段话更加清晰地显示出王国维的思想是其融合康德与佛教唯识论的产物。所谓"清境"就是第一形式,是自然之中的实有的物境物象;所谓"境界"就是第二形式,是艺术家所创造的艺术形象。王国维借助黄山谷的话强调了艺术形象的审美特质。境界说的提出具有重大的理论价值,使艺术形象成为我国文学理论探索与文学创造的重点。

> 言气质,言神韵,不如言境界。有境界,本也。气质、神韵,末也。有境界而二者随之矣。③
> 严沧浪《诗话》曰:"盛唐诸公,唯在兴趣,羚羊挂角,无迹可求,故其妙处,透彻玲珑言有

---

① 见梁启超《饮冰室合集》,中华书局1944年版,第48页。
② 见王国维《人间词话》,上海古籍出版社2000年版,第72页。
③ 同上,第28页。

尽而意无穷。"余谓北宋以前之词亦复如是,然沧浪所谓兴趣,阮亭所谓神韵犹不过道其面目,不若鄙人拈出"境界"二字为探其本也。①

传统文论上讲"兴趣"、"气格"是从作家的审美兴趣、道德修养、精神风貌上讲创作的理论;讲"神韵"是追求语言的含蓄蕴藉,以不说为说,使读者回味无穷的接受理论;讲格律是从修辞、从文字技巧上来谈论文学语言的修辞理论。这些理论都不是以艺术形象为中心,王国维的境界说则将艺术形象突出出来了,将艺术之所以为艺术的最根本的特征——审美形象——突出出来了。并且,它同时兼顾到了作者的审美体验,作品的本质表现,读者的阅读感受,它比较全面顾及到了文学活动中的诸多因素。

审美观念(境界)既然是审美活动的结果,它内在地反映了整个审美活动的过程。因此,对境界的进一步分析,就要分析境界的构成,即分析其物化了的审美活动,而这种分析使康德之影响再次更加清楚地呈现出来。康德的二元论将人的活动划分出两个重要的要素:主体和客体,前者是人所具有知、情、意,是人的意识和自我意识、心灵,后者是对象的形象显现形式直观和物自体。二元论具体到审美活动中就是心与物,意与境,王国维将其称为"二原质"。文学作品的内在构成既然是意和境这"二原质",分析作品就应当以"二原质"为中心。

早在 1903 年,王国维在《孔子的美育主义》一文明确叙述了"二原质"说:

德意志之大哲人汗德,以美之快乐为不关利害之快乐,至叔本华而分析观美之状态为二原质,一,被观之对象,非特别之物,而此物之种类之形式,二,观者之意识,非特别之我,而纯粹无欲之我也此境界唯观美时有之,苏子瞻所谓"寓意于物",邵子曰怪人所以能一万物之情者,谓其能反观也,所以谓反观者,不以我观物也。以物观物之谓也。既能以物观物,又安有我于其间哉。②

显然,王国维写此文时对康德了解不多,错把康德的思想当成了叔本华的思想,只能说此时的王国维间接地受到了康德的影响。但是,二元论对他产生了极为深刻的影响则是不争之事。随着他对康德研究的深入,康德的二元论和附庸美的思想融合在一起使他对文学艺术有了更深入体认。1906 年《文学小言》说:

文学中有二原质焉,曰景,曰情,前者以描写自然及人生之事实为主,后者则吾人对此种事实的精神态度也故前者客观的,后者主观的,前者知识的,后者感情的,自一方面言之,则必吾人之胸中洞然无物,而后其观物也深而其体物也切,即客观的知识实与主观的感情成反比例。自他方面言之,则激烈感情亦得为直观之对象,文学之材料而与其描写之亦有无限之快乐伴之,要之,文学者不外知识与感情交代之结果而已……③

---

① 见王国维《人间词话》,上海古籍出版社 2000 年版,第 3 页。
② 见刘煊《王国维评传》,百花洲文艺出版社 1996 年版,第 35 页。
③ 见王国维《静安文集》,辽宁教育出版社 1997 年版,第 167 页。

这种将文学和知识情感联系在一起的思想来源于康德的附庸美与表象的双重性的观点。康德认为,艺术美必然是附庸美,即艺术必然包含知识又包含审美的娱乐和无利害,它既包含道德又包含科学。正如康德所说,艺术"在它的全部的完满性里包含着不少科学,例如对古代文字的知识。熟悉古典作家、历史学、古代遗产等等,因为这些知识构成了美的艺术的必要的准备和根基"。康德强调知识科学恰与王国维有关"景"的界说一致,关注情感的愉娱与王国维的"情"一致,渊源关系不言而喻。所谓审美表象的双重性就是指,"一个客体的表象的美学性质是纯粹主观方面的东西,这就是说,构成这种性质的是和主体而不是和客体有关;另一方面在它身上能够供作和用于对象的规定的(为了认识)则是它的逻辑的有效性。在一个感官对象的认识里,这双层关系同时出现。"①康德对审美表象的分析,揭示出一个感官对象所具有的双重性质:其一,作为一个自然状态的表象是一个具有自身逻辑的客体,能够使人形成判断,获得知识。王国维的二原质中的"景"显然受惠于此,他把"景"定义为自然及自然状态的人和事,旨在强调其客观性,显然是把"景"作为自然状态的表象论述的;其二,作为自然状态的表象,引起的审美情感和主体有关,康德强调了审美情感审美活动的主观性,王国维"二原质"中的"情"显然来源于此,故他把"情"定义为人对事实的精神态度,并强调观照自然及人生时所具有的主观性和情感性。由此可以看出,王国维"二原质"说的核心来源于康德美学思想。在这里王国维已经初步注意到主体和客体之间的相互关系:"客观的知识实与主观的感情成反比例。"后来在这个问题更加细致,王国维概括两者关系为三种情况:"文学之事,其内足以掻已,而外足以感人者,意与境二者而已。上焉者意与境浑,其次或以境胜,或以意胜,苟缺其一,不足以言文学。"②在王国维看来,"意与境浑"的作品,以李白和李后主、冯延巳的作品为代表,在作品中"不知何者为我,何者为物"。"以境胜"的,以秦少游的作品为代表,创作主体的情感色彩被减少,形成了一种客观化的效果,表现为对外物的白描刻画。"以意胜"的作品以欧阳修的作品为代表,情感和外物没有关系,诚如欧阳修所说"人生自是有情痴,此恨不关风与月"。

由于王国维美学思想有着密切的康德渊源,以及境界一词自身所携带的佛教思想含义,王国维的境界论美学便具有了更为广泛的含义。在康德那里,审美观念是连接知性理性的桥梁,是知情意的审美统一体,表现为具体的艺术形象却是自然人生的普遍规律(共相 idea)的反映,是个别的直观却又是形而上的体悟,是现象和本体的统一。王国维的境界说无疑包含了上述内容。在王国维看来,境界的美学要求应该有三个方面,其一是情景交融,要有"锐敏之知识"和"深邃之感情"。其二是情景须真。王国维特别强调"情"真:"情感真,其观物亦真",他说:"境非独谓景物也,喜怒哀乐,亦人心中之一境界,故能写真景物,真感情者,谓之有境界;否则谓之无境界。"③真切之感情往往能突破一己之限,成为人类的共通感情,成为人类的代言人,这是诗人了悟第一义的艺术境界,形成了诗人对"自然人生"的关怀和体悟,使人类痛苦获得解脱。其三,要真切表达艺术形象,必须"语语如在眼前","语语可以直观"。这是极高的要求,是天才创造的表现,是康德

---

① [德]康德《判断力批判》,宗白华译,商务印书馆 1964 年版,第 27 页。
② 见王国维《人间词话》,上海古籍出版社 2000 年版,第 76 页。
③ 同上,第 2 页。

的肖似自然的天才艺术的品质。

2. 巴赫金的复调理论

康德的审美观念和现实关系的间接性思想也对巴赫金的影响是巨大的。当反应论成为苏联庸俗社会学的主导思想时,巴赫金用康德的思想对其进行反驳,"作品的每一因素展示给我们时,已经包含了作者对它的反应,而这一反映又既包含着事物,也包含着主人公对这一事物的反应(反应之反应)"。① 在巴赫金看来,艺术作品之中的每一具体的价值都要从两个价值层面上去理解,一个是主人公的层面,它是认识伦理的层面,是生活的层面;另一个是作者的层面,这既是认识伦理的层面,又是形式审美的层面,这两个价值层面彼此渗透,但作者的层面要极力包容主人公的层面,每一指物意义的选择,每一形象的结构,每一语调节奏的变化都为两个相互作用的价值层面所制约渗透。巴赫金说:"起审美构建作用的反应是反应之反应,评价之评价。"② 这和王国维的"形式之美之形式之美"何其一致! 它们近源于康德,远源于柏拉图。柏拉图认为艺术形象和真理隔着三层,是影子的影子,柏氏充满了对文艺的谴责指控,指责文学是说谎。然而,这文学和真理隔着三层的观念在康德那里却化腐朽为神奇,恰恰点出了审美观念艺术形象的特点。柏拉图的思想在康德那里获得了正面的积极的肯定,显示出其潜在的理论价值:艺术成为美育的手段的保证,促进人的和谐发展,是使人从必然通向自由之路的手段,使艺术有了摆脱庸俗社会学的强有力的理论依据。

在巴赫金看来,审美活动形成了审美客体,这一客体的存在方式是文本,是一系列语言构成的。对文学作品的审美客体的分析不应跨越语言这道极为重要的中介。在巴赫金看来,作品是一个有不同层次的,应区分为审美客体、外在作品和外在材料的作品。第一个层次作为外在材料的作品,就文学作品来说,它是由话语构成的,只有通过话语才能形成作品,表达内容。作家对话语必须有全面的把握:要把握话语的声音方面的特征,要把握话语的指物意义及其细微色彩与变体,要掌握话语之间的内外部联系,还要掌握话语的语调因素,从语调因素中表现出的情感意志因素,价值取向。在这四个方面的基础上还要掌握话语的语感即说话的发音、手势、表情及说者的价值上和涵义立场上的积极性。巴赫金认为材料的意义非常重要,词语一方面组织成单句、繁句、章节、场次等整体,另一方面又创造出主人公的外形性格,身份环境行为等整体,最后创造出一个经过审美加工的和完成的伦理生活事件的整体,对待这两者应采取非艺术立场。第二个层次即外在作品,在巴赫金看来,在即布局,表现为话语的安排,具体的表现为诗歌中的诗节、诗行,小说中的章节,戏剧表演中的对话、场次等组织语言之技术手段。文学作品的最高层次表现为审美客体,巴赫金认为审美的对象是审美客体,它是实现在作品身上的审美活动(观照)的内容,即审美活动的物化形态。审美客体的内容指经过认识和评价地拥有充分的认识、政治、历史、伦理等价值的现实。审美客体的形式,是作者运动的积极性、评价和理解的积极性又是与作者相对立的实践及其参加者(指他的个性、他的躯体和心灵的)形式,具体体现为作者和主人公的各种关系。

---

① 巴赫金《巴赫金全集》,河北教育出版社 1998 年版,第 1 卷,第 100 页。
② 同上,第 99 页。

　　巴赫金进一步将作者和主人公关系概括为三类：或主人公控制作者，或作者控制主人公，或主人公就是作者。后一种类型中作者对自己的生活加以审美方式地思考，从而表现为主人公仿佛在扮演某种角色，造成生活中的人与艺术中的人一致。作者控制主人公这一种类型的特点是作者将主人公客体化，作者君临一切犹如上帝，主人公只是作者创作的沉默无声的奴隶，没有主体性，没有自由，是一个纯粹的客体，他的意识只是作者意的反映，他的话语由作者代替他说出，他只是作者思想的传声筒，作者对他的描写造型只能是外在的，有其稳定艺术价值的外貌肖像、服饰、行为、动作构成，他有一个确定的世界，却没有自己的视野，没有自己的情感，没有自己的意志，没有自己的声音。另一类就是主人公控制作者，在这种类型中，主人公有着极大的权威性，摆脱了作者的控制，获得了充分的主体性，获得了自由，主人公的情感意志取向、认识伦理立场对作者极具权威性，造成作者不能不通过主人公的眼睛看世界，从主人公的内部来体验事件，作者失去了外位性的稳定的立场，无法从外部包容限定主人公的世界。于是，主人公的一切外在表现与其内在伦理立场无法融合为一体，主人公的一切外在表现——外貌、肖像、行为、动作、声音、表情——得不到表现。只能表现其变化不定的自我意识。于是主人公成了由作者所创造，却与作者地位平等，成了与作者具有同等价值的自由人，主人公的意识真正成了其自己的意识，主人公不是作家描写的议论的客体而是直抒己见的主体，这主人公关心的是"我是谁？""世界对我来说起什么"的，主人公总能冲破作者完成化的整体性的限制用某种内心秘密与之抗衡："你以为看到整个的我吗？可我身上最主要的东西你是不可能看到听到知道的。"在浪漫主义小说中，主要人物往往是这种情况，在陀思妥耶夫斯基小说中的所有主人公都成了这种情况。随着对陀思妥耶夫斯基小说的研究的深入，巴赫金提出了复调小说的理论。

　　所谓复调小说，在巴赫金看来就是"有着众多的各自独立而不相融合的声音和意识，由具有充分价值的不同声音组成的复调"①。它有三个重要特点：其一，作家以其所创造的主人翁处于平等地位，由于这种平等地位，作者无力完成它们主人公不再是作家的客体而是另一个主体，作者和主人公同时共存，以前小说读者所看到的是塑造典型形象、典型性格，而这复调小说中则变成了主人公如何认识自己，原来塑造典型形象、典型性格的艺术手段，现在都转移到主人公的视野了成了主人公视野的客体和对象，变成了它们在主人公眼里是什么。于是，主人公的艺术功能发生变化。其二，陀思妥耶夫斯基小说表现的主人公都是冥思苦想的人，他们对问题常是寻根究底，主人公们讲述自己和世界的议论，于是陀思妥耶夫斯基创作了生动的思想形象，发现了人的完整性，"人身上的人"发现另一个主体，另一个平等的我，由他来自我表现自己。于是，思想成为艺术描绘的对象，这些思想不是从体系方面而是从人间事件方面揭示出来。其三，在地位平等价值相当的不同意识之间对话性是其相互作用的一种特殊的形式。陀思妥耶夫斯基将一切事物置于同一层面同一时间，不写前因后果，而紧张的对话，形成极为紧张的氛围。由于复调小说的提出，巴赫金将作者与主人公这二元推进到了多元论。巴赫金对主人公和作者关系划分与王国维对"境"与"意"关系之划分可谓"英雄所见略同"。但是巴赫金借助于俄国形式主义之东风，借助语言学之东风，对艺术作品的存在方式的认识变得更加细腻，更加科学系统！他明确地以作者和

---

　　①　巴赫金《巴赫金全集》，河北教育出版社1998年版，第5卷，第4页。

主人公为中心范畴,康德在其最后一部著作《实用人类学》中就主张多元主义。

使其理论符合叙事文学的实际。而王国维的"意"和"境"这一对术语不管其严格的意义如何,总给人以并非"整个的人"的感觉,即让人理解为"情"和"情或景(境)",从而形成抒情诗的理论,显示出古典的风貌,具有传统的意味,"文学是人学"这一现代观念在巴赫金那里表现得极为充分,使巴赫金理论具有当代性。

五、静观与对话

审美无利害与传统思想的融合对王国维来说,如何才能创造出有境界的作品,是其必须解答的创作问题;对巴赫金而言,复调小说为什么与以前的小说不同,创作原则发生了哪些变化则是非常重要的诗学问题。康德的审美无利害的思想给他们提供了思考问题的逻辑起点。

康德的审美无利害,在王国维看来,就是艺术创作时主体要保持纯粹的不受欲念支配的状态,这是能否创造出有境界的作品的关键。有了这种创作心态,作者就能"以自然之眼观物",就能"入乎其内""物我无间"。王国维认为"有我之境之宏壮或无有之境之优美",这只是主人公的经验方式差别造成的,仅仅是创作的材料(原质)是生活层面的东西,他还必须转化为艺术品。如果要使作品有境界,就需要"优美宏壮之原质必与古雅之原质合",最好情况是"优美及宏壮之原质愈显"①。王国维说:"无我之境,人惟于静中得之,有我之境,于由动之静时得之,故一优美一宏壮。"② 此"静",乃无利害的审美心态,即是纯粹无欲之心态,也是中国传统的"吾丧我"之境界,更是佛家静寂之境界,惟有处于这一境界时,虚以得待物,外物就会自动呈现出来。呈现就是要用"天眼"观物,是"以物观物",是"由动之静",是将经验主体的激动转变为创作主体之静寂无我。诚如王国维很熟悉刘熙载所说:"代匹夫匹妇好语最难,饥寒劳苦,虽告人人且不知,知之必物我无间,杜少陵、元次山、白香山不但身入闾阎,目击其事,真与疾病之在身者无异"③。唯有与"在身者无异",才能取得"合乎自然"的效果,才能将人经验的两种活动方式的结果——"有我之境""无我之境"——完全呈现出来,使文学再现"优美"与"宏壮"之"境":"纳兰容若以自然之眼观物,以自然话言情,此由初入中原未染汉人风气,故能真切如此,北宋以来,一人而已。"④王氏对实际的审美经验和诗歌创作进行了划分,审美经验有"有我""无我"之别,前者主体投射外物,后者却是"以物观物",主体客体融合为一。创作应是采用内视角将主人公的自我意识和内部视野呈现出来。展示其自我意识即抒情,展示其内部视野即写景,这就是为什么同样是"不隔"的作品却有"有我之境"与"无我之境"的区别,"不隔",就是艺术和生活经验的距离消失,艺术成了存在之真的自行置入。使艺术能够达到自然中的优美与宏壮之境:

美成《青玉案》(按:当作苏幕遮)词:"叶上初阳乾宿雨。水面清圆,一一风荷举。"此真

---

① 见王国维《静安文集》,辽宁教育出版社 1997 年版,第 164 页。
② 见王国维《人间词话》,上海古籍出版社 2000 年版,第 2 页。
③ 见刘熙载《艺概》,上海古籍出版社 1978 年版,第 65 页。
④ 同②,第 13 页。

能得荷之神韵者。觉白石《念奴娇》、《惜红衣》二词，犹有隔雾看花之恨。①

　　生年不到满百，常怀千岁忧，昼伤苦夜长，何不秉烛游，"服食求神仙，多为药所误，不如饮美酒，被服纨与素"，写情如此，方为不隔。"采菊东篱下，悠然见南山，山气日夕佳，飞鸟相与还"，"天似穹庐，笼盖四野，天苍苍，野茫茫，风吹草低见牛羊"，写景如此，方为不隔。②

　　问"隔"与"不隔"之别。曰，陶潜之诗不隔，延年之诗稍隔矣；东坡之诗不隔，山谷之诗则稍隔矣。"池塘生春草""空梁落燕"等二句，妙处唯在不隔突。词亦如是。即以一人一词，如欧阳公《少年游咏春草》上半阕云"阑干十二独凭春，晴碧远连云，千里万里，二月三月，行色苦愁人"，语语都在目前，便是不隔。至云"谢家池上，江淹浦畔"则隔矣；白石《翠楼吟》"此地，宜有词仙，拥素云黄鹤，与君游戏，玉梯凝望久，叹芳草萋萋千里"便是不隔，至"酒拔清愁，花消英气"则隔矣。然南宋虽有不隔处，比之前人自有浅深厚薄之别。③

　　仔细体会所引的诗词可以看到，写景之作，必须是景物的自然展现，采用观景者的内部视角显现其内部视野，形成无我之境。"语语都在目前"；写情之作，总是采用主人公的口气，对着读者进行坦诚地倾诉交流，是人物心理的自我展示，形成有我之境，"述事如其口出"。诗歌创作要"唯于静中得之"，使存在的自然景观，通过创作主体的移情体验，采用经验主体的内视角，将其再现展示。故诗歌虽然为典型的独白话语，却与巴赫金所说的独白式思维、独白式艺术立场完全不同，王国维所标举的短小的中国抒情诗形式上是创作主体的独白，实质上却是经验主体即主人公的话语，是个人世界、个人存在之真的敞开。这种短小的中国抒情诗体裁，只写经验者（主人公）刹那的思绪瞬间的感受，只表现为主人公自我意识，感受之片断，存在之真的碎片，然而就是在这碎片之中主人公仍然获得了主体性获得了精神，获得了生命，形成自由的展示。从这个意义上讲与复调小说所强调的主人公的主体性完全相同。

　　在巴赫金看来，复调小说中，如果主人公要获得独立性，要获得主体性，就需要作家使用内视角，就需要作者崭新的艺术立场即对话立场才能实现。巴赫金认为，对话的立场是一种非功利的立场，是一种审美的立场，不能受到物欲的支配，对话更是一种探索真理的艺术立场，因为一旦涉及现实利益，人就会失去自由，就会掩盖真实，就会撒谎，就会失去对话立场，对于任何一个探索真理的人来说，对话要求对话者坦诚相见。对话关系是不可逆转的，这种关系是由外位超视超知这一不可逆转的时空关系决定的。对话，使文学创作活动就变成了一种人与人之间的语言交流活动，通过对话，主人公的自我意识得以展现。在巴赫金看来，唯有对话，主人公才能获得独立性、主体性。用他的术语来叙述就是：由作家的视野（外部视野）转主人公的内部视野；原来由作家完成的事——塑造稳定的外部的主人公形象——转入主人公来完成，即由主人公来面对自己的外部形象，思考塑造自己的外部形象，主人公便从各种可能的角度自己阐发自己的思想意识，作者阐明的已经不是主人公的现实，而是主人公的自我意识，而这种自我意识不仅有主人公的现

---

① 见王国维《人间词话》，上海古籍出版社 2000 年版，第 8 页。
② 同上，第 10 页。
③ 同上，第 9 页。

实,还有他周围的外部世界和日常生活。巴赫金认为,对话在生活中无时不在,无处不有,是人类生活的最基本的活动,传递信息,交流情感。小说反映了人的对话,小说是多个主人公及其相互关系构成的事件及相互联系的话语构成的,它是多个人物的存在之真的同时敞开,平等敞开,是主人公自我意识、心灵地展示。"言为心声",人必须言说,心灵才能敞开,故复调小说必须走向对话的艺术立场,保证多个主人公的共存的真正敞开,真正的整体的自我意识展示,也就必然是一个和其他主人公意识,和作者意识的交往对话过程,使作者的自我呈现也成为必然,可以说是生活,是共同存在的全方位展示。

在巴赫金看来,作者与主人公的对话是认真实现了的和彻底的贯彻了的一种对话立场。这种立场确定了主人公的独立性、内在的自由,未完成性和未论定性,对作者来说"主人公不是'他',也不是'我',而是不折不扣的'你',也就是他人另一个货真价实的'我'(自在之你)"①。这种对话具有当下性,不是发生在过去,而是发生在创作过程的现在。巴赫金认为,在陀氏小说中作者讲到主人公就把他当做在场者,主人公能听到作者的话,并能回答作者的话。作者构思人物就是构思主人公的议论,作者的议论是对主人公的议论,是关于议论的议论,作者和主人公的关系是一种对话的关系,作者对主人公采取一种对话态度,他是和主人公谈话,而不是讲述主人公。正是由于对话,才能使主人公用语言将其自我意识自我揭示,自我阐明;正是由于对话,才能揭示出作者的自我意识和主人公的自我意识间的一种特殊的对话交际;只有通过对话,作家才能深入探索人们永无终结的内心奥秘。巴赫金认为,对人的冷静的不动声色的观察分析不可能掌握人的内心世界,也不可能看清他,理解他;通过与他融为一体,移情其身,也不可能把握他,揭示他;只有采用对话方式与他交际才能够接近他,揭示他,迫使他自我揭示;只有在交际中,在人与人的相互作用中,才能揭示"人身上的人"。人,只有在对话中,才显露自己而且是头一次形成他现在的样子。他说:"存在就意味着对话的交际,对话结束之时,也就是一切终结之日。"② 一个人孤寂一身,即使在自己精神生活的最隐秘之处也是难以应付裕如的,人无法去离开别人的意识,永远也无法仅仅在自身就找到自己完全的体现。诚如巴赫金所说,"单一的声音,什么也解决不了,什么也解决不了,两个声音才是生命的最低条件,生存的最低条件"。巴赫金认为,狂欢为对话提供了可能,使人们能够建立一种大型对话的开放性结构。在这时,一切人一切物都应该互相熟识、互相了解、互相交往,面对面走到一起,一切均应通过对话而相互投射,相互辉映,使人们能把人与人在社会上的相互作用转移到精神和理智的高级领域去,对话与狂欢净化着人们的心灵。

巴赫金进而将对话的艺术立场转化扩大成了一种对人类存在的审视,转变成了一种对话哲学,而巴赫金走向了对话交往与狂欢,作者是两个主体中绝不能缺少的一方,走向了他的激进的对话理想,巴赫金转向复调是其宗教信仰的必然结果,俄罗斯东正教的上帝形相抛弃论之必然。这种观念强调道成肉身,强调作为上帝的基督降生为人,来临人世,人要在和他人的交流中和他人的对话中寻找上帝,和上帝对话。宗教哲学的我/你(人和上帝)之

---

① 巴赫金《巴赫金全集》,河北教育出版社 1998 年版,第 5 卷,第 83 页。
② 同上,第 340 页。

分变成了直面相对的作者和主人公之分，我与你（人和上帝）的对话变成了创作过程中的作者和主人公的当下对话。理论的追求成了信仰的显现，理论和信仰密不可分。虽然同样是一个真的追求，同样是给主人公（或经验主体，对王国维来说）以自由，主人公能够自我展示，却让王国维、巴赫金走上了截然不同的方向，有了完全相反的主张。王国维走向了"吾丧我"，虚静之道，乃至心行处灭、涅槃空寂，走向无我的"宇宙人生之真理"，对自我进行否定。传统文化与个人信仰再次展现出那惊人的顽强的延绵，也再次展示出各自迷人的风采，理论的极致就是信仰的极致。王国维的宗教意识也很浓烈，前面提到"其夫子自道"，"描绘宇宙人生之真理"，在《人间词话》中更明确地说："余自谓，才不如古人，但于力争第一义处，古人亦不如我用意耳。"①联系到佛教背景和叔本华哲学"第一义"恐怕更多的是真如自性，诸法无我，涅槃空寂。王国维在《静庵文集》与《人间词》中大量的抒写了人生孤独人生无常的苦闷与追求解脱之心情。不幸，这些文章成了其自身结局的预兆，王国维最后蹈水而去，令人"极哀而深惜"。

　　尼采曰，一切文学，余爱以血书者，后主之词真所谓以血书者也，宋道君皇帝《燕山亭》词亦略似之，然道君不过自道身世之感，后主则俨然有释迦基督担荷人类罪恶之意，其大小固不同矣。②

文学要有真感情，以血来书写，其真感情不仅是个人的而还要有全人类性质，为全人类的福祉有益，帮人类渡过苦海，到达彼岸。对"真"可以有不同的理解，然求真之意志，殉道之决心，则是古今中外哲人之极致，从真出发，王国维要求词人忠实：词人之忠实，不独对人事宜然，即对一草一木，亦须有忠实之意，否则，所谓游词也。③

　　"昔为倡家女，今为荡子妇，荡子行不归，空床难独守"，"何不策高足，先据要路津？无为守贫贱，坎坷长苦辛"，可谓淫鄙之尤，然无视为淫词鄙词者，以其真也。五代、北宋之大词人亦然。非无淫词，读之者但觉其亲切动人，非无鄙词，但觉其精力弥满。可知淫词与鄙词之病，非淫与鄙之病而游词之病。"岂不尔思，室是远而"。子曰："未之思也，夫何远之有？"恶其游也。④

真，成了王国维衡词的最高标准，"真景物、真感情"，才是有境界的标志，我们再次从王国维标举的诗中感觉到了主人公的自我展示，心灵的袒露。对"真"之追求，必然使王国维追求自然，追求"不隔"，追求让对象的主动展现（显然，诗所表现出的语气都是主人公直抒胸臆，从叙述视角的角度看，作者们都运用了第一人称视角，用王国维的话来说就是用"自然之眼观物"。），追求静

---

① 见王国维《人间词话》，上海古籍出版社 2000 年版，第 18 页。
② 同上，第 5 页。
③ 同上，第 27 页。
④ 同上，第 15 页。

寂无我的创作心态,追求涅槃空寂无我的境界。

当今的社会似乎又回到了王国维、巴赫金的时代,传统和信仰受到了嘲弄和冷落。用陈寅恪先生的一段话作为这一部分的结尾吧。"寅恪以为古今中外志士仁人,往往憔悴忧伤,继之以死。其所伤之事,所死之故,不止局限于一时间一地域而已,盖别有超越时间地域之理性存焉。而此超越时间地域之理性,必非其同时间地域之众人所能同喻。——呜呼!神州之外,更有九州。今世之后,更有来世。其间偿亦有能读先生之书者乎?如果有之,则其人于先生之书,钻味既深,神理相接,不但能想见先生之人,想见先生之世,或者更能心喻先生之奇哀遗恨于一时一地,彼此是非表软!"①陈寅恪是王国维的密友知交,以心会心,以心印心,强调王国维书中有人在,有事在,是"意与境浑"的产物,"能写真境物,真感情",书如此,《人间词话》亦不例外!也点出了王氏的特出之点——具有"超越时间地域之理性存焉",巴赫金与他的著作亦然。他们坚守康德的信念,美是道德的象征,是信仰的体现。文在,人即在,有"超越时间地域之理性"在,当下的存在,当下的言说,就会变成一种恒久的存在,恒久的言说。文如其人,文学理论亦不例外,理论家的之真存在都会融入其中。

结束语

不管是巴赫金的复调理论或是王国维的境界说,它们都是由多种文化因子构成的。他们二人美学思想的核心却都来源于康德,特别是康德对判断力的分析,但是他们对康德思想的接受却侧重点各有不同,造成这种情况的原因大致说来犹如下几种因素:传统文化,当代思想以及研究对象自身的特点所决定的。对本土思想文化宗教精神和终极价值虔诚坚守和信仰,使他们的理论最终形成了鲜明的民族特色,我们还应注意到构建理论的过程是一个认真地对待研究对象的过程:他们总是力求深入细致地认识对象,求得对象的真实,使其理论成为一种关于某类文学体裁或体裁内部某种类型的理论,使其理论避免了空洞与抽象,具有科学性、系统性,也同时获得了理论的具体性。正是这种具体性,它提示我们必须注意到其局限性:王国维的境界说适应于"初发芙蓉,自然可爱"类型的作品,而对"铺锦列绣,雕绘满眼"的作品就不适应,后者需要的是"古典今情"双重引发;巴赫金的理论对托尔斯泰的小说就很困难,是独白还是复调巴氏本人就几经反复。我们不能将他们的理论绝对化,看成包医百病的良药。

参考文献

[1] 王国维.静安文集[M].沈阳:辽宁教育出版社,1997.
[2] 王国维.人间词话[M].上海:上海古籍出版社,2000.
[3] 钱中文.巴赫金全集[M].石家庄:河北教育出版社,1998.
[4] 梁启超.饮冰室合集[M].上海:中华书局,1944.
[5] 刘熙载.艺概[M].上海:上海古籍出版社,1978.

① 见陈寅恪《陈寅恪史学论文选集》,上海古籍出版社1992年版,第502页。

［6 ］ 龚自珍.龚自珍全集[M].上海：上海古籍出版社,1959.

［7 ］ 康德.纯粹理性批判[M].蓝公武,译.北京：商务印书馆,1960.

［8 ］ 康德.判断力批判[M].宗白华,韦卓民,译.北京：商务印书馆,1964.

［9 ］ 陈寅恪.陈寅恪史学论文选集[M].上海：上海古籍出版社,1992.

［10］ 刘烜.王国维评传[M].百花洲文艺出版社,1996.

［11］ 齐良骥.康德的知识学[M].北京：商务印书馆,2000.

［12］ 熊十力.新唯识论[M].北京：中华书局,1985.

［13］ 凯·克拉克迈·霍奎斯特.米哈伊尔巴赫金[M].语冰,译.北京：人民大学出版社,1992.

［14］ 孔金,孔金娜.巴赫金传[M].上海：东方出版中心,2000.

［15］ 巴赫金.巴赫金文论选[M].佟景韩,译.北京：中国社会科学出版社,1996.

［16］ 佛雏.王国维诗学研究[M].北京：北京大学出版社,1999.

［17］ 叶嘉莹.王国维及其文学批评[M].广州：广州人民出版社,1982.

［18］ 藤咸惠.人间词话新注[M].济南：齐鲁书社,1986.

［19］ 熊十力.佛家名相通释[M].上海：东方出版中心,1985.

［20］ 成唯识论[M].玄奘,译.韩廷杰,校释.北京：中华书局,1985.

［21］ 康德.未来形而上学导论[M].庞景仁,译.北京：商务印书馆,1995.

［22］ 张世英.康德的《纯粹理性批判》[M].北京：北京大学出版社,1987.

［23］ 康德.实用人类学[M].邓晓芒,译.重庆：重庆出版社,1987.

［24］ 郑昕.康德学述[M].北京：商务印书馆,1984.

补记

这是我的硕士论文。我于1998—2001年在郑州大学读硕士,这篇论文由曲春景先生指导写作,它竟然得到了答辩主席高建平先生的肯定——这种肯定当然是他对后学的鼓励与期望。说来很惭愧,本人至今仍然一事无成。尽管也曾希望能将这篇论文补充扩展,细化论述,改正错误,使它像模像样,但由于种种原因未能如愿。

这篇论文当然是我个人学术生涯中的处女作,虽然它早已被挂在"中国知网"上,但其实还算是"养在深闺人未知"。十年来,它被下载了170多次吧,一个泱泱大国,从事美学研究和文学理论研究的人何其多也,说"人未知"并不过分。十年来,个人漂泊天地之间,当时的电子文档和纸质文本早已荡然无存了。幸有一朋友竟然存有一纸质文档,这才解决了我的困难:中国知网上的论文竟然缺了第23页。近年来看到、听到有人讨论王国维和康德关系,总是且惊且喜感觉"吾道不孤"。

这篇论文作为一个"历史中间物",已经在转眼之间成了"历史":它在许多地方都显得很幼稚,甚至有不该有的错误。更重要的是,同样的观点,时贤的论述在深度和广度上已经超越了它。不过,这篇论文的写作,是我个人生命中的一个重要时期:各位老师的关怀,同学之间的论析辩难,"燃脂冥想费神搜"的欢乐与艰辛,自然而然地浮现在了眼前。除了因为出版而做些必要的编辑外,本人不怎么对它修改:原文如此。文中的幼稚、错误似乎更能让我回到过去的时光之中,而这些错误和幼稚之处也更能鞭策自己前进,提醒自己:当时无知,现在亦然。

马军英

2011 年 7 月 4 日

后　记

　　本书是笔者在 2008 年的博士论文的基础上修订而成。书稿中一定存在着这样那样的问题，有负关心和帮助过我的师长。

　　本书探讨了电影改编这一艺术现象，并且选择了陈凯歌的相关电影。作为一个国际著名导演，陈凯歌当然有绝世才华，也因此许多评论家往往着眼于陈凯歌于此。不过，本书的着眼点并不在陈凯歌其"人"其"道"，而在于其"电影"，甚至也不在于陈凯歌的电影而在于作为一般的电影叙述、改编的"技"。从这个意义上来说，本书只是借陈凯歌电影来"说事儿"。讨论改编的文章已经不少，相关的学术著作也同样也不少。尽管如此，写作之中还是遇到许多迟疑与不解，总有"技止此耳"之叹。此书出版，于我则诚惶诚恐，但愿能够得到读者的谅解。

　　2004 年春负笈沪上，从王鸿生先生和曲春景先生学。其初，两位先生给我了一个范围：故事与媒介，看看能不能找一个角度来探讨一下，或者讨论其中某一个问题。着手做时，真领教了自己的钝鲁无知。后来征得两位先生的同意，试从改编这一艺术现象入手，看看能不能对故事与媒介这一问题有所触及。此后的写作依然是困难重重，好在有他们的耐心指导和鼓励，最终使论文得以"完成化"。这篇论文从本质上讲仍然是一个"未完成"的东西。我深知这缘于两位先生对我网开一面。这论文自然也凝聚了他们的心血。不过，需要交待的是，愿望和结果之间存在着很大距离，于我于两位先生都是如此，我因此就没有别人那种写完论文最后一句话时的轻松或狂喜。此外，由于种种原因，读书期间经济上极其困难，好在由于两位先生以及亲人朋友们慷慨相助，最终支撑了下来。往事历历在目，也再次感谢两位先生以及我的亲人朋友。

　　论文的修改自然吸收了陈思和、蔡翔、张新颖、聂欣如、张闳、罗岗、郭春林等答辩专家和评审专家的意见，也吸收了两位至今还不知道姓名的盲审专家的意见。这些专家"成人之美"，我当然铭记于心。

　　山文岑教授、陈国钦博士、张雷宇博士、杨占军博士、赵黎波博士、孙正国博士、孙燕博士、尹中琪博士与贾健师弟等提供各种资料乃至给出一些建议和指点，师妹贾彦敏与赖英晓博士、李永涛等帮助校对部分文稿，感激所有这些帮助过我的人。

2011 年秋日于郑州航院